DES KREUZFAHRERS BRAUT

CLAIRE DELACROIX

Übersetzt von
JULIA LAMBRECHT

DEBORAH A. COOKE

Des Kreuzfahrers Braut
By Claire Delacroix

Originaltitel: The Crusader's Bride
Deutsche Erstausgabe 2021
Übersetzung: Julia Lambrecht

❁ Erstellt mit Vellum

DIE RITTER VON SANKT EUPHEMIA

Die Reihe *Die Ritter von Sankt Euphemia* folgt einer Gruppe Ritter, denen in Jerusalem ein Schatz überantwortet wird, welchen sie sicher nach Paris geleiten müssen. Unterwegs begegnen ihnen Abenteuer und Gefahren – und die Liebe. Die Serie ist abgeschlossen und umfasst fünf mittelalterliche Liebesromane. Da die Geschichten sich überschneiden und aufeinander aufbauen, sollten sie in der richtigen Reihenfolge gelesen werden.

1. Des Kreuzfahrers Braut

2. Des Kreuzfahrers Herz

3. Des Kreuzfahrers Kuss

4. Des Kreuzfahrers Schwur

5. Des Kreuzfahrers Versprechen

DES KREUZFAHRERS BRAUT

FREITAG, 15. MAI 1187

FESTTAG DER SANKT DYMPHNA UND DES SANKT BRITWYN VON BEVERLEY

Jerusalem

Gaston de Châmont-sur-Maine las noch einmal den Brief der Frau seines Bruders. Er konnte kaum glauben, dass er die Worte beim ersten Mal richtig verstanden hatte. Dass Bayard so plötzlich und in einem so jungen Alter gestorben sein sollte, war Gaston unbegreiflich.

Dass sein älterer Bruder nicht in gerade diesem Moment lachend zu einer Jagd ausritt, schien unfassbar.

Aber Maries Worte ließen keinen Zweifel aufkommen. Dort stand es, geradewegs vor seinen Augen. Bayard war tot und er, Gaston, war nun der Baron de Châmont-sur-Maine. Er berührte das rote Wachssiegel, das mit dem Wappen seiner Familie geprägt war – mit dem Siegelring, den er für sich beanspruchen konnte, sobald er heimritt.

Châmont-sur-Maine war sein.

Gaston hätte es lieber gesehen, wenn Bayard am Leben geblieben wäre. Sein älterer Bruder hatte die Verantwortung für Châmont-sur-Maine mit Anmut und Würde getragen, mit einem Charme, der Gaston nicht zu eigen war. Gaston war ein Kämpfer, ein Mann, der ein einfaches Leben gewohnt war. Tatsächlich hätte er als Ritter, der dem Templerorden verschworen war, diesen Brief gar nicht selbst in den Händen halten sollen. Jede Korrespondenz, die an ihn oder einen anderen Bruder gerichtet war, musste dem Großmeister überbracht werden, der entschied, ob der betreffende Brief dem Adressaten laut vorgelesen wurde oder nicht.

Gaston hatte gedacht, es wäre ein Scherz auf seine Kosten, als Gerard de Ridefort ihm gestern im Gemeinschaftsraum den Brief laut vorgelesen hatte. Seine Verblüffung war so groß, dass der Großmeister Maries Worte ein zweites Mal gelesen und Gaston erlaubt hatte, das Siegel zu untersuchen, bevor er ihm schließlich den Brief in seiner typischen ruppigen Art ausgehändigt hatte.

Dann hatte Gerard Gaston befohlen, alle Berichte über die Truppenbewegungen der Sarazenen zusammenzutragen, bevor er Gaston gestattete, seine Bitte, den Orden zu verlassen, offiziell zu stellen. Ein Ritter des Tempels durfte sich dem Befehl eines Vorgesetzten nicht widersetzen, und so musste Gaston Gerards Forderung nachkommen, bevor er nach Hause zurückkehrte.

Aber möglicherweise war es ein Segen, noch einige Wochen Pläne für seine Abreise schmieden zu können. Immerhin würde sie einen bedeutenden Wendepunkt in seinem Leben darstellen.

Gaston schaute sich in den Ställen um, die im Tempel der Heiligen Stadt selbst lagen, noch immer ein wenig verblüfft, dass er diesen Ort verlassen würde, um ein Baron seines Königreichs zu werden. Er stand in der Box, die seinem Schlachtross Fantôme zugeteilt war, während das Pferd an seinem Heu zupfte, und las den Brief noch einmal. Seine Knappen hatte er gehen lassen, damit sie in der Küche eine Mahlzeit zu sich nehmen konnten, und war hergekommen, um über diese unvermittelte Wendung des Schicksals zu grübeln. Als dritter Sohn seines Vaters – und Sohn der dritten Frau seines Vaters – hatte Gaston nie erwartet, einen weltlichen Titel zu tragen. Deshalb hatte er sich den Templern angeschlossen.

Es schmerzte, dass sein Glück einen solchen Preis hatte und er nie wieder Bayards ausgelassenes Lachen hören würde. Gaston wünschte sich, es fiele ihm schwerer zu glauben, ein so lebenslustiger Mann atme nicht länger, an diesem Ort allerdings hatte er schon so häufig

Menschen sterben sehen, dass er nur noch wenige Dinge als Gewissheit ansah.

Bayard war tot.

Wie immer herrschte in den Ställen der Templer große Geschäftigkeit. Obwohl sich viele schon zum Abendessen begeben hatten, kehrten immer noch einzelne Ritter auf verschwitzten Pferden von Botengängen oder aus dem Dienst zurück. Andere bereiteten sich gerade auf den Aufbruch vor, ihre Pferde in Erwartung des Ritts ungeduldig stampfend. Einige Schlachtrösser wurden gerade gestriegelt, andere gesattelt. Überall eilten Knappen umher, um die Aufträge ihrer Dienstherren zu erfüllen, und durch die Luft flogen Scherze und Befehle. Er konnte das Heu in den Ställen riechen und den Klang des Hammers auf dem Amboss der Schmiede hören, wo Rüstungen und Waffen repariert wurden. Von hinten knabberte Fantôme spielerisch an Gastons Haar, und er rieb seinem Streitross voller Zuneigung die Nase.

Vor achtzehn Jahren, als Junge, hatte sich Gaston den Templern angeschlossen und nie erwartet, den Orden zu verlassen. Zumindest nicht, solange er lebte. Bayard war nur sieben Jahre älter als Gaston. Er war gesund und kräftig – oder vielmehr, er war es gewesen. War es seltsam, dass Marie nicht erwähnt hatte, wie Bayard gestorben war? Oder war Gaston über die Jahre zu misstrauisch geworden?

Es blieb die Tatsache bestehen, dass Bayard nur zwei Töchter hatte. Sein Testament besagte, Châmont-sur-Maine solle an Gaston gehen, nicht an seine eigenen Kinder.

Das war eine kluge Entscheidung, eine, die kein Nachbar anfechten würde. Schon immer war es Bayard gewesen, der dafür gesorgt hatte, dass alles seinen gewohnten Gang nahm. Es war interessant, dass der Disput über die Erbfolge in den Kreuzfahrerstaaten ganz ähnlich gelagert war – nur, dass Amalric im Gegensatz zu Bayard nichts Schriftliches hinterlassen hatte. Die Töchter des verstorbenen Königs von Jerusalem waren uneins, welcher ihrer Ehemänner die Krone tragen sollte. Während die Christen stritten, plante Saladin seine Rache.

Gaston waren die Unterschiede zwischen ihm und seinem Bruder nur allzu bewusst. Er war den Krieg und die Schlacht gewohnt, die Gesellschaft von Männern und die Pflege von Pferden, verstand es, die Finte eines Gegners abzuwehren und eine Auseinandersetzung mit dem Schwert zu entscheiden. Davon, wie man Ländereien verwaltete, wusste er wenig, auch wenn er hinreichend oft mit politischen Erwägungen und Intrigen konfrontiert worden war. Mit den Fingern berührte er erneut den Brief, noch immer überrascht von der Gelegenheit, die sich ihm so unverhofft bot. Er wusste, er konnte sie nicht ausschlagen, und war doch seltsam unsicher, was ihm bevorstand.

Sein Leben war so lange durch die Regeln des Ordens einschränkt und bestimmt worden, dass er sich nicht vorstellen konnte, wie es anders sein sollte. Er würde zur Jagd ausreiten, wenn es ihn danach verlangte, in seiner eigenen Halle speisen, anziehen, was ihm gefiel und jede Nacht im selben Bett schlafen. Es war unmöglich, sich selbst in der Rolle seines Bruders zu sehen, und Gaston bezweifelte, dass er sich so bald an die Veränderung gewöhnen würde.

Aber ihm blieb keine Wahl. Es war seine Pflicht, dieses Erbe anzutreten, und Gaston verstand, was Pflicht bedeutete. Darüber hinaus war er ein praktisch veranlagter Mann.

Er würde einen Sohn zeugen müssen, um die Zukunft Châmont-sur-Maines zu sichern, und dafür brauchte er eine Frau. Ein unehelicher Sohn würde Bayards Pläne zunichtemachen. Gaston musste für einen legitimen Erben sorgen.

Oder lieber zwei.

Noch einmal las er den Brief. Sein Blick verweilte auf einem Detail, das er zuvor nur überflogen hatte, denn Bayards Tod hatte ihn deutlich mehr berührt. Marie vertraute ihm an, ihre älteste Tochter, Azalaïs, habe dieses Jahr geheiratet, und zwar Millard de St. Roux. Der zeitliche Zusammenhang konnte keinesfalls ein Zufall sein. Gaston kannte Millard gut genug – der Mann war nur ein Jahr jünger als er.

Und wie er selbst ein jüngerer Sohn.

Ein Mann ohne Landbesitz oder eine Zukunft, einer, der seinen Lebensunterhalt mit dem Schwert verdient hatte.

Warum hatte Marie ihm das geschrieben? Um anzudeuten, dass Millard in Gastons Abwesenheit Bayards Nachfolge antreten würde? Oder um ihn vor einer möglichen Fehde zu warnen?

Wenn Gaston Anspruch auf das erheben wollte, was gemäß Recht und Gesetz sein war, dann, so viel war klar, würde er bald nach Hause zurückkehren müssen, und zwar mit einer Ehefrau.

Und am besten mit einem Sohn.

Gaston steckte den Brief unter seinen Wappenrock und schaute sich einen Moment das rege Treiben an, das ihn umgab. Er würde eine Frau finden und sich der Aufgabe widmen, Söhne zu zeugen. Dreiunddreißig Jahre war er alt, und Bayards Tod gemahnte ihn an seine eigene Sterblichkeit. Es galt keinen Moment zu verschwenden, wenn er seine Zukunft sichern wollte.

Mochte er auch eine gewisse Beklommenheit verspüren, konnte Gaston doch kein Bedauern empfinden, dass er nicht länger Gerard de Rideforts Befehl unterstehen würde. Er misstraute Menschen, die ihren Impulsen folgten und so unüberlegt handelten, wie es Gerard häufig tat, instinktiv. Die schweren Verluste der Tempelritter bei Cresson diesen Monat zeigten klar, welchen Wert als Anführer dieser Mann besaß, und Gaston glaubte keinen Moment, dass der Sarazenenführer Saladin vorhatte, es dabei zu belassen.

Dies war seine Gelegenheit, sein Schicksal zu beeinflussen, und er würde sie ergreifen.

Wenn er wohlbehalten nach Châmont-sur-Maine zurückkehren und die Zukunft seines Familienbesitzes sichern wollte – was nun seine wichtigste Pflicht war –, dann sollte er besser so schnell wie möglich seinen aktuellen Auftrag erledigen und den Orden verlassen.

Aber wo sollte ein Mann, der sich der Keuschheit und dem Zölibat verpflichtet hatte, eine Ehefrau finden? Gaston hatte keine Schwestern oder Tanten, die versuchten, eine Frau für ihn zu finden, und auch keine Freunde oder Kameraden, die mit Frauen bekannt waren. Das verboten die Ordensregeln.

Christliche Frauen auf Pilgerreise beteten oft in der Grabeskirche. Es erschien Gaston vernünftig, seine Suche dort zu beginnen. Seine Anforderungen an eine Braut waren gering. Sie würde von adligem Blut sein müssen, unverheiratet, jung und kräftig genug, ihm mehrere Söhne zu gebären. Wenn er sie anziehend fände, wäre das umso besser, denn es würde die Erfüllung der ehelichen Pflichten angenehmer machen.

Davon abgesehen hatte Gaston wenig Erwartungen an eine Ehefrau. Er hoffte, eine praktisch veranlagte Frau zu finden, denn er wusste nichts darüber, wie man jemandem den Hof machte – oder sich überhaupt mit einer Frau unterhielt. Vermutlich würde seine Erbschaft der Sorte Frau, die er suchte, als ausreichender Anreiz erscheinen.

Gaston de Châmont-sur-Maine verließ mit entschlossenen Schritten die Ställe, zuversichtlich, dass sich alles vernünftig und zügig würde regeln lassen.

Dieser Optimismus war nur möglich, weil Gaston allgemein so wenig von Frauen verstand, besonders aber von Ysmaine de Valeroy.

Allerdings blieb das nicht lange so.

SAMSTAG, 4. JULI 1187

FESTTAG DES SANKT ODO VON CANTERBURY

KAPITEL 1

Jerusalem

Ysmaine de Valeroy kniete einmal mehr in der Grabeskirche und betete. Sie betete mit einem ungewohnten Eifer, in einem Flehen, das wie nie zuvor aus tiefstem Herzen kam. Tatsächlich hatte es eine Zeit gegeben, in der sie freimütig und rebellisch gewesen war und keineswegs fromm. Zwei ausgesprochen kurze Ehen hatten sie gezwungen, ihr Verhalten zu ändern.

Es war nicht leicht. Sie hatte versucht, für ihre Sünden Buße zu tun, obwohl sie fürchtete, dass sie darin wenig talentiert war. Allen Besitz von Wert hatte sie gespendet. Sie hatte Almosen gegeben und Opfergaben dargebracht. Hatte eine Pilgerreise zu diesem heiligsten aller Schreine unternommen, war den größten Teil des Wegs zu Fuß gegangen und hatte ihre Zofe Radegunde auf ihrer Stute reiten lassen. Und bestimmt hatte sie schon mehr als tausend Kerzen entzündet, viele davon für die Seelen ihrer Ehemänner, viele für ihre eigene. Das Leder ihrer Schuhe war verschlissen. Ihre Kleider waren ausgeblichen und von Staub bedeckt. Schon so lange war sie hungrig geblieben, dass sie sich an das Gefühl eines leeren Magens gewöhnt hatte.

Und dennoch sah sie sich wachsenden Herausforderungen gegenüber.

Womöglich war sie einfach verloren.

Womöglich lastete ein Fluch auf ihr, weil sie sich nicht schuldig fühlte. Womöglich sollte sie akzeptieren, dass sie die Verantwortung für den Tod ihrer Ehemänner trug, statt es für eine Laune des Schicksals zu halten.

Aber das konnte Ysmaine nicht. Ein weiteres Anzeichen ihrer Sturheit und ihres Stolzes.

Für eine junge Ehefrau war es nicht ungewöhnlich, einen älteren Gatten zu Grabe zu tragen, und es trug sich auch nicht gerade selten zu, dass sich ein älterer Mann bei der Aussicht, die Ehe zu vollziehen, übermäßig aufregte. Man hörte gelegentlich von Männern, die in der Hochzeitsnacht starben, und so war der Tod von Ysmaines erstem Ehemann zwar tragisch, aber nicht unerhört gewesen.

Zumindest für jeden außer Ysmaine. Sie selbst würde nie vergessen, wie es gewesen war, unter Richards leblosem Körper gefangen zu sein, zu spüren, wie er erkaltete, während sie sich nicht in der Lage sah, sich von seinem enormen Gewicht zu befreien. Nie würde sie die Demütigung vergessen, als vier Diener ihr am folgenden Morgen hatten helfen müssen, oder den Geruch des Bettes. Sie hatte nicht gewusst, ob sie froh sein sollte, dass Richard, überwältigt von der bloßen Vorfreude, die Tat nicht vollbracht hatte. Die ganze Nacht lang nackt unter einem Mann zu liegen und dennoch Jungfrau zu bleiben, schürte zumindest die Neugier, wenn schon nichts anderes.

Damals hatte das Tuscheln begonnen, auch wenn sie und ihre Familie es ignoriert hatten. Ysmaine glaubte nicht, dass ihr forsches Wesen eine solche Strafe verdiente; glaubte nicht, dass ihre heitere Natur es verlangte, durch Autorität gezügelt zu werden. Sie bedauerte lediglich, dass die Pläne ihres Vaters keine Früchte getragen hatten.

Ihr Vater hatte sich nicht davon abbringen lassen, allerdings traf er bei seinem zweiten Versuch leider eine weniger glückliche Wahl.

Die ganze Welt wusste, dass Henrik gern dem Wein zusprach, und folglich waren viele auch nicht überrascht, als er in der Hochzeitsnacht auf der Treppe stolperte und bei dem Sturz sein Leben verlor, ohne das Bett zu erreichen, in dem Ysmaine den Vollzug der Ehe erwartete.

Andere jedoch begannen zu raunen, Ysmaine habe Gott Keuschheit gelobt, oder, schlimmer noch, sie sei eine Hexe, entschlossen, nie einen Mann zwischen ihre Beine zu lassen. Über das Yulfest wuchsen die Gerüchte, gewannen ein Gewicht, das jeden Versuch ihres Vaters, einen dritten Gatten zu finden, vereitelte.

Es war ihm noch nicht einmal gelungen, Männer für ihre jüngeren Schwestern zu finden.

In dem Glauben, die Schuld läge bei ihr – und dementsprechend auch die Verantwortung, eine Lösung zu finden –, hatte Ysmaine beschlossen, sich auf Pilgerreise zu begeben. Bei einem Fluch solchen Ausmaßes durfte es keine halben Sachen geben, und so hatte sie sich entschieden, nach Jerusalem selbst zu pilgern. Zunächst hatten ihre Eltern protestiert, denn ihre Mutter hatte Angst gehabt, Ysmaine auf eine so weite Reise zu schicken. Angesichts der Entschlossenheit seiner Tochter und der Furcht seiner Frau hatte Ysmaines Vater sie mit einer Gruppe Bewaffneter und ausreichend Gold ausgestattet, um ihre sichere Reise zu gewährleisten.

Möglicherweise etwas zu viel Gold.

Kaum vierzehn Tage nach ihrem Aufbruch waren Ysmaine und Radegunde von den Männern, die zu ihrem Schutz angeheuert waren, ausgeraubt worden. Ysmaine war sich sicher gewesen, dies sei eine Prüfung ihrer Entschlossenheit, und wenn sie nur bis Jerusalem gelangte, würde alles gut werden. Sie hatten um Hilfe betteln und alles von Wert verkaufen müssen, das sie noch besaßen, aber schließlich hatten sie die Heilige Stadt erreicht.

Und nun, als grausamste aller Grausamkeiten, war Radegunde am Fieber erkrankt. Die süße, treue Radegunde, die ihre Herrin auf die Pilgerreise hatte begleiten müssen, angetrieben von deren Beharrlichkeit, würde für Ysmaines Fluch mit ihrem Leben bezahlen.

Sie hatten kein Geld für die Medizin eines Arztes.

Es gab nichts mehr, das sie verkaufen konnten, um die Münzen dafür zu bekommen.

Es war ihre Schuld, fürchtete Ysmaine. Sie weinte über ihr eigenes Versagen und bat um göttlichen Beistand. Es gab keine schlimmere Sünderin als sie, und sicher niemanden, der Mitgefühl weniger verdiente, aber Ysmaine flehte dennoch darum. Sie kniete vor dem

Altar der Jungfrau, denn von Männern erhoffte sie sich keine Gnade. Die Fürbitte Marias war ihre einzige Hoffnung. Sicher würde Maria die Reue in Ysmaines Herz erkennen und Gnade walten lassen.

Bitte, rette Radegunde, betete Ysmaine. *Wenn ich ihr nur helfen kann, werde ich nie wieder etwas anderes verlangen.* Vor Hunger war ihr schwindelig. Die Hände fest gefaltet, betete sie voller Inbrunst. Ihre Bequemlichkeit war ihr gleich. Wenn Radegunde starb, fürchtete Ysmaine, wäre ihre eigene Seele für immer verloren.

Zumindest würde sie vor Schuld verrückt werden.

Obwohl sie so in ihr Gebet vertieft war, war sich Ysmaine bewusst, dass jemand sie beobachtete. Sicher nicht noch jemand, der ihr auflauerte? Ein Schauer lief ihr über den Rücken, und sie beendete ihr Bittgebet und hob den Kopf.

Es war ein Ritter.

Ein Templer.

Ysmaine war ein wenig erleichtert. Jeder wusste, dass diese Männer sich ehrenhaft betrugen.

Der Ritter stand an einer Seite der Kapelle, den Blick auf sie gerichtet und die Arme vor der Brust überkreuzt. Er gab sich keine Mühe, sein Interesse an ihr zu verbergen. Es war etwas Anziehendes an einem Mann, der kein Verlangen hatte, sein Tun zu verschleiern. Ysmaine bemerkte, dass sich auch die anderen in der Kapelle seiner Anwesenheit bewusst waren, und begriff erst jetzt, warum man ihr heute so viel Raum ließ.

Die Leute glaubten, er sei als ihr Beschützer hier.

War er das?

Der weiße Wappenrock mit dem roten Kreuz des Templerordens, den er trug, reichte ihm bis zu den Knien. Er war groß und breitschultrig, seine Augen zusammengekniffen in einem Ausdruck des Misstrauens, den Yasmaine schon häufig an Männern im Dienst der Kirche beobachtet hatte. Die Ritter im Heiligen Land schienen härter als die Kämpfer, denen sie zu Hause begegnet war, ja, fast schon kalt und gefühllos. Sicher wussten sie viel über die charakterlichen Mängel sterblicher Menschen, und vielleicht schmerzte es sie, solche Unzulänglichkeit an diesem Heiligen Ort zu beobachten.

Aber die Art, wie dieser Mann sie beobachtete, machte ihr zu schaffen. Sein Haar war so schwarz wie Ebenholz, sein Gesicht von der Sonne gebräunt. Die Kettenrüstung, die er trug, glänzte, ein Hinweis auf einen dienststeifigen Knappen, und seine Stiefel waren poliert. An seinem Gürtel, in dem Lederhandschuhe steckten, waren Scheiden für Dolch und Schwert befestigt. Die Kapuze seiner Kettenhaube ruhte auf seinen Schultern. Er schien bereit, jeden Moment in den Kampf zu ziehen, und Ysmaine fragte sich, ob sein Schlachtross in der Nähe wartete.

Sie spürte, wie sie unter seinem steten Blick errötete, und fragte sich, ob er sie für eine Diebin hielt. Immerhin bewachten die Tempelritter die heiligen Schreine und begleiteten Pilger auf der unsicheren Straße zwischen den Häfen und der Stadt Jerusalem.

Sie stand auf und bekreuzigte sich, dann machte sie sich auf den Weg zurück zu Radegunde, wider alle Vernunft hoffend, ihre Gebete hätten etwas bewirkt. Es gab wenig, das sie sonst tun konnte. Wie sie es hasste, so machtlos zu sein, nicht einfach in ihre Börse greifen zu können, um alles besser zu machen! Das war eine Demütigung.

Aber Ysmaine würde nicht aufgeben, ganz egal, wie ausweglos die Lage schien. Sie war die Tochter einer tapferen, adligen Familie. Irgendwie würde sie einen Weg finden, alles in Ordnung zu bringen. Irgendwie würde sie diesen Fluch aufheben, dafür sorgen, dass Radegunde wieder auf die Beine kam, und nach Hause zurückkehren mit einem Plan, wie sie für ihre jüngeren Schwestern ordentliche Ehemänner fand. Die Herausforderungen, die vor ihr lagen, waren beängstigend, wenn sie sie alle in Gedanken auflistete, aber Ysmaine war mit einem eisernen Willen geboren.

Erst jetzt begriff sie, dass sie ihn brauchen würde.

Ihr Stolz würde ihre Rettung sein, nicht ihr Fluch.

Sie zuckte zusammen, als sie neben sich Schritte hörte, und sah auf einmal die ausgestreckte Hand eines Mannes neben sich, in der ein silberner Pfennig lag. Als sie aufschaute, sah sie den Templer an ihrer Seite stehen, sein Blick aufmerksam und aus nächster Nähe noch deutlich eindringlicher. Seine Augen hatten einen tiefen Blauton, der sie an den Abendhimmel in ihrer Heimat erinnerte. Ein Kloß bildete sich in ihrer Kehle, denn sie war sich nicht sicher, ob sie ihr Zuhause und all die geliebten Gesichter je wiedersehen würde.

»Ihr irrt Euch in mir, Sir«, sagte sie steif, wandte mit pochendem Herzen den Blick ab und eilte aus der Kirche.

Er ließ sich nicht abschrecken, sondern folgte ihr mit schweren, hörbaren Schritten. Indem er ihr in den Weg trat, zwang er sie, von ihm Notiz zu nehmen, und reichte ihr noch einmal die Münze. Er war größer, als sie zunächst gedacht hatte, so groß, dass er sie überragte. Noch immer kniff er die Augen leicht zusammen; sein Gesichtsausdruck aber war nicht unfreundlich.

»Ich verteile an einem heiligen Ort Almosen«, sagte er, seine Stimme ein tiefes Rumpeln, das erstaunlich angenehm klang. Wieder hielt er ihr die Münze hin. »Aber ich möchte mir lieber nicht die Umstände machen, meine Opfergabe zunächst dem Priester darzubringen.«

Ysmaine stellte fest, dass sie den Blick nicht von diesem so beharrlichen Ritter wenden konnte. Sein Akzent klang vertraut, was sie als Ausrede benutzte, um ihn genauer zu mustern und sich zu fragen, ob sie einander schon einmal begegnet waren. Aber sie erkannte ihn nicht. »Warum?«, fragte sie und wunderte sich, ob er sich vielleicht als Sohn eines der adligen Nachbarn ihres Vaters zu erkennen geben würde.

»Ihr seid hungrig«, sagte er in sachlichem Ton. »Es ist nicht ungewöhnlich, dass Pilger ohne eine einzige Münze in der Tasche an diesem Ort ankommen.« Er nahm ihre Hand in seine, die Berührung warm und vorsichtig.

Nur, weil seine Berührung sie so überraschte, gelang es ihm, ihre Hand zu ergreifen. Seine warmen Finger umschlossen ihre, ließen Ysmaine sich klein und zierlich fühlen, obwohl sie für eine Frau recht groß war.

Er presste ihr den Silberpfennig mit einem großen Daumen in die Handfläche, während sie auf ihre beiden Hände herabsah. Seine Entschlossenheit war offensichtlich. »Ich glaube, es ist die Pflicht eines Menschen, etwas Gutes in der Welt zu bewirken, während er dazu in der Lage ist. Stärkt Euch.« Er schloss ihre Finger sanft um das Geldstück zu einer Faust, dann ließ er sie los und trat ihr aus dem Weg. Dabei musterte er sie weiterhin aufmerksam.

Ysmaine öffnete die Hand, glaubte beinahe, sein Geschenk würde sich in Luft auflösen. Vielleicht war es ein Trugbild, ein Streich, den ihr der Hunger oder die Hitze spielten. Aber die Münze lag noch immer da, kühl auf ihrer Haut. Ihre Rettung glitzerte silbern im Sonnenlicht, und als sie blinzelte, war sie hinterher nicht verschwunden.

»Das könnt Ihr nicht tun«, protestierte sie. »Almosen müssen der Kirche gegeben und dann verteilt werden …«

»Ich kann wohltätig sein, wo ich es will«, korrigierte er sie, unterbrach sie mit einem Selbstvertrauen, das sie einst geteilt hatte.

Ysmaine hörte die warnenden Worte ihres Vaters in ihrem Kopf. *Ein Angebot, das zu gut ist, um wahr zu sein, ist nicht wahr.*

Zweifellos hatte dieses Geschenk seinen Preis, und sie konnte mühelos raten, welcher das sein würde. Doch Ysmaine war nicht bereit, ihre einzige verbleibende Kostbarkeit zu opfern, nicht für einen einzigen Silberpfennig. Sie streckte ihm die Hand hin. »Ein solches Geschenk kann ich nicht annehmen.«

»Warum nicht?« Der Ritter schien aufrichtig neugierig, als sei es ihm nicht in den Sinn gekommen, sie könne ablehnen.

Ysmaine sah keinen Grund, ein Blatt vor den Mund zu nehmen. »Weil Ihr Erwartungen an mich haben werdet, und ich sage Euch frei heraus, dass ich sie nicht für einen einzigen Pfennig erfüllen werde, ja, nicht einmal für das Lösegeld eines Königs.«

Sein plötzliches Lächeln ließ seine Züge unerwartet weich wirken. »Ich habe Erwartungen, das stimmt, aber nicht die, die Ihr befürchtet.«

Sein Lächeln schwächte ihre Entschlossenheit, was sie erschreckte. Wieder hielt Ysmaine ihm die Münze hin. »Ich kann Euer Almosen nicht annehmen.«

Der Ritter schüttelte den Kopf. »Und ich werde nicht zulassen, dass Ihr es mir zurückgebt.« Er deutete mit einer flüssigen Bewegung auf die Menschen ringsum. »Lasst die Münze fallen, wenn Ihr wollt. Jemand anders wird sie sich nehmen, darauf könnt Ihr Euch verlassen.«

Ysmaine wusste, er hatte recht, und ein Hauch ihrer früheren Kühnheit kehrte zurück. Was konnte es schaden, ihn zu fragen? »Welche Erwartungen habt Ihr also an mich?«, fragte sie und hob ihr Kinn. »Ist es zu viel verlangt, wenn ich Euch bitte, die volle Wahrheit zu sagen?«

»Nein, keineswegs. Ich habe die gleichen Erwartungen an Euch wie an jede andere Person, der ich eine Münze gebe.« Er beugte sich vor und senkte die Stimme. Seine Augen glitzerten, als würde er ihr ein

Geheimnis anvertrauten. »Dass die Art, wie Ihr sie ausgebt, Euer wahres Wesen enthüllt.«

Diese Offenbarung faszinierte Ysmaine. »Warum sollte Euch das kümmern?«

Er hob eine dunkle Augenbraue. »Ich bin neugierig.« Sie spürte, dass mehr daran war, als er zugab, aber je länger sie die Münze in ihrer Hand hielt, desto weniger konnte sie sich davon trennen. Er breitete die Hände aus. Seine Augen funkelten auf eine Weise, die Ysmaines Herz leichter werden ließ. »Diese Neugier ist meine persönliche Bürde.«

»Macht sie Euch oft derart zu schaffen?«, fragte sie, bevor sie sich davon abhalten konnte.

»Spielt das eine Rolle?«

»Wenn die Neugier häufig einen solchen Preis erfordert, könntet Ihr Euch bald an meiner Stelle wiederfinden. Ihr solltet achtgeben, Eurer persönlichen Bürde nicht zu viele Münzen zu opfern.«

Sein Lächeln war so jäh, als hätte sie ihn überrascht, und verblasste zu schnell. Wenn er lächelte, wirkte er um Jahre jünger. »Ich gehe sehr achtsam mit meinem Gold um, Mylady«, versicherte er ihr. Bei seinem spöttischen Salut machte Ihr Herz einen Sprung. »Ihr müsst nicht um mich fürchten.«

»Warum ich?«

»Ihr seid jeden Tag zum Bittgebet gekommen. Ich möchte Eurer Bitte entsprechen.«

»Ihr habt es bemerkt.«

»Das habe ich.« Sein Gesicht zeigte eine kühle Kalkulation. »In diesen Landen, in meinem Beruf, überlebt ein unachtsamer Mann nicht lange.«

Es fiel ihr leicht zu glauben, dass dieser Ritter Tücke und Mord entgangen war – sie vermutete, ihm entging kein einziges Detail. Selbst, während sie mit ihm sprach, glitt sein Blick in regelmäßigen Abständen über ihre Umgebung. Sie zweifelte nicht daran, dass er jede Person, die in seiner Gegenwart gekommen oder gegangen war, ausführlich hätte beschreiben können.

Ysmaine schaute auf die Münze herab. Wenn dies eine Gnade Gottes war, würde sie sie nicht verschmähen. Sie straffte die Schultern und schaute zu ihrem Wohltäter auf. »Könnt Ihr mir sagen, wo ich die beste Apotheke finde?«

Der Ritter war sichtlich überrascht. »Seid Ihr krank?«

»Meine Zofe liegt mit Fieber darnieder.« Ysmaine schüttelte den Kopf, als sie daran dachte, welche Rolle sie selbst dabei gespielt hatte. »Es wäre mehr als undankbar, sie ihrem Schicksal zu überlassen; ein schlechter Lohn für ihre Loyalität und Hingabe.«

»Aber Ihr seid hungrig.« Wenn er zuvor schon aufmerksam gewesen war, dann war er es nach dieser Offenbarung noch weitaus mehr.

»Und Radegunde braucht Medizin.« Ysmaine sprach mit Überzeugung und wich seinem Blick nicht aus. »Wenn jemand auf dieser Pilgerreise sterben muss, sollte ich das sein.« Ihre Entschlossenheit schien ihn zu verblüffen, aber Ysmaine fuhr fort: »Ihr seid ein Templer. Sicher lebt Ihr in der Stadt. Ich bitte Euch, Sir, sagt mir, wo ich die beste Apotheke finde.«

Er nickte einmal, und sie hatte das Gefühl, ihre Antwort hätte ihn zufrieden gestellt. »Besser noch«, sagte er mit seiner tiefen, rumpelnden Stimme. »Ich begleite Euch.« Seine Fingerspitzen berührten ihren Ellbogen, hilfreich und dabei galant.

Beinahe war es, als schnitte er ihnen einen Pfad durch die Menge. Seine Statur und seine Ordenskleidung brachten die Menschen dazu, ihm auszuweichen. Ysmaine hatte das aufregende Gefühl, nicht länger allein gegen ihr Schicksal zu kämpfen, und war ihm dankbar. Wenn dieser Mann ihr auch nur dabei half, in einer Apotheke Medizin zu bekommen, so war das mehr, viel mehr, als sie von der Welt zu erwarten gelernt hatte.

Erst während des Gehens bemerkte sie sein leichtes Humpeln. Aber er war ein Ritter und ein Kreuzfahrer. Natürlich hatte er Verletzungen erlitten. Wenn nichts Schlimmeres zurückgeblieben war als eine leichte Lahmheit, hatte er mehr Glück gehabt als viele andere. Sie bewunderte ihn dafür, dass er weder langsamer ging noch um Mitleid heischte. Es sprach für ihn, fand sie, dass er ohne Beschwerde weiterging.

Vielleicht war seine Verletzung der Grund, weshalb er die beste Apotheke kannte.

Ysmaine fragte sich, was genau mit seinem Bein nicht in Ordnung war, und ob die Ärzte in dieser Stadt wohl so gut waren wie die in ihrer Heimat. Wenn nicht, dann konnte sie diesem unerwarteten Wohltäter vielleicht ein Mittel zur Linderung vorschlagen. Ihre Großmutter hatte sie die Herstellung einiger Arzneien gelehrt, und es schien nur richtig, dem Ritter im Gegenzug für seine Hilfe guten Rat zu gewähren.

Vorausgesetzt, natürlich, dass er sie wirklich zu einer Apotheke brachte. Ysmaine gemahnte sich, wachsam zu bleiben, bis er seine Absichten unter Beweis gestellt hatte, und eilte an seiner Seite in Richtung eines unbekannten Ziels.

GASTON WAR die Edelfrau vor einigen Tagen zum ersten Mal aufgefallen. Sie war schlank und feminin, wenn auch zweifellos magerer als üblich, da ihre Wangen zeigten, dass sie kürzlich an Gewicht verloren hatte. Unter dem Schleier, den sie trug, war ihr Haar golden wie das Sonnenlicht, und ihre dicht bewimperten Augen waren von einem frischen, leuchtenden Grün. Für diese fesselnde Kombination war er besonders anfällig, vor allem, wenn die betreffende Frau so hübsch war wie diese Lady.

Sie hatten Nachricht erhalten, dass Saladin gestern den Fluss Jordan überquert hatte, und Gaston sah es als schlechtes Vorzeichen. Reginald de Châtillon hatte den Anführer der Sarazenen vielleicht zum letzten Mal herausgefordert. Als Lord von Kerak am Toten Meer hatte Reginald die gefährliche Angewohnheit, sarazenische Pilger auf dem Weg in die Heilige Stadt Mekka anzugreifen und auszurauben. Jedes Mal, wenn er Saladin ein Versprechen gab, brach er es wieder. Im letzten Jahr erst hatte er einen Eid gebrochen und eine Karawane angegriffen, in der die Schwester des Sultans gereist war. Saladin hatte geschworen, Reginald eigenhändig zu töten. Gaston kannte Saladin durch seine früheren Pflichten als Unterhändler persönlich und hatte befürchtet, dass die Rache rasch und ohne Zaudern erfolgen würde.

Und so war es gewesen. Im März war Saladin nach Kerak gezogen, um die Pilger dort zu beschützen und Reginalds Ländereien zu verwüsten. Doch statt sich zur Verteidigung zusammenzuschließen, stritten die Christen darüber, wer den Thron Jerusalems einnehmen sollte.

Reginald hatte sich mit Gerad de Ridefort, dem Großmeister des Tempels, und anderen Adligen zusammengeschlossen, um Sibylla auf den Thron zu setzen, die ältere Tochter des verstorbenen Königs Amalric. Sybilla wiederum hatte ihren Ehemann, Guy de Lusignan, zum König krönen lassen. Unterdessen unterstützte Raymond von Tripolis einen Gegenkönig, Humphrey von Toron, den Ehemann von Amalrics jüngerer Tochter Isabella.

Im Frühjahr waren die Meister der Templer und der Hospitaliter nach Tiberias geritten, um mit Raymond zu verhandeln. Sie hatten gehofft, ihn zu bewegen, Guy als König zu akzeptieren. Raymond allerdings hatte Saladins Unterstützung gewinnen wollen und dessen Truppen erlaubt, bei Tiberias sein Land zu passieren, um für Reginalds Überfälle auf die Karawanen Rache zu nehmen. Obwohl Raymond erklärt hatte, er habe die Christen gewarnt, behaupteten die Großmeister der Templer, sie hätten nichts davon gewusst, dass er Saladins Truppen freies Geleit versprochen hatte. Die beiden Armeen waren am ersten Mai bei den Quellen von Cresson aufeinandergetroffen. Die Christen hatten eine schwere Niederlage erlitten – Roger de Moulins, Großmeister der Hospitaliter, und vierzig Ritter hatten dabei ihr Leben verloren.

Obwohl Raymond seine Unschuld beteuert hatte und mit dem Großmeister nach Jerusalem zurückgekehrt war, nunmehr bereit, Guy als König zu unterstützen, war Gerard de Ridefort nicht der Einzige, der ihn für einen Verräter hielt. Und so blieben die Christen abgelenkt, während Gaston Grund zu der Vermutung hatte, dass die Sarazenen Truppen direkt vor ihren Grenzen zusammenzogen. Es war schwer, Details in Erfahrung zu bringen, aber er kannte dieses Land und die Anführer aller Fraktionen gut genug, um vorauszuahnen, dass Saladins Abrechnung begonnen hatte.

Der König Jerusalems war ausgeritten, um Saladin entgegenzutreten, und die Großmeister der Templer und der Hospitaliter hatten sich ihm angeschlossen. Die Mehrheit der Tempelritter in Jerusalem war mitgeritten, und alle erwarteten einen Sieg. Immerhin hatten die Christen eine Streitmacht aus tausenden Rittern und Fußsoldaten. Die Festung in Sepphoris war gut zu verteidigen. Zufällig lag dort auch eine Quelle, die eine solche Armee verlässlich mit genügend Wasser versorgen konnte. Gaston, dessen Abreise bevorstand und der von seinem Gelübde entbunden worden war, war als einer der wenigen im Tempel zurückgeblieben. Er war nicht der Einzige, der damit rechnete, dass die Truppen erst zurückkehren würden, wenn er bereits abgereist war.

An diesem Punkt konnte Diplomatie kaum noch etwas bewirken.

Wenn Saladin den Jordan überquert hatte, würde er schließlich nach Jerusalem kommen. Es war Zeit, die Heilige Stadt zu verlassen, sofern er dies beabsichtigte.

Und es war Zeit, eine Braut zu wählen. Er würde diese hier nehmen.

Die Lady war eine Pilgerin, und er bewunderte, mit welcher Hingabe sie zum Gebet kam. Mehrmals am Tag fand er sie in der Grabeskirche, stets demutsvoll vor dem Altar der Jungfrau kniend. Sie folgte nicht der Pilgerroute, um am Heiligen Grabe zu beten, und auch nicht dem Kreuzweg. Ihr Weg blieb immer derselbe.

Gaston bewunderte ihre Entschlossenheit. Er war eher bereit, Menschen zu vertrauen, die sich als verlässlich und beständig erwiesen, und ebenso jenen, die sich nicht leicht geschlagen gaben.

Ihr Kleid, einst von einem kostbaren roten Farbton, war zu einem blassen Hellrot verblichen. Entlang der Nähte sah man noch die ursprüngliche Farbe. Die Stickereien am Saum, einst golden und prunkvoll, waren nun braun und staubig. Er war kein Experte, wenn es um Frauenkleider ging, aber er erinnerte sich noch daran, wie sein Vater über die Ausgaben, die eine Ehefrau erforderte, gesprochen hatte.

Ihr Mantel war einst purpurn gewesen, eine weitere kostbare Farbe, und sah so aus, als hätte man das Innenfutter herausgeschnitten. Vielleicht hatte sie es unterwegs verkauft, um ihre Reise zu finanzieren. Sie hielt ihr Kinn stolz erhoben und senkte den Blick nicht, ein Zeichen ihrer vornehmen Herkunft, das auch der grobe Schmutz nicht verbergen konnte.

Ihm gefiel ihre Demut, und dass sie als wahre Pilgerin reiste. Er bewunderte die Stärke ihres Glaubens und ihre Hingabe an Maria, und dass sie sich aufrecht hielt, obwohl sie ganz offensichtlich viele Herausforderungen hatte überstehen müssen. Sie trug keinen Ehering, bedeckte jedoch ihr Haar, wenn sie die Kirche verließ. Also war sie verheiratet gewesen, war es aber nun nicht mehr. Sie hatte etwas an sich, das seine Aufmerksamkeit erweckte, eine Mischung aus Verwundbarkeit und Stärke vielleicht.

Inzwischen – den dritten Tag, den er sie gesehen hatte – war Gaston zu dem Schluss gelangt, dass sie als seine Ehefrau die einzig vernünftige Wahl war.

Als sie sich aus dem Gebet erhob, schwankend und offenbar so hungrig, dass sie drohte ohnmächtig zu werden, wusste er, es war an der Zeit, mit ihr zu sprechen.

Innerhalb weniger Augenblicke überraschte sie ihn dreimal: mit ihrer Überzeugung, er sei auf der Suche nach einer Hure, mit ihrer Entschlossenheit, das Geldstück abzulehnen, das sie so offensichtlich brauchte, und schließlich mit ihrer Frage nach einer Apotheke. Sie stellte das Wohl ihrer Zofe über ihr eigenes, das war ungewöhnlich und bewundernswert zugleich.

Eine kluge und mitfühlende Frau wäre Gaston sehr recht.

Sie ging neben ihm, aufrecht und groß wie eine Königin, und ihre Haltung brachte die Menschen dazu, ihr Platz zu machen. Der Mittag war schon vorüber und die Sonne schien heiß. Staub hing in den Straßen, die sie passierten. Horden von Pilgern waren unterwegs in die Grabeskirche, doch er und seine adlige Gefährtin stemmten sich gegen den Strom. In der Palmenstraße drängten sich Pilger und Händler, die getrocknete Palmwedel verkauften. Auf der anderen Straßenseite schwenkten Verkäufer ihre Waren, priesen über das Meer der Menschen, die zum Zwecke der Andacht gekommen waren, lautstark deren Vorzüge an. Die Lady hielt sich eng an seiner Seite, als die Händler sie bemerkten, die Münze fest in ihrer Hand, während sie vor den aufdringlichen Angeboten zurückscheute.

Gaston dachte bei sich, dass er die verstopften Straßen nicht vermissen würde, wenn er einmal die Stadt verließ. Tatsächlich würde es angenehm sein, wieder über grüne Hügel zu reiten, und sein Schlachtross, so viel war sicher, würde die Hitze nicht vermissen. Das Klima belastete die großen Pferde, und obwohl sein eigenes in dieser Region gezüchtet worden war, freute er sich darauf, Fantôme nach Frankreich zu bringen. Es war Zeit, dass er auf einer grünen Weide graste, ein Lohn für die langen Jahre treuen Dienstes.

Nach Hause. Wie seltsam, dass er an Châmont-sur-Maine bis vor

Kurzem nie als seine Heimat gedacht hatte. Sein Zuhause war im Tempel gewesen, entweder hier in Jerusalem oder in Paris.

Gaston begleitete die Lady wie versprochen zur besten Apotheke in der Kräuterstraße. Er war nicht der Einzige, der erleichtert aufatmete, als sie den dunklen Laden betraten. Es roch nach getrockneten Kräutern und dem Feuer eines Kohlebeckens. Ein Blick auf das Abzeichen auf seinem Wappenrock, und sie wurden ins Hinterzimmer durchgewunken, wo eine alte Frau zwischen ihren Wurzeln und Tränken saß.

Sie hatte dunkle Augen und goldene Haut. Auch ihr Haar war einst dunkel gewesen. Nun war es von Silber durchzogen, und ihre Augen waren zu Schlitzen verengt, ihr Gesicht faltig. Fatima hatte viel erlebt und hatte keine Geduld für Narren. Doch sie war außerordentlich fähig, und ihre Söhne erlaubten ihr, mit Heiden zu handeln, deren Gold ihnen das Leben erleichterte. Gaston und die Tempelritter waren unter ihren bevorzugten Kunden.

Erst, als sie vor Fatima standen und seine Gefährtin tief Atem holte, begriff Gaston, dass er möglicherweise einen Irrtum begangen hatte.

»Sie ist eine Ungläubige«, protestierte die Lady, leise und auf Französisch. Gaston fürchtete, sie teilte die Ansichten so vieler seiner Ordensbrüder.

Doch er hatte keine Chance, ihr zu antworten. Fatima richtete sich gerade auf und betrachtete Gastons Gefährtin mit wachsamem Blick. »Wer, genau, ist hier ungläubig?«, verlangte sie in perfektem Französisch zu wissen und schnaubte abfällig.

Die Lady schaute verwirrt zu Gaston auf, und er bezweifelte, dass sie je zuvor auch nur mit einem Sarazenen gesprochen hatte.

»An diesem Ort vermischen sich unsere Leben«, sagte er milde. »Und zusammen geht es uns besser als allein.«

Sie öffnete den Mund, dann kniff sie die Lippen zusammen.

»Die ärztliche Kunst der Sarazenen ist weithin anerkannt, Mylady.« Gaston fragte sich, ob sie ihm glauben und seinem Urteil vertrauen würde. »Und Fatimas Wissen ist unvergleichlich. Ihr habt nach der besten Apotheke in Jerusalem gefragt.«

Fatima nickte. Sein Kompliment schien ihre Stimmung wieder aufzuhellen. Sie neigte den Kopf in Richtung seines Beins. »Besser?«

Er zuckte die Schultern. »Zumindest nicht schlimmer, und das an sich ist bereits ein Segen.«

»Ihr gebt nicht hinreichend auf Euch acht«, begann Fatima ihren üblichen Tadel, aber Gaston hob die Hand.

»Heute benötigt die Lady hier Euren Rat.« Er war sich sehr bewusst, dass seine Begleiterin der Unterhaltung lauschte.

Die Lady straffte die Schultern, dann neigte sie höflich vor der älteren Frau den Kopf. »Ich möchte mich für meine Unhöflichkeit entschuldigen. Meine irrige Annahme, Ihr würdet mich nicht verstehen, entschuldigt mein schlechtes Benehmen nicht. Doch ich war lediglich überrascht.«

Gaston erfüllten ihre Worte mit Erleichterung.

Fatima nickte. »Und Ihr braucht meinen Rat«, bemerkte sie. Ihr Blick wanderte über den Körper der Lady. »Was fehlt Euch?«

»Meine Zofe hat Fieber.«

»Wann hat es begonnen? Wie lange hält es an? Erzählt mir alles darüber.« Die alte Frau neigte den Kopf und schloss beim Zuhören die Augen, nickte gelegentlich, während die Edelfrau ihr nähere Details anvertraute. Gaston war überrascht über ihre Beobachtungsgabe und Gründlichkeit.

Als seine Begleiterin schließlich geendet hatte, atmete Fatima durch die Lippen aus. »Wie es den *Franj* hier so oft ergeht«, murmelte sie und schüttelte den Kopf, als sollten seine Landsmänner es besser wissen und zu Hause bleiben. »Nur schlimmer.«

Die Lady hielt erschrocken den Atem an.

Doch Fatima griff, ohne zu zögern, nach einer Reihe von Kräutern und bröselte sie in einen Mörser. Ihre Selbstsicherheit und ihre gleichmäßigen Bewegungen schienen seine Begleiterin zu beruhigen. Wurzeln kamen dazu, und alles wurde zusammen zerrieben. Gaston stieg der scharfe Geruch der Kräuter in die Nase.

»Ihr habt die Symptome gut beschrieben«, sagte Fatima bei der Arbeit mit einem Blick zu der Edelfrau.

»Meine Großmutter wusste viel über die Wirkung von Pflanzen. Sie hat mich die Herstellung einiger ihrer Heilmittel gelehrt, damit ich nützliches Wissen mit in den Haushalt meines Ehemannes brächte. Vor allem aber hat sie mir beigebracht, wie man Beobachtungen anstellt.«

»Damit Euch ein fähigerer Heiler helfen kann.« Fatima nickte. »Das ist klüger, als ein Heilmittel zu verordnen.«

Die Lady lächelte. »Das hat sie auch gesagt.« Die beiden Frauen tauschten einen Blick des Einverständnisses, dann summte Fatima leise und fuhr fort, die Zutaten zu mischen. Gaston und die Edelfrau standen schweigend da und warteten.

Schließlich schaute Fatima auf einmal auf – wie es ihre Gewohnheit war – und streckte die Hand aus, die Handfläche nach oben.

Einige Gesten waren allen Menschen vertraut.

Die Edelfrau legte Gastons Silberpfennig, ohne zu zögern, in Fatimas Hand. Fatima biss darauf, nickte, um anzudeuten, dass die Qualität des Silbers ihr genügte, und schaute dann zu Gaston, als hätte sie begriffen, woher die Münze stammte. Sie sagte nichts, sondern gab die getrocknete Kräutermischung in einen tönernen Becher und reichte ihn der Edelfrau. »Gebt Ihr viermal ein Viertel davon in erhitztem Wein zu trinken. Kehrt morgen zurück und berichtet mir, wie es ihr geht.«

Die Lady schüttelte den Kopf. »Dies wird reichen müssen. Ich habe keine Münzen mehr und kann unmöglich um weitere Wohltaten betteln ...«

»Ihr habt für eine Kur bezahlt, und die werdet Ihr bekommen. Ihr müsst morgen kein zusätzliches Geld mitbringen.« Die dunklen Augen der alten Frau glitzerten, und sie lächelte. »Selbst eine Ungläubige kann sich an einen solchen Handel halten.«

»Ich danke Euch, Fatima«, sagte Gaston und verbeugte sich.

Sie ließ die Münze aufglitzern und dann verschwinden »Und ich danke Euch, *Franj*. Ruht Euch des Abends aus, statt im Tempel herumzurennen, und Eure Hüfte wird es Euch danken.«

»Nicht immer obliegt die Entscheidung mir, Fatima«, gestand Gaston, wissend, dass die Edelfrau neugierig lauschte. Ihm gefiel der Gedanke, eine Frau zu haben, die helfen konnte, die Gesundheit und das Wohlergehen aller in seinen Diensten sicherzustellen.

Sie verabschiedeten sich und verließen das Geschäft. Die Straße schien noch heißer und voller als zuvor.

Die Edeldame ließ sich von Gaston aus dem Haus geleiten, dann blieb sie stehen und wandte sich ihm zu. »Ich danke Euch für Eure Hilfe ...«

»Ihr braucht noch immer eine Mahlzeit«, unterbrach er sie.

Ihre Augen funkelten auf eine bezaubernde Weise. »Ich werde noch tiefer in Eurer Schuld stehen …«

»Mylady«, unterbrach er sie flach. »Es kann keine Heilung geben, wenn ein Körper so vom Hunger geschwächt ist, und das wisst Ihr so gut wie ich. Eure Zofe muss ebenso hungrig sein wie Ihr. In der Töpferstraße, die ganz in der Nähe liegt, gibt es heiße Suppe.«

Sie leckte sich die Lippen, eine Geste, der sie sich wahrscheinlich nicht einmal bewusst war. Der Hunger entkräftete ihr Argument. »Aber …«

Gaston schüttelte den Kopf. »Ich kann mir einen Kessel Suppe leisten. Und ich werde ihn für Euch zu Eurem Quartier tragen, sodass nichts verschüttet wird.« Sie war so wacklig auf den Beinen, dass er ihr kaum zutraute, die Kräutermedizin zu tragen, wobei er vermutete, dass sie sie ihm nicht kampflos überlassen würde.

Sie hatte einen eisernen Willen, diese Frau, und das gefiel ihm ebenfalls.

»Nein.« Die Edelfrau rührte sich nicht und presste entschlossen die Lippen zusammen. »Ihr könnt nicht einfach so die Verantwortung für mich übernehmen. Ich bin kein streunender Hund, den Ihr auflesen könnt und der Eure Absichten nicht begreift …«

Er legte ihr einen Finger auf die Lippen. Bei der kühnen Berührung weiteten sich ihre Augen, und sie verstummte. Gaston sah keinen Grund, mit ihr zu streiten, und vermutete, sein kluger Plan würde ihre Zustimmung finden. Sie schien eine praktisch veranlagte Frau zu sein.

»Ich beabsichtige, Euch zu meiner Ehefrau zu machen, und das kann nicht gelingen, wenn Ihr schwach vor Hunger seid.« Er sah ihre Verblüffung und wusste, er hatte ihre volle Aufmerksamkeit erlangt. »Für meine Verlobte trage ich rechtmäßig die Verantwortung, und die Aufwendung einiger Münzen, um für Euer Wohl und das Eurer Zofe zu sorgen, ist von geringer Bedeutung.« Gaston wandte sich um und ging in Richtung der Töpferstraße. Er war sich sicher, dass die Lady ihm folgen würde.

Als er ihre Schritte hinter sich hörte, lächelte er. Er hatte recht behalten.

KAPITEL 2

*H*eiraten?

Duldeten die Templer Wahnsinnige in ihren Reihen?

Ysmaine hastete dem Ritter hinterher, der ihr eine solche Freundlichkeit erwiesen hatte, und bemerkte, dass er weder langsamer ging noch daran zu zweifeln schien, dass sie ihm folgen würde. Trotz seines Humpelns bewegte er sich recht schnell.

»Das könnt Ihr unmöglich tun wollen«, protestierte sie, als sie hinter ihm war. Er wandte sich um, legte wieder die Hand unter ihren Ellbogen und führte sie durch die Menge. Seine Anmut und seine Manieren waren bewundernswert, selbst, wenn er seltsame Ideen hatte.

»Warum denn nicht?«

»Ihr tragt die Abzeichen der Templer, eines Ordens von Kriegermönchen. Sicher bedeutet das doch, dass Ihr Armut, Keuschheit und Gehorsam gelobt habt?«

»Meine Tage als Tempelritter liegen hinter mir«, sagte er gelassen. »Mein älterer Bruder ist gestorben, wodurch ich zum Oberhaupt unserer Familie aufgestiegen bin.« Sie schaute auf und sah ihn auf sich herabblicken. Ihr Herz machte einen Satz, als sich ihre Blicke trafen. »Ich kehre nach Frankreich zurück, um mein Erbe anzutreten, und brauche daher eine Ehefrau.«

»Aber Ihr wisst gar nichts über mich!«

»Eine Sache weiß ich über Euer Wesen. Ihr habt das Wohlergehen Eurer Zofe über Euren eigenen Hunger gestellt. Solche Einsicht und Selbstlosigkeit sind bewundernswert.«

Einen Moment lang war Ysmaine sprachlos. Er führte sie in eine andere Straße, die ihr vertraut war. Überall drängten sich Verkäufer, die Essen feilboten, und es duftete nach frischem Gebäck, geräuchertem Fisch, gebratenem Fleisch und köstlichen Eintöpfen. Diese Straße hatte sie stets gemieden. Bei den verlockenden Gerüchen knurrte ihr laut der Magen. Wieder wich die Menge beiseite, um für ihren kräftigen Begleiter Raum zu machen, und Ysmaine empfand es als Erleichterung, sich nicht durch das Gewühl drängen zu müssen.

»Das ist es, was Ihr im Austausch für die Münze wollt«, sagte sie, begreifend, dass dieser Mann wenig dem Zufall überließ. »Meine Natur ergründen.«

»In der Tat. Und was Ihr mir gezeigt habt, bewundere ich.«

»Aber Ihr wisst nichts über meine Familie …«

»Eure Kleidung ist verblichen, aber es ist kein billiger Stoff.«

»Ich könnte sie gestohlen haben.«

»Eure Haltung ist die einer Frau von Stand.«

»Ihr kennt meinen Namen nicht, noch ich den Euren.«

»Das lässt sich leicht beheben.« Er blieb mitten auf der belebten Straße stehen und beugte sich tief über ihre Hand. »Gaston de Châmont-sur-Maine, zu Euren Diensten, Mylady.«

Châmont-sur-Maine. Ysmaine hatte davon gehört. Es lag in der Nähe von Angers, und der Baron war ein Verbündeter des Herzogs. Dieser Ritter war ein Angeviner, was erklärte, warum ihr sein Dialekt vertraut vorkam. Angers war das Tor nach Frankreich, direkt an der Grenze der Bretagne, wo Ysmaine aufgewachsen war.

Sie war den ganzen Weg gekommen, nur um einen Ehemann zu finden, dessen Ländereien nahe an ihrem eigenen Zuhause lagen. Und es waren reiche Ländereien.

Ihr Vater würde zufrieden sein.

Wenn dieser Gaston nicht log.

»Sicher beliebt Ihr zu scherzen«, protestierte Ysmaine.

Sein Blick wurde ein wenig härter. »Mein Name ist kein Scherz, Mylady.«

»Natürlich nicht«, sagte sie hastig. »Es ist nur, ich kenne Euer Land.«

Er kniff die Augen zusammen. »Ist dem so?«

»Ich bin Ysmaine de Valeroy.«

Gaston blinzelte. »Als ich mir meine Sporen verdiente, heiratete Amoury de Valeroy eine Frau namens Richildis ...«

Seine Worte bewiesen, dass er sich zumindest ein wenig in diesem Teil Frankreichs auskannte. »Meine Eltern«, sagte Ysmaine lächelnd. »Ich bin die älteste von sechs Töchtern.«

Er verzog das Gesicht, dann legte er die Stirn in FalTen. »Wie kommt es, dass Ihr hier seid, allein, nur mit einer Zofe in Euren Diensten?«

»Ich wünschte, eine Pilgerreise zu unternehmen. Meine Eltern stimmten nur zögerlich zu und erst, als ein Mann, der lange in ihren Diensten stand, zustimmte, mich zu begleiten. Ich kannte Thibaud schon mein ganzes Leben, und mein Vater vertraute ihm voll und ganz.«

»Ihr sprecht über ihn, als wäre er gestorben.«

Ysmaines Tränen begannen zu fallen. Sie spürte noch immer große Schuld über seinen Verlust. »Wir wurden von den übrigen Männern, die Teil unseres Trosses waren, verraten. Thibaud wurde getötet, und man hat uns ausgeraubt.«

Gaston musterte sie mit forschendem Blick. »Ihr hättet nach Hause zurückkehren können«, sagte er leise.

Ysmaine schüttelte den Kopf. »Ich hielt es für eine Bewährungsprobe. Ich glaubte, mein Schicksal könne sich nur wandeln, wenn ich meine Pilgerreise vollendete und alle Hindernisse überwände.« Sie biss sich auf die Lippen und gestand ihm das Schlimmste. »Man sagt, ich wäre sehr dickköpfig, Sir.«

Sein einer Mundwinkel hob sich, Ausdruck einer Belustigung, die ihr willkommen war. »Doch hat Euch diese Eigenschaft gut Dienste geleistet. Ihr seid standhaft geblieben und Eure Überzeugung hat sich ausgezahlt.« Er wollte sie weiter durch die Menge führen, aber Ysmaine griff nach seiner Hand.

»Ihr müsst wissen, dass ich Euch nicht heiraten kann, Sir.«

Gastons Stirnrunzeln vertiefte sich. »Warum nicht? Seid Ihr einem anderen versprochen?«

»Ich habe zweimal geheiratet, Sir, und bin zweimal verwitwet. Wie es scheint, ist es keinem Mann vergönnt, seine Hochzeitsnacht mit mir zu überleben, und Ihr, Sir, seid zu nett zu mir gewesen, um ein solches Schicksal zu verdienen.«

Nun lächelte er, seine Augen erhellten sich und seine Gesichtszüge wurden weicher, sodass Ysmaine beinahe der Atem stockte. »Ist das Euer einziger Einwand, Mylady?«

»Er ist nicht unbedeutend …«

»Und ich habe nicht achtzehn Jahre lang im Dienst der Templer überlebt, weil ich mich so leicht aus dem Leben befördern lasse.« Seine Lippen berührten ihren Handrücken, dann richtete er sich auf. Als er wieder nach ihrem Ellbogen griff, war seine Berührung deutlich besitzergreifender. »Wir werden heiraten«, schloss er, als gäbe es nichts mehr dagegen einzuwenden.

Ysmaine hätte mit ihm streiten können, aber sie zweifelte, dass es an seiner Meinung etwas ändern würde. Er war entschlossen, das musste man ihm lassen. Und sie hatte ihn gewarnt. Wenn Gaston de Châmont-sur-Maine der Meinung war, ihr unbedingt helfen zu wollen, obwohl er von ihrem Fluch wusste, war vielleicht eine göttliche Fügung am Werk.

Vielleicht hatte sich ihr Glück gewandelt.

»Achtzehn Jahre?«, wagte sie zu fragen und spürte, wie sie ihr altes Selbstvertrauen allmählich wiedergewann. »Ihr müsst sehr jung gewesen sein.«

»Ein Junge von fünfzehn Jahren, doch groß für mein Alter.« Er hob die Augenbrauen, bevor sie fragen konnte. »Und ein zu starker Gegner für meinen Cousin. Mein Onkel schlug mich jung zum Ritter, um mich loszuwerden.« Er zeigte keine Gefühle, während er ihr das anvertraute, und Ysmaine fragte sich, ob es ihn belastete, dass sein Weg so früh begonnen hatte. Sie wusste, dass Jungen häufig zu ihren Onkeln geschickt wurden, um dort zu Rittern ausgebildet zu werden, aber sie hatte noch nie gehört, dass sich jemand seine Sporen verdient hatte, bevor er sechzehn Jahre alt war.

»Ihr verübelt Eurem Onkel seine Entscheidung nicht?«, wagte sie zu fragen.

»Falls ich das je getan habe, sind diese Tage lange vorüber. Ich habe mich den Templern angeschlossen, gut gelebt, ehrenhaft gekämpft und viel gelernt. Darin sehe ich keinen Grund zur Beschwerde.«

Ysmaine gefiel es, dass er keinerlei Bitterkeit erkennen ließ. Tatsächlich schien er ihre Sorge nicht zu teilen. Er trat an einen Stand, um Suppe zu kaufen. Durch ihre Wimpern schaute sie zu, wie er einen Topf erhandelte, und erlaubte es sich, ihn zu bewundern. Von allen Männern, die sie geheiratet hatte, war er der Jüngste, der Kräftigste und der Bestaussehende. Er besaß Ehre und schien sehr ausgeglichen. Die Jungfrau Maria hatte ihre Gebete sicherlich erhört.

Vielleicht sollte sie darum beten, dass er ihre Hochzeitsnacht überlebte.

GASTON KEHRTE mit neuem Optimismus in den Tempel zurück.

Ysmaine würde gut zu ihm passen.

Leichten Schrittes betrat er die Ställe, staunte erneut darüber, wie still sie waren. Er und Ysmaine würden fort sein, bevor sie sich wieder füllten.

Er dachte über das praktische Vorgehen nach. Von den drei Kreuzfahrerhäfen Jaffa, Akkon und Tyrus stachen regelmäßig Schiffe in See. Jaffa war übervoll mit den Massen abreisender Pilger, hatte er gelernt, und auf der Straße dorthin drängten sich all jene, die zu Fuß gehen mussten. Gaston dachte gerade über die Vorzüge der anderen beiden Häfen nach, als Bartholomew um die Ecke gerannt kam und Gaston beim Wappenrock griff.

»Mylord!« Das Haar seines Knappen war zerzaust, seine Augen waren weit. In diesem Moment verblüffte Gaston die Erkenntnis, dass der Junge, den er als Knappen unter seine Fittiche genommen hatte, ein Mann geworden war. Bartholomew musste nun dreiundzwanzig Lenze zählen, aber Gaston sah in ihm noch immer den eigensinnigen Straßenjungen, der darauf bestanden hatte, seinen Helm für ihn zu tragen, wenn Gaston den Tempel in Paris verlassen hatte. Schnell war Gaston klar geworden, dass der Junge kein Heim und keine Familie hatte, also hatte er ihn als Knappen angelernt, um ihn nicht dem Hungertod zu überlassen.

Nun war Bartholomew ein Mann, und sie würden beide nach Frankreich zurückkehren.

»Der Präzeptor sucht Euch, Sir.«

»Bruder Terricus kann einen Augenblick warten«, sagte Gaston milde, aber der junge Mann schüttelte den Kopf.

»Ich fürchte nicht. Er behauptet, es sei ungeheuer wichtig. Mir wurde befohlen, Euch sofort zu finden.«

Das beunruhigte Gaston. Im Alltag des Ordens war nur wenig wirklich dringend, und Terricus war nicht leicht aus der Ruhe zu bringen. »Wo ist er?«, fragte er und ging etwas schneller.

»In der Kapelle.« Wie für Bartholomew üblich, erzählte er Gaston alle Einzelheiten, die er wusste, noch auf dem Weg in die Kapelle. »Vor wenigen Augenblicken erst ist ein Bote aus Nazareth eingetroffen, das Pferd aus dem Maul schäumend. Ich habe Bruder Terricus noch nie so blass gesehen, wie nachdem er den Brief gelesen hatte.«

Gaston sank das Herz. War dem Regiment Templer, das mit dem König geritten war, ein Unglück zugestoßen? Er ging schneller, und Bartholomew, dessen Bein unverwundet war, musste laufen, um mit ihm Schritt zu halten.

»Er wünschte zu wissen, ob Ihr schon zum Aufbruch bereit wärt, und als ich sagte, es wäre beinahe so weit, befahl er mir, Euch zu holen.«

Das veranlasste Gaston zu der Vermutung, dass es nicht nur schlechte Neuigkeiten gab, sondern Terricus ihm eine Nachricht für eins der Priorate in Europa mitgeben würde. Sie bogen um die Ecke vor der Kapelle und sahen dort einen hellhaarigen Ritter warten. Das rote Kreuz auf seinem Wappenrock enthüllte, dass auch er dem Orden angehörte. Der Ritter war so groß wie Gaston, sonnengebräunt, und hatte eine Narbe auf der Wange. Gaston kannte ihn nicht, doch er verspürte eine instinktive Abneigung gegen ihn. Es war nicht sein Erscheinungsbild, das ihn störte, sondern seine augenfällige Ungeduld. Er schlug sich mit den Lederhandschuhen auf die Handflächen und ging unruhig auf und ab, während ihm zwei Jungen mit großen Augen zusahen. Gaston konnte daraus nur schließen, dass es sich um seine Knappen handelte und der Neuankömmling ein fordernder Dienstherr war.

Es war nicht ziemlich, dass dieser Ritter Ungeduld zeigte, während er auf einen Vorgesetzten wartete.

»Ich war vor Euch hier«, sagte der Ritter brüsk und autoritär und warf Gaston einen harten Blick zu. »Der Präzeptor wird mich als Ersten empfangen.«

Gaston spürte Ärger in sich hochkochen.

»Ich vermute, Ihr irrt Euch«, antwortete er, sein Ton milder als seine Stimmung. »Da der Präzeptor nach mir geschickt hat.« Gaston wollte an dem anderen Ritter vorbei zur Tür gehen, doch der Fremde griff ihn beim Arm.

»Ich sagte, ich war vor Euch hier«, beharrte der Mann. »Und mit einer Botschaft für den Großmeister persönlich. Gelten die Regeln der Höflichkeit im Priorat Jerusalem nicht länger?«

Voll Missfallen entfernte Gaston die Hand des Mannes von seinem Ärmel. »Das tun sie, und deshalb hat ein Bruder, nach dem geschickt wurde, Vorrang. Der Großmeister ist in den Krieg gezogen und der Präzeptor hat den Vorsitz.«

Die Augen des Ritters blitzten, und er öffnete den Mund, um zu widersprechen, ein klarer Beweis für seine dickköpfige Natur. In diesem Moment öffnete sich jäh die Tür der Kapelle und ersparte es Gaston, weiter darüber diskutieren zu müssen. Der Präzeptor selbst stand vor ihnen. In den dunklen Augen zeigte sich keine Überraschung, als er zwischen beiden Rittern hin und her sah. Gaston nahm an, dass er ihre Auseinandersetzung durch die Tür gehört hatte, und erwartete mahnende Worte.

Bruder Terricus war ganz offensichtlich in Sorge, denn sein Benehmen wich so stark von seiner üblichen, gelassenen Ruhe ab, wie es nur möglich war. »Wer seid Ihr?«, fragte er den Fremden. »Und wer hat Euch zum Großmeister geschickt?«

Dies war also nicht der Bote, der vor Kurzem angekommen war.

Der Fremde neigte den Kopf. »Ich bin Bruder Wulf aus dem Priorat von Gaza. Ich bin geschickt worden, um am Kampf teilzunehmen.«

»Ihr seid zu spät«, unterbrach ihn Terricus brüsk.

Wulfs Überraschung war offensichtlich, und selbst Gaston fiel es schwer, seine Verblüffung darüber zu verbergen, dass Terricus mit solcher Endgültigkeit sprach.

»Schließt Euch mir im Gebet an«, fuhr Terricus fort, und sein Blick wanderte zwischen beiden Männern hin und her. »Sofort. Und auch du, Bartholomew.« Ohne auf eine Antwort zu warten, ging Terricus zum Altar hinüber.

Gebet? Das war das Letzte, was Gaston vor dem Hören einer schlechten Nachricht in den Sinn gekommen wäre, aber er biss sich auf die Zunge. Was hatte Terricus erfahren? Wulf sog missbilligend den Atem ein, und Gaston begriff belustigt, dass sie zumindest eine Sache gemeinsam hatten.

Als die beiden Ritter und der Knappe dem Präzeptor in die kleine Kapelle gefolgt waren, schaute Terricus über die Schulter zu Bartholomew und nickte ihm zu. Der junge Mann schloss die Tür. Bis auf sie vier war die Kapelle leer. Es war still im Raum, der Mangel an Fenstern und die dicken Mauern dämpften verlässlich alle Geräusche von außerhalb. Terricus ging auf die Knie nieder und deutete auf den Boden zu beiden Seiten neben ihm. Gaston begriff.

Sie konnten niemanden hören – und niemand würde sie hören können.

Seine Kopfhaut prickelte. Was es auch war, das Terricus erfahren hatte, er fürchtete sich davor. Gaston fiel zur Linken des Präzeptors auf die Knie, faltete die Hände und neigte wie im Gebet den Kopf. Zur Rechten von Bruder Terricus tat Bruder Wulf dasselbe, während Bartholomew neben Gaston niederkniete.

»Die Festung von Tiberias wurde vor zwei Tagen belagert«, murmelte Terricus.

»Das ist ein waghalsiges Unterfangen“, protestierte Wulf, was der Präzeptor mit einem strengen Blick quittierte.

»Saladin selbst hat die Truppen angeführt und sich geweigert, sich durch das Zahlen eines Tributs von einem Angriff abbringen zu lassen. Ein Turm wurde untergraben, und als er fiel, stürmten die Feinde die Mauern und nahmen die Festung ein.«

Gaston verzog das Gesicht. Er vermutete, es gab noch mehr zu berichten.

»Und Raymond von Tripolis?«, fragte Wulf scharf. »Wurde er bei der Verteidigung seiner Feste getötet?«

Terricus warf ihm einen flüchtigen Blick zu. »Bevor er nach Jerusalem ritt, um mit dem König die Truppen zu mustern, übertrug er seiner Frau das Kommando über die Feste.«

Wulf kniff die Lippen zusammen. »Er hätte den Befehl einem Ritter übertragen sollen.«

»Es heißt, Eschiva kämpfe in der Schlacht so unerbittlich wie ein Mann, und Raymonds Anspruch auf die Feste leitet sich von ihrer Seite ab«, sagte Terricus. »Wie dem auch sei, Berichten zufolge war die Übermacht so groß, dass kein Kommandeur die Feste gegen diesen Angriff hätte halten können.«

»Nicht, wenn die Angreifer darauf vorbereitet waren, die Türme zu untergraben«, stimmte Gaston zu und dachte an das, was er über den Anführer der Sarazenen wusste. Es war kein Zufall, dass der Angriff sich in Raymonds Abwesenheit ereignet hatte.

Es ging um Rache.

»Er nimmt Rache für die Karawane, der Raymond erst freies Geleit versprochen und die er dann bei Cresson angegriffen hat«, sagte er kaum hörbar.

»Schreibt Ungläubigen keine Ehre zu«, tadelte ihn Wulf. »Sie haben keine!«

Gaston hielt den Mund. Er wusste es besser.

Terricus musterte ihn einen Moment und fuhr dann fort: »Sie verteidigte noch die Zitadelle, als sie den Boten losschickte, aber er sagte, Saladins Truppen wären dabei gewesen, auch diesen Turm zu untergraben.«

»Inzwischen wird er gefallen sein«, murmelte Wulf, dessen innerer Aufruhr offensichtlich war. »Zwei Tage!«

»Ist Raymond ihr zur Hilfe gekommen?« Gaston fragte sich, ob der Angriff nur ein Ablenkungsmanöver gewesen war.

Terricus schüttelte den Kopf. »Es heißt, er habe sich dagegen entschieden, Tiberias zu verteidigen. Er war bereit, den Verlust in Kauf zu nehmen, damit das christliche Heer die Festung in Sepphoris nicht würde verlassen müssen.«

»Er würde seine eigenen Ländereien opfern?« Wulf war empört.

Gaston fand es eher empörend, dass Raymond seine Frau opferte, sagte aber nichts dazu. »Er glaubte sicher, Saladin wolle sie dazu bringen, ihre vorteilhafte Position aufzugeben«, mutmaßte er stattdessen. »Er hat den Köder erkannt.«

Terricus nickte. »Vor zwei Nächten, so sagt der Bote, haben sie gestritten. König Guy entschied sich, die Christen anzuführen und zur Verteidigung von Tiberias auszureiten.«

Gaston holte geschockt Atem. »Welch Torheit«, flüsterte er. Wulf schaute ihn über den Kopf von Terricus hinweg scharf an. »Wasser«, erinnerte er den Ritter. »Sepphoris wurde ausgewählt, weil es dort genügend Wasser gibt. Wenn sie es verlassen, sind sie des Todes.«

»Aber das müssen sie doch wissen«, wandte Wulf ein.

Gaston biss sich auf die Zunge. Er dachte an das ungestüme Wesen Gerard de Rideforts und das König Guys. Offenbar hatte Saladin sie provoziert, da er ihre charakterlichen Eigenschaften kannte, und sie hatten den Köder geschluckt.

»Ich muss Kunde dieser Ereignisse an das Priorat in Paris schicken.« Terricus klang sehr entschieden. Gaston war ein wenig überrascht, dass er so bald schon einen Brief entsenden wollte.

»Aber Ihr wisst noch nicht, wie es ausgeht«, protestierte Wulf.

»Ich fürchte, ich kann das Ende erraten«, sagte Terricus. »Ich hoffe, dass ich mich irre, aber ich werde dennoch Nachricht schicken, solange ich es kann.«

Gaston blinzelte bei der Erkenntnis, dass der Präzeptor glaubte, Jerusalem selbst würde verloren gehen. Sicherlich konnte es so schlimm nicht sein? Sicherlich wäre doch ihre Position in der Heiligen Stadt nicht in Gefahr?

Aber Terricus schwankte nicht. »Ihr müsst den Brief für mich überbringen, Gaston. Ihr seid der Einzige, der auf die Abreise vorbereitet ist.« Er senkte die Stimme. »Ihr seid der Einzige, der nicht dem Orden angehört, dem ich eine solche Aufgabe anvertrauen würde.«

Er war der Einzige, den man entbehren konnte. Gaston verstand, und er war froh über die Aufgabe.

Bevor er noch nicken konnte, zog Terricus eine versiegelte Pergamentrolle aus dem Ärmel, wo sie versteckt gewesen war, und reichte sie ihm unauffällig. Gaston nahm sie rasch und ließ sie in seinen eigenen Ärmel gleiten, versuchte dann den Anschein zu erwecken, weiter zu beten.

»Und Ihr, Bruder Wulf, werdet ihn begleiten.«

Mit Mühe bewahrte Gaston sein Schweigen.

Wulf tat es nicht. »Ich unterstehe dem Meister in Gaza, der mich nach Jerusalem geschickt hat, um bei der Verteidigung des Priorats zu helfen …«

»Und Ihr kniet in eben diesem Priorat«, unterbrach ihn Terricus entschieden. »Wodurch Ihr meinem Befehl untersteht.«

»Ich werde nicht den Boten spielen, wenn es einen Kampf auszufechten gibt!«

»Ihr werdet als Kuriere fungieren, alle beide«, sagte Terricus mit Nachdruck. »Denn ich habe es befohlen, und kein Templer widersetzt sich einem Befehl.«

Wulf schien innerlich zu kochen, aber seine Antwort, vermutete Gaston, kam Gehorsam wohl so nahe, wie es ihm möglich war. »Aye, Sir.«

»Während der Brief der offizielle Grund für die Reise ist, vertraue ich Euch darüber hinaus eine sehr viel wichtigere Aufgabe an.« Terricus holte Atem, als wappnete er sich für ein Geständnis, das er nicht machen wollte, und sprach so leise, dass Gaston seine Worte kaum hören konnte. »Ich habe den Schatz aus der Krypta geborgen.«

Gastons Herz setzte einen Schlag aus, und er hörte, wie Bartholomew scharf den Atem einsog. Es war bekannt, dass die Templer einen bemerkenswerten Schatz im Priorat Jerusalem versteckten. Er hatte einzelne Stücke dieses Schatzes gesehen, niemals aber alles davon. Von der größten Kostbarkeit in ihrem Besitz hatte er nur Gerüchte gehört. Diese ungeheuerliche Entscheidung schockte ihn, wie nur wenig anderes es vermocht hätte.

»Ihr rechnet mit dem Fall Jerusalems«, flüsterte er und wünschte sich, Terricus würde ihm widersprechen.

»Wie könnte es anders sein?«, fragte Terricus zornerfüllt. »Wir sind zu wenige und sie zu viele. Wenn sie diese Schlacht gewinnen, wird es ein Blutbad geben. Sich davon zu erholen, wird so schnell nicht möglich sein, nicht, nachdem so gut wie jeder Mann einberufen wurde, um dem König Jerusalems in die Schlacht zu folgen. Wir werden den Tempel verlieren.« Er holte tief Atem und fuhr fort, bevor einer der Ritter etwas einwenden konnte. »Das Beste, worauf wir hoffen können, ist, dass neue Truppen, ein neuer Kreuzzug, uns erlauben werden, die Heilige Stadt zurückzuerobern, nachdem sie gefallen ist. *Wenn* sie fällt. Ich muss meiner Verantwortung gerecht werden und mit dem Schlimmsten rechnen. Ich wage es nicht abzuwarten, falls mir in der Zukunft keine Wahl mehr bleibt.« Er schaute Gaston an. »Der Erfolg dieses Unterfangens liegt in Euren Händen, Gaston.«

Es würde Gastons letzte Mission für den Orden sein, und vielleicht die, die das Überleben der Organisation sicherstellte, die er so liebte. Dennoch konnte er nicht glauben, dass sich die Lage wirklich so katastrophal entwickeln würde. Sicherlich war Terricus nur vorsichtig – oder überängstlich.

Aber ein Befehl war ein Befehl, mochte er sich später auch als Fehler herausstellen.

»Ich werde mein Bestes tun, Bruder Terricus.«

»Mehr kann niemand von einem anderen Menschen verlangen.« Terricus holte tief Atem. »Euer Befehl lautet, Gaston zu begleiten, Bruder Wulf, und Euch in allen Angelegenheiten seiner Autorität zu fügen. Offiziell seid Ihr derjenige, der den Brief nach Paris bringt, und reist nur um der Sicherheit willen mit Gaston.«

Wulf schnaubte leise, und Gaston spürte, wie ihn der andere Ritter einer genauen Musterung unterzog.

»Dann sollte ich auch derjenige sein, der den Brief bei sich trägt.«

»Ihr werdet tun, wie Euch befohlen«, sagte Terricus.

»Natürlich, Sir«, sagte Wulf mit hartem Tonfall.

»Offiziell hat Gaston den Orden verlassen. Dennoch erteile ich ihm den Befehl über den Trupp.«

»Die Leute werden die Wahrheit sofort erraten«, wandte Wulf ein. »Kein Templer nimmt Anweisungen von einem weltlichen Ritter entgegen.«

»Sicher versteht Ihr, dass es den Anschein haben wird, als würdet ihr uns anführen, während Ihr in Wirklichkeit meinen Anweisungen folgt«, sagte Gaston mit einer Milde, die er nicht fühlte.

Wulf kniff die Lippen so fest zusammen, dass sie nahezu unsichtbar wurden. Nur der wütende Blick des Präzeptors hielt ihn von weiteren Einwänden ab.

»Das Paket, das Euch anvertraut wird, ist versiegelt und wird nur vom Meister des Tempels in Paris geöffnet werden. Dies ist zu Eurer Sicherheit wie auch zu der seines Inhalts.«

»Aye, Sir«, antworteten beide Ritter einstimmig. Gaston fragte sich, ob Wulf die gleiche Neugier verspürte wie er, was diese spezielle Fracht anging, die ihnen anvertraut wurde – doch ein Schwur war ein Schwur.

Vielleicht würde man ihnen im Tempel in Paris einen Blick darauf gewähren.

»Andere werden Euch begleiten, damit Eure Gruppe größer ist und die Bereitschaft, Euch zu überfallen, kleiner. Dies werden wir als rein praktische, vernünftige Erwägung präsentieren.«

»Andere?«

»Ein weiterer Ritter verlässt, wie es beschlossen war, den Orden, um an seiner eigenen Hochzeit in Schottland teilzunehmen.«

»Bruder Fergus?«, fragte Gaston, der vermutete, es könne sich nur um diesen handeln.

»In der Tat«, bestätigte Terricus. »Er wartet bereits im Stall auf Eure Anweisungen; sein Gepäck steht bereit.«

Terricus verlieh dem Wort eine so subtile Betonung, dass nur ein Mann, der ihm dabei in die Augen sah – einer, der ihn gut kannte – es bemerken konnte.

Gepäck.

Fergus war der Schatz anvertraut worden.

Gaston nickte, während Terricus fortfuhr: »Zwei Pilger haben um Schutz gebeten.«

»Pilger!«, murrte Wulf, doch Bruder Terricus hob den Finger.

»Ich muss Euch daran erinnern, Bruder Wulf, dass wir geschworen haben, Pilger zu verteidigen. Everard de Montmorency kehrt nach Hause zurück, in der Hoffnung, ein letztes Mal mit seinem sterbenden Vater sprechen zu können, und der Händler Joscelin de Provins versucht zweifellos zu fliehen, solange er noch kann.«

Gaston nickte. Everard war ihm als ein regelmäßiger Besucher am Hof des Königs vertraut, während er den Händler nicht kannte.

»Ihr werdet am Morgen aufbrechen, als wäre es eine gewöhnliche Patrouille«, fuhr Terricus leise fort. »Obwohl es alles anderes ist als das. Ich möchte keinen Verdacht erwecken, was die wahre Natur Eurer Mission angeht.«

»Natürlich, Sir«, stimmte Gaston zu. Niemand ritt in diesem Land bei Nacht, denn das würde nicht nur Neugier erwecken, sondern auch einen Überfall provozieren.

Es gab nur noch eine kleine Kleinigkeit zu erledigen. Er würde den Priester bitten müssen, ihn vor ihrer Abreise mit Ysmaine zu vermählen.

Er sollte mit Terricus sprechen, bevor er eine Frau in den Tempel brachte. Zum ersten Mal seit Jahren war Gaston im Zwiespalt, wem er seine Loyalität schuldete. Er hätte Ysmaine am liebsten sofort zu sich geholt, aber keine Frau durfte über Nacht im Tempel bleiben. Er sagte sich selbst, die Nonnen hätten das Tor zu dieser Stunde bereits geschlossen und die Nacht über wäre es in der Stadt sicher. Er fühlte einen ungewohnten Beschützerinstinkt gegenüber seiner Braut und wünschte, er könnte selbst für ihre Sicherheit sorgen.

Wären er und Terricus allein gewesen, hätte er um Rat gebeten, aber er war sich sehr bewusst, dass Wulf ihnen zuhörte.

Terricus bekreuzigte sich, erhob sich und verbeugte sich vor dem Altar. »Geht mit Gott«, sagte er im Flüsterton. »Möge Er es für gut befinden, uns alle zu retten.«

Aber was war mit dem Schatz? Welchen Gegenstand aus der Krypta würden sie bei sich tragen?

Wie gewaltsam durfte er notfalls vorgehen, um ihn zu verteidigen?

Es schien unwahrscheinlich, dass Terricus ihm diese Details anvertrauen würde, und Gaston hoffte, Fergus wusste mehr. Bartholomew hastete zur Tür der Kapelle, während der Präzeptor vom Altar zurücktrat. Der Knappe verbeugte sich, als er das Portal öffnete. Männer hatten sich im Korridor versammelt, während sie hinter verschlossenen Türen beraten hatten, und machten es unmöglich, weitere Fragen zu stellen.

Er würde Terricus später noch einmal aufsuchen, um über die Ehegelübde zu sprechen.

Zunächst einmal musste er alle Reisevorbereitungen treffen.

Gaston stand auf, bekreuzigte sich und schaute hinüber zu seinem unwilligen künftigen Reisegefährten. »Ihr müsst nach Eurer Reise hungrig sein«, sagte er, als sei nichts Ungewöhnliches vorgefallen.

»Nun, da Ihr gebetet habt, werde ich Euch das Dormitorium und die Halle zeigen.«

Wulf verengte die Augen. »Ich dachte …«

Gaston ließ den Blick über die neugierigen Zuschauer im Korridor wandern.

Wulf folgte seinem Blick und nickte kaum merklich. »Ich würde Eure Hilfe zu schätzen wissen«, sagte er und verbeugte sich. »Dieses Priorat ist sehr viel größer als das, mit dem ich vertraut bin.«

»Kommt und erfrischt Euch, Bruder.« Gaston deutete auf die Tür und ließ Wulf vorausgehen.

»Ich möchte die anderen kennenlernen, die in unserer Gruppe reisen, wenn Ihr so hilfreich wärt«, sagte Wulf in befehlsgewohntem Ton. »Besser ist es, wenn wir sichergehen, dass alles für den Morgen bereit ist.«

Gaston schmiedete in Gedanken seine eigenen Pläne. Er musste sich mit Fergus über den Schutz des Schatzes unterhalten und für seine eigene Abreise packen. Er musste mit dem Priester und noch einmal mit Bruder Terricus sprechen. Morgen würde er Ysmaine zu Fatima bringen müssen und hoffte, ihre Zofe hatte sich bis dahin ausreichend erholt, um auf die Reise gehen zu können. Auch, wenn sich sein Zeitplan und seine Ziele geändert hatten, er würde Jerusalem nicht ohne seine Braut verlassen.

Wenn die Sarazenen tatsächlich vorhatten, Jerusalem anzugreifen, war Gastons Angebot möglicherweise ihre einzige Überlebenschance.

SONNTAG, 5. JUI 1187

FESTTAG DES SANKT FRAGAN UND DER GWEN VON ENGLAND

KAPITEL 3

Nichts war so gut geeignet wie eine heiße Mahlzeit, um einem das Vertrauen in die Zukunft zurückzugeben. Ysmaine konnte nicht glauben, wie anders es nun um ihre Stimmung und die Gesundheit ihrer Zofe bestellt war.

Es war ihr gelungen, im Schlafsaal des Nonnenkonvents Unterkunft für sich und Radegunde zu finden, und sie mochte die Ruhe und den Frieden des Klosters. Der Klang der Glocken verlieh jedem Tag seinen Rhythmus, und die Leinengewänder der Nonnen raschelten leise auf dem Steinboden.

An diesem Abend fühlte sie sich gesegnet wie seit Jahren nicht mehr. Ysmaine gab Radegunde die Medizin zu trinken, in kleinen Dosen, wie die Apothekerin es verordnet hatte, und staunte dabei über die Güte der Jungfrau.

Doch nein, sie musste vor allem Gaston dankbar sein. Maria mochte bewirkt haben, dass er Ysmaine bemerkte, aber der Ritter hatte den Rest allein vollbracht.

Und Ysmaine würde erneut heiraten. Der Gedanke brachte tief in ihr etwas zum Flattern, auch wenn sie nicht sagen konnte, ob vor Angst oder vor Aufregung. Sie verzog das Gesicht und hoffte, dieser Ritter würde für seine Güte nicht bezahlen, indem er wie ihre anderen Ehemänner in der Hochzeitsnacht sein Leben verlor. Aber es bestand

45

keine Chance, seine Meinung zu ändern, denn er hielt ihre Ängste ganz offensichtlich für unbegründet.

Ysmaine hoffte im tiefsten Inneren, er würde überleben. Gaston besaß eine Integrität, die sie schon jetzt aufrichtig bewunderte, und sie hielt ihn für einen Mann, den sie anders als ihre beiden vorherigen Gatten würde lieben können.

Trotz ihres ursprünglichen Misstrauens konnte sie sehen, dass Gaston sie zu einer fähigen Heilkundigen gebracht hatte, genau wie versprochen. Dank der Suppe und der Medizin ging es Radegunde am Abend schon deutlich besser, und Ysmaine war erleichtert. Die Stirn ihrer Zofe fühlte sich merklich kühler an, und Radegunde hatte schon zweimal die Augen geöffnet und Ysmaine mit einem schwachen Lächeln bedacht, das ihr Hoffnung verlieh. Sie blieb neben der jüngeren Frau sitzen, kühlte ihre Haut mit feuchten Tüchern und verabreichte ihr mehr von der Medizin, wenn es ging. Dass der Atem ihrer Zofe deutlich leichter ging, war ein ermutigendes Zeichen.

Radegunde würde es schaffen.

Die Glocken der Kirche Sankt Maria Latina riefen zur Mitternachtsmesse. Während die Tore vor der Außenwelt verschlossen blieben, versammelten sich die Benediktinerinnen zum Gottesdienst. Radegunde erwachte. Zu Ysmaines Freude war ihr Blick klar.

»Mylady«, murmelte Radegunde. »Was ist mit mir geschehen?«

»Du warst sehr krank, hast dich aber erholt. Möchtest du ein wenig Suppe? Sie ist noch warm.«

Mit Ysmaines Hilfe setzte sich die junge Frau auf. Es gelang ihr, mehr zu essen, als Ysmaine zu hoffen gewagt hatte. »Dabei sollte ich *Euch* bedienen, Mylady.«

»Zunächst musst du gesund werden«, sagte Ysmaine lächelnd.

Radegunde nickte, dann legte sie sich wieder hin und schlief ein. Ysmaine betrachtete sie einen langen Moment. Die pure Erleichterung erfüllte ihr Herz mit Freude.

Gaston hatte dies möglich gemacht, und sie würde dafür sorgen, dass er seine Entscheidung, ihr zu helfen, nie bereute.

Ysmaine kniete neben Radegunde nieder und betete, dankte Maria für ihr Mitgefühl.

Und sie dankte ihr auch, weil sie dafür gesorgt hatte, dass Gaston sie bemerkte.

Wie weit reichte die Huld der heiligen Jungfrau? Hatte sie auch dafür gesorgt, dass Gaston gerade in diesem Moment eine Braut brauchte?

Eins war sicher: Ysmaine würde ihm die bestmögliche Ehefrau sein, solange ihr diese Aufgabe oblag.

Nicht weniger hatte er verdient.

BARTHOLOMEW WARTETE vor dem Konvent der Benediktinerinnen, wo Gastons Verlobte untergekommen war. Die Glocken läuteten zum ersten Gottesdienst des Tages, als das Portal geöffnet wurde, und er zog sich in den Schatten zurück, um von dort aus alles im Auge zu behalten.

Zu seiner Überraschung war die Lady eine der Ersten, die das Tor durchschritten. Sie sah sehr viel glücklicher aus als am Vortag und eilte mit zielstrebigen Schritten die Straße entlang.

Bartholomew, dem die Aufgabe übertragen worden war, in Gastons Abwesenheit für ihre Sicherheit zu sorgen, folgte ihr. Dass die Lady etwas vorhatte, das sie offenbar zügig in die Tat umsetzen wollte, erfüllte ihn mit Neugier.

Er lächelte, als sie in die Straße der Kräuter einbog, und erriet, wohin sie wollte. Sie suchte erneut Fatima auf, so viel stand fest. Dennoch ging er ihr hinterher und wartete einen Augenblick, bevor er ihr ins Geschäft folgte, um sicherzugehen, dass sie zu Fatima vorgelassen worden war. Unter dem wachsamen Blick eines von Fatimas Brüdern schaute er sich zwischen Heiltränken und getrockneten Kräutern um und versuchte, der Unterhaltung der beiden Frauen zu lauschen.

»Und?«, fragte Fatima.

»Es geht ihr viel besser«, antwortete die Lady mit hörbarer Erleichterung. »Ich danke Euch von ganzem Herzen für Eure Hilfe.«

»Sagt mir, wie sie heute aussieht.«

Die Lady beschrieb, wie sich das Aussehen ihrer Zofe verändert hatte, wie sie während des Schlafs atmete, wie viel Suppe sie gegessen hatte und wie warm sich ihre Haut anfühlte. Sie war beinahe so aufmerksam wie Gaston.

»Dann hat sie das Schlimmste überstanden«, sagte Fatima befriedigt. »Ihr seid doch noch rechtzeitig gekommen.«

»Es ist dem Ritter zu verdanken, denn allein hätte ich für Eure Dienste nicht zahlen können.« Die Lady senkte ihre Stimme. »Ich habe auch jetzt kein Geld, aber ich möchte Euch dennoch um eine kleine Menge eines bestimmten Krautes bitten.«

»Welches?«

»Eisenhut«, antwortete die Lady, ohne zu zögern. »Kennt Ihr es?«

Fatima senkte die Stimme. »Wozu braucht Ihr ein solches Gift?«

»Es ist für Gaston, denn er wird mein Ehemann sein.«

Bartholomew ließ beinahe die Wurzel fallen, die er in Händen hielt. Er schaute auf die Straße hinaus, um seine Reaktion zu überspielen, und tat, als hätte dort jemand seinen Namen gerufen. Nachdem er sich flüchtig vor Fatimas Bruder verbeugt hatte, hastete er aus dem Laden und fragte sich, was er da gerade gehört hatte.

Warum sollte Gastons Verlobte seinen Tod wollen?

Er ahnte es nicht, aber Gaston hatte erwähnt, sie sei auf einer Pilgerreise, weil sie schon zwei Ehemänner habe zu Grabe tragen müssen. Vielleicht war es doch kein Zufall gewesen. Vielleicht lastete mehr auf ihr als ungewöhnliches Pech.

Bartholomew wartete im Verborgenen. Als die Lady Fatimas Laden wenige Augenblicke später verließ, bemerkte er, dass sie einen kleinen Beutel bei sich trug. Er war ganz schlicht und sah genau aus wie die anderen, die er selbst schon oft aus der Apotheke geholt hatte. Die Lady befestigte ihn an ihrem Gürtel und verbarg ihn schnell in den Falten ihres Rocks. Dann eilte sie zurück ins Kloster.

Doch einen Moment! Sie musste das, was sie bei sich trug, für Geld gekauft haben, denn Fatima verschenkte nichts. Wie hatte eine Frau, die am Tag zuvor noch ohne Geld dagestanden hatte, diesen Morgen einen Handel tätigen können?

Hatte sie Gaston belogen?

~

ZUFRIEDEN mit dem Ergebnis ihres Ausflugs und voller Vorfreude eilte Ysmaine zurück zur Herberge des Konvents. Es sprach Bände über Gastons wahre Natur, dass Fatima ihr den Eisenhut überlassen hatte, nachdem sie von dessen Nutzen erfahren hatte. Sie hatte Ysmaine von Gastons Verletzung erzählt, dem Resultat eines Sturzes vom Pferd, wie Ysmaine bereits befürchtet hatte. Fatima nahm an, er habe sich einen Knochen gebrochen, sei jedoch nicht lange genug im Bett geblieben, damit der Bruch glatt habe heilen können. Sie vermutete, er würde ihm den Rest seines Lebens zu schaffen machen, und warnte Ysmaine, es sei nicht die einzige Verletzung gewesen, die Gaston erlitten habe. Ysmaine würde sicherstellen müssen, dass Gaston häufiger der Ruhe pflegte, als er es bisher gewöhnt war, hatten beide Frauen daraus geschlossen, und sich im Einvernehmen voneinander verabschiedet.

Diese Unterhaltung war eine gute Art gewesen, den Tag zu beginnen, und es freute Ysmaine, mit der anderen Frau ein Auskommen gefunden zu haben. Wirklich, Gaston hatte ihr die Augen für die Ähnlichkeiten zwischen ihnen geöffnet und sie gezwungen, über die Unterschiede zwischen ihnen hinwegzusehen. Fatima war gar nicht so anders als die Heilkundige daheim im Haushalt ihrer Eltern. Ysmaines Großmutter hatte ihr beigebracht, diese spezielle Medizin herzustellen, aber in allen anderen Angelegenheiten wurde stets Mathilde hinzugezogen. Ysmaine konnte sich lebhaft vorstellen, wie Mathilde und Fatima Heilmittel verglichen und Erfahrungen austauschten.

Nun, da ihr Vertrauen in die Menschheit wiederhergestellt war, waren Ysmaines Schritte und ihr Herz beschwingt. Sie lächelte der Pförtnerin zu, als sie den Hof betrat. Ungestörter Schlaf und die gute Suppe hatten Wunder gewirkt.

Radegunde war wach und saß im Bett. Sie hatte den Rest der Suppe aufgegessen und hatte ganz offensichtlich vor aufzustehen. Ysmaine half ihr dabei, mehr als froh, dass die junge Frau allein zur Latrine gehen und sich anschließend waschen konnte. Sie half Radegunde, ihr dichtes, dunkles Haar zu bürsten, und die Zofe dankte ihr überschwänglich.

Sie wirkte wie verwandelt.

»Euer Verlobter ist ein großzügiger Mann, Mylady«, sagte Radegunde mit glänzenden Augen. »Ich bin sehr dankbar.«

»Ich auch.« Ysmaine reichte der Zofe das kleine Päckchen, das Fatima ihr gegeben hatte. »Wirst du gut darauf aufpassen?«

»Was ist es, Mylady?«

»Ein Kraut, das helfen kann, den Schmerz in seiner Hüfte zu lindern, sollte er mir erlauben, es anzuwenden. Fatima sagt, er sei mit Sturheit geschlagen.«

»So wie Ihr, Mylady«, sagte Radegunde augenzwinkernd. »Vielleicht hat er seinen Meister gefunden.«

»Sein Humpeln wird sicherlich besser werden, wenn ich dabei mitzureden habe.« Ysmaine ließ das Säckchen los. »Aber gib gut darauf acht. Wenn man es einnimmt, wirkt dieses Kraut als tödliches Gift.«

Radegundes Augen weiteten sich. »Aye, Mylady. Ihr könnt Euch auf mich verlassen.«

AM MORGEN WAR Gastons beachtliche Geduld über Gebühr strapaziert. Er hatte keine Ahnung, wie er Wulfs Gegenwart auf dem langen Weg nach Paris ertragen sollte, denn er konnte bereits jetzt sehen, wie sehr es dem anderen Ritter missfiel, aus dem Heiligen Land fortgeschickt zu werden, wenn ein Krieg bevorstand, und dann auch noch nur dem Anschein nach den Befehl zu führen. Er hatte mit Fergus über den Schutz ihrer Fracht gesprochen. Fergus gab sich so träge und ungerührt wie immer, abgesehen von dem Glitzern in seinen Augen, aber Gaston wusste es besser, als dem äußeren Anschein zu trauen. Terricus hatte für den Schatz einen guten Wächter gewählt.

Es war später, als er gehofft hatte, als er dazu kam, Ysmaine abzuholen.

Ihre Zofe würde noch immer schwach auf den Beinen sein, also nahm er einen seiner Zelter mit. Er hoffte von Herzen, dass Zofe wie auch Herrin hinreichend stark waren, um die Reise zu überstehen. Es würde kein gemütlicher Ausritt über Land werden. Sie würden lange und schnell reiten müssen, durch unwegsames Gelände, unabhängig vom Wetter.

Er vermutete, er würde sehr bald erfahren, aus welchem Holz seine Lady geschnitzt war.

Vor dem Eingang zu den Ställen wartete Bartholomew auf ihn. Er wirkte beunruhigt. Gaston runzelte bei seinem Anblick die Stirn, immerhin hatte er dem jüngeren Mann befohlen, seine Lady zu bewachen. »Was ist geschehen?«, fragte er. »Ist Mylady erkrankt?«

»Nein, sie hat sich gleich bei Tagesanbruch wieder zu Fatima begeben.«

Gaston lächelte, froh, dass sie allein die Initiative ergriff. »In der Tat, das sind exzellente Neuigkeiten. Eine Sache weniger, die ich heute Morgen erledigen muss.« Das Pferd am Zügel, ging er zügig in Richtung des Konvents, gefolgt von Bartholomew. »Und hast du gehört, was sie gesagt hat? Wie geht es der Zofe?«

»Anscheinend hat sie sich gut erholt, und Fatima klang beinahe so zufrieden wie Mylady.«

»Exzellent.« Gaston ging schneller. Er war von einem untypischen Verlangen erfüllt, sich zu beeilen, und einer ebenso unvertrauten Vorfreude.

»Aber sie hat etwas gekauft, Sir, und ich denke, Ihr solltet davon wissen.«

»Ich dachte, sie hätte kein Geld«, sagte Gaston. »Fatima muss ihre Bitte abgeschlagen haben.«

Bartholomew schüttelte den Kopf. »Sie hat den Laden mit einem Beutel verlassen.«

»Es muss eine weitere Dosis Medizin für ihre Zofe gewesen sein.«

»Nein, Sir, sie hat nach einem Kraut gefragt, dessen Namen ich nicht gehört habe …«

Obwohl er ein praktisch veranlagter Mann war, hatte Gaston stets auch auf seine Intuition gehört. Sein Herz sagte ihm, dass Ysmaine vertrauenswürdig war.

Er drehte sich zu seinem Knappen um. »Bartholomew«, tadelte er sanft. »Ich weiß, wir haben es in den vergangenen Jahren selten mit Frauen zu tun gehabt, und ich bin sicher, du hast viel über ihre angeblichen Listen gehört. Aber diese Lady wird meine Frau werden, und ich möchte keine falschen Anschuldigungen gegen sie hören.«

»Aber sie hat nach einem Kraut gefragt …«

Gaston erinnerte sich, dass seine Verlobte etwas von nützlichen Pflanzen zu verstehen schien. Er winkte ab. »Sie und Fatima scheinen ähnliche Kenntnisse zu besitzen. Sie müssen darüber gesprochen haben, was der Zofe am besten helfen würde.«

»Aber Fatima sagte, es sei ein Gift, und Mylady behauptete, es sei für Euch!«

Gaston sah den jüngeren Mann mit entschiedenem Blick an. »Sie hat kein Geld, Bartholomew, und Fatima verschenkt ihre Mittel nicht. Wenn das, von dem du glaubst, du hättest es gehört, stimmt …« Er ließ seinen Gesichtsausdruck Bände sprechen. »Dann wird ihr kein Erfolg beschieden gewesen sein.«

»Aber …«

Gaston unterbrach ihn mit flacher Stimme. »Heute ist mein Hochzeitstag, Bartholomew. Von diesem Moment an möchte ich nichts mehr gegen Mylady hören.« Er sah, wie sein Knappe störrisch die Lippen zusammenpresste. »Aber wenn es dich beruhigt, werde ich nichts zu mir nehmen, das sie für mich zubereitet, bis du von ihrer Rechtschaffenheit überzeugt bist. Unterwegs wird sich das mühelos bewerkstelligen lassen.«

»Das würde meine Sorge lindern, Sir«, sagte Bartholomew voll Erleichterung.

»Und so soll es geschehen«, sagte Gaston abschließend. »Ich möchte nicht, dass du mit Mylady darüber sprichst. Es ist unangenehm, unter Verdacht zu stehen, besonders, wenn die Ursache dafür so unbedeutend ist, dass sich das Misstrauen vielleicht als vollkommen unbegründet herausstellt.« Er wartete, bis Bartholomew zustimmend den Kopf neigte, dann ging er weiter.

Erneut erfüllte ihn die Vorfreude, und er begriff, dass er sich auf sein neues, weltliches Leben freute.

Mit Ysmaine an seiner Seite.

YSMAINE HALF RADEGUNDE GERADE, sich anzukleiden, eine Umkehrung ihrer üblichen Pflichten, die sie beide zum Lächeln brachte, als sie hörte, wie sich jemand hinter ihr räusperte. Sie wandte sich um und sah eine der Schwestern vor sich stehen, die versuchte, ihre Aufmerksamkeit zu erregen. Die Frau legte einen Finger an die Lippen und deutete auf den Klostereingang. Neugierig ging Ysmaine hinüber zum Portal, und ihr Herz setzte einen Schlag aus.

Gaston wartete im Durchgang zur Straße, die Hände hinter dem Rücken verschränkt und den Blick gesenkt. Wegen seines Geschlechts blieb ihm der Einlass in den Konvent verwehrt, aber er wartete am Tor auf sie. Er stand in einem Flecken Sonnenlichts, als wollte die Sonne selbst die Aufmerksamkeit auf seine mehr als ansehnliche Gestalt lenken. Er hatte den weißen Wappenrock seines Ordens abgelegt und trug nun einen Wappenrock in dunklem Blau, einer Farbe, die, wie Ysmaine wusste, gut zu seinen Augen passte. Sein Haar wirkte schwärzer als zuvor, und es war feucht, wellte sich über seinem Kragen, als hätte er ein Bad genommen, bevor er hergekommen war.

Gütiger Gott, er war ein wirklich anziehender Mann.

In den Augen der Schwester lag eine Frage, aber Ysmaine lächelte nur. »Mein Verlobter«, murmelte sie und spürte die Überraschung der anderen Frau. »Er hat mich gestern Radegunde zuliebe zu einer Apotheke geführt.«

Die Frau nickte, unausgesprochene Fragen im Blick. Zweifellos würde sie wissen wollen, wo der Verlobte bislang gesteckt hatte. Vermutlich glaubte sie, dass Ysmaine diesem Ritter eine weltlichere Belohnung hatte zuteilwerden lassen als ein Eheversprechen, aber Ysmaine war das egal. Die Schwester deutete auf Radegunde und schien damit sagen zu wollen, sie würde sich um sie kümmern, während Ysmaine mit dem Ritter sprach. Ysmaine lächelte und dankte ihr, dann ging sie hinüber zu Gaston.

Beim Näherkommen schlug ihr Herz schneller.

Beim Klang ihrer Stimme schaute er auf, und der Glanz der Bewunderung in seinen Augen ließ Ysmaine den Mund trocken werden. »Wie geht es Eurer Zofe?«, fragte er, als sie ihn erreicht hatte, und hob die Hand, um ihren Ellbogen zu ergreifen und sie durch das Tor zu führen. Es gefiel ihr, wie direkt er war.

Er führte sie einige Schritte hinaus auf die Palmenstraße, die zwischen der Grabeskirche und der Kirche Sankt Maria Latina verlief, an die das Konvent der Benediktinerinnen angrenzte. Am einen Ende der Straße befand sich das Hospital, in dem die anderen Ritterorden untergebracht waren. In der anderen Richtung lag der Fischmarkt, und obwohl der Handel kaum begonnen hatte, war der Fischgeruch bereits durchdringend.

»Es geht ihr so viel besser«, sagte Ysmaine, die ihre Freude nicht verbergen konnte. »Ich danke Euch sehr für Eure Hilfe …«

»Gut«, sagte Gaston mit einer Entschlossenheit, die ihren Dank unterbrach. »Mein Knappe sagt, Ihr wärt heute Morgen schon bei Fatima gewesen.«

»Das war ich. Ich dachte, ich würde es Euch ersparen, mich dorthin begleiten zu müssen.«

Er suchte ihren Blick. »Wie lautet ihr Rat?«

»Sie ist sehr zufrieden mit Radegundes Fortschritt und sagte, ihre Arbeit sei getan.« Ysmaine lächelte, aber Gaston schien auf etwas zu warten. »Was ist, Sir?«

»Nichts, natürlich.«

Sein Knappe wusste, dass sie bei Fatima gewesen war. Wie? Er musste ihr zur Apotheke gefolgt sein. Auf eigenes Betreiben oder auf Befehl seines Ritters? Ysmaines Blick wanderte an Gaston vorbei zu dem dunkelhaarigen Mann, der sie beobachtete. Er stand neben einem Pferd, in die gleichen Farben gekleidet wie Gaston, und musterte sie mit einem solch offenen Misstrauen, dass es sie verdutzte.

Auch, wenn es Ysmaine ärgerte, dass der Knappe sie anscheinend ablehnte, respektierte sie, dass ihr Verlobter nicht sofort eine Anklage erhob. Sie hielt dem Blick ihres künftigen Mannes stand und sprach ruhiger als für gewöhnlich: »Und stimmt Euer Knappe dieser Einschätzung zu?«

Gaston schürzte die Lippen. »Bartholomew liegt mein Wohlergehen sehr am Herzen.«

Ysmaine bemerkte, dass er auf ihre Frage nicht direkt antwortete. Der Gedanke, dass ihr Ehemann einen Mann dazu abgestellt hatte, sie zu überwachen, gefiel ihr ganz und gar nicht. »Habt Ihr Euren Knappen damit beauftragt, mir zu folgen, Sir?«

»Ich habe ihn damit beauftragt, in meiner Abwesenheit für Eure Sicherheit zu sorgen.«

Ysmaine wusste, sie sollte pflichtbewusst und gehorsam sein und die Sache auf sich beruhen lassen, aber eine solche Fügsamkeit war ihr schlicht nicht gegeben. »Sir, ich versichere Euch, meine Ehemänner hätten weitaus größeren Wert für mich gehabt, hätten sie weitergelebt. Ich wollte keinen von ihnen tot sehen und habe nichts getan, um ihr Ableben zu beschleunigen. Das schwöre ich Euch.«

Gaston nahm ihre Hand in seine, eine nüchterne Geste. Sicher glaubte er ihr doch? »Auch wenn Euer Besuch bei Fatima uns heute Morgen Zeit spart, glaube ich, für die Dauer unserer Reise solltet Ihr nicht allein unterwegs sein.«

War dies ein Anzeichen von Misstrauen? Ysmaine konnte sich seiner Motive nicht sicher sein, wenn er sich so wortkarg gab. »Ich habe den größten Teil des Wegs aus der Bretagne mit Radegunde allein beschritten«, bemerkte sie und begann zu fürchten, er würde sie einsperren wollen, wenn sie einmal seine Ländereien erreichten.

»Und laut Euren eigenen Worten verlief die Reise nicht ohne Zwischenfälle«, entgegnete Gaston sanft. Ysmaine wandte bei dieser Mahnung den Blick ab. Gaston neigte sich ihr zu und senkte seine Stimme. »Ihr werdet meine Frau sein, und somit trage ich Verantwortung für Euch. Von diesem Tag an werde ich für Euer Wohlergehen sorgen, ob Ihr Euch nun in meiner Gegenwart befindet oder nicht.«

Ysmaine musterte ihn und hoffte, das alles würde wirklich so einfach sein, wie er sie glauben machen wollte. »Werdet Ihr es mir in Zukunft sagen, wenn Ihr jemanden dazu abstellt, mich zu bewachen?«

»Natürlich. Ich hätte es Euch gesagt, wenn es mir eingefallen wäre, als wir beisammen waren.« Er gab ihr die Zusicherung so bereitwillig, dass Ysmaine ihm glaubte. »Ich habe Bartholomew heute Morgen aus dem Tempel losgeschickt, denn ich hatte viele Aufgaben zu erledigen.« Mit den Lippen berührte er flüchtig ihren Handrücken. »Ich wollte Euch nicht kränken, aber ich mag gelegentlich einen Fehler begehen, während ich versuche, meiner neuen Verantwortung gerecht zu werden. Sie ist mir noch unvertraut, und ich bitte um Eure Nachsicht.«

Als sie aufschaute, hob er die Braue, und in seinen Augen lag ein leichtes Zwinkern. »Ihr werdet möglicherweise feststellen, dass ich auf die Schätze, die meiner Obhut anvertraut wurden, äußerst gewissenhaft achtgebe.« Seine Augen waren von einem so dunklen Blau, dass Ysmaine der Mund trocken wurde.

Wenn es seine Absicht war, sie zu bezaubern, war er darin jedenfalls sehr viel erfolgreicher, als sie es von einem Kämpfer, der zuvor Keuschheit geschworen hatte, erwartet hätte.

»Meine Mutter hat immer gesagt, eine gute Ehe sei eine Partnerschaft«, sagte sie und hoffte, ihn von diesem Gedanken überzeugen zu können, doch Gaston lächelte nur flüchtig.

»In der Tat«, stimmte er ihr zu. »Und nun habe ich Nachricht, die Euch möglicherweise nicht froh stimmen wird.«

Sein brüsker Ton ließ Ysmaine erraten, wie wichtig diese Neuigkeiten waren. Gaston war ein Ritter, ein ehemaliger Templer, ein Mann der Schlacht. Sie erinnerte sich an die Geschäftigkeit, die die Heilige Stadt vor Wochen erfüllt hatte, und fürchtete sich vor dem, was Gaston möglicherweise erfahren hatte. »Der König Jerusalems ist zum Kampf gegen Saladin ausgezogen«, sagte sie und hoffte wider alle Vernunft, dass die Christen siegreich aus der Schlacht hervorgegangen waren.

Ihrer begrenzten Erfahrung nach konnten Schlachten mehrere Monate und Kriege viele Jahre dauern. Jetzt schon Neuigkeiten zu erlangen, noch dazu so schlechte Neuigkeiten, dass Gaston sich derart nüchtern gab, war kein gutes Omen.

Und tatsächlich beugte er sich vor. »Wir müssen heute Morgen heiraten, Mylady.« Sein Tonfall verriet eine Dringlichkeit, die Ysmaines Herz zum Galoppieren brachte.

»Hat der König verloren?« Sie konnte den Gedanken kaum ertragen.

»Nein, die Schlacht dauert an«, sagte er bedächtig, aber sie las an der Art und Weise, wie er den Kopf abwandte, dass er mehr wusste, als er ihr sagte. »Allerdings werde ich noch heute aufbrechen, da sich eine Reisegruppe auf den Weg nach Paris macht. Es wird sicherer sein, zu mehreren zu reisen, und einfacher, wenn wir zuerst heiraten.«

»Heute aufbrechen?« Allein der Zeitplan machte Ysmaine zu schaffen. »Aber das ist unmöglich. Radegunde ist noch nicht gesund genug für eine Reise.«

»Wir haben keine Wahl«, sagte Gaston flach. »Ich werde sie mit aller Höflichkeit behandeln und für ihre Bequemlichkeit sorgen, so gut es geht.« Sein Blick war so stählern, dass Ysmaine begriff, er sah keine andere Möglichkeit.

Sie und Radegunde konnten ihn begleiten oder zurückbleiben. In diesem Fall konnte sie sich nicht vorstellen, dass sie ein glückliches Schicksal erwartete. Sie hatten eine Möglichkeit, heimzukehren, Gaston sei Dank.

Du lieber Gott, sie hatte wirklich großes Glück, mit diesem Mann eine Übereinkunft getroffen zu haben.

~

»Könnt Ihr mir sagen, was Ihr wisst, Sir?« Ysmaine wünschte, so viel über die Umstände zu wissen wie möglich, obwohl sie fürchtete, ihr Verlobter würde dies nicht als angemessenes Thema für eine Frau erachten.

Gaston schaute über die Mauern und die Menschen auf den Straßen hinweg, als suchte er nach etwas oder jemandem, das oder den er nicht sehen konnte. Sein ganzes Benehmen beunruhigte Ysmaine, und sie folgte seinem Blick. Dabei bemerkte sie nur, dass die Menschen sich nun schneller bewegten. Wo die Kräuterstraße sich mit anderen zur Straße des heiligen Stephan vereinigte, die zum Stadttor desselben Namens führte, waren zahlreiche Menschen zu Fuß unterwegs. Mehr Pilger als üblich trugen ihr Gepäck mit sich, als wollten sie die Stadt verlassen, und eilten in Richtung des Tors.

Wo würden sie schlafen? Wie weit konnten sie heute gelangen? Die Häfen waren fern, und Ysmaine bezweifelte, dass eine solche Menge auf den Schiffen, die dort vor Anker lagen, untergebracht werden konnte.

In plötzlicher Angst drückte sie Gastons Hand, und er umschloss ihre Finger mit seinen.

Er war so stark und beständig wie ein Fels.

»Es gibt keinen Grund zur Beunruhigung«, sagte er leise. »Lediglich zur Vorsicht.«

»Ich verstehe.« Ysmaine begriff, dass er ihr nicht mehr über die Lage sagen würde, während sie draußen auf der Straße standen. Sie hoffte, später würde er es tun. Noch einmal suchte sein Blick den ihren, und seine Eindringlichkeit erfüllte sie mit einem Gefühl der Dringlichkeit.

»Ihr müsst mir vertrauen, Mylady, obwohl mir bewusst ist, dass das eine kühne Bitte ist.«

»Und wenn ich es nicht tue?« Ysmaine musste die Frage stellen.

Er beugte sich vor. Seine Lippen berührten ihr Ohr, als wollte er sie auf die Wange küssen. »Dann seht Ihr Frankreich vielleicht nie wieder.«

Dann war die Lage in der Tat verzweifelt. Ysmaine holte tief Atem und schloss die Augen, ließ es so scheinen, als wäre es seine Berührung, die sie überwältigte. Es erschien plausibel, dass die Templer wussten, wie es um die Schlacht stand, und ein Ritter wie Gaston wusste am besten, was zu tun war.

Dennoch widerstrebte es ihr, ihr Leben und das ihrer Zofe in die Hände eines Fremden zu legen.

Ihr müsst mir vertrauen, Mylady.

Ysmaine erinnerte sich daran, dass Gaston sie nicht belogen hatte, und wichtiger noch, dass sein Verhalten von Integrität zeugte. Man konnte leicht daran zweifeln, dass er in seinem Leben je eine Lüge erzählt hatte. Vielleicht lag er falsch, was den endgültigen Ausgang der Schlacht anging, aber er glaubte, was er ihr gesagt hatte.

Und sie glaubte ihm, ob es nun Torheit war oder nicht.

Da sie sich bewusst war, dass mindestens eine der Schwestern ihrer Unterhaltung folgte, richtete sich Ysmaine auf und lachte leise. »Eure Inbrunst ist sehr überzeugend, Sir. Auch ich werde froh sein, wenn wir unsere Gelübde abgelegt haben.«

»*Jetzt*, Mylady«, sagte Gaston mit Hitze, und seine Hand umschloss ihre mit besitzergreifender Selbstverständlichkeit. »Es muss jetzt geschehen, im Tempel.«

»Aber Radegunde kann nicht so weit laufen, Sir, und ich werde sie nicht zurücklassen.«

»Natürlich nicht.« Gaston hob die Hand, und sein Knappe führte den Zelter aus dem Schatten. »Aus diesem Grund habe ich das Pferd mitgebracht. Vielleicht könnt Ihr mit ihr reiten, um sicherzugehen, dass sie sich im Sattel hält.«

Ihr Verlobter war gut vorbereitet. Wieder einmal hatte Ysmaine den Eindruck, dass sie nicht länger allein an der Front stand, und Gastons praktische Veranlagung gefiel ihr sehr gut.

»Ich werde unser Gepäck holen, Sir. Wir besitzen nur wenig, und die Schwestern werden Radegunde zum Tor geleiten.«

Ysmaine wandte sich ab, aber Gaston umfasste ihren Ellbogen und hielt sie fest. Als sie sich zu ihm umwandte, machte ihr Herz beim Anblick seines Lächelns einen Sprung. Er nahm ihre Hand, presste ein paar Silberpfennige hinein und schloss ihre Finger darum.

»Man muss stets seine Schulden begleichen, Mylady, oder man nimmt seinem eigenen Namen aller Ehre.«

Erstaunt blickte Ysmaine auf die Münzen. »Sir, Ihr gebt zu viel für mich aus«, protestierte sie, weil sie dachte, dass es sich so gehörte, auch wenn sie in Wirklichkeit froh war, die Schwestern bezahlen zu können. Sie bettelte nicht gern um Wohltaten, und sie teilte Gastons Ansicht, dass man seine Schulden bezahlen sollte.

»Ihr gebt es für mich aus. Ihr werdet meine Frau sein, und Eure Schulden sind nun die meinen.« Gaston neigte sich vor und küsste sie flüchtig auf die Lippen, ganz offensichtlich überzeugt, dass sie die Geste wie auch die Münzen akzeptieren würde. Es war ein Kuss, so praktisch wie der Mann selbst, fest und keusch, aber leidenschaftslos auf eine Weise, die Ysmaine ein wenig zu kühl vorkam. Sie wollte ihm eine Reaktion entlocken und ihn überraschen, ihm einen Blick voll jener Bewunderung entlocken, die sie schon einmal hatte aufblitzen sehen.

Sie wollte mehr von einer Ehe als materielle Sicherheit und Söhne, begriff sie.

Sie wollte Leidenschaft und Partnerschaft. Ja, tatsächlich wollte Ysmaine auch Liebe, wie die Liebe, die ihre Eltern verband. Es war Gastons Geschenk an sie, dass die Sehnsucht nach der Zukunft, die sie sich immer gewünscht hatte, auf die sie jedoch nicht mehr hatte hoffen können, wieder erwachte.

Impulsiv legte Ysmaine eine Hand in Gastons Nacken und vertiefte den Kuss. Sie konnte seine Überraschung spüren, presste sich an ihn, ließ alle auf der Straße glauben, was sie glauben wollten. Erstaunlich schnell legte sich sein Arm um ihre Taille, und er zog sie hoch, bis sie auf Zehenspitzen stand, presste seinen Mund auf ihren, als könnte er dem Festmahl, das sie ihm in Aussicht stellte, nicht widerstehen. Der Kuss sandte Feuer durch Ysmaines Adern, und sie wusste ganz sicher, dass es richtig war, Gaston zu vertrauen.

Beinahe vermochte sie zu glauben, dass er dasselbe fühlte.

Gaston musste sich spürbar zwingen, seinen Mund von ihrem zu lösen, und schaute auf sie herab. In seinen Augen glitzerte ein Verlangen, das ihres widerspiegelte. Es schien ihm die Sprache verschlagen zu haben, was, so dachte Ysmaine, ein gutes Zeichen für ihre Zukunft und ihre Ehe war.

»Mylady, wir müssen uns beeilen«, sagte er mit rauer Stimme.

»Aye, Sir. Ich brenne ebenso darauf, mein Gelübde mit Euch abzulegen.« Auch ihre Stimme klang heiserer als sonst, und als sie seine Wange mit den Fingerspitzen berührte, schmerzte etwas in ihrer Brust. Eine wunderbare Freude war in ihr erblüht, eine, die ihr Hoffnung gab.

»Herr im Himmel, ich hoffe von ganzem Herzen, dass Ihr unsere Hochzeitsnacht überlebt«, flüsterte sie. Gaston blinzelte in offenkundigem Erstaunen, und Ysmaine stellte fest, dass sie lächelte, als sie sich in Richtung des Schlafsaals wandte.

Ihr Herz war ganz leicht und die Welt voller Verheißung. Vielleicht war es doch kein Fluch gewesen, der sie bis nach Jerusalem geführt hatte, sondern das Schicksal, das sie dem Mann zuführte, den zu heiraten ihr bestimmt war.

Der Reiz, der in dieser Vorstellung lag, ließ Ysmaines Lächeln breiter werden.

KAPITEL 4

Wulf konnte nicht glauben, in welcher Lage er sich befand.

Es war absurd, dass er auf die Anweisungen eines anderen Bruders warten musste, und schlimmer noch, dass er die Heilige Stadt verlassen musste, wenn jedes Schwert gebraucht wurde. Eine ganze Nacht war ereignislos verstrichen! Weder hatte er den Brief, der dem französischen Ritter anvertraut worden war, noch eine Ahnung, was für einen Schatz sie transportieren würden oder wo er sich befand.

Der einzige Vorteil an der Verzögerung war, dass sein Ross gut ausgeruht war. Eine wichtige Einzelheit, für Wulf aber war es nicht genug.

Er ging in den Ställen des Jerusalemer Tempels auf und ab, erfüllt von rastloser Ungeduld. Er hatte die Box gefunden, in der das Pferd des französischen Ritters stand, und musste eingestehen, dass der Apfel-schimmel zumindest ein gutes Schlachtross abgab. Das Pferd war gestriegelt worden und fraß Heu. Neben ihm stand ein dunkler Zelter angebunden.

Die Pferde waren noch nicht einmal gesattelt.

Und von ihrem Herrn war weit und breit nichts zu sehen.

Vielleicht wollte er am nächsten Tag aufbrechen, oder am Tag darauf. Vielleicht war dieser Gaston nicht so entschlossen wie Wulf, seinen Teil zu tun, um der Sache der Christen in der Heiligen Stadt zu dienen. Wulf ging hin und her und knurrte leise über die Verzögerung.

In einer benachbarten Box saß ein Mann, der nur ein schottischer Wilder sein konnte – zweifellos der ehemalige Templer, den sie wohl oder übel in ihre Gruppe aufnehmen mussten –, auf einem Fass und trank sein Ale. Betrunken würde er ihnen nichts nützen, wenn er ihnen denn überhaupt nützen konnte. Dieser Fergus wirkte träge und behaglich wie eine Milchkuh auf der Weide, die zufrieden darauf wartete, dass man sie zurück in den Stall trieb. Während Gaston sich gestern Nacht lange und leise mit ihm beraten hatte, hatte Wulf sich nicht die Mühe gemacht. Er konnte kaum ein Wort von dem verstehen, was der Mann sagte.

Wenn schon nichts anderes, schien Fergus jedenfalls halb Jerusalem mit nach Hause zu seiner Verlobten zu bringen.

Fergus hatte einen rothaarigen Knappen mit Sommersprossen auf der Nase, der beim Schlafen schnarchte, und einen etwas älteren mit Augen, die stets nervös durch den Raum huschten. In einem Kampf hätte Wulf ihm nicht den Rücken zugewandt.

Er hielt wenig von dem Grafen, der sie begleiten sollte, und noch weniger von dem Kaufmann. Wulf bezweifelte, dass nach der Abreise dieser drei noch irgendein Gegenstand von Wert im Heiligen Land zurückblieb. Sie hatten mehr Kisten, Bündel und Satteltaschen dabei, als Wulf je besessen hatte. Die beiden Männer saßen nebeneinander und unterhielten sich, anscheinend zufrieden damit, solange zu warten wie nötig. Wulf dagegen machte das Warten zu schaffen.

Dass er hier tatenlos herumsitzen sollte, während andere Brüder in die Schlacht ritten, war absurd.

Wulf würde es nicht glauben, wenn er es nicht selbst gerade selbst erleben würde.

»Die Geschichten sind wahr«, murmelte er, sicher, dass außer seinen Knappen niemand seine Muttersprache Deutsch verstand. Alle Ritter und Laienbrüder, die er hier im Priorat getroffen hatte, waren Franzosen gewesen.

Vielleicht war das das Problem. Wulf hielt nicht viel von Franzosen. Sie waren zu sehr auf Äußerlichkeiten bedacht und mieden kämpferische Auseinandersetzungen – mit Ausnahme des Großmeisters, natürlich. Sie verachteten die schmutzige Arbeit auf dem Schlachtfeld, und er bedauerte einmal mehr, dass er nicht in die Ränge der Hospitaliter aufgenommen worden war.

Zumindest aber waren die Franzosen keine Schotten. Der einzige Verdienst jener Kämpfer war ihre wilde Kampfeslust, von der dieser Fergus jedoch nichts zu besitzen schien.

»Das Priorat Jerusalem verrottet von innen heraus«, knurrte Wulf und ging wieder im Stallgang auf und ab. »Die Brüder sind bequem und selbstgefällig, was ihrer Kampfkraft nur abträglich sein kann.«

»Aye, Sir«, stimmte sein älterer Knappe, Stephen, zu.

Wulf glaubte nicht einen Moment, dass der Präzeptor ihm die Wahrheit gesagt hatte. Dass der König Jerusalems sich in seiner Taktik so irren und eine kostbare Wasserquelle aufgeben würde? Das konnte nicht sein. Wulf schlug sich mit den Handschuhen auf die Handfläche und biss die Zähne zusammen, zum Schweigen verdammt durch seinen Schwur, sich niemals dem Befehl eines Vorgesetzten zu widersetzen.

Das wusste der Präzeptor natürlich. Deshalb hatte er diese Mission befohlen.

Doch was für eine Torheit! Jerusalem jetzt zu verlassen, war Wahnsinn. Sie sollten bleiben und das Priorat verteidigen, statt ihre Brüder in einer Zeit der Not im Stich zu lassen. Oder sie sollten nach Norden reiten, um den Truppen des Königs zu helfen. Die Kreuzfahrerstaaten zu verlassen, war die schlimmstmögliche Entscheidung. Wulf ging schneller auf und ab. Es kümmerte ihn nicht, was sie transportierten, welchen Brief oder welchen Gegenstand aus der Krypta. Er würde lieber seine Klinge in den Kampf führen.

Je schneller sie zu dieser lächerlichen Mission aufbrachen, desto schneller konnte er vielleicht zurückkehren und seinen Beitrag leisten.

Selbst das machte ihn wütend, denn Wulf unterstand diesem Ritter, den der bequeme Lebenswandel im Priorat Jerusalem offensichtlich verweichlicht hatte.

Sein Ross, Teufel, war gestriegelt, gefüttert, getränkt und gesattelt und stampfte schon mit den Hufen, so ungeduldig auf den Aufbruch bedacht wie sein Herr. Auch Wulf hatte gegessen und sich erfrischt, ebenso wie seine Knappen. Und doch ließ Gaston sich nicht blicken. Der Wachwechsel war vorüber. Es musste schon Vormittag sein.

»Das Problem an diesem Priorat ist, dass man von hier aus die Straßen nicht sehen kann«, beschwerte sich Wulf bei Stephen, der zustimmend nickte. »Von hinter diesen dicken Mauern hervor kann man die Stimmung in der Stadt nicht einschätzen. Man könnte beinahe vergessen, dass es überhaupt eine Stadt jenseits der Mauern gibt, und gar nicht bemerken, wenn die Unzufriedenheit ihrer Bürger einen Siedepunkt erreicht. Nein, eine Zitadelle sollte gut befestigt, aber angreifbar sein, mit einem weiten Ausblick, wie das Priorat in Gaza. Innerhalb jener Mauern hat sich niemand je wirklich sicher gefühlt. Kein Mann dort hat sein Überleben je für selbstverständlich gehalten. Eine solche Unsicherheit sorgt für garantierte Wachsamkeit.«

»Aye, Sir«, stimmte Stephen zu und verbeugte sich.

»Dieses gesamte Gebäude könnte zerstört werden, und wir würden es zu spät erfahren, als dass es für unser Schicksal einen Unterschied machen würde«, beschwerte sich Wulf. »Wo, im Namen Gottes, ist dieser Mann hin?«

Er wirbelte herum, als sich das Tor öffnete, und marschierte entschlossen darauf zu. Er war nicht überrascht, als er sah, dass Gaston zurückgekehrt war, obwohl es ihn verblüffte, dass er einen kastanienbraunen Zelter führte. Ein jüngerer Mann folgte dem Pferd, der gleiche Mann, der am Vortag mit ihnen in der Kapelle gewesen war. Er musste Gastons Knappe sein, auch wenn er Wulf dafür recht alt erschien.

Als Wulf sah, wer im Sattel saß, verflog seine Neugier auf den jüngeren Mann jedoch sofort. Er verstand sehr gut, wie wichtig dieses Unterfangen war, und konnte nicht glauben, welche Torheit der andere Ritter beging.

Und er war nicht in der Stimmung, mit seiner Meinung hinter dem Berg zu halten.

GASTON WAR EIN WENIG BENOMMEN. Natürlich war er schon zuvor geküsst worden und hatte seinerzeit die eine oder andere Frau geküsst, aber noch nie hatte es sein Blut derart in Wallung gebracht. Ysmaine hatte ein Verlangen in ihm geweckt, das so heftig in ihm brannte, dass er das Gefühl hatte, ein ganz anderer Mann zu sein. Sein übliches, maßvolles Betragen erschien ihm selbst fern, beinahe erschreckend fern, und er konnte nur an die Zukunft denken, wenn er die Nächte mit dieser Frau in seinem Bett verbringen würde.

Gaston vergaß niemals seine Pflichten oder seine Gewohnheiten. Er kam nicht zu spät, ließ sich nicht von einem Vorhaben ablenken oder auf sonstige Weise von fleischlichen Gelüsten verlocken.

War es normal für einen Mann, von seiner Verlobten so erregt zu sein?

War hier Hexerei am Werk?

Sein Verstand war benebelt – von Ysmaines Kuss wie auch von ihren Worten. Sie forderte ihn heraus und provozierte ihn, ließ Feuer durch seine Adern fließen. Als er mit ihr gesprochen hatte, hatte er beinahe vergessen, wie dringlich es war. Er hatte verweilen und ihre Augen funkeln sehen, sie besänftigen und zum Lächeln bringen wollen. Er fühlte sich wie ein Untier, weil er an ihr zweifelte, aber als erst einmal ein geringer Abstand zwischen ihnen herrschte, da sie im Sattel saß, fragte er sich, ob er nicht einfach ihrer Überzeugungskraft erlegen war.

Er war nicht besonders gut mit den Schlichen der Frauen vertraut, und das kam ihm auf einmal wie ein Versäumnis vor. Er hatte keine Ahnung, ob Ysmaine sich für eine Edeldame normal oder unnormal verhielt, und schon gar nicht, was er von ihr zu erwarten hatte.

War er ein Narr, dass er ihr mit dem Kraut vertraute?

Das hoffte Gaston nicht. Er hoffte, sie hatte die Wahrheit gesagt, aber er würde wachsam bleiben, bis er sich sicher war. Normalerweise war er derjenige, der nur langsam Vertrauen aufbaute, aber Bartholomew hatte von ihm gelernt. Aye, er würde nichts essen, das Ysmaine für ihn zubereitete, und aus keinem Becher trinken, den sie ihm einschenkte. Auf der Reise sollte sich das leicht bewerkstelligen lassen, und zu dem Zeitpunkt, wenn sie zu Hause ankämen, würde er wissen, ob sein Vertrauen gerechtfertigt war.

Ysmaine ließ ihn viel zu ausgiebig über ihre Hochzeitsnacht nachdenken, wenn er doch eigentlich an ihren Aufbruch denken sollte. Er grübelte über ihre Behauptung, kein Mann überstehe die Hochzeitsnacht mit ihr, und fragte sich, was wohl daran war.

War sie lediglich vom Pech verfolgt?

Oder gab es einen finsteren Grund dafür? Wenn er nicht gerade in ihr hübsches Gesicht blickte oder sich von ihrem Kuss verzaubern ließ, fielen Bartholomews Zweifel auf fruchtbaren Boden.

In der Tat, Ysmaines Kuss schien tausend Fragen aufzuwerfen, und Gaston verzog das Gesicht. Diese Veränderung gefiel ihm nicht. Er war ein entschlossener Mann, der gerechte und vernünftige Entscheidungen traf, was der Grund war, weshalb er so oft richtig lag. Er war es schlicht nicht mehr gewohnt, seinen körperlichen Bedürfnissen nachzugeben.

Das würde sich ändern müssen, wenn er einen Sohn haben wollte.

Die Ehe zu vollziehen, würde viele dieser Unklarheiten beseitigen. Er würde überleben, also würde sie aufhören, sich um sein Schicksal zu sorgen. Zweifellos würde ihre Berührung an Macht verlieren, wenn er sie einmal gehabt hatte, und die ganze Angelegenheit würde wieder einfacher werden.

Es gab hinreichend Gründe, Ysmaines vergangene Ehen zu ignorieren. Sie war von Adel. Sie kümmerte sich um ihre Zofe, und ihre Augen funkelten auf eine ganz zauberhafte Weise. Er brauchte nur einen einzigen Sohn von seiner Ehefrau, und sie war jung genug, um ihm mehrere zu schenken.

Alle anderen Einzelheiten waren zumindest im Moment unwichtig.

Das Tor hatte sich gerade eben hinter ihnen geschlossen, als der deutsche Tempelritter, der auf der Mission des Präzeptors sein Gefährte sein würde, auf ihn zugestapft kam.

»*Dies* ist die Sache, die ihr noch erledigen musstet?«, brüllte Wulf ohne Einleitung. Er war so wütend, ihm entging offenbar, dass er Deutsch sprach. Er wies mit der Hand auf Ysmaine und ihre Zofe. »Ihr musstet Eure Huren herbringen?«

Die Zofe holte tief Atem und hob einen Moment den Kopf, dann schaute sie wieder auf ihre Hände. Wulf fiel es nicht auf, aber Gaston. Er schaute zu seiner Verlobten hinüber und sah Ysmaines Verwirrung. Es war offensichtlich, dass die Zofe Deutsch verstand, seine Lady aber nicht. Vielleicht war das gut so, wenn man in Betracht zog, wie diese Tirade begonnen hatte.

Andererseits bezweifelte er angesichts der Tatsache, wie nahe sich die Frauen standen, dass ihre Ahnungslosigkeit lange anhalten würde.

»Dies ist meine Verlobte«, unterbrach Gaston Wulf fest.

»Eure Verlobte?«, spie der andere Ritter. Er überkreuzte die Arme vor der Brust. »Ich kann mich nicht entsinnen, dass wir Brüder heiraten.«

»Ich habe den Orden verlassen …«

»Und habt jetzt schon eine Verlobte.« Wulf stemmte die Hände in die Hüften. Gaston bemerkte, dass die übrigen Ritter und Brüder zusahen, Fergus eingeschlossen, der neben seinem Pferd stand. »Wie klug von ihr, einen Ehemann zu finden, der sie sicher aus der Stadt geleitet. Ich hoffe, sie hat Euch gut und im Voraus bezahlt, und Euer Lohn war den Preis wert.«

Die Zofe sog scharf den Atem ein. Ysmaines Blick wanderte zwischen Gaston und Wulf hin und her.

Gaston holte tief Atem und ballte die Fäuste, ermahnte sich, dass nichts Gutes daraus entstehen würde, wenn er seinem Impuls folgte. Es war verboten, einen anderen Bruder zu schlagen, und obwohl er nicht länger an seine Schwüre gebunden war, wusste er, ein Kampf mit Wulf würde einen Schatten über ihre Reise werfen.

Zudem waren sie noch immer im Jerusalemer Tempel.

Sie mussten zusammenarbeiten, ganz egal, wie schwierig sich das gestalten würde. Gaston half Ysmaine aus dem Sattel, als wären ihm Wulfs Worte egal, und ignorierte den Ärger, der dabei in ihm brodelte. Sie schaute ihn an, so aufmerksam, dass er wusste, sie spürte seine Stimmung, aber er bot lediglich der Zofe die Hand, sodass sie ebenfalls absteigen konnte.

Sich der Tatsache bewusst, dass Wulf kochend auf seine Antwort wartete, gab er Bartholomew mit einem Nicken zu verstehen, ihm das Pferd abzunehmen. »Ich danke Euch für Euren Rat, Bruder Wulf«, sagte er, sein Ton täuschend gelassen. Er ging an dem Ritter vorüber und eskortierte Ysmaine zur Kapelle. Dabei bemerkte er ihre Überraschung und sah auf einmal die Ställe mit neuen Augen.

Er hatte beinahe vergessen, wie er vor Jahren den ersten Blick darauf geworfen hatte.

Die Stallungen des Tempels waren ausgedehnt und großzügig proportioniert. Die Decke wölbte sich hoch über ihnen, alle Wände waren aus glattem Stein und die Gänge erstreckten sich weit in beide

Richtungen. Der Stein sorgte dafür, dass es hier immer kühl war, ein Muss für die Pferde.

»Dies sind lediglich die Ställe«, flüsterte sie staunend, und er nickte. »Welchen Luxus habt Ihr in dieser Unterkunft genossen?«, fragte sie dann leichthin.

Gaston lächelte. »Unsere Zellen sind sehr klein und bescheiden.«

In ihren Augen tanzte der Schalk. »Also ist es wahr, dass die Pferde der Templer unter besseren Bedingungen leben als die meisten Menschen in Jerusalem?«

»Das kann gut sein.«

Wulf atmete hörbar aus. Gaston schaute zu ihm zurück und sah, dass sich der andere Ritter in den Nasenrücken kniff. »Wir sind spät dran, Sir«, sagte er zwischen zusammengebissenen Zähnen und fuhr, wieder auf Deutsch, fort: »Eile ist geboten, und je früher wir uns auf die Reise machen, desto schneller können wir vielleicht zurückkehren. Eine Tändelei mit einer Frau, ob nun Verlobte oder Hure, kann warten.«

Gastons Kiefer spannte sich unwillkürlich an, als er seine Reaktion verbarg. »Mir ist die gebotene Eile durchaus bewusst«, sagte er mit einer Geduld, die er nicht fühlte.

»Und doch treibt Ihr Euch in der Stadt herum und sammelt Frauen auf, die uns begleiten sollen. Sie werden unser Vorankommen lediglich behindern!«

»Das werden sie nicht.«

»Wie kann das sein? Seht Sie Euch an! Die eine ist blass und kränklich und die andere sieht wenig besser aus. Sie halten keinen langen, harten Ritt durch. Es wäre besser, sie zurückzulassen.«

Bei dem Vorschlag allein zog sich etwas in Gastons Brust zusammen. »Ich werde Jerusalem nicht ohne meine Verlobte verlassen.«

»Vielleicht *wollt* Ihr Jerusalem gar nicht verlassen«, warf ihm Wulf vor. »Vielleicht wollt Ihr warten, bis wir keine Wahl mehr haben.«

Gaston wirbelte herum und zischte dem anderen Ritter zu: »Seid still!«

Wulf kniff die Augen zusammen und überkreuzte erneut die Arme vor der Brust. Dieser Mann gab nicht einfach auf, so viel war sicher. »Wir begeben uns auf eine Mission, die der Präzeptor des Tempels uns aufgetragen hat«, erinnerte er Gaston knapp. »In unserer Gruppe gibt es keinen Platz für Frauen, so viel solltet Ihr wissen. Was ist das für eine Travestie, dass Ihr gar den Tempel mit Ihrer Anwesenheit entehrt?«

Gaston ging zu dem Ritter hinüber, Ysmaine und ihre Zofe hinter sich lassend. »Die Aufgabe, die man mir übertragen hat, und meine Pflichten sind mir durchaus bewusst«, gab er mit Nachdruck zurück, und der andere Ritter trat einen Schritt zurück. »Was ich auch weiß, ist, dass der Befehl *mir* übertragen wurde. Ich sage, meine Lady und ihre Zofe werden mit uns reiten.«

Wulf gefiel das gar nicht. »Eure *Lady*«, sagte er höhnisch. »Ihr braucht die Wahrheit um meinetwillen nicht zu verschleiern. Seht Euch nur ihr abgetragenes Kleid an! Sie ist keine Lady, und auch nicht Eure Verlobte …«

»Sie ist mit großer Sicherheit meine Verlobte. Wir werden sofort in der Kapelle heiraten.«

»Jetzt? Und unsere Abreise weiter verzögern?«, rief der Ritter aus und hob aufgebracht die Hände. »Zu welchem Zweck? Wenn es Euch um die eigene Bequemlichkeit auf dieser Reise geht, so könnt Ihr Trost in jedem Hafen finden. Auf der Strecke nach Paris muss es tausend Huren geben, wenn nicht zehntausend, und jede einzelne davon ist hübscher und sicher besser in der Lage, Eure Bedürfnisse zu erfüllen, welche auch immer das sein mögen …«

Gaston hatte die Schlacht verloren. Er versetzte Wulf einen so harten Schlag, dass der Ritter das Gleichgewicht verlor und zu Boden fiel. Blut tropfte dem Mann aus der Nase, als er flach auf dem Rücken auf dem Stallboden lag, und mehr als ein ersticktes Lachen oder Kichern ertönte aus der Richtung derer herüber, die den Wortwechsel mit angehört hatten. Röte stieg dem hellhaarigen Ritter ins Gesicht, und er starrte Gaston finster an. »Ihr habt mir die Nase gebrochen.«

»Ich hoffe es. Wenn nicht, dann gebt mir gern die Gelegenheit, mein Versagen zu korrigieren.«

Fergus, dessen Augen glitzerten, begann zu applaudieren, und Gaston spürte, wie ihm die Hitze ins Gesicht stieg. Er war gegen einen Bruder handgreiflich geworden. Allerdings hatte man ihn so provoziert, dass er es jederzeit wieder tun würde.

Die schlichte Wahrheit lautete, dass ihn noch nie zuvor jemand derart in Rage versetzt hatte.

Zumindest war Wulf nun still.

Jedenfalls für den Moment. Der Ritter richtete sich auf, geschockt, und hob eine Hand an seine verletzte Nase. Sein offensichtliches Erstaunen, als er das Blut an seinen Fingerspitzen sah, entlockte Ysmaines Zofe ein leises Kichern. Bartholomew senkte den Kopf, um sein Lächeln zu verbergen, und Ysmaine schaute angestrengt auf ihre Füße.

»Für diese Demütigung werdet Ihr zahlen«, murmelte Wulf, als er sich auf die Füße kämpfte. Er ging hinüber zu der Box, in der sein Pferd angebunden war, seine beiden Knappen hinter ihm. Er drehte sich um und deutete mit dem Finger auf Gaston. »Ich werde dafür *sorgen*, dass Ihr bezahlt.«

Gaston hielt seinem Blick stand. »Ich habe den Befehl«, erinnerte er Wulf leise, so leise, dass niemand anders seine Worte hören würde, um zu zeigen, dass er sich nicht einschüchtern ließ. »Sorgt dafür, dass Ihr bereit seid, auf mein Kommando hin aufzubrechen. Es wird mir keinen Kummer bereiten, Euch zurückzulassen, sollte es dazu kommen.«

In Wulfs Augen blitzte es, aber Gaston wandte sich seiner Verlobten zu. Er bot ihr die Hand und hob die Stimme. »Es wird unsere Abreise nicht lange verzögern, Wulf«, sagte er, ohne sich umzudrehen. »Der Priester wartet auf uns, Mylady.«

Ihr Blick wanderte zu dem Ritter, dann zurück zu Gaston. »Ihr habt dafür gesorgt, dass wir die Schwüre ablegen können, bevor Ihr mich geholt habt?«

»Ich habe gestern Abend mit dem Priester gesprochen, nachdem ich erfahren hatte, dass wir heute aufbrechen würden.«

»Ihr handelt sehr vorausschauend, Sir.«

»Das liegt in meiner Natur. Bereitet Euch das Sorgen?«

Ihr Lächeln flackerte auf. »In dieser Situation gefällt es mir.« Ysmaine legte eine Hand auf seinen Ellbogen.

»Was für ein Glücksfall, wenn Wulf beschließen würde, hier zu bleiben«, sagte Fergus gedehnt, als sie an ihm vorübergingen. Seinem Französisch war wegen seines gälischen Akzents schwer zu folgen, aber Ysmaine schien ihn gut zu verstehen.

»Das wird er nicht«, sagte Gaston voll Überzeugung.

»Schade aber auch.« Fergus verbeugte sich vor Ysmaine. »Und Ihr werdet also unseren Gaston heiraten. Meine besten Wünsche, Mylady.«

»Ich danke Euch, Sir. Ihr seid sehr gütig.« Wieder bewies sie die Anmut einer wohlerzogenen Edeldame, und Gaston erfüllte eine seltsame Woge des Stolzes, dass sie seine Frau werden würde.

Dann erinnerte er sich an den Kuss und spürte einen Hauch von Beklommenheit. Was wusste er davon, wie man ein guter Ehemann war? Was wusste er davon, wie man seine Ehefrau glücklich machte? Er konnte sie beschützen, das wohl, aber er war fast zwanzig Jahre lang ein Templer gewesen. Selten war er mit einer Frau zusammen gewesen, und wenn, dann tatsächlich mit einer Hure. Seine Hochzeitsnacht erschien ihm auf einmal voller Gefahren, denn sicherlich würde sie Auswirkungen auf ihre gemeinsame Zukunft haben.

Wie konnte er die Erwartungen seiner Lady erfüllen, ohne zu wissen, welche das waren?

Würde sie für sein Ableben sorgen, wenn er es nicht tat?

WENN YSMAINE AN GASTONS ÜBERZEUGUNG, sie müssten Jerusalem verlassen, irgendwelche Zweifel gehegt hatte, dann hatte der kurze Weg zum Tempel diese komplett zerstreut.

Die Straßen waren voll aufgeregter Menschen, die entweder mit ihrem Hab und Gut in Richtung der Tore strömten oder ihre Häuser verbarrikadierten. Die spürbare Verzweiflung wuchs mit jedem verstreichenden Moment, und Ysmaine war froh, dass sie abreisen würden.

Tatsächlich fürchtete sie, es wäre vielleicht schon zu spät. Sie hatte das ungute Gefühl, dass alles zu schnell ging, dass die Ereignisse sich überschlugen und drohten, sie hinter sich zu lassen.

Den hellhaarigen Ritter hatte sie zwar nicht verstehen können, aber es war klar, dass er ungeduldig auf die Abreise wartete. Sie warf Gaston, der grimmig wirkte, einen verstohlenen Blick zu und wusste, er würde ihr nicht erzählen, was der Ritter gesagt hatte, um eine derartige Reaktion zu provozieren. Zweifellos war es eine Beleidigung gewesen, die sich auf sie und Radegunde bezog, denn der Ritter hatte in ihre Richtung gedeutet und ihre Zofe, die sonst nicht leicht zu erschüttern war, hatte scharf Atem geholt.

Eine Beleidigung also, eine, die Gaston nicht hatte dulden wollen. Bestimmt würde Radegunde später für sie übersetzen.

Doch auch so war Ysmaine froh, dass ihr Verlobter den anderen Ritter geschlagen hatte. Seltsam, dass sie so erleichtert war, einen Beschützer zu haben.

Weniger seltsam, dass sie wünschte, ihn zu behalten. War es nur Pech gewesen, das zum Tod ihrer beiden früheren Ehemänner in der Hochzeitsnacht geführt hatte? Oder war sie verflucht? Ysmaine wollte die Wahrheit nicht herausfinden, bevor sie die größte Gefahr nicht hinter sich gelassen hatten.

Nur kannte sie Gaston nicht gut genug, um zu wissen, wie sie ihm diesen Gedanken am besten unterbreitete.

»Was hat er gesagt?«, fragte Ysmaine ihren künftigen Ehemann leise, während er sie durch einen steinernen Korridor führte, dessen Decke sich hoch über ihnen wölbte. Radegunde folgte ihnen, ihre Schritte leise auf dem Stein.

»Wulf?« Auf ihr Nicken hin zuckte Gaston die Schultern, und eine dumpfe Röte stieg ihm über den Hals in die Wangen. »Er redet zu viel. Ich denke, er möchte zügig abreisen.«

»Sicher habt Ihr dem nicht widersprochen?«

Er warf ihr einen schnellen Seitenblick zu. »Eure Zofe wird Euch zweifellos die Wahrheit über seine Einwände sagen.«

Das bestärkte Ysmaines Vermutung, dass dem anderen Ritter ihre Gegenwart nicht gefiel. Und Gaston wusste anscheinend, dass Radegunde den Mann verstanden hatte. Bildete sie es sich nur ein, oder zeigte Gaston nun ein gewisses Unbehagen? Hatten die scharfen Worte ihr Ziel gefunden? Ihr Verlobter schien unsicherer als zuvor, und das ängstigte sie.

»Habt Ihr einen Sinneswandel, Sir?«, fragte sie. Obwohl sie wusste, sie sollte sich besser bescheiden verhalten, wollte sie sich ihm gegenüber verteidigen.

Gaston blieb stehen und wandte sich zu ihr um. »Vergebt mir meine offenen Worte, Mylady, aber Wulf glaubt, Ihr wärt eine Hure, die einen vorteilhaften Handel abgeschlossen hat.«

Hatte Gaston nicht länger vor, die Ehe mit ihr einzugehen?

Ysmaines Herz schlug schneller, aber sie wählte ihre Worte mit Bedacht. »Ich habe die Erfahrung gemacht, Sir, dass jene, die solche Vorwürfe erheben, ihr eigenes Wesen in den Entscheidungen anderer widergespiegelt sehen. Es liegt nicht in meiner Natur, so zu denken, und mir bleibt nur zu hoffen, dass Ihr dies wisst.«

Ihre Worte schienen ihn zu beruhigen. »Und tatsächlich war es ja mein Vorschlag, zu heiraten.«

Ysmaine sah keinen Grund, schüchtern zu sein, nicht, wenn so viel auf dem Spiel stand. Ihre Wangen brannten, als sie fortfuhr, aber sie erwiderte Gastons Blick sehr stetig, als sie die Wahrheit gestand. »Und ich bin eine Jungfrau, Sir, und keine Hure.«

Ein abschätzendes Glitzern trat in seine Augen. »Ihr sagtet, Ihr wärt zweimal verwitwet.«

»Keine der beiden Ehe wurde vollzogen. Ich bin noch unberührt.«

»Aber dieser Kuss …«

Ysmaine errötete stärker, denn ihre impulsive Natur war enthüllt. »Ich bin Euch dankbar, Sir, und ich möchte sichergehen, dass Ihr Eure Wahl nicht bereut. Man hat mir gesagt, Männer zögen Enthusiasmus im Bett vor.«

»Nur, wenn er ehrlich ist«, murmelte Gaston und neigte sich ihr zu, ohne dass sein Blick ihren losließ. »Wenn Ihr mich niemals belügt, Mylady, werde ich Euch auch niemals verraten.«

»Aye, Mylord.«

»Unaufrichtigkeit ist das Einzige, was ich absolut verachte«, fuhr er eindringlich fort und sah ihr weiterhin in die Augen. »Schwört mir, dass Ihr mich nie belügen werdet.«

»Ich werde Euch nie belügen, darauf könnt Ihr Euch verlassen.«

»Und alles, was Ihr mir bisher gesagt habt, entspricht der Wahrheit?«

»Alles davon«, antwortete Ysmaine. »Gilt dasselbe für die Dinge, die Ihr mir anvertraut habt?«

»Es stimmt alles.« Gastons Lächeln war reuig. »Die Fähigkeit zur Täuschung ist mir nicht gegeben.«

»Dann werden wir gut miteinander auskommen. Sir. Ihr braucht bei mir keinen Mangel an Direktheit zu fürchten.«

Bei diesen Worten gab Radegunde ein Schnauben von sich. Als Ysmaine und Gaston sich ihr zuwandten, war ihr Gesichtsausdruck jedoch die reine Unschuld.

Gaston schaute auf Ysmaine herab.

»Ich fürchte, Sir«, gab sie zu, »dass ich manchmal ein wenig zu unverblümt bin.«

»Ich bin ein Kämpfer, Mylady. Ich bezweifle, dass Eure Unverblümtheit mich überraschen könnte.« Er nickte einmal, dann wandte er sich um und ging weiter, offenbar, ohne Radegundes leises Lachen zu hören. Ysmaine wagte zu hoffen, dass sie ihn überzeugt hatte. Er änderte die Richtung nicht, was ein gutes Zeichen war.

Konnte ihr wirklich das Glück beschieden sein, dass ihrem Ehemann ihr wahres Wesen gefiel?

Ysmaine ließ sich von Gaston weiterführen, und als er nichts mehr sagte, stellte sie eine Frage. »Dieser Wulf wird mit uns reisen?«

Gaston nickte. »Wir werden in einer Gruppe unterwegs sein, da auch noch mehrere andere die Stadt zur gleichen Zeit verlassen. Es ist klüger, zusammen zu reisen.«

Ihre Neugier schien ihn nicht zu stören, also fragte sie weiter. »Wohin will er?«

»Er ist im Auftrag des Präzeptors unterwegs, und unsere Wege führen eine ganze Weile in die gleiche Richtung«, sagte Gaston steif, den Blick auf den Korridor gerichtet. Offensichtlich sollte Ysmaine – oder selbst Gaston – nichts von den Angelegenheiten der Templer erfahren.

»Und die übrigen Mitreisenden?«

»Ich glaube, Fergus, der Schotte, den Ihr im Stall gesehen habt, wird mit uns aufbrechen. Er hat seinen Dienst vollendet und kehrt nach Hause zurück, um zu heiraten.« Gaston schaute Ysmaine mit plötzlichem Interesse an. »Ihr habt sein Französisch mühelos verstanden.«

»Mein Vater hatte schottische Söldner angeheuert. Er sagte, sie seien loyal wie auch tüchtig.«

»Und das ist Fergus auch, obwohl er auf den ersten Blick sehr bequem wirkt. Es ist eine Verkleidung, und eine, die gut funktioniert.«

»Es ist oft gut, unterschätzt zu werden«, stimmte Ysmaine zu, woraufhin ihr Verlobter ihr einen flüchtigen Seitenblick zuwarf.

»Es kommen noch zwei andere mit uns: Ein Adliger, der nach Hause zu seinem sterbenden Vater zurückkehrt, und ein Händler.«

»Ich verstehe.« Sie hatten eine hölzerne Tür erreicht, die von der andren Seite geöffnet wurde. Gaston zögerte nur einen kurzen Moment, bevor er Ysmaine bedeutete vorauszugehen.

Es war eine schlichte Kapelle, von einer einzigen Kerze erhellt. Vor dem Altar stand ein Priester, der bei ihrer Ankunft aus dem Gebet aufblickte. Ein kleiner Junge schloss die Tür hinter ihnen und wartete auf Anweisung. Ysmaine war erleichtert, dass Gaston seine Meinung nicht geändert hatte.

Dennoch fürchtete sie sich davor, was es bedeutete, erneut diese Schwüre abzulegen. Er war ein Mann, dem sie zu vertrauen lernen konnte. Ysmaine mochte Gaston bereits jetzt zu sehr, um das Risiko einzugehen, ihn zu verlieren.

»Ich habe keinen Ring für Euch, Mylady«, sagte Gaston. »Aber das werden wir in Frankreich korrigieren. Gott selbst, der Priester und Eure Zofe werden unsere Schwüre bezeugen.«

»Und was ist mit der Hochzeitsnacht?«

»Sie wird warten müssen, bis wir unser Tagesziel erreicht habe.« Er warf ihr einen Blick zu, und seine Unsicherheit war spürbar.

Fürchtete er sich vor der kommenden Nacht?

Ysmaine lächelte mit einem Selbstvertrauen, das sie nicht fühlte. »Ich denke, das ist eine kluge Wahl, Sir, denn es ist offensichtlich, dass eine zügige Abreise besser wäre.«

Aber statt sich beruhigt zu zeigen, schaute Gaston sie eindringlich an.

ETWAS WAR FALSCH.

Ysmaine schien zu erleichtert, dass sie den Vollzug ihrer Ehe aufschieben würden, und Gaston konnte Wulfs Anschuldigungen nicht vergessen. War es möglich, dass es ihr nur um den eigenen Vorteil ging?

Der deutsche Ritter hatte ein Talent dafür, giftige Pfeile zu verschießen, die eine verwundbare Stelle fanden.

»Tut Ihr das?«, fragte er und beobachtete sie genau.

»In der Tat. Ich denke dabei an praktische Erwägungen«, sagte Ysmaine und nickte. »In der Stadt herrschte heute eine spürbare Unruhe, die mir Sorgen bereitet hat, und ich glaube, Euer Verlangen, möglichst bald aufzubrechen, ist klug.«

War das wirklich der Grund?

»Sprecht offen mit mir, Mylady«, drängte Gaston, und sie errötete. »Ich möchte hören, was Euch wirklich bewegt.«

Ihre Wimpern flatterten, dann erwiderte sie seinen Blick. »Man hat mir gesagt, eine Lady solle nicht so offen sprechen. Meine Mutter sagte, es sei ungehörig.«

»Das war, bevor Ihr gelobt habt, mir gegenüber ehrlich zu sein.«

Ysmaine lächelte strahlend und neigte sich ihm zu. »Ich weiß, Ihr haltet es für albern, Sir, aber ich habe Angst, Euch könnte das Schicksal meiner vorherigen Männer beschieden sein. Ich will Euch die ehelichen Pflichten nicht verweigern, Sir, habe es aber nicht eilig, Euren Schutz zu verlieren.«

Bemerkte sie, dass ihre Finger sich schmerzlich in seinen Arm gruben?

Glaubte sie wirklich, er würde in der Hochzeitsnacht sterben? Er hatte der albernen Vorstellung am Tag zuvor keine große Glaubwürdigkeit eingeräumt, aber in diesem Moment schien sie sehr besorgt.

Gaston legte seine Hand auf ihre und löste sie von seinem Arm, verspürte dabei den Drang, sie zu beschützen, und war zugleich seltsam beruhigt. »Ich habe nicht vor, zu sterben, Mylady.«

»Hat das jemals jemand vor?«, fragte Ysmaine sanft.

»Wir reiten, nachdem wir die Gelübde abgelegt haben, und feiern unsere erste Nacht zusammen in Nablus.«

»Heute Nacht schon?« Ysmaine verzog das Gesicht. »Können wir nicht warten, bis wir an Bord des Schiffes sind, Sir?« Sie beugte sich weiter vor. »Obwohl Ihr mich sicher für töricht haltet, würde ich Euch ungern so bald schon verlieren. Ich werde Eure rechtmäßige Frau sein, ob mein Blut nun hier in Palästina das Leinen befleckt oder später an einem anderen Ort, aber ich bitte Euch um einen Aufschub.« In ihren

Augen lag ein Flehen, das sein Herz schmerzlich pochen ließ, und Gaston senkte den Blick, um ungestört nachdenken zu können.

Vielleicht gab sie ihm nur, was er ersehnte.

Er hatte Ehrlichkeit verlangt, und sie hatte sie ihm versprochen. Es wäre flegelhaft von ihm, ihr Wort anzuzweifeln, noch bevor sie ihre Ehegelübde abgelegt hatten. Der einzige Weg, eine gute Ehe zu führen, war Vertrauen, und Gaston beschloss in diesem Moment, Ysmaine zu glauben.

Er griff ihre Hand fester. »Eure Position als meine Frau wird sicherer sein, wenn die Ehe erst einmal vollzogen ist«, sagte er. »Und die Wahrscheinlichkeit, dass Ihr einen Sohn empfangt, wird steigen. Es sollte in Nablus geschehen.«

Ysmaine senkte den Blick, verbarg ihr Gesicht. »Wie Ihr wünscht, Sir.« Ihr Ton war so maßvoll, dass Gaston unsicher war.

Sicher bewegten sie doch nur die Motive, die sie eben gestanden hatte?

Sicher irrte sich Wulf?

Vater Hilaire verbeugte sich vor der Lady, als sie und Gaston an den Altar traten. Seine Freude war offensichtlich. »Ich bezeuge an diesem Ort nur wenige Hochzeiten«, sagte er lächelnd zu Ysmaine, nachdem er sie beide gesegnet hatte. »Und ich bitte um Verzeihung, falls ich mir bei den Schwüren nicht ganz sicher sein sollte.«

Ysmaine schenkte ihm ein so strahlendes Lächeln, dass der alte Mann verdutzt blinzelte. »Ihr müsst nicht um die Zeremonie fürchten, Sir. Ich kenne die Schwüre sehr gut und kann Euch beistehen, falls Ihr einen Teil vergesst.«

Gaston kniete neben ihr nieder und versuchte dabei, sein verletztes Bein ein wenig zu schonen. Er war sich dessen bewusst, wie Ysmaine ihn dabei aus den Augenwinkeln beobachtete, und fragte sich, was sie von seinem verletzten Zustand hielt.

Hoffentlich bemitleidete sie ihn nicht.

Er unterdrückte all seine Zweifel und nahm ihre Hand in seine. Sie begannen eine gemeinsame Zukunft, und er beabsichtigte sicherzugehen, dass diese Ehe Ysmaines letzte war. Vertrauen war der Schlüssel zu einem vielversprechenden Anfang, und das wusste Gaston sehr gut.

Er würde seiner Frau vertrauen.

KAPITEL 5

Bartholomew lief den Gang zu den Ställen entlang, Gastons restliche Besitztümer im Arm. Die Satteltaschen waren fast vollständig gepackt, und er hatte den Rest der Sachen seines Herrn aus der Zelle geholt. Er fühlte sich gehetzt und nicht so gut vorbereitet, wie er es gern gewesen wäre, da er damit beauftragt worden war, über die Lady zu wachen. Die Pferde mussten noch gesattelt werden, auch wenn sie zumindest gefüttert und gut ausgeruht waren. Er beeilte sich, damit alles bereit war, wenn die Eheschwüre abgelegt waren.

Wenn Gaston erst einmal eine Entscheidung getroffen hatte, zögerte er nicht.

Bartholomew hatte Fantôme gerade den Sattel auf den Rücken gelegt, als er hörte, wie jemand aus dem Schatten seinen Namen rief. Sein Herz machte einen Sprung, als er begriff, wer es sein musste, und er fürchtete sofort um ihre Sicherheit. Leise drehte er sich um und suchte nach Leila.

Sie hockte in der Ecke, verborgen hinter den Heuballen.

»Was tust du hier?«, flüsterte er. »Dein Onkel wird wütend sein, dass du nicht zu Hause bist.«

»Mein Onkel will die Stadt verlassen«, gestand sie. »Ich soll meinen Cousin noch heute Nacht heiraten, aber ich werde es nicht tun.« Ihre dunklen Augen blitzten. »Du musst mir helfen, Bartholomew.«

»Du kannst dich nicht in den Tempel flüchten« widersprach er. »Wir brechen in wenigen Augenblicken auf, und ich werde nicht in der Lage sein, dir etwas zu essen zu bringen. Ich wage keinem anderen Menschen, mein Geheimnis anzuvertrauen …«

»Nimm mich mit!«

»Leila! Das geht nicht.« Doch noch während er es sagte, begann Bartholomew um Leilas Zukunft zu fürchten.

»Ich komme mit dir oder laufe allein fort«, sagte sie und bewies dabei eine Sturheit, mit der er wohlvertraut war. An guten Tagen nannte er sie Beharrlichkeit. Leila warf ihm einen bösen Blick zu. »Du kannst mir entweder ein Freund sein und mir helfen, oder dich auf Seiten derer stellen, die gegen mich sind.«

»Wir reiten in einer Gruppe von Rittern …«

»Ich kann so gut reiten wie jeder von ihnen, und das weißt du.«

»Aber sie sind Männer, Leila. Du kannst dich nicht unter Ihnen verbergen …«

»Ich verberge mich hier sehr oft«, widersprach sie.

Bartholomews Protest erstarb, als er sah, dass Leila seine alten Hosen und Stiefel trug. Er hatte sie ihr überlassen, als sie ihm zu klein geworden waren, weil er gedacht hatte, sie würde sie vielleicht gern beim Reiten tragen. Als Sarazenin, fünf Jahre jünger als er, besaß Leila ein unbestreitbares Talent im Umgang mit Pferden.

»Niemand wird sich dadurch täuschen lassen«, sagte er, obwohl er sich dessen in Wirklichkeit nicht sicher war.

»Ich habe mir das Haar geschnitten«, sagte sie und zog ihre Kapuze zurück, um es ihm zu beweisen. Mit abgesäbeltem Haar sah sie aus wie ein Junge, wenn auch ein sehr zart gebauter. »Ich habe versucht, meine Hautfarbe unter Schmutz zu verbergen.«

»Du hast Pferdemist benutzt«, entgegnete er und verzog das Gesicht.

Sie grinste. »Und zwar eine ganze Menge! Niemand wird zweimal hinsehen, solange du für mich bürgst.« Dann wurde sie ernster, und er sah, dass ihre Hände zitterten. »Du weißt, ich kann reiten. Du weißt, ich werde nicht erlauben, dass du für meine Entscheidung bestraft wirst. Ich werde sagen, ich hätte dich angelogen, falls ich erwischt werde. Ich werde sagen, du hättest christliches Mitleid gezeigt.«

»Halt«, sagte Bartholomew und hob die Hand. »Bist du sicher, dass du nicht doch deinen Cousin heiraten und hier glücklich werden kannst?«

Sie schüttelte den Kopf, die Augen voller kämpferischer Entschlossenheit. »Das werde ich nicht tun. Ich verachte ihn. Mein Onkel denkt, er handle pflichtbewusst und zu meinem Besten, aber er hat die Finsternis in meinem Cousin nicht gesehen. Er hat nicht gesehen, wie er Frauen behandelt.« Sie hob das Kinn. »Wenn du ablehnst, werde ich einen anderen Weg finden. Ich werde ihn nicht heiraten.«

Bartholomew verzog das Gesicht. Er wusste genug von der Welt, um zu begreifen, dass Leila allein schlechter dran wäre. Dennoch, was für eine Geschichte konnte er erfinden?

»Alle Ritter haben Knappen«, flüsterte er ihr zu. »Einer von Ihnen wird dich verraten, um sich bei seinem Herrn ins rechte Licht zu rücken. Wie sollte ich dich verkleiden? Wie deine Gegenwart erklären?«

»Es muss einen Weg geben«, beharrte Leila.

»Den gibt es«, warf eine tiefe Stimme vom Eingang des Stalls her ein. Bartholomew wirbelte herum und sah Fergus dort an der Wand lehnen. Der Schotte hatte sich so leise bewegt, dass Bartholomew sich fragte, wie viel er gehört hatte.

»Alles«, sagte Fergus und zwinkerte, bewies einmal mehr sein Talent, die Gedanken anderer zu lesen, das Bartholomew so beunruhigend fand. Dann nickte Fergus Leila zu und hob die Stimme. »Als hättest du es geahnt, Bartholomew. Ich brauche auf meinem Heimweg tatsächlich noch einen Knappen. Wenn du dich für deinen Freund verbürgst, wird er mir genügen.«

»Das tue ich, Sir«, sagte Bartholomew erleichtert. »Ich habe noch nie jemanden gesehen, der ein solches Talent im Umgang mit Pferden besitzt. Tatsächlich hat er mir viel beigebracht.«

Leila verbeugte sich, und Fergus' Augen funkelten. »Hat er einen Namen?«

Das brachte Bartholomew zum Stottern, bis Leila ihm einen harten Stoß in die Seite versetzte. Ihr Ellbogen war spitz, und er verzog das Gesicht. Um Fergus' Mundwinkel zuckte es, und Bartholomew wusste, der ehemalige Ritter hatte die Geste gesehen. »Laurent«, sagte er spontan.

»Laurent«, wiederholte Fergus. »Also gut, Laurent. Du wirst dich um meine Pferde kümmern und bei ihnen schlafen, um für ihre Sicherheit zu sorgen.«

»Aye, Sir.«

»Du riechst bereits so, als schliefest du bei ihnen.«

»Das tue ich, Sir.«

»Und wenn wir einmal Killairic erreicht haben, werde ich dir die Wahl lassen, ob du weiterhin in meinen Diensten verbleiben willst.«

»Ich danke Euch, Sir.«

Fergus trat zurück und beäugte seine anderen beiden Knappen, die noch ein Stück weiter entfernt standen. Er schnippte mit den Fingern. »Komm mit mir, Laurent. Ich muss ein weiteres Pferd erwerben, und du wirst mich dabei beraten. Zeig mir was du weißt, stelle deinen Wert unter Beweis, und du kannst dir aussuchen, auf welchem Zelter du reiten willst.«

»Aye, Mylord.« Leila zögerte keine Sekunde. Mit entschlossenen Schritten ging sie an Bartholomew vorbei und eilte dann Fergus hinterher, der durch die Ställe ging. Unter den Brüdern wurden stets Pferde zum Verkauf angeboten, und zweifellos würde sie das beste Ross aussuchen und Fergus einen angemessenen Preis nennen.

Bartholomew zog Fantômes Sattelgurt fest und gestattete sich ein wenig Erleichterung, dass Leila nicht zurückbleiben würde. Sie war eine gute Freundin. Welches Schicksal sie auch immer in ihrer Reisegruppe erwartete, er musste daran glauben, dass es ein besseres sein würde als das, das sie so unbedingt hinter sich lassen wollte.

IN GEWISSER WEISE wünschte sich Ysmaine, der Austausch ihrer Gelöbnisse würde ewig dauern. Es war so ruhig und friedlich in der Kapelle, und Gastons Wärme neben ihr war tröstlich. Sie konnte ihre bevorstehende Abreise vergessen, genau wie alle Gefahren, denen sie möglicherweise ausgesetzt sein würden. Sie wusste, wenn sie einmal diese

Zuflucht verließ, standen ihr viele Herausforderungen bevor, und sie wollte den Moment gern auskosten.

Von ganzem Herzen hoffte sie, es würde das letzte Mal sein, dass sie heiratete.

Zugleich wartete sie ungeduldig auf den Aufbruch. Sie konnte spüren, wie angespannt Gaston war, eine Bestätigung, dass er mehr über die Gefahren, die vor ihnen lagen, wusste als sie.

Ihre eigenen Beobachtungen zur Stimmung in der Stadt ließen sie fürchten, es könnte schon zu spät sein.

Sie wiederholte ihre Gelübde. Ihr gefiel wie fest Gaston ihre Hand hielt und wie gemessen er gesprochen hatte. Er wollte Aufrichtigkeit von ihr. Ysmaine konnte ihrem Glück kaum trauen. War es wirklich möglich, dass sie verheiratet war, vor der Gefahr gerettet, und an einen Mann gebunden, der sie vielleicht sogar so würde lieben können, wie sie war? Wie seltsam, welche Macht ein wenig Schlaf, ein wenig Essen und ein wenig Hoffnung zusammen entfalten konnten. Ysmaine spürte, wie ihre alte Lebensfreude zurückkehrte, begleitet von dem Wunsch nach einer Ehe, in der ihre Träume wahr werden würden.

Ganz gewiss jedenfalls erschien ihr Gaston als ein Mann, den sie würde lieben können. Sie mochte seine Stärke und seine Sanftheit, seine Entschlossenheit und seine Integrität. Sein Humpeln gefiel ihr dagegen nicht, ganz und gar nicht. Es würde nur schlimmer werden, wenn er alterte, besonders, wenn er sich nie die Zeit genommen hatte, sich ganz auszukurieren, und sie hoffte, sie würde ihn überzeugen können, besser auf sich zu achten – etwas, das Fatima nicht gelungen war. Vielleicht würde es gut für ihn sein, sein Leben als Kämpfer aufzugeben.

Sie fragte sich, von welchem Hafen aus sie segeln würden, und wusste, es konnte nicht Jaffa sein, nicht, wenn sie die Nacht in Nablus verbringen würden. Akkon? Tyrus? Sicher doch nicht Tripolis. Und was wäre ihr nächstes Ziel? Sizilien? Kreta? Venedig? Je weiter weg, desto besser, fand sie, denn ihr Ehemann hätte mehr Zeit, sich auszuruhen, wenn die Schiffsreise länger dauerte.

Sie würde ihm Bettruhe verordnen, die Arznei auf seine Hüfte auftragen und vielleicht seinen Sohn empfangen.

Die Aussicht ließ Ysmaine freudig lächeln, bis sie daran dachte, dass er zunächst ihre Hochzeitsnacht überstehen musste.

Und sie mussten sicher bis zum Schiff gelangen.

Als die Schwüre abgelegt waren und der Priester sie erneut gesegnet hatte, stand Gaston auf. Er hielt ihre Hände fest und hob sie auf die Füße. Seine Augen waren von einem lebhaften Blau, und seine Entschlossenheit war so offensichtlich, dass Ysmaines Herz schneller schlug.

»Und so nimmt es seinen Anfang, meine schöne Lady«, murmelte er, nur für ihre Ohren bestimmt, und beugte sich vor, um ihre Lippen zu küssen.

Meine schöne Lady. Das gefiel ihr sehr gut.

Es war ein süßer Kuss, ein steter Kuss, ein Kuss, der nicht komplett keusch war, aber auch nicht skandalös. Er reichte aus, um ihr Blut in Flammen zu setzen, blieb dabei aber so subtil, dass es den Priester nicht entsetzte. Als Gaston den Kopf hob, begriff Ysmaine, dass sie mehr wollte. Seine Augen glitzerten, als er sie ansah, dann beugte er das Knie und verneigte sich vor dem Altar.

»Die anderen warten«, sagte er und führte sie entschlossen aus der Kapelle. Alle Sanftheit war aus seinem Benehmen verschwunden, und er wirkte so grimmig und entschlossen wie in jenem Moment, als sie ihn zum ersten Mal gesehen hatte. Sein Humpeln beeinträchtigte sein Tempo kaum, und Ysmaine musste beinahe rennen, um mit ihm mitzuhalten. Sie wandte sich um und griff nach Radegundes Hand, um sicherzugehen, dass die Zofe nicht zurückblieb.

Wenn eine Entscheidung erst einmal getroffen war, zögerte Gaston nicht, sie umzusetzen.

Das fand Ysmaine bewundernswert.

In den Ställen erwartete sie eine Ansammlung von Pferden, gesattelt und bereit; die Knappen hielten die Zügel und die Ritter saßen bereits im Sattel. Während sie geheiratet hatten, war alles vorbereitet worden, und Ysmaine begriff, dass der dunkelhaarige Knappe verstand, wie sein Herr dachte. Am besten bereitete auch sie sich innerlich auf ein schnelles Handeln vor, denn ihr Ehemann würde vielleicht ungehalten auf ungewöhnliche Verzögerungen reagieren. Gaston stellte den jüngeren Mann als Bartholomew vor, während dieser ihr und Radegunde dunkle Mäntel reichte.

Der blonde Ritter, den Gaston geschlagen hatte, wartete mit offensichtlicher Ungeduld auf sie. Obwohl seine Nase nicht länger blutete, war sie gerötet und geschwollen. Wie es schien, würde er die Gruppe anführen, denn er saß bereits im Sattel. Sein Schlachtross war an den Sattel seines Zelters gebunden und stampfte unruhig mit den Hufen.

»Er sagte, wir würden ihr Fortkommen behindern«, flüsterte Radegunde Ysmaine zu und verlieh ihr damit die Entschlossenheit, den Ritter eines Besseren zu belehren.

Sie würde ihrem neuen Gemahl keine Schande bereiten.

Ysmaine zählte drei weitere Schlachtrösser. Sie waren aufgezäumt, aber nicht gesattelt. Wie bei dem Rappen, der dem blonden Tempelritter gehörte, waren ihre Zügel an den Sätteln der Reitpferde befestigt. Die Größe und das Gewicht der Schlachtrösser waren Bürde genug, und man sparte ihre Stärke für gewöhnlich für den Kampf auf. Tagsüber ermüdeten sie in der Hitze schnell, und ohne das Gewicht eines Reiters würden sie eine weitere Strecke schaffen.

Der Tross umfasste mehr als ein Dutzend Zelter, sichtlich unruhig, als wüssten auch sie, welche Gefahr jede weitere Verzögerung mit sich brachte. Einige waren schwer mit Satteltaschen und Bündeln beladen, und mehr als einer diente zusätzlich als Reitpferd eines Knappen. Die Männer in der Gruppe trugen schwere, dunkle Mäntel wie die, die Bartholomew ihnen gereicht hatte, sodass Ysmaine und Radegunde nicht länger von ihnen zu unterscheiden waren. Sie hatten die Mäntel eng um sich gezogen, um die Schwerter zu verbergen, die sie tragen mussten, und es gab keine weiteren sichtbaren Abzeichen.

Gaston wickelte Ysmaine in ihren Mantel und hob sie mühelos in den Sattel eines kastanienbraunen Zelters. Sie stellte automatisch die Füße in die Steigbügel, bereit, in hohem Tempo zu reiten, und sah sein Lächeln, als er es bemerkte.

»Ihr könnt reiten, meine schöne Lady?«

»Natürlich.« Ysmaine war froh, dass ihre Stiefel zu abgetragen waren, als dass sie sie hätte verkaufen können. »Wenn Ihr schnell reiten wollt, sollte Radegunde hinter mir sitzen.« Sie sah Gastons Blick zu der

Zofe hinüberwandern, die sich in einem Versuch, entschlossen zu wirken, gerade aufrichtete.

»Nein, sie ist zu schwach für diese Reise«, sagte er und winkte ab. Eine Sekunde lang fürchtete Ysmaine, er habe vor, Radegunde zurückzulassen. »Sie wird mit mir reiten, denn wenn sie einnickt, zieht Sie Euch dabei vielleicht vom Pferd.« Er schaute ihr tief in die Augen. Seine eigenen glänzten saphirblau. »Ich bin nicht bereit, so bald schon meine Ehefrau zu verlieren«, sagte er mit einer Entschiedenheit, die Ysmaine erschauern ließ und von Neuem mit Hitze erfüllte.

Dann saß Gaston im Sattel und Radegunde vor ihm. Bartholomew bestieg als letzter sein Pferd, und auf Wulfs Geste hin ritt die gesamte Gruppe los in Richtung der Tempeltore.

»Wir werden den ganzen Tag lang reiten – und vielleicht auch noch ein Stück bei Nacht«, sagte der Templer zu den anderen.

»Wir sollten Nablus erreichen, bevor wir rasten«, bestätigte Gaston.

»Nablus?«, protestierte Wulf und schaute über die Schulter zu Gaston. »Warum schlagt Ihr vor, nach Norden zu reisen? Wir könnten nach Jaffa reiten und noch heute in See stechen …«

»Ihr solltet auf Gaston und seine Erfahrung hören«, näselte der Schotte. »Er kennt dieses Land besser als wir alle.«

Dem blonden Ritter gefiel dieser Vorschlag ganz offensichtlich gar nicht. Er starrte Gaston finster an.

»Auf der Straße nach Jaffa drängen sich die Pilger«, unterbrach ihn Gaston flach. »Wir würden zu lange brauchen und bei unserer Ankunft vielleicht keine Möglichkeit zur Überfahrt finden. Die Schiffe werden überlaufen sein. Wir sollten nach Akkon reiten.«

Wulf presste die Lippen zusammen. Seine Augen blitzten, aber er widersprach nicht. Ysmaine vermutete, er würde es gern tun, doch er unterließ es, und sie fragte sich, warum. »Bleibt nicht zurück, denn wir werden nicht warten«, sagte er.

Ysmaine verstand dies als eine Warnung. Entschlossen griff sie die Zügel.

»Wir werden vielleicht angegriffen. Wir werden vielleicht umzingelt«, fuhr der Templer fort. Die Männer nickten grimmig, und Ysmaine sah mehr als eine Hand zu einem versteckten Schwergriff wandern. »Aber wir reisen mit dem Segen des Tempels, und bei Gott, wir werden alles tun, was möglich ist, um unser Ziel zu erreichen. Ich danke Euch, dass Ihr Eure Insignien und Eure Waffen verborgen haltet. Bleibt in der Nähe und reitet dicht zusammen, die Schlachtrösser in der Mitte, damit man sie schlechter ausmachen kann. Lasst uns, von den Hufschlägen abgesehen, still bleiben, damit niemand anhand unserer Sprache unsere Identität erraten kann.«

Zustimmendes Murmeln erklang, und Bewegung kam in die Gruppe, als die Schlachtrösser, die andernfalls die Anwesenheit von Rittern enthüllen würden, in die Mitte genommen wurden, damit sie nicht auffielen. Gaston ritt auf der rechen Seite des Trosses, und der Templer führte sie an. Der Schotte hielt sich links und ein anderer Adliger deckte ihren Rücken. Er war reich gekleidet und musste ein weltlicher Lord sein, dem das Schicksal gewogen war. Er war älter als Gaston, ein gutaussehender Mann mit Silber im Haar. In der Mitte des Trosses ritten die Knappen, ein grauhaariger Kämpfer, der die Position zwischen dem Schotten und Ysmaine besetzte, und ein untersetzter Mann, der ängstlich wirkte und sich dicht hinter dem Templer hielt.

Sie und Radegunde waren die einzigen Frauen, aber Ysmaine wollte wetten, dass es eher der dicke Mann sein würde, der ihre Reise verzögerte. Schon jetzt war er blass vor Sorge und zupfte nervös an seinen Zügeln.

Gaston zog am Zaumzeug von Ysmaines Zelter und zog das Pferd zur Seite. »Zu meiner Linken, meine schöne Lady«, sagte er eindringlich. »Haltet Euch immer zu meiner Linken. Ich muss wissen, wo Ihr seid, ohne hinzuschauen.«

Weil er sie beschützen würde. Ysmaine nahm an, dass ihr neuer Ehemann Rechtshänder war. Sie nickte, wissend, er würde es nicht zweimal sagen. Gaston hielt Radegunde mit der Linken umfasst, sodass seine rechte Hand frei war, sollte er in die Lage geraten, sein Schwert ziehen zu müssen.

Das sagte ihr alles, was sie wissen musste, über den Ritt, der vor ihnen lag.

Tatsächlich spürte sie einen Hauch von Furcht.

Knarzend öffnete sich das Tor, und die Gruppe ritt in Formation hinaus auf die Straße. In der Stadt herrschte geschäftiges Treiben; die Sonne schien. In der Ferne erklang eine Kirchenglocke. Sie ritten stetig weiter bis zu den Stadttoren, die Kapuzen ins Gesicht gezogen, still und unauffällig. Der Templer tauschte ein paar leise Worte mit dem Torwächter, der salutierte, als sie vorüberritten.

Alles, was Ysmaine hinter den Toren sehen konnte, waren die Straße und der helle Sonnenschein. Ihr Herz schlug schneller, aus Furcht davor, was vor ihnen lag. Hatte Gaston recht, dass sie nach Norden reiten sollten? Oder würde die Reise zu lange dauern? Immerhin hatte der König seine Armee nach Norden geführt, folglich musste dort die Schlacht stattfinden.

Wenn sie nicht bereits gewonnen oder verloren war.

Auf die Geste des Templers hin ritten sie aus der Stadt. Die Pferde donnerten hinaus auf die Straße, hin zu dem ungewissen Schicksal, das sie erwartete.

Ysmaine neigte den Kopf und sprach ein letztes Gebet, als sie unter dem Schatten des Tors hindurchritt und die Heilige Stadt für immer hinter sich ließ.

～

DIE SONNE WAR BEREITS UNTERGEGANGEN, als sie Nablus erreichten, denn selbst die Straße nach Norden war von Pilgern verstopft. Erleichtert ritten sie in den Burghof der Zitadelle. Ihre Pferde schäumten, ihre Mäntel waren staubbedeckt. Dies war kein Priorat der Templer, sondern eine weltliche Burg, gehalten von einem fränkischen Lord.

Ysmaine war das gleich. Sie war froh, dass sie Zuflucht gefunden hatten, und konnte nicht glauben, wie wund sie war. Früher war sie gelegentlich auf eine ausgedehnte Jagd ausgeritten oder hatte noch weitere Reisen mit ihren Verwandten unternommen, das gesamte letzte Jahr über jedoch war sie zu Fuß gegangen. Sie spürte den Unterschied in jedem Muskel, den sie besaß. Radegunde war in Gastons Arm eingeschlafen, während sie geritten waren, aber Gaston selbst schien kein bisschen müde zu sein.

Seine Augen waren ein wenig stärker zusammengekniffen und er wirkte ein wenig strenger, aber abgesehen vom Staub an seinen Füßen und den Bartstoppeln am Kinn sah er ganz so aus, wie er es getan hatte, als sie Jerusalem verlassen hatten. Es war klar, dass er an so lange Reisetage gewöhnt war, und selbst sein Schlachtross wirkte lange nicht so erschöpft, wie sie erwartet hatte.

Ysmaine war sicher, sie würde essen können, was auch immer man ihr vorsetzte.

Und hinterher eine Woche am Stück schlafen.

Die Knappen eilten geschäftig zwischen Rittern und Pferden umher, und sie glitt aus dem Sattel, um ihre Beine zu strecken. Sie half Radegunde vom Pferd. Die Zofe gähnte, als sie Ysmaines helfende Hand ergriff. Gaston setzte sie vorsichtig ab, und sein Blick wanderte in stummer Frage zu Ysmaine.

Sie lächelte für ihn. »Uns beiden geht es gut, Sir. Dank Euch.«

Die Antwort, die er vielleicht gegeben hätte, blieb unausgesprochen. Ein Stallbursche kam aus dem Stall, aber er hatte kein freundliches Lächeln für sie übrig. »Habt Ihr die Nachrichten aus Nazareth gehört?«, fragte er sie, und seine Stimme hob sich mit einer Dringlichkeit, die nichts Gutes verhieß. Er wandte sich an den Tempelritter, der sie anführte. »Vor einer Stunde erst kam ein Bote und brachte Kunde.«

»Welche Kunde?«, fragte der Templer.

Ysmaine sah, dass die anderen Ritter der Reisegruppe der Unterhaltung aufmerksam lauschten.

In diesem Moment kam der Lehensherr selbst sichtlich betroffen in den Burghof. »Ihr alle werdet die Wahrheit ohnehin bald erfahren«, sagte er. »Wir sind verloren! Zweihundert Tempelritter und Hospitaliter sind in der Schlacht gegen Saladin gefallen, genau wie tausende anderer Ritter.«

Ysmaine sah ihren Gemahl unter seiner Sonnenbräune erblassen.

»Aber wie kann das sein?«, fragte der Templer.

»Am Dritten des Monats ritten sie nach Tiberias, aber sie wurden von den Sarazenen umringt, noch bevor sie es bis Hattin geschafft hatten«, gestand der Lord.

Gaston verzog das Gesicht, und Ysmaine fragte sich, warum.

»Sie saßen in der Falle, ohne Wasser für die Männer und die Pferde, denn die Sarazenen hatten das Gras und die Büsche ringsum angezündet. Gestern Morgen versuchten die Männer, durchzubrechen und zu den Quellen von Hattin zu gelangen. Sie wurden gefangengenommen oder niedergemetzelt, und der Rest der Truppen wurde von den Sarazenen besiegt. König Guy wurde gefangen genommen, zusammen mit den Meistern der Templer und der Hospitaliter und mehr als zweihundert Rittern beider Orden.«

Gaston holte scharf Luft und schaute zur Seite. »Sie alle«, murmelte er leise.

»Sicher wird es ein Lösegeld geben«, flüsterte Ysmaine, aber ihr Ehemann schüttelte den Kopf.

»Es ist gegen die Regeln«, sagte er durch schmale Lippen.

Bestürzung ergriff die gesamte Gruppe, und Ysmaine spürte neue Angst. Sie griff mit einer Hand fest nach Radegundes, mit der anderen nach dem Arm ihres Mannes. Sie und Radegunde hatten gesehen, wie die Armee ausgeritten war. Tausende Männer zu Fuß und zu Pferd mit wehenden Bannern. Und es hatten sich ihnen noch viele weitere angeschlossen, aus Akkon, Tripolis und Tyrus.

»Es waren so viele«, flüsterte sie, unfähig, einen solchen Verlust zu begreifen.

»Es gab Gerüchte, nach denen Saladin dreißigtausend Männer anführte«, sagte Gaston. »König Guy wollte es nicht glauben.«

Gaston hatte es geglaubt. Ysmaine las die Wahrheit in seinem Gesicht.

»Aber das ist noch nicht das Schlimmste«, sagte der Lord.

»Was könnte noch schlimmer sein?«, rief der reich gekleidete Edelmann aus, dessen Namen Ysmaine noch nicht kannte. Die anderen nickten.

»Das Wahre Kreuz, das der Bischof von Akkon in die Schlacht getragen hat, wurde von den Sarazenen erobert, als der Bischof getötet wurde«, sagte der Lord voller Verzweiflung. »Reginald von Châtillon wurde in Saladins Zelt von Saladin eigenhändig getötet. Er wurde als Allererster enthauptet!«

Gaston kniff sich bei diesem Detail in den Nasenrücken.

Der Lord holte tief Atem. »Und die zweihundert Templer und Hospitaliter wurden als Nächste enthauptet.«

Ysmaine war klar, dass Gaston viele von ihnen gekannt haben musste. Um seine Augen zeigten sich Falten, die seine Anspannung verrieten, und er wirkte auf einmal älter. Wulf wütete, es müsse Rache genommen werden, doch Gaston senkte den Blick, die Stirn nachdenklich in Falten gelegt.

»Woher wisst Ihr davon?«, fragte er. »Ist der Bericht verlässlich?«

»Raymond von Tripolis gelang es, die Reihen der Sarazenen zu durchbrechen. Die wenigen Männer, die ihn begleiteten, waren die einzigen, die überlebt haben, zumindest lautete so seine Nachricht.«

»Also stimmt es«, murmelte der Schotte, deutlich betroffener als zuvor. »Zwanzigtausend Mann, die größte Streitmacht, die diese Königreiche je aufgestellt haben, und fast alle von ihnen sind tot.«

Die Mitglieder der Gruppe bekreuzigten sich bei dieser Zusammenfassung.

»Gestern?«, fragte Gaston den Herrn der Zitadelle.

»Aye.«

Ihr Ehemann nickte einmal, wandte sich um und faltete die Hände in seinen ledernen Handschuhen. Dann hob er den Blick, sah Ysmaine an and ging vor ihr in die Hocke. Sie begriff sofort. »Ich werde so weit reiten, wie Ihr es für richtig haltet, Mylord«, sagte sie und stellte den Fuß in seine verschränkten Hände.

»Samaria«, murmelte er, nachdem er sie erneut in den Sattel gehoben hatte. »Ich glaube nicht, dass die Pferde es diese Nacht weiter als bis dorthin schaffen.«

Ysmaine betrachtete ihn einen Moment, denn es klang beinahe, als hätte er gerade eine Entscheidung getroffen. Sie schaute zu dem Templer hinüber, der sich mit den Lederhandschuhen auf die Handflächen schlug und dabei sehr gequält aussah.

»Ihr sprecht die Wahrheit«, sagte er, als wäre es eine offensichtliche Wahl. »Wir müssen nach Samaria reiten.«

»Wir werden es morgen bis Akkon schaffen müssen«, fügte der Schotte hinzu und verzog das Gesicht.

Ysmaine spürte, wie ihre Furcht trotz Gastons augenscheinlicher Ruhe wuchs. Selbst in Samaria würden sie noch nicht einmal die halbe Strecke bis zum Hafen bewältigt haben. Sie schaute zwischen den beiden Rittern hin und her und begriff, wie wichtig die Worte des Schotten waren. Er glaubte zweifellos, wenn sie morgen nicht bis Akkon gelangten, würden sie es gar nicht schaffen.

»Ich folge Eurem Diktat, Sir«, sagte Ysmaine, ihre Erschöpfung vergessen. »Ich werde die Gruppe nicht aufhalten.« Sie begegnete dem Blick ihres Ehemanns, ließ ihn ihre feste Entschlossenheit erkennen, und sah ihn ein einziges Mal zustimmend nicken.

Wie zuvor gab es, nachdem die Entscheidung einmal getroffen war, keine weitere Verzögerung. Selbst die Pferde schienen aus ihrem Verhalten eine gewisse Dringlichkeit abzuleiten, und die gesamte Gruppe ritt wieder los, als gerade die letzten Sonnenstrahlen am Horizont verblassten.

Ysmaine kämpfte gegen den seltsamen Eindruck, dass der Templer dem Befehl ihres Ehemanns gefolgt war, obwohl das keinen Sinn ergab. Vielleicht fügte er sich lediglich einem Mann, der die Region besser kannte.

Oder vielleicht war sie so erschöpft, dass sie Dinge sah, die gar nicht stimmten.

~

SIE SCHAFFTEN es bis nach Samaria.

Das zumindest war eine Erleichterung für Gaston. Er hatte die Silhouetten von Gruppen von Banditen auf beiden Seiten der Straße gesehen, deren Anzahl auf dem Ritt nach Norden gewachsen war. Sie waren kühner geworden, aber die Größe der Gruppe hatte sie von einem Angriff abgehalten, bis sie die Tore von Samaria erreicht hatten. Es stand außer Frage, diese Nacht noch weiterzureiten. Die Pferde brauchten eine Rast, genau wie seine Lady und die Zofe, und der Weg, der vor ihnen lag, wäre bei Dunkelheit zu gefährlich.

Sie fanden ohne Schwierigkeiten eine Unterbringung, einer der Vorteile daran, dass ein so großes Heer mit König Guy gen Norden geritten war. In der Pilgerherberge war ausreichend Platz, und es gab ausreichend Futter für die Pferde und ein schlichtes Mahl für die Reisenden.

Der größte Vorteil war Gastons Ansicht nach der tiefe Brunnen. Das Wasser war kühl und klar, mehr als willkommen nach dem langen, staubigen Ritt des Tages.

Auch, wenn es ihn viel zu sehr daran erinnerte, was sich bei Hattin ereignet hatte.

Zu Gastons Überraschung hatte Ysmaine nicht gegessen oder sich hingelegt, sondern war zum Grab Johannes' des Täufers gegangen, um zu beten.

Er selbst hatte den ganzen Tag über gebetet und hielt das für ausreichend. Es gab keine weiteren Nachrichten zu hören, denn der gleiche Bote, der Kunde nach Nablus gebracht hatte, hatte zuerst hier angehalten.

Bartholomew und Fergus hatten Ysmaine und Radegunde zum Grab begleitet, zusammen mit einigen der übrigen Knappen, und Gaston zweifelte nicht, dass viele in ihrer Gruppe um ihre Zukunft fürchteten.

Die übrigen Gefährten hatten sich zurückgezogen oder blieben im großen Gemeinschaftssaal, eindeutig erschöpft, aber wohl zu aufgewühlt, um zu schlafen. Auch Gaston saß dort an einem Tisch und trank in kleinen Schlucken das kalte Wasser. Er hatte sich um die Pferde gekümmert, wartete mit dem Essen des Brotes aber auf seine Frau.

Nein, er wartete auf den Vollzug ihrer Ehe. Die Verheißung machte ihn zu rastlos, um ans Schlafen zu denken, und erfüllte ihn mit einer seltsamen Mischung aus Aufregung und Vorfreude. Das beschwingte Gefühl erinnerte ihn an den Reiz der Festtage, als er noch ein kleiner Junge gewesen war, ein Gedanke, der ihn zum Lächeln brachte.

An nur einem Tag war es seiner neuen Frau gelungen, dass er sich wieder jung fühlte.

»Ich kann an unserer Situation wenig Amüsantes finden nach den Nachrichten, die uns ereilt haben.« Wulf setzte sich Gaston gegenüber, auf die Art eines Mannes, der etwas zu sagen hatte. Gaston zweifelte nicht daran, dass es etwas Provokantes sein würde und wünschte sich, es wäre nicht an ihm, den unverschämten Ritter zu besänftigen.

Es war schwer zu ignorieren, dass Wulfs Nase noch immer rot und geschwollen war. Aber zumindest wirkte sein Gebaren etwas weniger feindselig als zuvor. Er sprach Deutsch wie schon am Morgen und glaubte wahrscheinlich, dass ihn niemand aus ihrer Gruppe verstehen würde.

Gaston war sich dessen nicht annähernd so sicher.

Der Templer atmete tief aus, als Gaston nicht antwortete.

»Ich hoffe, wir begegnen auf der Straße nicht der Armee der

Ungläubigen«, murmelte Wulf, und Gaston hatte dazu nichts zu sagen. Stattdessen starrte er in seinen Becher.

»Ist das der Grund, warum Ihr nach Akkon geritten seid?« Wulfs kurzer Blick verriet unerwarteten Scharfsinn. »Weil Ihr hören wolltet, welche Nachrichten es gäbe?«

»Ich habe gedacht, wir könnten vielleicht weitere Nachrichten nach Paris bringen«, gab Gaston zu. »Aber ich habe auch geglaubt, die Straße würde leerer sein.«

»Und das war sie«, gab Wulf zu, nur um dann den vorsichtigen Waffenstillstand zwischen ihnen sofort wieder zu brechen. »Wir sind zügig geritten, trotz der Belastung durch die Frauen.«

Bei diesen Worten schüttelte Gaston den Kopf. Er hatte die Entschlossenheit in Ysmaines Augen gesehen und gewusst, sie hätte sich eher an den Sattel gebunden als dem Vorwurf Nahrung gegeben, sie aufzuhalten. Sie war stur, seine Frau, und darüber war er froh.

Grimmig fuhr Wulf fort: »Aber nun müssen wir es bis Akkon schaffen, bevor Saladin die Stadt einnimmt. Ihr habt uns in Gefahr gebracht, indem Ihr diese Route gewählt habt. Wären wir nach Jaffa geritten, wären wir bereits auf See.«

»Vielleicht«, gestand Gaston ein. »Vielleicht auch nicht.«

»Schlimmer noch.« Wulf beugte sich vor. Seine Augen glitzerten. »Heute ist man uns gefolgt.«

»Ich weiß.« Gaston drehte seinen Becher auf dem feuchten Ring, den dieser auf dem Tisch hinterlassen hatte. Er kannte und traute Wulf nicht ausreichend, um seinen Verdacht laut auszusprechen.

»Wisst Ihr, wer es war?«

Gaston zuckte die Schultern.

»Ungläubige. Diebe, die den Schatz haben wollen, der uns anvertraut worden ist.« Auf Gastons warnenden Blick hin senkte Wulf seine Stimme zu einem Zischen. »Wenn man uns bereits verraten hat, kann es nur einen Schuldigen geben. Vielleicht ist Eure neue Frau keine Hure, sondern eine Spionin.«

Gaston warf ihm einen bedrohlichen Blick zu, aber Wulf zuckte nicht zusammen. »Vielleicht sollte ich Euch mehr als die Nase brechen«, sagte er leise.

Wulf schüttelte den Kopf. »Lasst die Gefühle aus dem Spiel, Gaston.

Wer sonst könnte es sein? Wir sind alle Templer oder waren es zumindest und können einander allein deshalb trauen.«

Gaston wollte dem nicht so schnell zustimmen. In jeder Armee gab es Männer, die nur ihr eigenes Wohl im Sinn hatten. Er musste nur an den Großmeister des Tempels, Gerard de Ridefort, denken, um dessen gewahr zu sein. Er zweifelte nicht daran, dass der Mann das Blutbad bei Harrin überlebt hatte, ob er nun mit Raymond geflohen war oder nicht. Gerard besaß ein Talent darin, das Schwert von der eigenen Kehle abzuwenden.

»Es sind noch andere mit uns unterwegs«, bemerkte er. Er wollte hören, was Wulf zu sagen hatte.

»Everard de Montmorency, ein Ritter, der uns begleitet, auf dem Weg ans Totenbett seines Vaters. Wenn man uns unseres Reichtums wegen jagt, dann wegen ihm und seinem Gepäck.«

»Aye. Als jüngerem Sohn ist es ihm in Outremer gut ergangen.« Gaston fragte sich nicht laut, warum ein Ritter und weltlicher Lord sein Land und sein Heim aufgab, wenn die Gefahr bestand, dass er es verlieren würde. Zweifellos bestand große Zuneigung zwischen Everard und seinem Vater, und er hatte seine eigenen Kümmernisse hintenangestellt, um seinen Vater noch ein letztes Mal zu sehen. Jedenfalls zog Gaston es vor, sentimentale Gründe für diese Entscheidung anzunehmen.

»Kennt Ihr ihn gut?«

»Er ist seit Jahren Gast am Hof des Königs und genießt einen guten Leumund.«

Wulf runzelte die Stirn. »Der Händler Joscelin de Provins scheint mir wie ein Mann, der verzweifelt darauf bedacht ist, mit seinen Gewürzen und dem bisschen Seide, dessen er habhaft werden konnte, nach Hause zurückzukehren. Kennt Ihr ihn?«

Gaston schüttelte den Kopf. »Nur seinen Ruf.«

»Ich verdächtige keinen von ihnen, noch nicht einmal diesen barbarischen Ritter. Euch oder Eurem Knappen kann ich nicht misstrauen. Keiner der Knappen kann dahinterstecken, denn ihr Wohlergehen ist von unserem abhängig. Nein, es müssen die Frauen sein – wenn nicht Eure Ehefrau, dann ihre Zofe.«

»Die so krank war, dass sie nicht die Kraft besaß, etwas anderes zu planen als ihren nächsten Atemzug.«

Wulf erwiderte herausfordernd seinen Blick. »Das behauptet Ihr, nicht ich.« Er beugte sich vor. »Zieht in Erwägung, dass Eure Frau andere Ziele haben könnte, außer zu heiraten und Jerusalem zu entkommen. Ihr könnt die Ehe nicht vollzogen haben, es war nicht genug Zeit. Das bedeutet, sie kann noch annulliert werden. Im besten Fall, Gaston, findet Sie Euch nützlich. Im schlimmsten Fall benutzt sie Euch lediglich für ihre Zwecke.«

Gaston reagierte mit Empörung. »Eure Bemerkungen sind ungehörig.«

»Aye? Was werdet Ihr opfern, um sie zu verteidigen?«

»Sie ist meine Frau!«

»Aber was wisst Ihr schon wirklich über sie?« Wulf schüttelte erneut den Kopf. »Dies ist Torheit. Ihr kennt die wahre Natur der Frauen nicht – vielleicht ein Resultat der Tatsache, dass Ihr zu viele Jahre in unserer Mitte verbracht habt.«

»Während Ihr mehr davon versteht?«

Wulfs Lächeln kam schnell und strahlend. »Ich habe nicht alle fleischlichen Vergnügungen aufgegeben. Im Leben eines Mannes ist Platz für eine Hure. Aber auch, wenn eine Frau einem Kämpfer eine Form der Erleichterung verschaffen kann, so sollten ihr seine Gedanken und Geheimnisse vorenthalten bleiben.«

»Ihr habt Keuschheit geschworen«, erinnerte Gaston den anderen Ritter.

»Ich bin nicht der Einzige. Aber vermutlich seid Ihr der Einzige, der diesen Schwur *gehalten* hat.«

Gaston kam auf die Füße. Er verlor die Geduld mit Wulf. Sein Blut kochte, und es gab wichtigere Dinge, über die er nachdenken musste als ausgerechnet, wie er den unverschämten Ritter am besten zum Schweigen brachte. »Entschuldigt mich, bevor ich Euch erneut eine Verletzung zufüge.« Er drehte auf dem Absatz um, entschlossen, nach seiner Gemahlin zu suchen, doch Wulfs letzte Worte folgten ihm.

»Wenn Ihr gezwungen wärt, zwischen Euren Kameraden und Eurer Frau zu wählen, wie würdet Ihr Euch entscheiden?«, fragte er.

Gaston konnte nicht widerstehen. Mit einem spöttischen Lächeln schaute er über die Schulter zurück, hoffend, Wulfs verfluchte Selbstgefälligkeit zu erschüttern. »Ich habe den Orden verlassen«, sagte er leise. »Wenn Ihr je mein Kamerad wart, seid Ihr es nicht mehr. Die Reisenden in dieser Gruppe sind lediglich meine Weggefährten.«

Wulf hätte vielleicht protestiert, aber Gaston hatte kein Interesse, die giftigen Worte zu hören, die der Mann zweifellos als Nächstes äußern würde. Er verließ die Herberge auf der Suche nach seiner Frau.

Wulfs Verdacht konnte doch sicher nicht stimmen.

Aber wer war ihnen gefolgt?

Konnte der Schatz so bald schon in Gefahr sein?«

KAPITEL 6

Ysmaine kniete vor dem Grab Johannes' des Täufers in Samaria, um zu beten, aber ihre Gedanken wanderten mit einer Hartnäckigkeit zu ihren Schmerzen und geschundenen Stellen, die der Inbrunst ihrer Fürbitte abträglich war. Sie schlief beinahe auf den Knien ein. Radegunde kniete ein Stückchen hinter und neben ihr, der Klang ihrer gemurmelten Gebete ein doppelter Trost.

Obwohl alles nun besser zu sein schien, machte sie sich dennoch Sorgen. Dank ihres neuen Gemahls waren Ysmaine heute viele Segnungen zuteilgeworden. Der Gedanke versetzte ihr einen Stich, und sie fürchtete erneut um Gastons Leben und betete sogleich für ihn. Sie zwang sich, auf den Knien zu verharren, bis sie das gesamte Vaterunser und das Ave Maria ohne einen einzigen Gedanken an ihr schmerzendes Gesäß im Stillen aufgesagt hatte.

Als sie im Anschluss versuchte, auf die Beine zu gelangen, verzog sie das Gesicht.

Eine Männerhand griff ihren Ellbogen, und sie erkannte Gaston an seinem Geruch, bevor sie sich zu ihm umwandte. »Wie es scheint, finde ich Euch oft beim Gebet«, sagte er leise, mit forschendem Blick. »Ersucht Ihr noch immer um göttlichen Beistand?«

»Ich danke lediglich für die Güte, die Ihr mir erwiesen habt, und die sichere Reise, die wir heute hatten«, sagte sie, und sein Blick schweifte flüchtig zu ihr, als sei er sich nicht sicher, ob er ihr glauben sollte. Verflucht sei sein vermaledeiter Knappe! Aber Ysmaine biss sich auf die Zunge, wissend, jeder Protest würde ihm nur noch mehr Sorgen bereiten. Sie musste einen besseren Weg finden, dem Knappen zu beweisen, dass sie eine Verbündete war.

Gaston geleitete sie hinüber zur Herberge, in der sie untergebracht waren, und sie wusste, er war sich jeder Bewegung ringsum bewusst. Auch hier herrschte eine Stimmung der Dringlichkeit, ganz wie in Jerusalem, wenn nicht noch stärker ausgeprägt. Der Rest der Gruppe, der beim Schrein gewesen war, folgte ihnen, und sie bemerkte, dass Bartholomew sich auf ihrer linken Seite hielt. Sie und Radegunde gingen zwischen Ritter und Knappen, und beide Männer blieben sehr wachsam. Also würde der Knappe sie trotz seins Misstrauens auf Befehl seines Ritters hin verteidigen.

Was war nur los?

»Habt Ihr weitere Nachrichten erhalten?«, fragte sie Gaston.

»Ich sammle nur die Eindrücke anderer, aber Ihr braucht Euch mit solchen Angelegenheiten nicht zu belasten.«

Ein wenig von Ysmaines alter Kühnheit kehrte zurück. »Wenn es unser Wohlergehen betrifft, dann sollte ich davon wissen, Sir.«

»Ihr müsst Euch allein damit befassen, einen Erben zu empfangen«, erwiderte Gaston. »Ich brauche dringend einen Sohn, meine schöne Lady, und Euer Bauch sollte sich bereits wölben, wenn wir auf meinen Ländereien ankommen.«

Ysmaine hätte gegen einige Einzelheiten seiner Erklärung etwas einwenden können, aber sie besann sich auf die, die von größter Wichtigkeit erschien. »Sicher seid Ihr nach dem langen Ritt heute ebenso müde wie ich …«, begann sie, aber Gaston unterbrach sie.

»Ihr habt in dieser Nacht eine eigene Kammer. Das habe ich bereits arrangiert. Eure Zofe kann bei Euch schlafen, wenn ich fort bin. Wir werden essen, bevor wir uns zusammen zurückziehen, und noch vor der Dämmerung weiterreiten.«

Es war eine erneute Erinnerung an seine Entschlossenheit. Dieser Mann würde sich nicht von einem Ziel abbringen lassen, das er einmal ins Auge gefasst hatte.

Wenn er erst heil und gesund das Ehebett verlassen hatte, würde

Ysmaine diese Eigenschaft mehr zu schätzen wissen. Aber im Moment konnte sie ihre Furcht nicht unterdrücken, obwohl sie wusste, dass sie sicher unbegründet war.

Was, wenn Gaston in dieser Nacht starb? Was würde mit ihr und Radegunde geschehen? Nicht einen Moment glaubte sie, der Templer Wulf würde Mitleid mit ihnen haben.

Schweigend betraten sie den dunklen Speisesaal der Herberge, und Gaston führte Ysmaine zu einem Tisch hinüber. Über dem vollen Saal konnten nicht mehr als zwei Räume liegen, und sie zweifelte nicht daran, dass alle, die mit ihnen reisten, würden hören können, was auch immer sie und Gaston taten. Doch die Hand ihres Ehemanns ruhte weiter fest unter ihrem Ellbogen, und sie begriff, wie entschieden er war. Röte im Gesicht, senkte sie den Kopf, um den wissenden Blicken der anderen Männer zu entgehen – besonders dem des abscheulichen Tempelritters.

Ysmaine hätte schwachsinnig sein müssen, um die Spannung zwischen den beiden Rittern nicht wahrzunehmen. Gaston verbarg seine Irritation recht gut, und jemand anders hätte sein Gesicht für ausdruckslos gehalten, aber sie hatte bereits gelernt, auf seine Augen zu achten. Sie waren lebhaft blau und blitzten, obwohl er den Blick senkte, um seine hitzige Reaktion zu verbergen. Auch sein Körper verriet seine Anspannung, und seine Hand schloss sich ein wenig fester um ihren Arm.

Was hatten die beiden zueinander gesagt?

Sie erinnerte sich an die Bemerkungen des Templers darüber, dass „die Frauen" die Reise verzögern würden, und fürchtete, ihre Gegenwart sei erneut die Ursache eines Streits gewesen.

»Ich entschuldige mich für die Verspätung, Sir«, sagte sie, wissend, dass andere zuhörten. »Ich hoffe, Ihr habt Euch in meiner Abwesenheit bereits erfrischt.«

»Ich habe auf Euch gewartet«, sagte Gaston schlicht und deutete auf den Tisch.

Der Templer erhob sich von seinem Stuhl, zog seinen Mantel um sich und rief mit einem Fingerschnippen seine Knappen herbei, als er sich zum Gehen wandte. Es war klar, dass er sich weigerte, in ihrer Gegenwart zu essen.

Es fiel ihr schwer, irgendwelche christliche Nächstenliebe für einen so stolzen und reizbaren Mann zu empfinden, aber Ysmaine versuchte es. Sie hoffte, er sei der Grund für die Gereiztheit ihres Mannes.

»Wollt Ihr meiner Frau nicht vorgestellt werden?«, fragte Gaston den Templer mit einer Höflichkeit, die gezwungen schien. »Heute Morgen blieb wenig Zeit dafür, und als Reisegefährten sollten wir uns miteinander bekannt machen.«

Der Templer wirbelte herum. Sein Blick war kalt. »Madame«, sagte er und verbeugte sich.

»Bruder Wulf aus dem Priorat Gaza«, sagte Gaston ebenso frostig. »Meine Frau, Lady Ysmaine de Valeroy, die die Baroness de Châmont-sur-Maine werden wird.«

Wulf verbeugte sich und sah dabei so aus, als hätte er es lieber nicht getan.

Gaston fuhr fort und deutete auf den dunkelhaarigen Mann. »Ihr kennt bereits meinen Knappen, Bartholomew de Burgh, Mylady.«

»In der Tat«, stimmte Ysmaine zu.

»Und dies ist Fergus von Killairic, ein früherer Ordensbruder so wie ich. Ihr habt in Jerusalem kurz mit ihm gesprochen, aber ich habe versäumt, Euch einander vorzustellen. Fergus kehrt für seine Heirat nach Hause zurück.«

»Ihr habt Euch dem Orden angeschlossen, während Ihr bereits verlobt wart, Sir?«

Fergus beugte sich über ihre Hand. Wo das Licht auf sein rotbraunes Haar fiel, leuchtete es kupferfarben. »Mein Vater und ich sind übereingekommen, dass eine militärische Ausbildung sehr wünschenswert wäre, daher habe ich mich zu einem dreijährigen Dienst verpflichtet.« Er lächelte. Seine Augen funkelten auf eine Weise, die Ysmaines Ansicht nach nur Gutes für seine Ehe verhießen. »Ich würde sogar noch zügiger reiten, wenn es nur um mich ginge, denn ich habe Mylady Isobel allzu sehr vermisst.«

Ysmaine begann, sich für den Schotten zu erwärmen, der eindeutig in seine Verlobte verliebt war. »Ich bin sicher, das habt Ihr.«

Gaston führte Ysmaine zu dem Ritter, der am Ende des Trupps geritten war, dem gutaussehenden älteren Mann, der sich nun mit

Charme und Anmut verbeugte. »Everard de Montmorency, der sich uns glücklicherweise als Weggefährte angeschlossen hat.«

»Mylady, ich wünsche Euch an Eurem Hochzeitstag alles Gute für zukünftige gemeinsame Tage und Nächte.« Er war reich gekleidet und führte viel Gepäck mit sich. Ysmaine war überrascht, dass er weder von Knappen noch von Soldaten begleitet wurde.

»Ich danke Euch, Sir.« Sie wagte eine Nachfrage. »Ihr reist allein?«

»Aye.« Everards Antwort verriet einen Hauch von Bedauern. »Mein Vater ist krank, und ich möchte ihn ein letztes Mal sehen, obwohl sich alles gegen mich verschworen hat. Mein Knappe ist erkrankt und meine Ritter haben sich der Armee König Guys angeschlossen, zwei sogar ohne meine Erlaubnis. Da ich allein reise, habe ich um den Schutz des Tempels gebeten.«

»Das scheint eine weise Wahl, Sir.«

»Und dies ist Joscelin de Provins, ein Kaufmann, der auch nach Paris zurückkehren will.« Gaston deutete auf den untersetzten Mann, dessen Gürtel bedrohlich knarzte, als er sich tief verbeugte.

»Ein großes Vergnügen, Euch kennenzulernen, Mylady, und darf ich sagen, wenn Ihr Vorräte für Euren neuen Haushalt anschaffen wollt, so habe ich eine große Auswahl von Gewürzen und Kräutern vorrätig …«

»Ich danke Euch für Eure Voraussicht, Sir«, unterbrach ihn Ysmaine glatt. »Aber sicher könnt Ihr verstehen, dass es mir unmöglich ist zu sagen, was im Heim meines Mannes gebraucht wird, bevor wir dort angekommen sind.«

Joscelin errötete und trat mit einer weiteren Verbeugung zurück. »Natürlich, Mylady.«

»Ich bin Duncan McDonald, Mylady«, warf der ältere Mann ein, der den ganzen Tag neben ihr geritten war. »Und dem Dienst des jungen Lord Fergus verschworen. Auf Befehl seines Vaters bin ich hier, um sicherzustellen, dass er gesund heimkehrt.« Er tätschelte die Schwertscheide an seiner Seite. »Fürchtet nicht, dass Euch auf meiner Seite Schutz verwehrt bleiben könnte, Mylady.«

»Das tue ich nicht« sagte Ysmaine. »In dieser Gruppe fühle ich mich sehr tapfer verteidigt, ganz ohne Frage.«

Gaston führte sie zu ihrem Platz. Sie aßen zusammen Brot, und sie trank von dem wunderbar kühlen Wasser und beobachtete ihn dabei.

Das Schweigen zwischen ihnen irritierte sie, da sie eine Unterhaltung, bevor sie sich zusammen zu Bett begaben, nett gefunden hätte. Ihr Ehemann mochte Jahre in der Stille eines religiösen Ordens verbracht haben; sie hatte das nicht.

Aber wenn jemand die Unterhaltung beginnen sollte, würde Ysmaine das eben tun.

~

»DIE ANDEREN RITTER HABEN MEHRERE KNAPPEN«, bemerkte Ysmaine leise, und Gaston nickte zustimmend. Sie war erleichtert, dass er ihr antwortete, und dachte bei sich, sie habe ein gutes Thema gewählt.

»Ein Ritter braucht viele helfende Hände.« Er nickte zu zwei der Jungen hinüber. »Diese beiden reiten mit Wulf.« Einer war groß und schlank und hatte helles Haar, der andere war kleiner, ein wenig rundlicher, und hatte dunkle Locken.

»Sie könnten nicht unterschiedlicher aussehen.«

»Ich kenne ihre Namen nicht, nur die Namen der Knappen des Schotten.« Gaston deutete mit dem Kopf auf Fergus. »Der Knappe mit dem rötlichen Haar ist Hamish, und Ihr solltet ihm keinen Gegenstand anvertrauen, der zerbrechen könnte, falls er zu Boden fällt.«

Ysmaine lächelte. »Dann werde ich das nicht tun.«

»Der ältere mit dem hellen Haar ist Kerr.«

Ysmaine betrachtete den blonden Jungen. »Er sieht eher wie ein Engel aus als wie ein Knappe.«

Gaston riss einen Moment bedeutungsvoll die Augen auf. »Das Äußere kann täuschen, meine schöne Lady.«

Ysmaine begriff, unterdrückte ein Lachen und sah sich dann nach dem anderen Jungen um. »Fergus hatte vorhin noch einen anderen, dunklen Knappen an seiner Seite.«

»Laurent«, sagte Gaston. »Er kann gut mit Pferden umgehen und wird jede Nacht bei ihnen schlafen. Er hat sich oft in den Ställen des Tempels herumgetrieben, und Fergus hat entschieden, sich nicht von ihm zu trennen.«

Damit hatte Fergus dem Jungen das Leben gerettet, vermutete Ysmaine.

Gaston verfiel in Schweigen. Essen tat er nicht viel. Er riss das Brot in Stücke, und wenn er eins davon aß, tat er es abwesend, als dächte er dabei über wichtigere Dinge nach.

»Ihr macht Euch Sorgen«, wagte sie zu sagen und hielt ihre Stimme gesenkt.

»Wenn ich das tue, ist es nicht von Bedeutung.« Er wandte den Blick ab, als wollte er seine Gedanken verbergen, und Ysmaine sah ihn ein wenig gequält an.

Obwohl es ungehörig sein mochte, war es ihr nicht gegeben, zu schweigen. Sie hoffte, ihr neuer Ehemann würde darin keine Charakterschwäche sehen. Sie legte ihre Hand auf seine und äußerte eine Bitte. »Ihr habt um Ehrlichkeit zwischen uns gebeten, Sir, und ich bitte um Vertrauen. Meine Eltern haben solche Angelegenheiten stets miteinander erörtert, und mein Vater sagt, eine geteilte Bürde wiege leichter. Ich würde in unserer Ehe gern den gleichen Trost finden.«

Er zuckte beinahe zusammen.

Welchen Grund hatte er, ihr zu misstrauen?

Während Gaston still blieb, konnte Ysmaine das nicht. »Hattet Ihr Bekannte unter den Rittern, die bei Hattin gestorben sind?«

»Es gab tausende von ihnen, aber die meisten, die dem Orden angehörten, habe ich zumindest flüchtig gekannt.« Er runzelte die Stirn und seine Stimme wurde heiser. »Und einige, die mit der Armee auszogen, kannte ich sogar sehr gut.«

Trauerte er um seine verlorenen Kameraden? Sie konnte sich nicht vorstellen, dass er es nicht tat. Wünschte er, ihren Tod zu rächen und gegen die Ungläubigen zu kämpfen?

Ysmaine studierte Gaston mit Vorsicht und wählte ihre Worte mit noch größerem Bedacht. »Es ist eine brutale Art für einen Menschen zu sterben.«

»Allerdings nicht unerwartet, wenn man seinen Lebensunterhalt mit dem Schwert bestreitet«, antwortete er mit einer Milde, die sie nicht teilte. »Ich möchte wetten, dass jeder Einzelne von ihnen seinen Frieden damit gemacht hatte.«

Sie musste einfach fragen. »Hattet Ihr das auch?«

Gaston nickte, dann trank er wieder etwas Wasser. Unversöhnlich. Ungerührt. Unmöglich zu durchschauen. Sein Verhalten störte sie mehr als seine Worte. Sie wollte ihn kennen, mit ihm sprechen und ihn verstehen, aber Gaston schien seine Privatsphäre zu schätzen. Zweifellos war er deutlich eher an langes Schweigen gewöhnt als sie.

Ysmaine, die niemals an übermäßiger Schüchternheit gelitten hatte, entschloss sich, offen zu sein, hoffend, ihm eine Art von Geständnis abzuringen.

»Ich könnte mich niemals mit dem Gedanken abfinden, von einem Ungläubigen abgeschlachtet zu werden«, sagte Ysmaine. »Ich bewundere die Männer, die ein solches Schicksal mit Gleichmut akzeptieren können.«

Kaum hatten die Worte ihre Lippen passiert, wusste sie, dass sie die Aufmerksamkeit ihres Gatten errungen hatte.

Gastons Blick traf auf ihren, und sie spürte schon, es würde ein Tadel folgen. »Krieg ist Krieg, und es sind nicht allein die Ungläubigen, die andere abschlachten, meine schöne Lady. In dieser Schlacht zumindest gab es keine Unschuldigen.«

Ysmaine war gefesselt, nicht nur von seiner Antwort, sondern auch von seinem Nachdruck. »Ihr könnt Euch doch nicht auf die Seite der Sarazenen stellen!«, protestierte sie, auch wenn sie nicht wirklich glaubte, dass er das beabsichtigte.

Sie dachte schon, Gaston würde sich abwenden und seine Geheimnisse für sich behalten, aber stattdessen beugte er sich über den Tisch und sprach sehr eindringlich weiter. »Über zehn Jahre lang habe ich mit den Sarazenen verhandelt – über Angelegenheiten von großer oder geringer Bedeutung.« Er tippte mit einem schweren Finger auf den Tisch, während Ysmaine ihn ansah, fasziniert von diesem Einblick in vergangene Taten. »Ich war an ihren Höfen und sie sind zu mir gekommen. Ich habe Lösegelder für Gefangene ausgehandelt und Verträge von Königen und Grafen zu ihnen gebracht. Ich kann nicht anders, als in jedem Konflikt auch *ihre* Gründe zu berücksichtigen, denn es war immer und immer wieder meine Aufgabe, Gemeinsamkeiten zu finden. Die sichere Passage religiöser Pilger war eine solche Gemeinsamkeit, eine, bei der sich leicht eine Übereinkunft erzielen ließ.« Er lehnte sich zurück und trank sein Wasser. »Zumindest war das so, bis Reginald von Châtillon Kerak für sich beanspruchte.«

Ihr Ehemann war ein Diplomat gewesen, nicht nur ein kämpfender

Ritter. Ysmaine war äußerst beeindruckt. Diese Fähigkeit, gemeinsame Interessen zu finden, würde ihm als Baron zugutekommen. »Was hat er getan?«

»Er hat seinen Eid gebrochen«, antwortete Gaston, ohne zu zögern. »Mehrfach.«

Ysmaine verzog das Gesicht. »Warum?«

»Weil er glaubte, was er einem Sarazenen geschworen habe, sei egal, möchte ich annehmen«, sagte Gaston. »Doch Tatsache ist, dass viele Menschen einem abgelegten Schwur einen hohen Wert beimessen, unabhängig von ihrer religiösen Zugehörigkeit.«

»Was für ein Schwur war es?«

»Spielt das eine Rolle?«

»Nur, dass es vielleicht mehr über das Wesen dieses Mannes enthüllt.«

Gaston betrachtete sie, und ein Mundwinkel hob sich. »Seid Ihr eine Strategin, meine schöne Lady?«

Ysmaine errötete. »Es gefällt mir, wenn ich Menschen verstehe, und, sofern das möglich ist, auch die Entscheidungen, die sie treffen, und warum.«

»Das geht mir ebenso«, stimmte Gaston zu, mit einer Gewissheit, die ihr Herz zum Flattern brachte. Er nahm noch einen Schluck Wasser und neigte sich ihr wieder zu, sprach zu ihr, als wäre sie eine Ebenbürtige oder ein anderer Mann. Ysmaine war erfreut.

»Reginald von Châtillon hat seinen Schwur, den sarazenischen Pilgern freies Geleit zu gewähren, andauernd gebrochen. Hat ihre Karawanen angegriffen, sie eingekerkert und ihre Waren geplündert, wieder und wieder und wieder. Jedes Mal hat er mit Saladin verhandelt und geschworen, er würde das Vergehen nicht wiederholen, und jedes Mal hat er diesen Eid erneut gebrochen.«

Ysmaine biss sich auf die Lippen. Sie begriff nun ein wenig besser, was in dieser Schlacht passiert war. »Und deshalb wurde er in Hattin für seine eigene Niedertracht hingerichtet.«

Gaston nickte. »Davon gehe ich aus. Vor fast einem Jahr, als seine eigene Schwester Pilgerin in einer solchen Karawane war, schwor Saladin, eigenhändig an Reginald Rache zu nehmen.«

Das klang selbst für Ysmaine wie ein Schwur, wie ihn auch ein christlicher Ritter ablegen würde. Genau, wie sie die Gemeinsamkeiten zwischen Fatima und Mathilde erkannte, sah sie nun in Gastons Bericht die Ähnlichkeit zwischen dem Sarazenen und einem Ritter.

»Und auch die Templer sind der Verteidigung der Pilger verpflichtet«, sagte sie. »Auf dem Weg von Jaffa nach Jerusalem wurden wir von vier Tempelrittern begleitet.«

Ihr Mann nickte entschieden. »Unser Orden entstand, um die sichere Passage der Pilger von Jaffa nach Jerusalem zu gewährleisten. Es ist kein Zufall, dass einer unseres Ordens entsandt wurde, um den Schaden wiedergutzumachen, den Reginald angerichtet hatte, und zu versuchen, einen neuen Vertrag zu schließen – denn um die Pilger ging es dabei.«

»Ihr wurdet entsandt«, schlussfolgerte Ysmaine und begriff, warum Reginalds Taten ihn so wütend machten.

Gaston nickte erneut. »Wir haben hier nur deshalb so lange überleben können, weil wir einander in solchen Angelegenheiten respektierten, in Bereichen, in denen wir Gemeinsamkeiten fanden. Reginald war ausschließlich sein eigener Vorteil wichtig, und so werden viele weitere Menschen für seine Gier mit dem Tod bezahlen.«

Ysmaine dachte an all die Ritter, die offenbar gefallen waren, und wusste, ihnen würden viele weitere Soldaten folgen. Es schien wie eine schreckliche Vergeudung. »Meine Mutter sagt immer, in allen Menschen gäbe es Gutes und Schlechtes.«

»Und sie hat recht.« Gaston trank sein Wasser aus und musterte den Rest ihrer Gruppe, während Ysmaine ihn beobachtete. Dieser Einblick in sein Leben faszinierte sie, und sie konnte bereits sehen, dass er gut für die ihm übertragene Aufgabe geeignet gewesen sein musste. Er sprach mit Bedacht, gab weniger preis, als er wusste, und erwog sorgfältig all seine Optionen, bevor er eine Entscheidung traf. Tatsächlich gab es an Gastons Auftreten viel, das Gelassenheit und Vertrauen erweckte.

Und auch sie traute seinen Worten.

»Sprecht Ihr ihre Sprache?«, fragte Ysmaine, neugierig über die Art seiner Verhandlungen.

Gastons Blick wanderte zu ihr und wieder zur Seite, bevor er unge-

duldig den Kopf schüttelte. »Der Tempel hat für solche Unterhand-
lungen Dolmetscher, und mindestens einer hat mich immer begleitet.«

Das war kein Nein. Es schien ihr eher wie die Antwort eines Diplo-
maten, die eine bestimmte Schlussfolgerung nahelegte, ohne dabei zu
viel zu verraten. Sie vermutete, das zählte nicht als Unaufrichtigkeit.
Ysmaine hatte den Eindruck, Gaston beherrschte möglicherweise die
sarazenische Zunge. Sofern er das tat, war es sicher sehr nützlich, wenn
andere dies nicht wussten. In diesem Moment erst begriff sie, dass er
lange in den Kreuzfahrerstaaten gelebt hatte und sich dort ein eigenes
Leben aufgebaut hatte. Tatsächlich war ihm Frankreich inzwischen
vielleicht fremd.

»Werdet Ihr das Heilige Land vermissen?«, fragte sie.

Gaston zuckte die Schultern. »In mancher Hinsicht, ja. In anderer
werde ich froh sein, meine Heimat wiederzusehen.« Über seine Züge
legte sich ein Schatten, und sie vermutete, er empfand Kummer über
die Nachricht, die ihn heimgerufen hatte. Natürlich, er ging nur
deshalb, weil sein Bruder gestorben war.

Sonst wäre er in die Schlacht bei Hattin geritten.

Und wäre sehr wahrscheinlich dort gestorben.

Ysmaine konnte es nicht ertragen, daran zu denken. »Habt Ihr
Eurem Bruder nahegestanden?«

Gastons Augen glitzerten, als er sie von Neuem musterte. »Ihr seid
heute Nacht voller Fragen, meine schöne Lady.«

Ysmaine errötete. »Mein neuer Ehemann weckt meine Neugier.«

»Ich glaube, Ihr wollt das Unvermeidliche herausschieben«,
mutmaßte er.

Ysmaine hob ihr Kinn und hielt seinem Blick stand. »Ich beginne,
Euch zu bewundern, Sir. Ich glaube, Euch zu meinem Ehemann zu
haben, wird mir sehr gefallen.«

»Ich werde nicht sterben, Ysmaine«, murmelte er, das erste Mal,
dass er ihren Namen aussprach.

Sie nickte und fühlte sich dabei albern, verlegen und zugleich
erfreut. Hatte sie je einen Mann getroffen, der eine so verwirrende
Reaktion in ihr hervorrief?

Gaston musterte sie einen Moment, dann sagte er leise: »Bayard war
mein älterer Bruder, mein Mentor und mein Gefährte. Ich kann wahr-

haft kaum glauben, dass er nicht länger am Leben ist, denn er war immer so lebensfroh.«

Ysmaine fand Gaston selbst sehr vital. Sie streckte die Hand aus und berührte seine Hand mit ihrer, begriff erst danach, dass sie wieder einmal zu kühn agierte. Er betrachtete ihre Hand, die auf seiner lag, mit einem kleinen Lächeln, als mache es ihm tatsächlich nichts aus, wie freimütig sie sich gab, dann drehte er seine Hand um, sodass sich ihre Finger miteinander verschlangen. Seine Finger waren warm, seine Hand stark, sein Griff sanft.

Er schaute zu ihr auf, und sie hielt den Atem an, als sie das leuchtende Blau seiner Augen sah. »Vielleicht ist es Zeit, dass wir uns zurückziehen, meine schöne Lady«, murmelte er, seine Stimme so tief, dass der Klang allein sie erschauern ließ.

Ysmaines Herz machte einen Satz. Sie waren noch lange nicht in Sicherheit, und sie wollte ihren Beschützer nicht verlieren. Sie wollte ihn anflehen, dabei aber verhindern, dass er noch stärker an ihren Absichten zweifelte. Sie öffnete den Mund und schloss ihn wieder.

Gaston drückte ihre Hand. »Es wird nicht lange dauern, und ich werde besser schlafen, wenn ich weiß, dass die Pflicht erfüllt ist.« Er lächelte sie an. »Auch Ihr mögt leichter Ruhe finden, wenn Ihr erst wisst, dass Eure Angst unberechtigt war.«

Ysmaine begriff, dass sie seine Meinung nicht ändern würde, und es war sein Recht, die Erfüllung der ehelichen Pflichten von ihr zu fordern. Sie stand auf und verbeugte sich. Dabei hoffte sie, er sähe ihr nicht an, wie wild ihr Herz schlug.

»Ich werde auf Euch warten, Sir, wenn es Euch beliebt«, sagte sie. In ihrer Kehle saß ein kleiner Kloß, und ihre Stimme klang angestrengt. Ihre Handflächen waren feucht. »Und ich werde bereit sein, am Morgen auf Euren frühsten Befehl hin abzureisen.«

Sie drehte auf dem Absatz um, voller Angst, dass sie in dieser Nacht den Tod eines dritten Ehemanns erleben würde, dann versuchte sie, gefasst die Treppe hinaufzusteigen. Sie zweifelte nicht daran, dass der blonde Templer sie und Radegunde nur zu gern zurücklassen würde, wenn Gaston nicht da wäre, um auf ihrem Mitkommen zu bestehen.

Was würde aus ihnen werden, falls er starb?

Wie konnte Ysmaine sichergehen, dass er es *nicht* tun würde?

RADEGUNDE FOLGTE Ysmaine und half ihrer Herrin, das Kleid aufzuschnüren. Ysmaines Hände zitterten, aber die Zofe tat, als sähe sie es nicht. Sie faltete das Kleid und den Mantel und legte Ysmaines Strümpfe obenauf. Ysmaines Haar bürstete sie aus und bewunderte, wie es ihrer Lady offen über die Schultern fiel.

»Ich wünschte, ich hätte Haar in einem solchen Farbton«, murmelte sie. »Es sieht aus wie gesponnenes Gold.«

»Deins ist wie dunkle Seide, Radegunde, und die Wellen sind ausgesprochen hübsch.«

»Ach, aber es heißt, Männer würden helles Haar bevorzugen.«

Ysmaine hatte es bisher nicht als großen Vorteil empfunden, von Männern als anziehend betrachtet zu werden, aber sie verkniff sich diesen Kommentar. »Ich hoffe nur, dass es meinem Ehemann gefällt.«

Schwere Schritte erklangen auf der Treppe, und beide Frauen schauten zur Tür. Ysmaines Herz schlug wie Donner. Es kam ihr vor, als könnte sie nicht genug Luft bekommen.

»Ihr würdet einen Heiligen in Versuchung führen, Mylady«, murmelte Radegunde zur Ermutigung, dann lächelte sie und ging, als Ysmaine nicht antwortete. Sie hörte, wie Zofe und Gemahl einen flüchtigen Gruß austauschten, und blieb mit dem Rücken zur Tür stehen.

Der Raum war klein und schlicht eingerichtet, mit nichts als einer Strohmatratze auf dem Boden. Er besaß kein Fenster, und sie vermutete, wenn Gaston ihn erst betreten hatte, würde er sehr voll erscheinen.

Die Tür öffnete sich, und sie hielt den Atem an.

Es war warm, aber sie spürte tief im Inneren ein Zittern, weil sie nur noch ihr Unterkleid trug. Sie schlang die Arme um sich und versuchte, nicht vor Furcht zu erbeben. Das Schweigen half wenig, sie zu beruhigen. Im Gegenteil, dadurch wurde es viel zu einfach, sich an Richards leblosen Körper auf ihrem zu erinnern, und als sie einatmete, hatte sie das Gefühl, ihn riechen zu können.

Schrecken erfüllte sie.

Ysmaine wusste nicht, was sie von echter Intimität zu erwarten hatte. Ihre Mutter hatte ihr erklärt, was im Bett zwischen Mann und

Frau geschah, und zweimal hatte Ysmaine darauf gewartet, die Wahrheit zu erfahren. Sollte sie Gaston als Erste berühren? Würde er sie für eine Dirne halten, wenn sie das tat? Sollte sie gehorsam auf seine Anweisungen warten? Sie stand neben der Strohmatratze und verrenkte die Hände, während ihr Ehemann mit einer Bedächtigkeit die Tür schloss, die sie inzwischen als eins seiner Markenzeichen erachtete.

Würde dies der Beginn eines neuen, gemeinsamen Lebens sein oder nur ein weiteres Ende?

Gaston ließ keine Zweifel erkennen. Sobald die Tür sicher geschlossen war, löste er seinen Gürtel und legte achtsam seine Waffen beiseite. Mit ein wenig Mühe schlüpfte er aus seiner Kettenrüstung und lehnte ihre Hilfe dabei mit einem Stirnrunzeln ab.

»Es ist nicht die Arbeit einer Dame«, tadelte er, und Ysmaine ließ die Hände sinken.

»Warum nicht?«

»Es ist ein Kriegswerkzeug und als solches für eine Edelfrau nicht von Bedeutung.«

»Mir scheint, dass Krieg mich sehr wohl betrifft, besonders, wenn er unser aller Leben bedroht«, sagte Ysmaine milde. Sie erntete einen sehr blauen Blick dafür, hatte aber nicht den Eindruck, dass Gaston ihre Worte missbilligte.

Eher schien sie ihn überrascht und ihm etwas zum Nachdenken gegeben zu haben.

Sie sah zu, als er sich vornüberbeugte, und unterdrückte ein Lächeln, als er sich wand und zappelte. Doch die Rüstung rutschte bei dieser Bewegung über seine Schultern und glitt, nicht unähnlich einer Schlange, zu seinen Füßen zu Boden. Er richtete sich auf und rollte die Schultern, der einzige Hinweis darauf, dass er erleichtert war, das Gewicht los zu sein. Sein Haar war zerzaust, und in seinem Gambeson, dem gesteppten roten Rock, den er unter der Rüstung trug, wirkte er riesig. Er drehte sich und schaute über seine Schulter zu den Verschnürungen am Rücken, die das Kleidungsstück verschlossen, dann wandte er sich mit einem leichten Lächeln zu ihr um.

»Aber das hier bringe ich allein nicht fertig. Würdet Ihr mir helfen, meine schöne Lady?«

»Ist es nicht auch ein Kriegswerkzeug?«, neckte sie ihn lächelnd, und er hatte den Anstand zu erröten.

»In der Tat, und daher ist es ungehörig, eine Dame aufzusuchen, während man es trägt.«

Ysmaine bedeutete ihm, sich umzudrehen, und öffnete schnell die Verschnürungen. Es war klar, dass er den Gambeson seit vielen Jahren trug, denn auf der gesteppten Oberfläche befanden sich Flecken. Sie zweifelte nicht daran, dass es sich bei den dunkleren um getrocknetes Blut handelte, das Gastons eigenes sein musste. Auf der Außenseite sah man Nähte, wo das Kleidungsstück geflickt worden war, und Ysmaine konnte erraten, woher die Risse an einem solchen Kleidungsstück stammten.

Die Vergangenheit ihres Ehemanns zeigte sich an diesem Ausrüstungsgegenstand sehr deutlich.

Sie nahm an, seine Haut würde eine ähnliche Geschichte erzählen – gezeichnet von seinem Handwerk.

»Ich kenne mich mit Gambesons nicht aus«, sagte sie. »Ich habe keine Brüder. Werden sie vom Vater an den Sohn weitergegeben oder von einem Bruder an den nächsten?«

»Manche«, sagte Gaston. »Diesen hier ließ mein Onkel, zugleich mein Dienstherr, als Geschenk für mich anfertigen, als ich mir meine Sporen verdiente.«

»Mit fünfzehn Sommern.«

»Aye.«

»Damit Ihr Euren schwächeren Cousin nicht noch einmal besiegen könntet, sondern gezwungen wärt, seinen Haushalt zu verlassen und in der Welt Euren eigenen Weg zu gehen.« Ysmaines Tonfall war ein wenig säuerlich, denn es gefiel ihr nicht, dass Gaston so schlecht behandelt worden war; er aber schenkte ihr ein Lächeln.

»Aye.«

Ysmaine konnte ihre Worte nicht zurückhalten. »Und all diese Blutspuren müssen von euch stammen.«

»Das tun sie.« Er griff nach dem Saum des Gambesons, als sie zurücktrat, und zog ihn sich über den Kopf, schüttelte ihn aus, bevor er ihn beiseitelegte. Ysmaine entging nicht, dass er all seine Ausrüstung ordentlich ausbreitete, sie so hinlegte, dass er Kleidung und Rüstung möglichst zügig würde wieder anlegen können.

Ihr entging auch die von Bändern behangene Pergamentrolle nicht, die aus seinem Gambeson herausfiel. Er verbarg sie rasch vor ihren Blicken, und sie begriff, dass sie sie nicht hätte sehen sollen.

Aber Ysmaine verstand, dass ihr Ehemann einen Brief mit sich trug. Der Brief war wichtig oder stammte zumindest von einer wichtigen Person angesichts der Siegel und Bänder. Erneut dachte sie über ihren Eindruck nach, dass Wulf sich ihrem Ehemann unterordnete, obwohl Gaston gesagt hatte, er habe den Orden verlassen, und fragte sich, welche Geheimnisse ihr Mann hütete.

In der Zwischenzeit hatte Gaston seine Stiefel ausgezogen und seine Hosen abgelegt, als würde er sich dauernd in ihrer Gegenwart entkleiden. Ysmaine wagte es, über die Schulter einen Blick auf ihn zu werfen, und musste zugeben, dass er in nichts als seinem Untergewand nicht weniger beeindruckend wirkte. Das Hemd fiel ihm weiß und lose über die Schenkel, und er hatte die Ärmel hochgeschoben. Unter dem Leinen zeigten sich faszinierende Schatten, und sie konnte die gebräunte Haut seiner Unterarme und seine muskulösen, starken Beine sehen.

Er war so ganz anders gemacht als sie, und sein Anblick vertrieb alle anderen Gedanken bis auf den, was sie nun bald tun würden. Sie hätte Gaston gern gründlicher betrachtet. Seine Hände landeten auf ihren Schultern und sie bemerkte die winzigen Narben auf seinen Fingerknöcheln, die Stärke in seinen an die schwere Arbeit gewohnten, rauen Fingern, und fragte sich, wie viele Narben ihn wohl zeichneten. Ihr Großvater hatte den Narben eines Kämpfers großen Wert beigemessen.

Eine Hand glitt in ihr loses Haar, und Gaston berührte es mit einer Ehrfurcht, die Ysmaine überraschte und berührte.

»Wie gesponnenes Gold«, murmelte er, seine Stimme ein tiefes Grollen an ihrem Rücken. Er schaute sie an, und das tiefe Blaue seiner Augen verzauberte sie. »Als ich klein war, hatten wir eine Köchin, die Geschichten von einer Fee erzählte, die Stroh zu Goldfäden spann.« Ein Mundwinkel hob sich und seine Stimme wandelte sich, als wollte er die Köchin nachahmen. »»Und so begab es sich, dass vor ihren ungläubigen Augen das Stroh gesponnen wurde. Die Spindel drehte sich so rasch, es war kaum zu sehen. Am Morgen, als die Fee gegangen und die

Schüssel Milch geleert war, war die Spindel voll von Fäden, fein wie Spinnenfäden, aus dem feinsten Gold.‹«

Ysmaine musste lächeln. »Wir hatten eine Kinderfrau, die ein ähnliches Märchen erzählte.«

Er verflocht ihre Finger miteinander. »Es ist nicht das Einzige, das wir gemeinsam haben, meine schöne Lady.«

»Nein, Sir, das ist es nicht.«

»Ich möchte, dass du mich bei meinem Namen nennst.«

Ysmaine schluckte den Kloß herunter, der ihr in der Kehle saß. Sie wusste es zu schätzen, dass er versuchte, ihr die Nervosität zu nehmen, und gab sich Mühe, ihm entgegenzukommen. »Aye, Gaston.«

Er lächelte sie an und drehte sie zu sich um, sodass sie einander geradewegs in die Augen sahen. Ysmaine schaute flüchtig nach unten und sah, dass er für die vor ihnen liegenden Aufgabe sehr viel eher bereit war als sie.

Guter Gott, sie hoffte, es tat nicht so weh, wie sie gehört hatte.

»Es wird schnell gehen«, murmelte Gaston, was vermutlich als Trost gemeint war. Er hob ihr Kinn mit einer Fingerspitze an und gab ihr einen Kuss.

Aus diesem Kuss schöpfte Ysmaine neue Zuversicht. Seine süße Trägheit verlieh ihr die Kraft, sich dem zu stellen, was nun einmal sein musste. Sie beschloss zu glauben, dass Gaston die Nacht überstehen würde: Er war jung und gesund.

Und sicher hatte die Jungfrau Maria nicht in ihr Schicksal eingegriffen, nur um sie nun wieder im Stich zu lassen.

KAPITEL 7

Ysmaine erwiderte Gastons Liebkosungen mit wachsendem Enthusiasmus, war sich dessen bewusst, wie anziehend sie ihn fand und wie bereits der Kuss in Jerusalem ihre Leidenschaft entfacht hatte. Ihr Körper reagierte wie zuvor, ein sehr ermutigendes Zeichen, und sie entspannte sich ein wenig.

Gaston zog sie in seine Arme und vertiefte den Kuss, hielt sie mit einem Arm an seine Brust gepresst. Seine andere Hand fuhr durch ihr Haar, und das Gefühl, als er ihren Nacken berührte, war äußerst angenehm. Ysmaine legte die Arme um seinen Hals, zeigte ihm, dass ihr seine Berührung willkommen war, und fand sich dann abrupt auf dem Rücken auf der Matratze liegend wieder.

Gaston hatte sie gewarnt, dass es schnell gehen würde, nahm sie an, allerdings hätte sie nichts dagegen gehabt, den Kuss ein wenig länger zu genießen. Gastons dunkles Haar fiel ihm über die Stirn, als er auf sie herablächelte. Doch eindeutig teilten sie das Verlangen, das Ganze auszudehnen, nicht. Ysmaine lächelte zurück, auch wenn sie annahm, dass ihr Gesichtsausdruck ein wenig ängstlich wirkte, denn Gaston schenkte ihr einen weiteren, langsamen Kuss.

Wenn er ihr Vergnügen bereiten wollte, dann waren seine Küsse dabei jedenfalls hilfreich. Seine Stärke ausgestreckt neben ihr zu spüren, hatte auch etwas für sich. Mit einer Hand streichelte er sie von der Brust bis zum Knie, mit der anderen umfing er ihren Kopf, während er sie gründlich küsste. Seine Männlichkeit drückte gegen ihre Hüfte, und Ysmaine wünschte, sie könnte ihn nackt sehen, aber sein Hemd verbarg seinen Körper. Sein Kuss raubte ihr den Atem.

Ysmaine spürte, wie Hitze in ihr aufstieg und ein seltsames Lustgefühl ihren Körper erfüllte. Sie hatte den Eindruck, dass das Ehebett mehr für sie bereithielt, als sie bisher erfahren hatte – tatsächlich hoffte sie das, und Gastons zielstrebiges Vorgehen war sehr ermutigend.

Genau wie das Feuer, das er unter ihrer Haut hervorrief.

Gerade, als sie zu dem Schluss gekommen war, dass sie ihn die ganze Nacht küssen könnte, ließ Gaston die Hand unter den Saum ihres Unterkleids gleiten. Ysmaines Augen weiteten sich, als sie das warme Gewicht seiner Handfläche auf ihrem Schenkel fühlte. Seine Haut auf ihrer zu spüren, gerade an dieser Stelle, war ein Schock, aufregend und wunderbar. Ihre Erwartung wuchs und stieg um ein Vielfaches, als seine Hand sich bewegte und langsam aufwärtsglitt. Ysmaines Herz setzte einen Schlag aus. Sie spürte ein köstliches Verlangen nach ihrem Ehemann. Ihr ganzer Körper war errötet und erhitzt, und sie sehnte sich nach … *etwas*.

Dann glitten Gastons starke Finger zwischen ihre Schenkel. Seine sichere Berührung ließ Ysmaine aufkeuchen, erst vor Überraschung und dann vor Wonne. Die Empfindung, die seine Fingerspitze weckte, war wirklich betörend, und sie unterbrach den Kuss, verblüfft von der Intimität der Berührung.

»Ich will dich bereitmachen«, sagte er, und seine Liebkosung ließ sie sich lustvoll winden. Das Glitzern in seinen Augen sagte Ysmaine, dass er begriff, welcher süßen Folter er sie unterzog. Sie errötete tiefer, während er fortfuhr, und es kam ihr vor, als wäre der Raum auf einmal wärmer. Das Verlangen brodelte in ihr, kochte hoch, wuchs viel schneller als allein durch seine Küsse.

Ymaine hatte keinen Namen für dieses Verlangen, aber sie wusste, Gaston konnte es stillen. Sie zog ihn mit einem neuen, bisher nicht gekannten Hunger an sich und öffnete den Mund unter seinem, wollte mehr von dem, was er ihr schenken konnte. Sie hob sich ihm entgegen, als er sich auf sie legte. Sein Kuss war fordernd. Ihr gefielen seine Hitze und seine Stärke. Sie wollte sich unter ihm winden, ohne sich dabei der geschickten Berührung seiner Finger zu entziehen.

Ysmaine hörte sich stöhnen, und Gaston lachte leise, das Gesicht an ihrem Hals verborgen, voller Befriedigung.

Einen Moment später lag er zwischen ihren Schenkeln. Zu Ysmaines Erleichterung zeigte er keine Anzeichen eines bevorstehenden Ablebens. Tatsächlich wirkte er sehr lebendig und gesund. Ja, sogar ungewohnt verwegen und anziehend. Das dunkle Haar fiel ihm in die Stirn, ein Lächeln lag auf seinen Lippen, und seine Augen funkelten wie der Nachthimmel. Impulsiv strich sie ihm das Haar zurück, ließ die Finger in die dichten Wellen gleiten. Gastons Lächeln wurde breiter, verriet einen Stolz, der sie erregte. Er stützte sich über ihr auf die Ellbogen und beobachtete sie aufmerksam, während er langsam in sie eindrang.

Der Schmerz ließ Ysmaine unwillkürlich das Gesicht verziehen, aber Gaston küsste sie erneut und murmelte eine Entschuldigung in ihr Ohr. Sie erinnerte sich an den Rat ihrer Mutter und öffnete die Schenkel weiter, lud ihn in ihre Hitze ein, statt ihre Beine zusammenzupressen, wie ihr Instinkt es ihr riet. Gaston erbebte auf eine bemerkenswerte Weise und murmelte ihren Namen, mit einer Inbrunst, die sie erschauern ließ.

War es möglich, dass es in ihrer Macht lag, seine Begierde zu schüren?

Gaston knabberte an ihrem Ohr, als er tiefer in sie eindrang, und Ysmaine umfasste seine Schultern, verblüfft darüber, wie es sich anfühlte. Der Schmerz verging, und es blieb die seltsame Empfindung zurück, erfüllt zu sein, von ihrem Ehemann umgeben. Dann war er ganz in ihr, und sie spürte das heftige Pochen seines Herzens, wo sein Oberkörper auf ihrem ruhte. Seine Augen waren tiefblau, sein Gesicht war ihrem sehr nahe, sein Blick aufmerksam und besorgt auf sie gerichtet.

Er wartete auf ein Zeichen von ihr, obwohl er von seiner eigenen Lust beherrscht wurde. Obwohl er das Recht hatte zu tun, was ihm beliebte. Angesichts dessen verlor Ysmaine den letzten Rest ihrer Scheu, denn sie wusste, sie hatte einen Mann geheiratet, der sie gut behandeln würde. Sie umarmte ihn, hieß ihn willkommen, so wie ihre Mutter ihr gesagt hatte, dass es gut und richtig sei.

Der Unterschied war, dass Ysmaine es nicht so sehr aus Pflichtbewusstsein tat, sondern aus Verlangen.

»Es geht dir gut, zu meiner Erleichterung«, murmelte sie, und er grinste. In diesem Moment wirkte er jung und unbekümmert, und ihr Herz schlug schneller.

»Und ich habe vor, zu Ende zu bringen, was ich begonnen habe«, flüsterte er entschlossen. »Mit deiner Erlaubnis, meine schöne Lady.«

Ysmaine nickte einmal und spürte ihn leise lachen, seine Befriedigung mehr als offensichtlich. Sie wollte wissen, wohin das Prickeln führen würde, welche Erleichterung auf die heiße Erregung folgen würde, die er in ihr geweckt hatte, und küsste ihn auf den Mund, wollte alles, das er ihr geben konnte.

Gaston begann, sich vor und zurück zu bewegen, brachte sie dazu, zu keuchen. Seine Nasenflügel weiteten sich, und seine Augen glänzten, als er schneller und heftiger in sie stieß, sein gesamter Körper sich anspannte. Ysmaine wusste nicht, was sie tun sollte, klammerte sich an seine Schultern. Ihr eigener Atem ging schneller. Ständig wuchs der Eindruck, dass eine ungeahnte Wonne gerade außer Reichweite blieb, sie quälte, die Verheißung eines neuen, wilden Genusses, den sie noch nicht gekostet hatte. Ihr Herz schlug wie wild, und sie hielt den Atem an. Gaston bewegte sich noch schneller, sein Blick glasig. Lust ballte sich in ihr zusammen und verlangte nach Befriedigung. Ihr Körper schien nach etwas zu streben, das sie nicht benennen konnte.

Und Gaston wusste es. Er sah sie mit einem gefährlichen Lächeln an, als sie seinen Namen flüsterte. Sie wand sich unter ihm, wollte nichts mehr, als von der wachsenden Qual erlöst zu werden, grub die Nägel in seine Schultern, wollte, dass er sie wahrhaft für sich beanspruchte. Er stöhnte, ein Laut, der aus seinem tiefsten Inneren zu kommen schien.

Gaston bewegte sich immer schneller, und dann auf einmal stieß er tief in sie und verhielt, ein seltsam befriedigendes Gefühl. Er schloss die Augen und stöhnte, dann erschauerte er von Kopf bis Fuß, sein ganzer Körper angespannt.

Einen Moment später wurde er auf ihr schlaff, seine Stirn fiel auf ihre Schulter, so still, dass Ysmaine der Schrecken durchfuhr.

Doch ihr blieb keine Zeit, ernsthaft zu befürchten, er könnte verblichen sein, denn Gaston holte mühsam Atem und hob den Kopf. Wenn überhaupt, waren seine Augen nun von einem noch tieferen Saphirblau, und sie bemerkte, wie dicht und dunkel seine Wimpern waren. Er wirkte schläfrig, zufrieden und überaus anziehend.

Er küsste sie auf die Wange, eine beinahe oberflächliche Geste, dann erhob er sich. »Und damit ist es vollbracht«, sagte er mit einer Befriedigung, die Ysmaine nicht teilte.

Vollbracht? Ysmaine blinzelte. Warum erfüllte sie dann noch immer dieses schmerzliche Sehnen? Was hatte sie verpasst? Was war es, das *nicht* vollbracht worden war?

Was ihren Ehemann anging, so war für ihn alles Wichtige vollendet, das war klar. Ysmaine sah ihn ungläubig an. Das konnte doch noch nicht alles sein?

Allerdings hatte sie keine Ahnung, *was* sie von ihm verlangen sollte. Außer *mehr*.

Gaston pfiff leise vor sich hin, während er sich wusch, dafür den Krug Wasser und das Tuch benutzte, die bereitlagen, und dann seine Hosen und Stiefel anzog. Er band sorgfältig seinen Gürtel und überprüfte routiniert seine Waffen, dann kehrte er zum Lager zurück, um Ysmaine anzusehen. »Und nun siehst du, dass ich trotz allem überlebt habe«, sagte er, seine Stimme tief und von einer gewissen Belustigung erfüllt.

»In der Tat.« Ysmaine allerdings spürte eine unerwartete Gereiztheit. Sicherlich wusste er doch, dass sie sich noch immer nach einer Form von Erfüllung sehnte?

Wäre es zu unverschämt, ihm das zu sagen? Selbst ein Mann, der sich eine aufrichtige Frau wünschte, hatte, was das anging, vielleicht geringere Erwartungen.

Er schaute sie an, und sein Gesichtsausdruck wurde ein wenig fragend. »Hat es zu sehr wehgetan?«

»Weniger, als ich erwartet hatte«, antwortete Ysmaine, etwas irritiert von seinem nonchalanten Tonfall. Sie hätten genauso gut über das Wetter sprechen können. Sie mochte es lieber, wenn er sie mit süßen

Küssen überwältigte. Gerade in diesem Moment hätte sie einen solchen Kuss genossen.

»Das ist ein gutes Zeichen«, sagte er, anscheinend zufrieden. »Wir werden täglich miteinander schlafen, bis du empfängst.« Er bot ihr die Hand und half ihr auf die Füße. Sie sah zu, als er das Leinentuch von der Matratze nahm, und Ysmaine sah ihr rotes Jungfernblut darauf.

Natürlich wollte er einen Beweis ihrer Vereinigung.

Gaston faltete das Leinen mit Bedacht, wünschte ihr eine gute Nacht, sammelte seine Kleider und wandte sich zum Gehen.

»Willst du nicht hier bei mir schlafen?«, fragte Ysmaine überrascht.

Ihr Ehemann schaute mit verblüfftem Gesichtsausdruck zurück. »Ich werde in den Ställen schlafen, um besser auf Fantôme achtgeben zu können.«

»Dein Schlachtross?«

»Mein wertvollster Besitz. Ohne die Pferde wären wir in einer schlimmen Lage, meine Schöne.« Sein Ton war gemessen, sein Blick neutral. Dann drehte er sich um und verließ die Kammer.

Ohne auch nur einen Abschiedskuss.

Ysmaine konnte nicht länger an sich halten.

»Was hat es mit der Schriftstück auf sich?«, fragte seine Frau mit plötzlicher Schärfe, als Gastons Hand auf der Türklinke lag.

Und er wusste Bescheid.

Sie hatte es gesehen.

Gaston erstarrte einen Augenblick zu lange, bevor er zu ihr schaute, bemüht, sich nichts anmerken zu lassen. »Was meinst du?«

»Mit dem Brief, den du bei dir trägst. Der, den ich nicht sehen sollte. Von wem ist er? An wen ist er gerichtet?« Ysmaine trat einen Schritt näher, die Augen weit vor Neugier. »Was steht darin?«

Gaston zwang sich zu einer ausdruckslosen Miene. »Ich weiß nicht, wovon du sprichst«, sagte er vorsichtig.

Aber seine Gemahlin rollte die Augen. »Du warst derjenige, der auf Ehrlichkeit zwischen uns bestanden hat. Wenn du es mir nicht erzählen kannst, dann sag das.«

»Ich kann es dir nicht erzählen.«

Ysmaine musterte ihn. »Nur mir nicht oder niemandem?«

»Niemandem«, korrigierte er sich und lehnte sich mit dem Rücken an die Tür. Er überkreuzte die Arme vor der Brust und musterte sie.

Wie es schien, hatte er eine scharfsinnige Frau geheiratet.

Würde das sein Untergang sein oder ein Segen?

»Dann solltest du ihn besser verstecken als bisher«, sagte Ysmaine kühl. Sie winkte ihn zu sich. »Gib mir deinen Gambeson.«

»Warum?«

»Weil er gepolstert und geflickt ist. Niemand wird eine weitere Naht bemerken.

Neugierig tat Gaston, was sie verlangte.

Ysmaine betrachtete das Kleidungsstück grübelnd. Gaston behielt sie dabei im Auge und beobachtete ganz genau, was sie mit seiner Ausrüstung tat. »Der Brief sollte an einer Stelle sitzen, wo du dich einfach vergewissern kannst, dass er sicher ist«, sagte sie grübelnd. »Hier. Auf der Vorderseite.« Sie streckte erwartungsvoll die Hand aus. »Deine Klinge ist schärfer als meine.« Sie bewegte die Finger und deutete auf sein Messer, als er nicht sofort ihrer Bitte folgte.

»Es ist nicht deine Angelegenheit …«, begann er, aber Ysmaine stieß mit etwas, das wie Frustration klang, heftig den Atem aus.

»Wenn du nicht begreifen willst, dass eine Ehefrau dir mehr Vorteile einbringen kann als nur einen Sohn, werde ich deine Meinung wohl ändern müssen«, sagte sie. Ihre Augen funkelten wie Smaragde im Sonnenschein. Noch einmal streckte sie die Hand aus.

Gaston war neugierig. Nein, er war fasziniert. Widerstandslos händigte er ihr sein Messer aus und sah zu, wie Ysmaine vorsichtig einen Schnitt anbrachte.

»Du kannst den Brief von oben hineinschieben«, ließ sie ihn wissen, als würde sie andauernd auf diese Weise Schriftstücke verstecken. »Er wird an deiner Brust verborgen bleiben, über dem Gürtel, sodass er keinen Schaden nimmt.« Sie übergab ihm den Gambeson, wandte sich dann ihrem bescheidenen Bündel zu und suchte nach Nadel und Faden. »Ich werde nicht hinsehen, während du ihn versteckst.«

Gaston wandte sich ab, dann ließ er das zusammengerollte Pergament in den Schlitz gleiten. Es passte gut hinein, und ihm entging nicht, dass Ysmaine seine Größe gut eingeschätzt hatte. Er unterdrückte den beunruhigten Gedanken, was ihr sonst noch aufgefallen sein mochte.

Wie es schien, hatte er beileibe keine dumme Frau geheiratet.

Dennoch, das hier war eine sehr praktische Idee. Er reichte ihr den Gambeson zurück.

»Man sieht es nicht einmal«, sagte sie zufrieden. »Ich muss schon auf die Stelle drücken, um das Pergament überhaupt zu fühlen. Exzellent.«

Gaston hatte geglaubt, sie würde es vielleicht hervorziehen und ihre persönliche Neugier befriedigen, aber das tat sie nicht. Stattdessen nähte sie den Schlitz sorgfältig zu und schüttelte das Kleidungsstück dann aus, um ihre Arbeit zu inspizieren.

»Lass mich sehen«, wies sie ihn an, und er zog den Gambeson über. Ysmaine schnürte ihn am Rücken zu, dann betrachtete sie erneut ihr Werk und schenkte ihrem Ehemann schließlich ein Lächeln. »Sicher *und* vor neugierigen Blicken geschützt«, sagte sie mit hörbarer Genugtuung.

Gaston ließ die Finger über das verborgene Dokument gleiten. »Ich danke dir, meine schöne Lady. Es ist eine sehr praktische Lösung.«

»Und nun gib mir deinen Waffenrock und deine Geldbörse«, sagte Ysmaine. Der Schock musste sich auf seinem Gesicht abzeichnen, denn sie lächelte zu ihm auf. »Deine Börse sieht viel zu schwer aus.«

Gaston reagierte gereizt. »Ich bin schon zuvor mit so viel Geld in meinen Taschen geritten.«

»Wahrscheinlich, während du die Insignien der Templer getragen hast«, tadelte Ysmaine sanft. »Als Pilger oder einfacher Reisender wird eine solche fette Börse dafür sorgen, dass man dir in einer Taverne die Kehle durchschneidet.«

Er sog scharf den Atem ein. Sie sprach über ihre eigenen Erfahrungen, das wusste er. »Was hast du damit vor?«

Sie schenkte ihm ein Lächeln, das puren Schalk verriet. »Es verstecken, natürlich.«

Er reichte ihr seinen Wappenrock und die Börse. Sie leerte die Hälfte der Münzen auf den Boden vor sich und reichte ihm die Börse zurück. Während er zusah, reihte sie die Münzen auf, bis sie der Länge des Saums seines Wappenrocks entsprachen. Dann begann sie, die Münzen in regelmäßigen Abständen darin einzunähen.

»Meine Mutter zeigte mir diese Methode, bevor wir auf Pilgerreise aufbrachen, denn mein Vater gab uns viel Gold mit«, vertraute sie Gaston an. »Obwohl sich das Geld besser in einem Wappenrock als in einem Damengewand verbergen lässt, wollte ich es Thibaud nicht anvertrauen.«

Gaston sah, dass seine Frau ihre Entscheidung, die den treuen Mann ihres Vaters das Leben gekostet hatte, bereute. »Hat die Reise wirklich so viel gekostet?«, fragte er und ging vor ihr in die Hocke. Er reichte ihr die Münzen an, während sie sie eine nach der anderen einnähte. Es war die einzige Weise, wie er bei dieser Aufgabe helfen konnte.

»Nein, wir wurden verraten. Einer unserer Begleiter ermordete Thibaud und stahl dann des Nachts mein Überkleid. Ich wusste so wenig über die Tücken der Gasthöfe, dass ich es nachts im Bett nicht trug.« Ihre Stimme wurde weicher. »Ich war eine Närrin, und Thibaud bezahlte den Preis dafür.«

»Ich würde wetten, dass auch du und Radegunde ihn bezahlt habt.«

Sie nickte. »Am Morgen war der Dieb verschwunden, mit einem der Pferde. Der Herbergswirt sagte mir, ich habe Glück gehabt, denn wenn er nicht nur ein Dieb, sondern auch noch ein Fremder gewesen wäre, hätte er mir vielleicht wegen der Münzen auch noch die Kehle durchgeschnitten.« Sie schauderte. »Doch stattdessen durchschnitt er die von Thibaud, einem Mann, der mein ganzes Leben lang treu meinem Vater gedient hatte.«

Gaston spürte Zorn darüber, dass seine Frau ein solches Leid hatte erfahren müssen. »Ich werde für dich Rache nehmen«, murmelte er, ohne es zu beabsichtigen.

Sie schenkte ihm eins ihrer bezaubernden Lächeln. »Das brauchst du nicht, denn der Gerechtigkeit wurde Genüge getan, und der Dieb erhielt den Lohn für seine eigene Torheit.«

»Er hielt die Münzen nicht verborgen.«

Sie schüttelte den Kopf. »Nein, das tat er nicht, und zwei Nächte später, als wir in einem Gasthof einkehrten, warnte man uns, einer der Gäste sei in der Nacht zuvor getötet und ausgeraubt worden.«

»Du kannst nicht sicher sein, dass er es war.«

Ysmaine sah zu ihm auf, und er war überrascht von der Kälte in ihren Augen. »Doch, das kann ich. Ich habe mir die Leiche angesehen.« Sie nähte den Saum fertig und biss den Faden durch. »Er lag in der Kirche aufgebahrt, und ich musste dem Drang widerstehen, ihm ins Gesicht zu spucken, um nicht das Missfallen des Priesters auf mich zu ziehen.«

Sie besaß eine innere Stärke, die Gaston bewunderte, Stahl im Rückgrat, das ihr gute Dienste erwies. »Ich hätte es vielleicht trotzdem getan«, gab er zu.

»Wäre der Priester nicht dort gewesen, hätte ich vielleicht noch mehr getan als das«, gab Ysmaine zu. »Ich habe Thibaud mein ganzes Leben lang gekannt. Meine Eltern haben meinem Wunsch, auf Pilgerreise zu gehen, nur zugestimmt, weil er angeboten hat, mich zu begleiten. Sie haben ihm mit meinem Leben vertraut.«

Gaston konnte ihr Schuldgefühl sehr gut verstehen. »Ich kann mir nicht vorstellen, dass er die Entscheidung bereut hat, meine schöne Lady.«

Tränen stiegen ihr in die Augen. »Ich schon«, flüsterte sie. »Ich schon.«

Gaston legte weitere Münzen auf den Boden, schob die meisten davon auf einen anderen Stapel, in der Hoffnung, sie abzulenken. Seiner Ansicht nach brachte es wenig, über die traurigen Ereignisse der Vergangenheit nachzugrübeln. »Nähe diese hier in deinen eigenen Saum, meine schöne Lady. Wenn wir getrennt werden sollten, möchte ich sicher sein können, dass du nicht wieder verarmst.«

Sie schluckte, und er sah, wie sie Tränen zurückblinzelte. »Du bist so gut zu mir, mein Ehemann«, sagte sie heiser. »Ich werde es dir vergelten.«

»Daran zweifele ich nicht.«

»Aye, das tust du, und zwar sehr«, widersprach sie, milderte ihre Worte aber mit einem Lächeln ab. Sie deutete mit der Nadel auf ihn, als er sie anstarrte, von Neuem bezaubert. »Du hast unter Männern gelebt und nicht damit gerechnet, eine Ehe einzugehen. Aber am Ende werde ich dein Vertrauen gewinnen.«

In diesem Moment konnte Gaston das sehr wohl glauben. Sie nähte

Münzen in den anderen Saum seines Wappenrocks, die Stiche schnell und sauber. »Erzähl mir mehr über diesen Dieb.«

»Es gibt wenig mehr zu sagen, außer dass er mir ein Geschenk gemacht hat, Sir, denn in seinem Tod sah ich göttliche Gerechtigkeit. Als wir aufgewacht waren und herausgefunden hatten, dass das Geld gestohlen war, hatte ich zur Jungfrau Maria gebetet und meine Pilgerreise fortgesetzt, in dem Glauben, meine eigenen Sünden wären der Grund für unser Pech. Als wir entdeckten, dass der Dieb von seinesgleichen getötet worden war, wusste ich, meine Entscheidung war die richtige gewesen. Und mir war klar, ich musste vollenden, was ich begonnen hatte, den ganzen Weg nach Jerusalem auf mich nehmen und so mein Versprechen gegenüber Maria halten.«

»Du hättest heimkehren können«, schlug er erneut vor, wenig überrascht, als sie den Kopf schüttelte.

»Ich hatte einen Schatten auf zwei gute Ehen geworfen. Die Heiratsaussichten meiner Schwestern getrübt. Einen loyalen Mann, der mit meinem Schutz beauftragt war, sterben sehen. Ich konnte nicht nach Hause zurückkehren, ohne sicher zu wissen, dass sich etwas geändert hatte – dass ich nicht alle ins Verderben führen würde.«

»Und nun? Werden wir unterwegs in Valeroy Halt machen?«

Ysmaines Lächeln war wie die Sonne, die hinter den Sturmwolken hervorkam. »Aye, das würde ich gern tun. Ich glaube, meine Eltern wären sehr zufrieden mit unserer Ehe.« Ihre Augen glühten, als sie ihm den Waffenrock reichte. »Kannst du die Münzen sehen?«

Gaston nahm das Kleidungsstück und untersuchte ihr Werk gespannt. »Nein. Das ist äußerst geschickt gemacht. Du kannst sehr gut mit der Nadel umgehen.«

Sie griff nach ihrem eigenen Saum, hielt aber inne, um ihm einen eindringlichen Blick zu schenken. »Ich werde dir eine gute Frau sein, Gaston«, gelobte sie leise. »Ich weiß, ich habe Schwächen, aber ich schwöre, ich werde mein Bestes geben.«

Ihr Eifer rührte Gaston. »Mehr kann keiner von uns tun, meine schöne Lady.«

Und dann, weil er nichts anderes tun konnte, beugte er sich nieder und küsste sie noch einmal gründlich. Seine Zukunft erschien ihm verheißungsvoller, als er je erwartet hatte.

Weil er *diese* tapfere Lady zu seiner Frau gemacht hatte.

∿

GASTONS KUSS ERFÜLLTE Ysmaine erneut am ganzen Körper mit einem Kribbeln. Tatsächlich kam es ihr vor, als würde es ihm jedes Mal, wenn er sie berührte, schneller gelingen, ihr Verlangen zu wecken. Ihr Körper vibrierte förmlich, eine Erinnerung daran, dass sie immer noch nicht befriedigt war, und sie legte ihre Hände auf seine Schultern.

Zu ihrem Missfallen richtete er sich gerade auf. »Nicht zweimal in einer Nacht«, sagte er heiser. Seine Kleider im Arm, verbeugte er sich vor ihr. »Schlaf gut, meine schöne Lady.«

Und fort war er. Ysmaine starrte ihm hinterher, ein wenig verärgert. Unzufrieden. Ungläubig.

Betrogen.

Natürlich war sie froh, dass er ihre Hochzeitsnacht überlebt hatte, aber sie konnte den Eindruck, dass da *mehr* sein musste, nicht abschütteln.

Es half nicht, dass sie nicht wusste, was genau ihr verwehrt geblieben war. Tatsächlich quälte es sie sehr, dass Gaston unbekümmert pfiff, als er die Treppe hinunterging, während sie in Anspannung und Sehnsucht verharrte.

Er ging zu seinem Pferd.

Wenn sie ihm einen Sohn schenkte, würde sie vielleicht seinem Pferd den Rang als sein wertvollster Besitz ablaufen, nahm sie an. Ysmaine gab ein leises Knurren von sich, unzufrieden, obwohl sie wusste, sie sollte es nicht sein.

Radegunde kam in die Kammer gestürmt, die Augen groß vor Neugier. »Und?«, fragte sie.

Ysmaine schüttelte den Kopf und drehte ihrer Zofe den Rücken zu. »Nun, er ist zumindest nicht tot«, räumte sie ein und hörte die Verärgerung in ihrer eigenen Stimme. Sie wollte anfangen, sich zu waschen, aber Radegunde eilte an ihre Seite.

»Nein, Mylady. Geht zur Matratze und legt Euch auf den Rücken. Zieht die Knie an die Brust und verharrt so.«

Ysmaine drehte sich ungläubig zu ihrer Zofe um. »Wie bitte?«

»Es ist das Beste, wenn Ihr Mylords Samen in Eurem Körper belasst, sodass er in Eurem Leib Wurzeln schlagen kann.«

Ysmaine seufzte unwillkürlich. Es schien ein bisschen spät dafür, aber Radegunde ließ nicht locker, sondern versuchte, sie zurück auf das Lager zu drängen.

»Ich würde mich lieber waschen«, murmelte sie. Sie war sich des Staubs, der an ihrer Haut haftete, sehr bewusst, genau wie Gastons Geruch. In diesem Moment hätte sie seine Berührung gern von sich abgewaschen. Wie seltsam, dass sie ihm im Moment so zwiespältig gegenüberstand. Er war sehr sanft gewesen. Er hatte mit ihr gesprochen. Aber sie wollte mehr.

»Und das könnt Ihr auch, Mylady, nachdem Ihr ein wenig auf dem Bett gelegen habt, den Samen Eures Lords in Euch …«

»Damit er in meinem Leib Wurzeln schlagen kann«, sagte Ysmaine resigniert und kehrte zum Strohlager zurück. Nachdem sie sich so hingelegt hatte, dass es ihre Zofe zufriedenstellte, schaute sie an die Decke und trommelte mit den Fingern. »Deine Mutter war Hebamme, Radegunde.«

»Aye, Mylady.«

»Dann muss sie auch viel darüber gewusst haben, wie Kinder entstehen, nicht nur, wie sie auf die Welt kommen.«

»In der Tat, Mylady.«

Ysmaine warf einen Blick zur geschlossenen Tür, dann senkte sie ihre Stimme. »Ich dachte, es sollte vergnüglich sein«, flüsterte sie. »Ich dachte, das wäre der Grund, warum Menschen der Versuchung nicht widerstehen können, das Bett zu teilen. Meine eigene Mutter hatte sieben Töchter, auch wenn eine von ihnen noch im Kindesalter gestorben ist. Ich kann nicht glauben, dass sie das getan hätte, wenn sie dafür zum Ausgleich nicht ein wenig Vergnügen empfunden hätte.«

»Das denke ich auch«, stimmte Radegunde zu. »Denn die Geburt eines Kindes ist alles andere als vergnüglich.« Sie schaute zur Tür, dann beugte sie sich vor und murmelte: »War es das denn nicht?«

Ysmaine schüttelte den Kopf. »Ich hatte das Gefühl, als könnte es das sein.« Sie biss sich auf die Lippen. Sie wollte Gaston nicht kritisieren. »Aber am Ende erschien es wie eine Pflicht, die erledigt werden musste.«

»Und das wurde sie«, stimmte Radegunde fröhlich zu. »Eine Ehe muss vollzogen werden, damit sie nicht annulliert werden kann. Ein Mann muss seine Pflicht tun und bei seiner Frau liegen, und sie muss ihre Pflicht erfüllen und ihm einen Sohn gebären.«

»Und wenn diese Pflicht einmal erfüllt ist, wird es vergnüglicher werden?«

»Man kann es nur hoffen, Mylady.«

Das tat Ysmaine sicherlich.

SO GERN ER auch das Gewicht seiner Rüstung über Nacht abgelegt hätte, Gaston wusste, im Dunkeln konnte Verrat lauern. Er winkte zu Bartholomew hinüber, als er den Saal erreicht hatte, und legte die Rüstung wieder an, unfähig, das Gefühl zu unterdrücken, dass alles zum Besten stand.

Er war in Ysmaines Bett nicht gestorben. Ihre Vereinigung war sehr befriedigend gewesen. Er hatte eine anziehende Frau, die sich nun nicht länger um sein Schicksal sorgen musste. Ihre Ehe konnte nicht annulliert werden, und sie würden vielleicht bald schon einen Erben bekommen. Er hatte den Beweis ihrer Jungfräulichkeit, und vielleicht würde bei seiner Heimkehr bereits ein Kind unterwegs sein.

Alles verlief nach Plan. Es war schade, dass die Lage so unsicher war. Gern hätte er einen Becher Wein oder Bier getrunken, denn er war in Feierstimmung.

Aber solche Dinge würden warten müssen.

Allerdings hatte er es auch nicht eilig, in die Ställe zurückzukehren.

»Ich dachte, Ihr wolltet mit Eurer Frau schlafen«, sagte Wulf vom Tisch her.

»Das habe ich.«

Der andere Ritter blinzelte. »So schnell?«

»Ich habe keinen Grund gesehen, das Ganze hinauszuzögern.«

Wulf lachte. »Ich sehe eine Menge Gründe, bei einer Frau zu verweilen, die so hübsch ist wie Eure Ehefrau.«

Gaston spürte, wie ihm die Hitze in den Nacken stieg. »Unsere eheliche Beziehung geht Euch nichts an.«

»Aber das könnte sie, wenn Ihr nicht dafür sorgt, dass Eure Lady glücklich ist.« Wulf hob mahnend einen Finger in Gastons Richtung. »Eine Frau, der man im Bett nicht gibt, was man ihr schuldet, kann zu einer Xanthippe werden, und wenn wir die ganze Strecke nach Paris zusammen reisen müssen, dann erachte ich es als Euren Teil des Handels, dafür zu sorgen, dass Eure Frau genießbar bleibt.« Seine Worte brachten seinen jüngeren Knappen zum Grinsen, während der ältere kicherte. Bartholomew holte scharf Atem. Er nahm sich Gastons Kränkung zu Herzen.

Wie es schien, würde Wulf für Ärger sorgen, ganz gleich, wie sich die Situation darstellte. Es waren erst wenige Stunden vergangen, seit er bemängelt hatte, Gastons Ehe sei nicht vollzogen, und nun kritisierte er die Art, *wie* das geschehen war.

Gaston starrte ihn böse an. »Ich weiß nicht, was Ihr meint. Ich beschütze und verteidige sie, ich sorge für sie und werde einen Sohn mit ihr zeugen. Mehr kann eine Frau nicht verlangen.«

Wulf begann zu lachen. Und lachte, bis er sich Tränen aus den Augen wischen musste. Verblüfft starrte Gaston den anderen Ritter an, unfähig, den Grund seiner Erheiterung zu begreifen. Das brachte Wulf nur dazu, noch lauter zu lachen, bis er rot im Gesicht war und sich in haltloser Heiterkeit vornüberbeugen musste. Selbst Everard, dem Ruf nach ein frommer Mann, schien auf der anderen Seite des Raums ein wissendes Grinsen zu verbergen. Gastons Ohren waren heiß.

Schließlich beruhigte Wulf sich genug, um sich aufzurichten und mit dem Finger vor Gaston auf den Tisch zu tippen. »Keuschheit«, sagte er, und es zuckte um seine Mundwinkel.

»Armut, Keuschheit und Gehorsam«, gab Gaston zurück. »Die Essenz unseres Schwurs.« Er hob eine Augenbraue. »Obwohl ich angesichts Eures Benehmens zu bezweifeln wage, dass Euch Zweiteres sonderlich wichtig ist.«

Wulf wischte die Kritik beiseite. »Wir sind Kämpfer, Gaston, und wir brauchen weltliche Vergnügungen. Ihnen nachzugehen beweist uns, dass wir lebendig sind, und macht unser Überleben kostbarer.«

»Mein Eid bedeutet mir mehr als mein Vergnügen.«

Wulf beugte sich vor. »Aber Eure Lady wird den Rest Eures Lebens jede Nacht neben Euch liegen. Ihr müsst sicherstellen, dass Sie Eure Verbündete ist, nicht nur die Mutter Eurer Söhne.«

»Ich denke nicht, dass Sie mich verraten würde …« Gaston verteidigte Ysmaine, auch wenn er sich sehr wohl der Tatsache bewusst war, dass sein Knappe nicht in gleicher Weise von ihren guten Absichten überzeugt war wie er.

»Aber wissen tut Ihr es nicht«, gab Wulf zurück.

»Diese Warnung habt Ihr bereits ausgesprochen …«

»Aber die Sorge bleibt bestehen. Ihr müsst sie dazu bringen, Euch zu lieben, denn eine Frau wird niemals den Mann verraten, den sie liebt.«

Gaston reagierte auf diesen Gedanken mit Ungeduld. »Es kümmert mich nicht, ob sie mich liebt, obwohl ich vermute, dass eines Tages Zuneigung zwischen uns bestehen wird.«

»Es *sollte* Euch kümmern«, warf Fergus ein. »Meine Verlobte liebt mich von ganzem Herzen. Es ist eine gute Grundlage für eine Ehe, eine, die sicherstellen wird, dass unser Eheleben glücklich verläuft.«

Gaston blickte die Treppe hinauf. Hatte Ysmaine auch solch abwegige Gedanken? »Ich kann mir nicht vorstellen, dass das wichtig ist. Mein Vater hat aus Vernunftgrünen geheiratet, so wie mein Bruder …«

Wulf schüttelte den Kopf. »Und hier irrt Ihr Euch. Ihr *wollt*, dass Eure Frau Euch mehr liebt als alles und jeden auf der Welt. Auf diese Weise könnt Ihr sichergehen, dass Sie Eures Vertrauens würdig ist.« Mit dem Finger tippte er auf die Tischplatte. »Und meiner Erfahrung nach ist der beste Weg, ihre Liebe zu gewinnen, sie zu verführen. Schenkt Ihr Vergnügen. Lehrt sie, Eure Berührung willkommen zu heißen.« Wulf nickte, seiner selbst so sicher, dass Gaston sich fragte, ob sein Ratschlag nicht vielleicht richtig war. »Denn eine Frau schenkt ihr Herz oft dem, dem sie auch ihre Leidenschaft geschenkt hat.«

»Ihre Leidenschaft?«, wiederholte Gaston.

Wulf nickte zuversichtlich. »Bringt sie dazu zu schreien, bevor Ihr selbst Euer Vergnügen findet. Lasst sie vor Begierde wimmern und um Erlösung betteln. Bringt sie zum Zittern und Stöhnen und dazu, des Nachts Euren Namen zu flüstern. Lasst sie befriedigt und schlafend zurück, ihre Haut errötet, ihren Geruch auf Eurer Haut.«

Der Gedanke allein war beunruhigend. Nein, er war erregend, und

Gastons Körper reagierte sogleich auf die Vorstellung, seine Berührungen könnten bei Ysmaine eine solche Leidenschaft auslösen. Er setzte sich schnell und trank einen Becher Wasser, versuchte, seine Reaktion zu verbergen.

»Seid der Einzige, der all ihre Bedürfnisse erfüllt. Seid der Einzige, der sie zum Brennen bringt, der Einzige, der die Flamme löschen kann.« Wulf hob den Zeigefinger in Richtung des erstaunten Gastons. »Tut das, und Ihr müsst Euch um die Absichten Eurer Frau niemals Sorgen machen.«

War das überhaupt möglich?

»Dem stimme ich nicht zu«, warf Fergus aus dem Hintergrund ein. »Ein Mann von Ehre umwirbt seine Frau und gewinnt ihre Liebe durch seine Taten. Diese Form der Zuneigung hält länger.«

Das klang für Gaston vernünftig. Er wusste nicht, ob er das Herz oder die Leidenschaft seiner Frau gewinnen konnte, aber er stellte fest, dass er entschlossen war, beides zu versuchen.

Er stellte *auch* fest, dass er nicht länger Lust auf Wulfs Gesellschaft oder den Aufenthalt im Hauptraum hatte. Stattdessen zog er sich in den Stall zurück, wo Fantôme ihn mit einem leisen Wiehern und einem Schwenken seines Schweifs begrüßte. Das ließ Gaston wünschen, es wäre so leicht, seine Frau zu verstehen wie sein Pferd.

~

Nichts.

Obwohl es mitten in der Nacht war, blieb ein Mitglied der Reisegruppe rastlos.

Dieser verfluchte Bruder Terricus hatte zu viel gesehen und vielleicht auch zu viel erraten. Die Templer handelten gewohnheitsmäßig mit Schätzen, und zweifellos würde sich im Besitz dieser Gruppe etwas Wertvolles befinden. Dass Bruder Terricus etwas von Wert aus dem Tempel in Jerusalem nach Paris schickte, erschien sinnig, aber wo befand es sich?

Was war es?

Der Verräter suchte, aber er blieb erfolglos. Der Schatz, von dem er sich sicher war, dass die Gruppe ihn dabeihaben musste, blieb unauffindbar. Im Tempel in Jerusalem bewahrten die Templer ihre kostbarsten Schätze auf. Jeder Narr konnte sehen, dass Jerusalem verdammt war, unter der Belagerung der Ungläubigen zu fallen, und sicher wünschten die Templer, zumindest einen Teil ihres legendären Schatzes zu retten.

Der Hochstapler hatte extra einen Umweg über Jerusalem gemacht, um eine Kostbarkeit mit nach Hause zu bringen, die besser in seine Hände gelangte, als in die der Ungläubigen zu fallen oder unter Schutt begraben zu liegen.

Dieser Gruppe *musste* ein Schatz anvertraut worden sein.

Aber er fand ihn nicht.

Sie sprachen nicht darüber.

Einer wie der andere waren sie echte Templer mit ihrem Sinn für Verschwiegenheit.

Frustriert stieß er den Atem aus. Der Templer Wulf war besonders ordentlich und gewissenhaft: Obwohl der Verräter vorsichtig versucht hatte, das Durchsuchen seiner Ausrüstung zu verschleiern, mochte der Ritter es am Morgen bemerken. Der Verräter hatte eine falsche Spur gelegt, um sein Handeln zu verschleiern, und die Taschen eines weiteren Mitreisenden durchwühlt, als wäre er ein gewöhnlicher Dieb auf der Suche nach Geld.

Vielleicht war einem der anderen ein Brief oder ein Schatz anvertraut worden?

Es befanden sich immerhin auch noch zwei frühere Templer unter ihnen.

Der Verräter hätte seine Suche vielleicht noch ausgedehnt, aber der stinkende Knappe, der in Fergus' Diensten stand, nieste und schien wach zu sein. Und er hörte, wie der Ritter Gaston im Stall mit dem Jungen sprach.

Der Verräter zog sich zurück, unzufrieden und doppelt entschlossen, den Schatz doch noch zu finden.

Ganz gleich, was es kostete.

MONTAG, 6. JULI 1187

FESTTAG DER SANKT GODELEVA UND DER SANKT SEXBURGA

Am nächsten Morgen sattelte Fergus seine Pferde in der Gewissheit, dass der Templer Wulf sich noch eine neue Herausforderung für Gaston einfallen lassen würde, bevor sie abreisten. Es war klar, dass es den Ritter ärgerte, Gastons Befehl zu unterstehen, und dass die beiden Männer so unterschiedlich waren, wie sie nur sein konnten. Tatsächlich war Fergus froh über Gastons Kommando, denn der erfahrene Ritter kannte das Heilige Land, seine Politik, seine Fehden und seine Einwohner nicht nur besser als die meisten anderen, sondern traf seine Entscheidungen auch stets mit Bedacht.

Wulf dagegen erinnerte Fergus an Gerard de Ridefort. Er schien unbedacht und leidenschaftlich, eine Kombination, der Fergus ebenso sehr misstraute wie Gaston.

Wulf mochte ein guter Kämpfer sein, aber Fergus nahm an, sein Überleben sei wohl eher dem Glück als dem Können zu verdanken.

Seine Worte jedenfalls wählte Wulf sicherlich nicht mit Bedacht.

Fergus war vor der Dämmerung aufgestanden und hatte sein Gepäck überprüft. Der verschlossene Koffer, den ihnen der Präzeptor anvertraut hatte, war zwischen seinen zahlreichen Besitztümern versteckt. Fergus hatte sich bereits vor allen darüber ausgelassen, dass er Geschenke für seine Hochzeit und seine Braut mit nach Hause brachte, und hatte insgesamt ein halbes Dutzend Koffer, Bündel und

Satteltaschen bei sich. Die, die aus dem Tempel stammte, wirkte am unscheinbarsten.

Der Händler Joscelin hatte noch mehr Gepäck, so viel, dass einiges davon auf Gastons Zeltern verstaut war. Am wenigsten besaßen Gaston und seine Frau. Everard hatte ebenfalls eine Menge Besitztümer bei sich, so viel, dass Fergus sich fragte, warum der Ritter nicht von einem Knappen oder Diener begleitet wurde. Vielleicht war er schon so lange in Outremer, dass seine Bediensteten entschlossen gewesen waren, hierzubleiben. Vielleicht war die Geschichte, die er Gastons Lady über seine abtrünnigen Ritter erzählt hatte, wahr.

Zu Fergus' Zufriedenheit hatte sein neuester Knappe bei den Pferden und dem Gepäck übernachtet – tatsächlich hatte »Laurent« sich darauf ausgestreckt. Das Mädchen sah aus, als schliefe es, aber in Wirklichkeit hatte sie ihre Augen zu Schlitzen verengt. Sie hatte Fergus' Gegenwart bemerkt, bevor er sie in den Schatten ausgemacht hatte.

Er blinzelte ihr zu, dann zog er bei dem Geruch ihrer Kleidung eine Grimasse. Sie lächelte flüchtig und senkte dann wieder den Kopf. Er war froh, dass er Bartholomew belauscht hatte und der jungen Frau eine Lösung hatte anbieten können.

Hoffentlich fand sie auf ihrer Reise, wonach auch immer sie suchte. Fergus' Ansicht nach verdienten alle Menschen, dass ihre Träume wahr wurden, und er lächelte, in Vorfreude auf das Wiedersehen mit seiner geliebten Isobel. Er hatte die Pflicht getan, die sein Vater ihm auferlegt hatte, es war ihm gelungen, seinen Dienst einigermaßen unbeschadet zu überstehen, und nun konnte sein wahres Leben beginnen.

Mit Isobel.

Gaston erhob sich aus der Ecke des Stalls, in der er geschlafen hatte, wachsam wie immer, und begann, sein Schlachtross zu striegeln. Bartholomew wirkte schläfrig, befolgte aber die Anweisungen seines Herrn, und Fergus entging der rasche Blickwechsel zwischen Laurent und Gastons Knappen nicht. Er war froh, dass Gaston wusste, wo sich der Schatz befand, und dass der Ritter seine Entscheidung, die Verantwortung »Laurent« zu übertragen, nicht hinterfragte. Der neue Knappe hatte am meisten zu verlieren, falls er Fergus' Misstrauen erregte. Jemand anders hätte die Treue des angeblichen Jungen vielleicht infrage gestellt, aber Fergus wusste, an ihr bestand kein Zweifel.

Gastons neue Frau schien ihren Mann verstanden zu haben, denn die Sterne verblassten gerade erst im Osten, als sie bereits in den Stall kam, offensichtlich auf die Abreise vorbereitet. Gastons Freude über ihre Bereitwilligkeit war klar zu erkennen, obwohl die Lady bei dem Kuss, den Gaston ihr auf die Hand hauchte, lediglich angespannt lächelte.

Vielleicht hatte der Ritter noch etwas über Verführung zu lernen.

Everard war der Nächste, der auftauchte, und legte die Stirn in Falten. »Hat einer von Euch gestern Nacht etwas von meinen Sachen geborgt?«, fragte er, und Fergus schaute über die Schulter zu dem Adligen hin.

Alle schüttelten die Köpfe, und Wachsamkeit machte sich breit.

»Warum?«, fragte Gaston.

Everards Stirnrunzeln vertiefte sich, als er auf seine Taschen deutete. »Ich muss zugeben, ich packe mit großer Vorsicht und bin vielleicht ein wenig eigen, was meinen Besitz angeht, aber ich bin mir sicher, dass einige Dinge den Platz gewechselt haben. Es sieht aus, als hätte jemand mein Gepäck durchwühlt, während ich geschlafen habe.«

»Aber warum?«, fragte Gastons Lady. »Tragt Ihr für gewöhnlich wertvolle Gegenstände mit Euch herum?«

Everard schüttelte den Kopf. »Ich habe sicherlich einiges bei mir, das für mich selbst von Wert ist, aber ich halte mich nicht für ein offensichtliches Ziel und erhebe auch keine Anklage gegen meine Gefährten. Ich dachte nur, vielleicht hätte jemand ein Stück Seife, ein Essmesser oder sonst etwas borgen wollen.«

Wieder schüttelten die ringsum Versammelten ihre Köpfe.

»Dann irre ich mich vielleicht«, sagte Everard mit so gezwungenem Gleichmut, dass Fergus wusste, der Ritter glaubte es nicht.

Er wandte sich um, sodass er seinen neuesten Knappen sehen konnte, der seinen Blick einen langen Moment erwiderte. Laurent hatte die Hand auf die Tasche gelegt, die den Schatz der Templer enthielt.

Gaston untersuchte sein Gepäck und schüttelte dann den Kopf. »Vielleicht ist der Inhalt während des Ritts durcheinandergeraten«, mutmaßte er, und Everard zwang sich zu einem Lächeln.

»Zweifellos habt Ihr recht.«

In den Ställen herrschte Geschäftigkeit, als Wulf zu Tagesanbruch mit einem entschlossenen Glitzern in den Augen hereinkam. Sein Gesicht verzog sich, und Fergus unterdrückte ein Lächeln. Wulf hatte wohl geglaubt, er würde der Erste sein. Joscelin schlurfte hinter ihm durch die Tür. Er sah aus, als hätte man ihn aus dem Bett gezerrt.

Als Letzter betrat Duncan den Stall, sein Gesichtsausdruck so gereizt, dass Fergus ahnte, wer es für nötig gehalten hatte, den verschlafenen Kaufmann zu wecken.

»Wer von Euch hat sich an meinem Gepäck zu schaffen gemacht?«, fragte Wulf.

Die Frage ließ Joscelin überraschend schnell wach werden. Der Mann eilte zu seinem Gepäck und überprüfte es mit so offensichtlicher Alarmbereitschaft, dass ihn alle anstarrten. »Es scheint alles so zu sein, wie ich es verlassen habe«, gab er dann erleichtert zu.

Alle zogen Vergleiche. Alle, die mitsamt ihrem Gepäck im Schlafsaal genächtigt hatten, glaubten, ihre Taschen seien des Nachts durchsucht worden. Wie sich herausstellte, war keiner von ihnen wach geblieben, und somit hatte es Gelegenheit dazu gegeben. Die Tore der Herberge allerdings waren geschlossen gewesen, was darauf hinwies, dass es einer von ihnen gewesen sein musste.

Sie wechselten misstrauische Blicke untereinander.

»Vielleicht war es einer der Angestellten der Herberge«, sage Gastons Lady. »Ich bin bereits in Gasthöfen bestohlen worden.«

»Wie auch ich«, stimmte Joscelin erleichtert zu.

»Dann werden wir den Missetäter zweifellos mit dem Aufbruch hinter uns zurücklassen«, sagte Everard zufrieden.

Fergus fing Gastons unbeirrten Blick auf. Einen Moment lang sahen sie sich an.

Eins war sicher: Der Schatz durfte niemals unbewacht bleiben.

DIES WAR KEINE GUTE NACHRICHT, selbst, wenn es sich nur um einen Verdacht handelte. Gestern waren sie verfolgt worden, und nun hatte jemand aus ihrer Gruppe während der Nacht das Gepäck mehrerer Reisegefährten durchsucht. Irgendjemand wusste, was sie bei sich hatten, vermutete Gaston.

Er wiederum tat es nicht. Ihm war nicht vergönnt zu wissen, worum genau es sich bei diesem Schatz handelte, sondern nur, ihn zu verteidigen. Der Koffer, der Fergus übergeben worden war, war schwer genug, dass sich alles darin hätte befinden können.

Gaston wusste, es war nur klug, den Koffer unter Verschluss zu halten, bis der Großmeister in Paris ihn öffnete, aber er war neugierig.

Dass jemand nach dem Schatz suchte, verstärkte seine Neugier.

Wulf betrachtete die versammelte Gesellschaft, dann stemmte er die Hände in die Hüften. »Ich habe entschieden, zurück nach Jaffa zu reiten«, erklärte er, und Gaston sah, wie Fergus den Kopf neigte. Zweifellos wollte er seine Reaktion darauf, dass Wulf sich Gastons Befehl widersetzte, verbergen. »Es ergibt wenig Sinn, einer feindlichen Armee entgegenzureiten, die gerade einen Sieg errungen hat und unseren Trupp lediglich unnötig in Gefahr bringen wird.«

Wulf trat Gaston gegenüber, ein herausforderndes Funkeln in den Augen.

Gaston würde dem anderen Ritter weder die Befriedigung geben, darauf zu reagieren, noch würde er die Wahrheit enthüllen. Innerlich kochte er. Währenddessen konzentrierte er sich nach außen hin scheinbar darauf, die Höhe des Steigbügels für seine Lady anzupassen. Er hob sie in den Sattel des Zelters, und sie probierte ihn aus, schüttelte dann den Kopf und beugte sich zu ihm herab, um zu murmeln, er solle ihn ein wenig tiefer stellen. Gaston entging es nicht, dass seine Aufmerksamkeit Ysmaine zu gefallen schien. Er schaute auf und schenkte ihr ein Lächeln. Die Röte, die ihre Wangen flutete, gefiel ihm.

Es gab gewiss mehr als einen Weg, die Gunst einer Dame zu gewinnen, und *so* unerfahren war Gaston nun auch nicht.

Wulf räusperte sich. Ihm gefiel es nicht, ignoriert zu werden.

Fergus beschloss zu antworten. »Bei allem Respekt, ich glaube, es sind andere in unserer Gruppe, die sich in dieser Region besser auskennen«, wagte er zu sagen und weckte damit Wulfs offensichtlichen Zorn. »Vielleicht sollten wir unser Wissen teilen und uns auf den besten Weg einigen.«

In seiner Entrüstung schien Wulf beinahe zu knistern.

»Fürwahr«, stimmte Everard mit einem Nicken zu. »Es sind gefährliche Zeiten, und mehr Informationen können unsere Entscheidungsgrundlage nur verbessern. Ich selbst würde nur ungern nach Jaffa zurückreiten. Wir würden Zeit verlieren. Und wie Gaston gesagt hat, könnte der Hafen bereits überlaufen sein.«

Bei dem bloßen Gedanken erblasste und bekreuzigte sich der Händler Joscelin. »Ich habe für den Schutz bezahlt!«, protestierte er, doch alle ignorierten ihn.

»Ich habe fünf Jahre in diesen Landen Dienst getan«, widersprach Wulf und überkreuzte die Arme vor der Brust. »Ich weiß es besser, als die Nähe der Ungläubigen zu suchen. Wir sollten nach Süden reiten.«

Es war an der Zeit, die Diskussion zu beenden, damit sie aufbrechen konnten.

Gaston räusperte sich. »Wenn wir zurück nach Jaffa reiten, wird es schwer, die Stadt innerhalb eines Tags zu erreichen. Die Straßen erlauben keinen direkten Kurs.«

»Es wäre töricht, unsere Gruppe der Gefahr eines Überfalls durch Banditen auszusetzen«, stimmte Everard zu.

»Und sie sind im Süden kühner und zahlreicher«, gab Fergus zu bedenken.

»Es wird genauso schwer sein, in einem Tag nach Akkon zu gelangen«, entgegnete Wulf.

»Aber die Kunde, die wir gestern Abend gehört haben, wird inzwischen Jerusalem erreicht haben«, antwortete Gaston in einem ruhigeren Tonfall, als Wulf es verdiente. »Jaffa wird von Pilgern überflutet sein, die verzweifelt abreisen wollen. Wir finden vielleicht kein Schiff.«

»In Akkon finden wir vielleicht auch keins«, gab Wulf zurück.

»Aber wir werden nicht mit der gleichen Vehemenz um einen Platz kämpfen müssen«, sagte Everard. »Das Gebiet um Akkon ist so gut wie menschenleer, da alle mit König Guys Armee in den Krieg gezogen sind.«

»Aber wir müssen vielleicht gegen Ungläubige kämpfen, um überhaupt bis zu den Toren zu gelangen«, bemerkte Wulf in beißendem Tonfall. Er schüttelte den Kopf. »Ich werde es nicht riskieren.«

Gaston starrte den aufsässigen Ritter an. Es irritierte ihn, dass Wulf den Plan des Präzeptors gefährdete und sich seinen Befehlen widersetzte.

Erneut räusperte sich Fergus. »Von allen Männern in dieser Gruppe versteht Gaston die Sarazenen am besten. Ich habe mit ihnen gekämpft und viele getötet, er aber hat mit ihnen gesprochen.«

Everard und Joscelin blickten bei diesen Worten überrascht auf.

»Er hat mit ihnen im Auftrag der Templer verhandelt«, erklärte Fergus. »Und dies mit großem Geschick. Meiner Ansicht nach haben wir Glück, ihn in unserer Gruppe zu haben, und sollten seinem Rat folgen.«

Zustimmendes Gemurmel erklang, das Wulf ganz offensichtlich nicht gefiel. »Stimmt es?«, fragte er Gaston. »Ihr sprecht mit den Ungläubigen?«

»Das habe ich getan – auf Befehl des Großmeisters«, gab Gaston zu. Er zurrte die Schnalle an Ysmaines Steigbügel fest und warf ihr einen Blick zu. Sie testete die Höhe erneut und lächelte Gaston dann an. Ihre Freude ließ sein Herz höher schlagen.

Er suchte Zuflucht in ihrer Aufmerksamkeit und erwiderte ihr Lächeln, ließ alle glauben, dass seine Frau ihn so bezauberte, wie sie es tatsächlich tat. Ihre Augen weiteten sich, sie öffnete den Mund. Ihr Gesichtsausdruck erinnerte ihn an das, was letzte Nacht zwischen ihnen geschehen war.

Und was heute Nacht wieder geschehen würde. Er war sich sicher, er würde lernen, wie er ihr am besten Lust bereitete. Als er ihr die Hand aufs Knie legte, spürte er sie erzittern. Die Art, wie sie auf ihn reagierte, gefiel ihm.

»Was sagt Ihr also?«, fragte Wulf ungeduldig, und Gaston genoss seine Frustration. »Wenn Ihr die Sarazenen so gut kennt, was wird ihr Führer Saladin tun? Wohin wird er reiten? Wird er sich nach Osten zurückziehen, zufrieden mit dem Erreichten?«

Gaston schüttelte den Kopf. »Kein verdienter Kommandeur zieht sich nach einem Sieg, wie dieser es den Berichten zufolge war, zurück.«

»*Verdient*«, wiederholte Wulf verächtlich. »Als ob man einem Ungläubigen eine solche Eigenschaft zusprechen könnte …«

Gaston ignorierte ihn. Er überließ Ysmaine sich selbst, dann ging er in die Hocke und zeichnete mit einem Finger in den Staub. Er hörte, wie sie den Zelter ein wenig näher heranlenkte, um besser sehen zu können, was er tat.

Gaston malte den Umriss des Heiligen Lands auf den Boden, zeichnete dann einen Kreis mit einem links davon gelegenen Punkt. »Das Meer von Galilea«, sagte er zu Ysmaine, schaute auf und sah sie nicken. »Und die Feste von Tiberias.« Als sie erneut nickte, zeichnete er einen weiteren großen See im Süden, dann eine gezackte Linie entlang der linken Seite, die die Küste darstellen sollte. »Das Tote Meer und das Mittelmeer.« Die Gruppe versammelte sich um sie. Er setzte die Fingerspitze rechts neben das Meer von Galilea. »Nicht Al-Ashtara«, murmelte er.

»Was?«, fragte Wulf, und Gaston konnte seine Verachtung nicht verbergen.

»Der Ort, an dem Saladin seine Truppen zusammengezogen hat, vor gerade erst einer Woche. *Wenn* er sich zurückziehen würde, dann dorthin, aber er *wird* sich nicht zurückziehen. Er wird seinen Sieg zementieren, denn das ist die einzig kluge Strategie. Die Frage ist, wie.« Gaston markierte einen anderen Punkt weit im Norden, dann einen daneben an der Küste. »Krak des Chevaliers«, sagte er. »Und der Hafen von Tripolis.« Unter Krak machte er einen weiteren Punkt, sodass die drei ein Dreieck bildeten. »Er könnte Arqa auf dem Weg zu jedem dieser Orte angreifen.«

Allerdings war es weit bis dorthin, besonders zu dieser Jahreszeit. Saladin würde nicht bei einem solchen Unterfangen den Verlust seiner Truppen riskieren.

Links von Tiberias, an der Küste, markierte Gaston drei weitere Punkte. »Tyrus liegt im Norden«, sagte Ysmaine zu seinem Stolz. »Akkon in der Mitte. Dann Haifa.«

»Zwei lateinische Häfen und eine Festung«, stimmte Gaston zu und markierte einen Punkt zwischen ihnen und Tiberias. »Dazwischen liegt Nazareth.« Er markierte ihre eigene Position, südlich davon, mit einem Punkt, und dann Jerusalem, noch weiter südlich, mit einem Kreuz. Der Hafen westlich der Heiligen Stadt war so eindeutig Jaffa, dass er es für unnötig hielt, das auszusprechen.

»Er könnte nach Westen ziehen«, schlug Fergus vor und hockte sich neben ihn, um auf die Karte zu deuten. »Dann die Küste entlang, um so viele Häfen wie möglich einzunehmen und sicherzustellen, dass keine Christen mehr nach Europa zurückkehren können.«

Gaston nickte. »Allerdings würden dadurch viele Pilger in der Falle sitzen, und es ist nicht seine Gewohnheit, Unschuldige abzuschlachten.«

Wulf schnaubte bei diesen Worten.

»Nein, er hat Zeit, sich seine Beute zu schnappen, wenn sein Ziel Jerusalem ist«, murmelte Gaston. »Ich glaube, er wird denen, die selbst keine Kämpfer sind, die Chance geben, die Stadt zu verlassen, bevor er das tut.« Sein Finger sank östlich des Toten Meers nieder, wo er einen anderen Punkt machte. »Kerak«, sagte er leise.

»Jetzt, da Reginald tot ist, ohne Schutz«, bemerkte Wulf mit zusammengekniffenen Augen.

»Und die Wurzel allen Übels«, sagte Ysmaine und bewies damit, dass sie ihm zugehört hatte. »Wurden nicht dort die sarazenischen Pilger angegriffen?«

»Ja, das war dort«, sagte Gaston. »Denn ihre heiligen Städte liegen weit im Südosten. Von Jerusalem aus schauen wir nach Westen, sie aber nach Südosten.« Er tippte mit dem Finger erneut auf den Punkt, der Kerak symbolisierte. »Ich glaube, erst wird er die freie Passage für die Pilger sichern, um dann zurückzukehren und Jerusalem zu erobern.«

»Dann glaubt Ihr, er wird die Heilige Stadt einnehmen?«, fragte Joscelin und war von der Aussicht eindeutig entsetzt.

Gaston hob den Kopf. »Nachdem so gut wie jeder Ritter in diesen Landen entweder tot oder gefangen genommen ist, sehe ich nicht, wer ihn aufhalten sollte. Wie soll ein paar hundert Mann gelingen, worin tausende versagt haben?« Einen Moment lang war es still, als alle über das nachgrübelten, was, wie Gaston vermutete, unausweichlich war.

»Ich stimme für Akkon«, sagte Everard entschlossen.

»Ich glaube nicht, dass es eine Abstimmung gibt«, protestierte Wulf.

»Dann sollte es sie geben«, sagte Fergus. »Wenn ich schon mein Leben riskieren soll, so wähle ich selbst, wann und wo ich mich postiere.« Wulf starrte ihn für diese Worte böse an, aber Fergus erwiderte den Blick entschlossen. »Akkon«, sagte er knapp.

»Akkon«, sagte Ysmaine im Tonfall einer Edeldame, die erwartete, gehört zu werden. Sie bot ihrer Zofe eine Hand. »Reite heute mit mir, Radegunde, falls das Schwert meines Mannes gebraucht wird.« Gaston nickte anerkennend. Er bewunderte die praktische Art seiner Lady.

Was das anging, schienen sie gut zueinander zu passen.

»Ich schätze, es wird wohl Akkon sein müssen«, sagte Joscelin, dessen Stimme vor Furcht zitterte.

Gaston sah zu Wulf auf. »Nun?«, fragte er leise. »Wie lautet Eure Wahl, Bruder Wulf?«

»Akkon!«, sagte Wulf wütend, dann warf er sich übellaunig in den Sattel. »Und Ihr mögt alle beten, dass Gaston seine Ungläubigen gut genug einzuschätzen vermag.«

GASTON WAR sich seiner Entscheidung sicher, überzeugt, dass er Saladin verstand, bis sie Nazareth erreichten.

Es war beinahe Abend, und sie waren ohne Pause geritten. Die Pferde waren müde und die ganze Reisegesellschaft staubbedeckt. Seine Frau saß noch immer aufrecht im Sattel, und sie hielt ihre Zofe fest, die oft eindöste. Aber unter Ysmaines Augen lagen tiefe Schatten, und Gaston wusste, sie war erschöpft.

Die Sonne sank tief. Hinter dem nächsten Hügel würden sie Nazareth sehen können. Er überlegte, wie er Wulf am besten davon überzeugte, dass sie dort Rast machten, damit seine Lady sich erfrischen konnte.

Dann sah er die Staubwolke im Osten.

»Halt!« röhrte er und drängte die Gruppe hastig von der Straße und zu einer Seite.

»Ihr habt nicht das Recht …«, begann Wulf, aber Gaston deutete lediglich in die entsprechende Richtung. Der Ritter nahm den Helm ab und starrte, die Lippen aufeinandergepresst. »Ihr lagt falsch«, flüsterte er. Die Pferde stampften und bewegten sich unruhig, während Verzweiflung in Gaston aufstieg. Ysmaine keuchte auf und wandte sich zu ihm um.

»Das wissen wir noch nicht«, sagte Gaston ruhigen Tons. »Aber wir werden dennoch westlich an Nazareth vorbeireiten. Dort vor uns zweigt eine Straße nach links ab. Sie ist kleiner als diese und schmaler, aber dennoch wird sie uns Zeit ersparen.«

»Und uns vor Blicken verbergen«, stimmte Wulf zu und stellte die Gruppe rasch so auf, dass die Ritter den Rest verteidigen konnten, und bewies dabei eine Effizienz, die bewies, dass er im Kampf schnell und entschieden handelte. Eine Eigenschaft, die Gaston aufrichtig bewundern konnte. Schon viele Schlachten waren durch Zaudern verlorengegangen.

Kurz beratschlagten sie, ob sie die Pferde wechseln sollten, sodass die Ritter auf ihren Schlachtrössern saßen. Wulf, Fergus und Gaston wechselten die Pferde, aber Everard entschied sich, weiter seinen Zelter zu reiten. Gaston konnte auf keinem anderen Pferd als Fantôme in die Schlacht ziehen. Der Apfelschimmel warf den Kopf, sodass seine schwarze Mähne im Wind flog, und Gaston wollte gern glauben, dass das Pferd das ähnlich sah.

Innerhalb weniger Augenblicke waren sie wieder unterwegs, angetrieben von neuer Furcht.

Gaston achtete darauf, dass Ysmaines Pferd zu seiner Linken blieb. Er fragte sich, ob sie begriff, welche Bedeutung dem Wechsel ihrer Pferde zukam. »Bist du sicher, dass es Sarazenen sind?«, fragte sie ihn leise.

»Eine große Armee, die nach Westen zieht, meine schöne Lady«, gab er grimmig zu. »Und wir Christen haben keine mehr, wenn die Berichte stimmen.«

»Dann will er wohl doch die Häfen schließen«, murmelte sie. Zu seiner Erleichterung schwankte sie nicht und jammerte auch nicht vor Furcht, sondern griff die Zügel fester und spornte ihr Pferd an. Radegunde klammerte sich mit großen Augen an ihre Herrin.

»Wir werden es schaffen, Ysmaine«, gelobte Gaston. »Eine kleine Reisegruppe ist beweglicher als eine Armee.«

»Wirklich?« Sie schaute ihn an, und ihre Augen waren von einem so klaren Grün, dass er sie nicht anlügen konnte.

»Wir werden es schaffen«, wiederholte er und verzog dann das Gesicht. »Aber vielleicht nicht mit großem Vorsprung.«

Ihr Blick wanderte zu Fantôme, auch wenn sie zu seiner Wahl nichts verlauten ließ. »Du solltest deinen Helm aufsetzen«, sagte sie angespannt.

Gaston schüttelte den Kopf. »Er wird in der Sonne blinken und enthüllen, dass unsere Gruppe schwerer bewaffnet ist, als es scheint. Ich habe gehört, es sei oft klug, sich unterschätzen zu lassen.«

Ihr angespanntes Lächeln war von einer Entschlossenheit erfüllt, die er nur bewundern konnte.

Er gab seinem Pferd die Sporen, und Fantôme sprang vorwärts. Ysmaine brachte ihr Pferd dazu, sich dem Tempo des größeren Rosses anzupassen, und nebeneinander donnerten sie den Weg entlang. Er hoffte, sie würden Akkon erreichen – und damit ihre verheißungsvolle gemeinsame Zukunft.

Aber er glaubte nicht, dass es leicht werden würde.

In diesem Moment wusste Gaston, dass er tun würde, was auch immer nötig war, um seine Braut zu beschützen.

Was auch immer es ihn persönlich kostete.

ES WAR WAHNSINN.

Sie spornten die Pferde zu einem Galopp, der gegen jede Vernunft ging. Das Bemühen der Ritter, Akkons Tore zu erreichen, sagte Ysmaine, dass diese sich ihres Überlebens nicht so sicher waren, wie sie es den Rest der Gruppe glauben machen wollten. Sie hoffte, kein Pferd verlor ein Eisen oder trat in ein Loch. Pferd und Reiter würden vielleicht zurückbleiben müssen – um der Sicherheit der anderen willen.

Die Straße war nicht mehr als ein breiter Pfad, und an einigen Stellen musste Ysmaine vor Gaston reiten. Die Schlachtrösser zumindest schienen die Lage zu begreifen, denn sie galoppierten unermüdlich. Vielleicht waren sie an solche Situationen gewöhnt oder spürten die Anspannung ihrer Besitzer.

Die Sterne standen am Himmel, als der Pfad zurück auf die Straße von Nazareth nach Akkon führte und die Mauern der Hafenstadt am Horizont zu sehen waren. Ysmaine und Radegunde wechselten ein erleichtertes Lächeln, während Wulf sich in den Steigbügeln aufstellte und nach Osten zurückblickte.

»Sie haben bei Nazareth ihr Lager aufgeschlagen, möchte ich wetten«, sagte er, und Erleichterung machte sich in der Gruppe breit. Er nickte Gaston zu. »Damit zumindest hattet Ihr recht. Wir werden es bis zu den Toren schaffen, gerade so.«

Gaston antwortete nicht, und Ysmaine fragte sich, was in ihm vorging, wovon die anderen nichts ahnten. »Jetzt ist nicht der Moment, unser Tempo zu verlangsamen«, sagte er angespannt und schlug seinem Schlachtross auf den Hintern.

Der Templer schien seine Lektion gelernt zu haben, denn er spornte sein eigenes Pferd an und ritt nun, da sie wieder die Hauptstraße erreicht hatten, sogar noch schneller. Sie war fast verlassen, denn es war schon spät. Ysmaine hoffte, dass die Tore Akkons ihnen nicht verschlossen blieben. Sie sah, wie die Mauern näher rückten, und ihr Herz pochte voller Hoffnung, dass sie dieses letzte Hindernis überwinden würden.

Ihre Angreifer kamen überraschend und mit alarmierender Geschwindigkeit aus den Hügeln, eine Gruppe Banditen, die sich Tücher um die Gesichter gewickelt hatten. Sie schienen aus dem Nichts zu kommen. Selbst im Zwielicht konnte Ysmaine sehen, dass es keine Christen waren, denn ihre Pferde trugen schlichtere Sättel und ihre Kleider waren anders geschnitten. Sie bemerkte, dass die Pferde eleganten Zeltern glichen, dann sah sie das Aufblitzen von Klingen und hörte einen warnenden Ruf in einer fremden Sprache.

»Herr im Himmel«, flüsterte Radegunde und bekreuzigte sich.

Ysmaine schaute zu Gaston. Es überraschte sie nicht, wie grimmig er wirkte. Er riss sich die kleine Börse vom Gürtel und warf sie ihr zu, dann schlug er ihrem Pferd so hart auf das Hinterteil, dass es einen Sprung machte.

»Reitet weiter!«, brüllte er, und die gesamte Reisegruppe stürmte davon.

Gaston allerdings wendete sein Pferd, um sich ihren Angreifern entgegenzustellen. Er zog sein Schwert, machte sich zu einem Ziel und positionierte sich in der Mitte der Straße.

Die Sarazenen schrien und stießen wie eine dunkle Wolke auf ihn herab.

»Nein!«, schrie Ysmaine und wandte sich im Sattel um. »Gaston!« Sie wollte ihr Pferd zügeln, doch auf einmal war Wulfs Ross neben ihr. Er entriss ihr die Zügel und zog ihr Pferd mit sich, übernahm den Befehl.

»Reitet weiter«, bellte er, Gastons Worte wiederholend.

»Nein!«, schrie Ysmaine, allerdings weniger heftig als zuvor. Sie wandte erneut den Kopf. Radegundes Finger gruben sich in ihr Fleisch.

Ihr Ehemann saß stolz auf dem Pferd, das Schwert gezogen, die Zügel fest in der Hand, während ihn der Trupp Sarazenen umringte.

»Er ist allein!«, protestierte sie und versuchte, Wulf die Zügel ihres Pferdes zu entwenden.

»Er hat für unser aller Wohl entschieden«, brüllte der Ritter mit zusammengebissenen Zähnen. »Last sein Opfer nicht umsonst sein.«

Opfer. Das Wort allein machte Ysmaine krank. Ihre Pferde galoppierten weiter, die Männer grimmig, und Ysmaine war die Einzige, die wieder und wieder zurückblickte.

Gaston war allein.

Er war umzingelt.

Sie konnte es weder ertragen, ihn sterben zu sehen, noch ihren Blick abzuwenden. In diesem Augenblick begriff Ysmaine, dass der Mann, der sie zur Frau genommen hatte, all die ehrenhaften Eigenschaften besaß, von denen sie je gehofft hatte, sie in einem Mann zu finden.

Und er würde sterben.

»Gaston«, flüsterte sie. Mit den Tränen stieg die heiße Hoffnung in ihr auf, dass sie bereits seinen Sohn in sich trug. Es war das Einzige, was sie ihm geben konnte, die einzige Ehre, die er verdiente, aber nach nur einer einzigen Nacht fürchtete Ysmaine, sie könnte bei dieser Aufgabe versagen.

Der Fluch hatte ihr einen weiteren Ehemann genommen, und es war bitter, dass er der einzige gewesen war, den sie je gewollt hatte.

WIE GASTON es Ysmaine gegenüber eingestanden hatte, hatte er stets gewusst, dass sein Leben so enden könnte. Hundertmal schon hatte er gedacht, seine Tage auf Erden wären vorüber, war er sicher gewesen, er würde im Dienst der Templer sterben, und fand es nun ironisch, dass es geschehen sollte, *nachdem* er den Orden verlassen hatte. Doch er war verpflichtet, die Mission zu erfüllen, die Bruder Terricus ihnen aufgetragen hatte, und für den Schutz seiner Frau zu sorgen. Es stand weitaus mehr auf dem Spiel als sein eigenes Leben.

Er musste nur solange überleben, bis die Gruppe die Tore Akkons erreicht hatte.

Zu Gastons Überraschung war er weitaus weniger mit diesem Schicksal ausgesöhnt, als er von sich selbst behauptet hatte.

Ysmaines wegen. Er bedauerte, dass er nicht mehr Zeit mit seiner Frau hatte verbringen können. Ihre Zuneigung hatte er gewinnen wollen, ihr Herz, ihre Liebe, und er hatte Söhne mit ihr haben wollen. Es wäre schön gewesen, dachte Gaston, mit seiner Lady zusammen alt zu werden, Jahrzehnte zusammen mit ihr verbringen zu können und viele Kinder in ihrer Halle zu haben.

Aber es war nicht Gottes Wille, dass sein Leben so verlaufen sollte, und Gaston versuchte, das zu akzeptieren.

Zumindest sollte seine letzte Entscheidung das Überleben seiner Lady sichern.

Er wünschte, sie hätte die Hälfte seines Golds nicht in seinen Waffenrock eingenäht. Sie würde es brauchen. Stattdessen würde es demjenigen zufallen, der ihn tötete. Wie schade, dass ihr selbst dieser geringe weltliche Trost verwehrt bleiben würde.

Auch der Brief würde verloren gehen, wenngleich Gaston sicher war, dass Wulf und Bartholomew dem Großmeister in Paris berichten würden, was sie wussten. Es war nicht zu sagen, ob Terricus in dem Brief selbst noch weitere Einzelheiten geschrieben hatte, aber Gaston konnte jetzt nichts deswegen tun. Der Schatz befand sich bei der Gruppe, die gerade davonritt, und er betete, er möge sicher in Paris ankommen.

Zumindest war seiner Fehleinschätzung wegen nicht die gesamte Mission zum Scheitern verurteilt.

Seltsamerweise aber war es Ysmaines Schicksal, das ihm am meisten Sorge bereitete, und das Versprechen der Zukunft, die ihm nun verwehrt blieb, nicht der Auftrag des Tempels. Das war für ihn eine neue Erfahrung, allerdings blieb ihm vermutlich nicht die Gelegenheit, sie lange auszukosten.

Die Sarazenen umringten ihn auf ihren Pferden, ihre Gesichter hinter den Kopftüchern verborgen, die sie trugen, um den Staub abzuhalten. Ihre Augen glitzerten, als sie ihre Schwerter zogen, und ihre stolzen, eleganten Pferde tänzelten auf der Stelle. Sie schlugen nicht zu, provozierten ihn aber, wahrscheinlich, um ihn zu schwächen oder ihn gar dazu zu bringen, einen fatalen Ausfall zu wagen. Sie griffen nicht an, was ihn überraschte, bis er den Grund erkannte.

Sie warteten auf denjenigen, der über sein Schicksal entscheiden würde.

Oder sie wollten ihn lebend gefangen nehmen, um ihn zu verhören.

Gaston war nicht so dumm, den Kampf zu beginnen, wenn er klar unterlegen war. Obwohl ihn der Aufschub die Konsequenzen desselben fürchten ließ, wusste er, jeder verstreichende Moment erhöhte Ysmaines Überlebenschancen.

Und er zögerte nicht im Geringsten, sein Leben für das ihre zu geben.

KAPITEL 9

Die Gruppe ritt nun noch schneller als zuvor. Die Pferde galoppierten wild und jeder Eindruck einer Formation war verloren.

Bartholomew brüllte laut auf und wäre Gaston zur Hilfe geritten, aber Fergus griff ihm in die Zügel. »Ihr habt Anweisungen!«, erinnerte er den eindeutig frustrierten Knappen.

Ysmaine versuchte, Wulf die Zügel zu entziehen, damit sie Gaston helfen konnte, aber der Templer hielt sie fest. Der Zelter wäre vielleicht langsamer geworden oder ihren Hilfen gefolgt, aber Duncan ritt um sie herum, um Gastons Platz einzunehmen und griff nach dem Zaumzeug. Das Pferd kämpfte, es gefiel ihm nicht, so festgehalten zu werden, aber letztlich fügte es sich und galoppierte schneller.

»Gebraucht Euren Verstand, Mylady«, knurrte Duncan. »Ihr kennt seinen Wunsch und wisst, dass er richtig ist.«

»Es ist nicht gerecht!«

»In der Welt gibt es wenig, was gerecht ist«, gab der ältere Mann zurück. Er warf ihr einen Blick zu. »Bringt mich nicht in die Lage, mich später, vor dem Heiligen Petrus, Gaston de Châmont-sur-Maine gegenüber rechtfertigen zu müssen.«

Ysmaine holte scharf Atem. Sie wollte nicht an Gastons Tod denken.

»Vielleicht entkommt er, Mylady«, flüsterte Radegunde, doch

151

Ysmaine schüttelte den Kopf. Sie wandte sich noch einmal im Sattel, um zurückzuschauen, und ihr Blick verschleierte sich, als sie den einsamen Ritter umringt von Feinden sah.

Es mussten gut zwei Dutzend sein.

Gaston war verloren.

Einer der Sarazenen hob sein Schwert, dessen Klinge in der Dunkelheit aufblitzte. Ysmaine schaute fort. Ihr Herz hämmerte. Sie wollte ihren Ehemann lebend in Erinnerung behalten. Die Mauern von Akkon erhoben sich hoch über ihnen, die Tore waren verschlossen, und die Pferde donnerten darauf zu.

Wulf verließ ihre Seite und spornte sein Pferd an, um sich an die Spitze der Gruppe zu setzen. »Öffnet die Tore, habt Gnade mit den Pilgern!«, brüllte er auf Französisch und wiederholte seine Forderung noch einmal auf Deutsch. »Der Tempel reitet zu ihrer Verteidigung!«

Ysmaine dachte, man würde ihn abweisen, doch anscheinend hatte man seinen Waffenrock und seine Insignien gesehen. Eine der großen hölzernen Türen öffnete sich langsam, weit genug, um zwei Pferde nebeneinander einzulassen.

»Werdet nicht langsamer!«, bellte Wulf. Er scherte seitlich aus und wartete, bis die ganze Gruppe an ihm vorbei in die Sicherheit der Stadt gelangt war. »Sie sind dicht hinter uns!«, rief er dem Torwächter zu.

Eine Salve von Brandpfeilen wurde in die Nacht gefeuert, und Ysmaine verfolgte ihren Flug. Sie gingen hinter dem letzten Zelter mit tödlicher Genauigkeit nieder, zogen eine Linie aus Feuer über die Straße. Dahinter sah sie die Silhouetten von Reitern, Reitern in fließenden Gewändern, deren Pferde verängstigt wieherten und die dann abdrehten.

Die Vorhut einer Armee? Oder Banditen?

Von Gaston sah sie nichts.

Das Tor wurde hinter ihnen geschlossen, mit einem Donnern, das den Boden vibrieren ließ, fiel der schwere hölzerne Portalflügel zu und wurde verriegelt. Ihre Pferde wurden langsamer. Ein Mann sprang vom Tor, lief neben ihnen her und rief Wulf an. Ein kurzer Wortwechsel entspann sich, in dem Wulf dem Mann mitteilte, was er heute auf der Straße bezeugt hatte.

Barholomew wandte sich Ysmaine zu. »Ich weiß nicht, warum Ihr so weint«, sagte er, sein Tonfall hart. »Auf diese Weise seid Ihr ihn los, ohne Euch die Hände schmutzig zu machen.«

Ysmaine war schockiert, und sie bemerkte, wie die beiden anderen Ritter und der Kaufmann die Köpfe in ihre Richtung wandten. »Ich versichere Euch, ich habe keineswegs das Verlangen, meinen Ehemann los zu sein!«

»Nicht? Warum habt Ihr dann Gift für ihn besorgt?«

Die anderen Männer waren von diesen Worten verblüfft, so viel war klar.

»Gaston ließ sich nicht vor Euch warnen. Er hat Euch vertraut, und nun hat er sein Leben gegeben – für Euch!«

»Er hat sich für uns alle geopfert«, korrigierte ihn Fergus sanft.

Ysmaine richtete sich im Sattel auf und blickte Gastons Knappen böse an. »Ich habe ein Kraut von Fatima gekauft, um meinem Ehemann *zu helfen*«, sagte sie kühl. »Denn er hatte mir so viel Güte erwiesen, dass ich wünschte, es ihm zu vergelten.«

»Mittels eines Gifts?«, fragte Bartholomew verächtlich. »Erinnert mich daran, Euch niemals einen Gefallen zu erweisen, Mylady.«

»Wenn Ihr etwas von Kräutern verstündet, wüsstet Ihr, dass einige, deren Verzehr tödlich wäre, äußerlich angewandt von großem Nutzen sind«, gab Ysmaine zurück. »Meine Großmutter hat mich gelehrt, für meinen Großvater eine besondere Arznei zu mischen.«

»Gott sei seiner Seele gnädig«, flüsterte Radegunde und bekreuzigte sich.

Hitzig fuhr Ysmaine fort: »Ich wollte Gastons Humpeln lindern und fragte Fatima, ob sie dieses Kraut kenne. Sie hatte etwas davon, aber sie kannte es nicht. Als ich ihr von seinem Nutzen erzählte, gab sie mir im Gegenzug ein wenig von der Wurzel.«

»Also besitzt Ihr dieses Gift?«, fragte Fergus leise.

»Ich habe es für Mylady in Verwahrung«, sagte Radegunde stolz. Ysmaine hätte es vorgezogen, ihre Zofe hätte geschwiegen.

»Ich wollte ihm helfen«, sagte sie. »Ich wollte eine gute Ehefrau sein und für ihn sorgen.« Bartholomew wirkte ein wenig betreten, aber nicht vollkommen überzeugt. »Und nun werde ich keine Chance dazu haben. Denkt nicht, dieser Umstand würde mich freuen.«

In Wirklichkeit schmerzte es sie zutiefst.

Die Männer wechselten Blicke, und ihre Gruppe ritt weiter durch die Stadt. Es konnte einem unmöglich entgehen, dass Vorbereitungen zu Akkons Verteidigung getroffen wurden. Die Stadt war natürlich immer schon eine Festung gewesen, aber im Moment lagerten die Männer Pfeile auf den Wehrgängen und erhitzten Öl in Kesseln, das auf die Angreifer hinabgegossen werden konnte. Über allem lag eine Aura von Geschäftigkeit, durchdrungen von mehr als nur ein wenig Verzweiflung.

Wulf beendete seinen Bericht, und der Torwächter fuhr sich mit der Hand über die Stirn.

»Dann sind sie nahe«, sagte er. »Wir hatten es schon befürchtet. Morgen Nacht ist Neumond.«

Everard sog scharf den Atem ein und sah zum Himmel auf. Der Mond ging gerade auf, eine schmale, kaum sichtbare Sichel.

Selbst Ysmaine wusste, dass die Wahrscheinlichkeit, einen Angriff rechtzeitig zu entdecken, in der dunkelsten Nacht des Monats am geringsten war, aber sie hatte in letzter Zeit den Mondzyklus aus dem Blick verloren.

»Und wie ist es mit Schiffen?«, fragte Wulf. »Wir sind unterwegs nach Paris und in Eile.«

Der Mann verengte die Augen. »Im Auftrag des Tempels?«, fragte er und nickte dann, ohne auf Antwort zu warten. »Das ist nicht überraschend. Zwei Schiffe liegen im Hafen. Eins ist auf dem Weg nach Venedig, eins nach Sizilien.«

»Die Venezianer«, sagte Joscelin und überraschte die Männer mit seinem Einwurf. »Ich hatte schon in der Vergangenheit mit ihnen zu tun. Ich werde mit ihnen um unsere Passage handeln.«

Wulfs Skepsis war selbst für den rundlichen Kaufmann offensichtlich.

Joscelin lächelte. »Wir haben alle unsere Talente, Sir. Eure Fähigkeiten haben uns hergeführt, aber meine liegen darin, eine Übereinkunft auszuhandeln.«

»Wenn es eine Gruppe Menschen gibt, die dringend jemanden braucht, der mit den Venetianern zu verhandeln versteht, so sind wir das«, sagte Everard jovial.

»Beide Schiffe stehen unter großem Druck, so viele Passagiere mitzunehmen, wie sie können«, warnte sie der Torwächter. »Und Ihr seid eine große Gruppe.«

»Vielleicht ist Euch kein Erfolg beschieden«, sagte Wulf zu dem Händler.

Joscelin lächelte. »Würdet Ihr gern eine kleine Wette eingehen?«, schlug er mit einem Selbstvertrauen vor, das Ysmaine beruhigend fand.

GASTON WARTETE. Die Zeit verging unendlich langsam, und er konnte die von Wulf geführte Truppe nicht länger hören. Er betete, dass Ysmaine in Sicherheit war.

Und er betete sogar mit einer Inbrunst, die er nie zuvor an den Tag gelegt hatte.

Als die Sterne schon am Himmel standen, kam schließlich ein einsamer Reiter über die Straße auf sie zugeritten, und Gaston fragte sich, ob diese Männer auf seine Ankunft gewartet hatten. Zumindest richteten sie sich auf und wendeten ihre Pferde, um ihm entgegenzublicken.

Somit war dies ein Spähtrupp, darauf aus, Reisende, die auf dieser Straße unterwegs waren, abzufangen, um zu erfahren, welchen Gegenschlag die Christen planten. Gaston wusste nicht, ob er froh sein sollte, dass er so wenig wusste. Die Schatten entlang der Straße wuchsen, der Nachthimmel war allein von unzähligen Sternen erhellt.

Als das Pferd sich im Kanter näherte, sah Gaston, wie Fantôme die Ohren aufstellte. Kannte sein Streitross dieses Pferd? Er betrachtete es genauer. Es schien von ebenso edler Rasse wie die übrigen. Im Dunkel der Nacht konnte er allerdings wenig mehr von ihm erkennen, und weniger noch von seinem Reiter.

Die Sarazenen ritten schlankere Pferde, die meisten in einem Kastanienton, manche mit weißen Fesseln. Dieses hier hatte glänzendes Fell und ein stolzes Glitzern in den Augen, aber tatsächlich hatte er schon hunderte ebenso edle Pferde bei ihnen gesehen.

Die Männer begrüßten den Neuankömmling mit Respekt. In schnellem Arabisch berichteten sie ihm, wie sie die Reisegruppe gefunden hatten und was geschehen war. Gaston war überrascht, dass der Mann sogar von Ysmaines Schrei berichtete.

Er ließ sich natürlich nicht anmerken, dass er ihre Worte verstand.

»Gaston?«, fragte der Reiter, dessen raue Stimme Gaston vertrauter vorkam als sein Pferd. »Die Lady hat Euch Gaston genannt.« Sein Französisch war besser als Gastons Arabisch.

Gaston war zu lange Diplomat in diesen Landen gewesen, um das Risiko einzugehen, jemanden zu kränken, besonders, wenn er so haushoch unterlegen war. Also antwortete er auf Französisch. »Weil das mein Name ist. Es ist nur angemessen, dass eine Dame ihren Ehemann bei seinem Namen nennt.«

Der Reiter lenkte sein Pferd näher heran, und Fantôme nickte grüßend mit dem Kopf. Er starrte Gastons Pferd an, dann Gaston. »Ich kenne dieses Pferd«, murmelte er auf Arabisch, dann ritt er kühn weiter auf Gaston zu.

Gaston hob sein Schwert. Wenn ihm nur ein Schlag blieb, beschloss er, würde dieser zählen.

»Gaston de Châmont-sur-Maine!«, rief der Mann plötzlich aus und zog das Tuch beiseite, um sein Gesicht zu enthüllen.

»Ibrahim al Abdul al Rashid!«, sagte Gaston überrascht.

Zahllose Male waren sie beide einander begegnet und hatten über den Austausch von Geiseln und das Lösegeld für Gefangene verhandelt. Tatsächlich hatte Gaston oft darum gebeten, dass Ibrahim für die sarazenischen Kriegsherrn sprach, denn er vertraute ihm, nur zu versprechen, was auch umzusetzen war, und sein Wort zu halten.

»Ihr seid am Leben!«, rief Ibrahim und offenbarte damit, dass er damit gerechnet hatte, Gaston wäre zusammen mit seinen Ordensbrüdern in Hattin gewesen. »Wo sind Eure Abzeichen?«, fragte er, ohne Gaston die Chance zu einer Antwort zu geben. »Warum seid Ihr nicht in Jerusalem? Und wie kommt es, dass Ihr eine Frau habt?«

»Ich habe den Orden verlassen«, erklärte Gaston und wechselte in sein stockendes Arabisch. In dieser besonderen Situation, dachte er, wäre es als Höflichkeit nicht unangebracht. »Ich kehre nach Hause zurück, denn mein Bruder ist gestorben und hat mich zu seinem Erben gemacht.«

Ibrahim nickte verständnisvoll. »Und daher habt Ihr eine Frau, denn Ihr braucht nun einen Sohn.« Er schüttelte den Kopf. »Und Ihr wollt über Akkon segeln, obwohl Jaffa näher gelegen hätte?«

»Die Straße ist voller Pilger auf der Flucht vor Saladin«, sagte Gaston. »Ich wollte den Pferden Gelegenheit geben, die Beine zu strecken, bevor sie in der Enge auf dem Schiff eingepfercht werden.«

Das war nur ein Teil der Wahrheit, und er sah, dass Ibrahim immerhin so viel begriff.

Ibrahim, so viel war ihm klar, war nicht zufällig hier, würde ihm aber nicht die Wahrheit sagen. Der Wert ihrer Beziehung hatte stets darin gelegen, dass sie beide gewusst hatten, wie viel sie voneinander verlangen konnten.

»Und Eure Gruppe?«, fragte Ibrahim weiter.

»Eine letzte Gruppe an Pilgern, die wir zum Hafen geleiten sollten, allerdings finde ich mich nun unter ihnen wieder.«

Ibrahim dachte darüber nach. »Ich dachte, es wäre ein Spähtrupp, mein Freund.«

Gaston nahm an, Ibrahim sei selbst als Späher unterwegs. Saladin war auf dem Weg in die Hafenstadt. Diese Entscheidung überraschte ihn zwar, das würde er aber nicht laut sagen. Die Geduld des Anführers der Sarazenen musste inzwischen am Ende sein.

Er nickte gen Osten. »Kein Mann braucht einen Späher, um die Bedeutung dieser Staubwolke zu erraten.« Ibrahim wandte den Blick ab, aber Gaston fuhr leise fort: »Oder zu begreifen, dass morgen Nacht Neumond ist.«

Ibrahim schenkte Gaston einen flüchtigen, aber vielsagenden Blick, und Gaston begriff, dass Akkon in der nächsten Nacht belagert werden würde. Er betete von Neuem, dass sich Ysmaine zu diesem Zeitpunkt bereits auf einem Schiff befand, das Segel gesetzt hatte, und hoffte, Wulf fand eine Passage für sie.

»Aber Ihr kamt aus Jerusalem?«

»Aye.«

Ibrahim kam etwas näher, die Augen verengt, und senkte die Stimme. »Was wisst Ihr von einem Mädchen?«

Gaston runzelte die Stirn. Er dachte, er hätte sich verhört. »Von einem *Mädchen?*«

»Einer meiner Verwandten beklagt, seine Nichte sei von den *Franj* entführt und aus Jerusalem verschleppt worden. Sie ist eine Schönheit, heißt es, mit einem hohen Brautpreis, und er ist nicht glücklich darüber. Ist dieses Mädchen zufällig in Eurer Begleitung unterwegs?«

Es müsste schon ein wirklicher Zufall sein, wenn sie es wäre. Und doch war man ihrer Gruppe zwei Tage lang gefolgt, seit sie Jerusalem verlassen hatten. War das der Grund?

Gaston musste es hoffen. Sarazenen, die nach einem vermissten Mädchen Ausschau hielten, waren eine bessere Option als ein Dieb, der nach dem Templerschatz suchte.

Er schüttelte den Kopf. Dabei war er sich bewusst, dass Ibrahim ihn genau musterte. »Nein. Davon weiß ich nichts. Wir sind Männer, die zusammen reiten, mit Knappen und Pferden. Meine Gemahlin und ihre Zofe sind die einzigen Frauen in unserer Gruppe.

»Eure Gemahlin?«

»Ysmaine de Valeroy. Sie ist diejenige, die meinen Namen rief.«

Ibrahim nickte daraufhin. Sein Blick wanderte zu dem Mann, der ihm Bericht erstattet hatte.

»Ihr Haar ist von einem Goldton. Ich bezweifle, dass sie dem Mädchen, das Ihr sucht, irgendwie ähnelt.«

Ibrahim warf dem Mann einen Blick zu, der daraufhin nickte.

»Und die Zofe?«

»Radegunde. Sie waren zusammen auf Pilgerreise, und die Zofe wäre um ein Haar in der Heiligen Stadt gestorben. Die Heilerin Fatima war uns behilflich.«

Ibrahim musterte Gaston aufmerksam. »Aber Fatima ist Meilen weit fort, und ich möchte wetten, dass sie die Zofe nicht selbst gesehen hat. Fatima wäre der Zutritt zu einem Ort, an dem eine adlige *Franj* wohnt, nicht gestattet worden.«

»Das hat sie nicht«, stimmte Gaston zu. »Es ist also mein Wort, dem Ihr trauen müsst, wenn ich sage, dass die Zofe nicht die Frau ist, nach der Ihr sucht. Sie dient meiner Lady und ihrer Familie schon seit Jahren.«

»Ihr verbürgt Euch für sie?«

»Das tue ich.«

Ibrahims Blick war unnachgiebig. »Schwört es. Schwört es auf die Reliquie in Eurem Schwert.«

Gaston tat es, ohne lange zu zögern. Zwischen den zwei Hälften eines runden Kristalls, der in den Knauf von Gastons Schwert eingelassen war, befand sich ein goldenes Haar. Es hieß, es sei eins der Haare der heiligen Ursula, die einst elftausend Jungfrauen gerettet habe. Gaston war immer froh gewesen, dass die Reliquie, die seine Klinge behütete, Unschuld und Güte symbolisierte. Ibrahim war fasziniert gewesen – nicht nur von der Reliquie, sondern auch von Gastons Glauben an ihre Kräfte. Vor Jahren schon hatte er einmal eine Bemerkung darüber fallen lassen, als sie ihre Schwerter verglichen und bewundert hatten.

Nach vollbrachter Tat nickte Ibrahim zufrieden. »So muss es sein«, sagte er auf Arabisch zu einem seiner Gefährten. »Ich traue diesem Man wie meinem eigenen Bruder.« Dann steckte er sein Schwert ein, zog den Handschuh aus und bot Gaston die Hand. »Ich wünsche Euch alles Gute, Gaston«, sagte er auf Französisch. »Eine sichere Reise und viele Söhne mit Eurer neuen Frau.«

»Was soll das heißen?«, fragte Gaston erstaunt. Man ließ ihn frei?

»In den Tagen, die vor uns liegen, wird es wenig Gnade geben, daher lasst mich Euch jetzt eine ebensolche erweisen.« Ibrahim lächelte. »Diese Schlacht ist nicht länger die Eure, mein Freund, und ich werde nicht derjenige sein, der Euch einen Preis abverlangt.«

Gaston ergriff dankbar die Hand des anderen Mannes. »Ich danke Euch, Ibrahim.« Sie schüttelten sich die Hände. »Und auch ich wünsche Euch alles Gute in dieser Welt und der nächsten.« Sie sahen sich in die Augen, und Gaston wusste, er war nicht der Einzige, der sich die guten Erinnerungen an ihre Unterhaltungen und Verhandlungen bewahren wollte.

Hinter ihnen näherten sich Hufschläge, und Ibrahim schaute über seine Schulter. »Reitet jetzt!«, drängte er auf Französisch. »Reitet jetzt, oder Euch bleibt vielleicht keine Wahl mehr.«

Gaston ließ sich das nicht zweimal sagen. Er wendete Fantôme, gab seinem Schlachtross die Sporen und raste auf Akkons Tore zu.

~

GASTON BRÜLLTE, man solle ihn einlassen, doch man verweigerte ihm den Zutritt.

Der Torwächter ließ sich nicht anmerken, dass er Gaston gehört hatte. Aber natürlich war er gehört worden. Überall auf den Mauern standen Bogenschützen und Wachposten.

Er verfluchte, seine Templergewandung abgelegt zu haben. Ohne sie war er nur ein weiterer verzweifelter Fremder, der in der Nacht Einlass suchte. Er spornte Fantôme erneut an und hielt auf das Templertor neben dem Leuchtturm zu. Beim Reiten hoffte er, jemand dort würde ihn kennen.

In den ersten zwei Jahren in Outremer war er in Akkon stationiert gewesen. Konnte er so viel Glück haben, dass jemand, der dort heute Nacht Wache hielt, sich an ihn erinnerte – und ihn ohne seine Abzeichen erkannte?

Das Terrain wurde schwieriger, als er um die hohen Mauern von Akkon herumritt, denn er musste genug Abstand halten, um nicht den Beschuss durch die Bogenschützen zu riskieren, die bereits auf den Mauern positioniert waren. Fantôme umging Rinnen und umrundete Felsen mit solchem Geschick, dass Gaston gar nicht versuchte, ihn zu lenken. Er ließ sein Pferd einfach laufen und vertraute dessen Überlebensinstinkt.

»Heda!«, rief jemand vom Templertor, und Gaston war erleichtert, eine vertraute Stimme zu hören.

»Michel de Montlhery!«, rief Gaston. »Ich flehe Euch an, gewährt einem Ritter des Ordens Einlass!«

»Gaston?« Michels Helm glänzte, als er über das Tor blickte. »Was, um der Liebe Gottes willen, tut Ihr hier?«

»Öffnet das Tor!«, antwortete Gaston, über alle Maßen erleichtert, als Michel seine Bitte erhörte. Als er einmal eingelassen war, stieg er vom Pferd und stellte fest, dass er zitterte. Er erzählte Michel, dessen Augen beim aufmerksamen Zuhören glitzerten, was er wusste.

»Eine Frau«, spottete Michel, und Gaston deutete nach Osten.

»Und Sarazenen, die sich auf den Angriff vorbereiten.«

Michel wurde sofort ernst. »So viel haben wir bereits befürchtet«, sagte er. »Wenn Ihr von hier fort wollt, ist diese Nacht Eure letzte Chance. Es liegen zwei Schiffe im Hafen ...«

»Wann kommt die Flut?«

Der andere Ritter schaute in den Himmel. »In einer Stunde. Ich fürchte, es werden die letzten Schiffe sein, die auslaufen, bevor man uns belagert. Wenn Ihr also gehen wollt, ist dies der rechte Moment.«

Gaston schüttelte den Kopf. Ihm sank das Herz. Wie es schien, würde er gerade lange genug überleben, um erneut zu kämpfen, allerdings nicht für ein gemeinsames Leben mit Ysmaine. »Der Hafen ist auf der anderen Seite der Stadt«, sagte er. »Ich kann es unmöglich rechtzeitig schaffen.« Er dachte an die Wehrmauer, auf der Ritter und Laienbrüder Vorbereitungen trafen. Kein Mann würde heute Nacht schlafen, dessen war er sich sicher.

Er konnte ähnliche Aktivität in der Stadt hinter den Festungsmauern hören und sich lebhaft vorstellen, wie voll die engen Straßen waren. Als er innerhalb dieser Mauern seinen Dienst getan hatte, war es stets schwierig gewesen, von der Festung zum Hafen zu gelangen und umgekehrt, denn der Weg war schmal und gewunden, sodass die leiseste Aufregung in der Stadt ihn so gut wie unpassierbar machte.

Oder zumindest extrem verlangsamte.

Er seufzte. Das Unmögliche konnte ihm nicht gelingen, das wusste er. »Wenn mich der Meister dieses Priorats in Euren Rängen willkommen heißt, werde ich diesen Ort bis zum Letzten verteidigen.«

Zu Gastons Überraschung lächelte Michel. »Ihr müsst nicht so einfach aufgeben, Gaston. Sicher verdient es Eure neue Frau, dass Ihr jeden Versuch unternehmt, an ihrer Seite zu sein.«

»Gewiss tut sie das, aber das bringt mich weder dem Hafen näher noch macht es die Straßen leerer.« Er nickte seinem alten Gefährten zu. »Ich erinnere mich sehr gut daran, wie lange es dauern kann, zum Hafen zu gelangen.«

Michel ergriff seinen Ellbogen und rief nach einem anderen Bruder, der für ihn den Wachdienst übernahm. Dann senkte er seine Stimme zu einem Flüstern. »Ich habe eine Überraschung für Euch, mein Freund, wobei es ein Geheimnis ist, das man nur jemandem wie Euch anvertrauen kann.«

»Was für ein Geheimnis?«

»Wir haben begonnen, einen Tunnel zwischen unserer Festung und dem Hafen zu graben«, vertraute Michel ihm mit glänzenden Augen an.

»Er ist nicht vollendet, aber man kann ihn benutzen. Ihr werdet Fantôme streckenweise führen müssen, aber Ihr könnt es gut noch rechtzeitig bis zum Hafen schaffen.«

Ein Tunnel? Was für ein Wunder!

»Wirklich?« Gaston schaute seinen alten Kameraden an. Sein Herz machte einen Sprung.

»Wirklich«, sagte Michel. Der Meister des Priorats kam vom Wehrgang herab, und zu Gastons Freude handelte es sich um einen weiteren alten Kameraden, der inzwischen diese Festung befehligte.

Sie unterhielten sich kurz, dann stieg Michel mit Fantôme und Gaston in die Dunkelheit hinab.

»Dort!«, sagte der andere Ritter und deutete auf den Tunnel, der vor ihnen lag. Gaston konnte kaum seinen Augen trauen. »Reitet, Gaston, und Gott segne Euch.« Sie umarmten sich, und Gaston führte sein Schlachtross in den Gang. Er hatte eine kleine Fackel bei sich, die Michel ihm gegeben hatte, und konnte in der Ferne die Fackel sehen, die der Junge, der vorausgeschickt worden war, in der Hand hielt.

Der Tunnel war breit und hoch, die Wände glatt und die Decke aus Stein. Ein bisschen Wasser sammelte sich auf dem Boden, aber der Untergrund war eben. Der Weg schien sehr gerade zu verlaufen.

Fantôme schien die kühle Luft willkommen zu heißen. Gaston tätschelte ihn, schwor sich, er würde ihn gründlich bürsten und striegeln, sobald ihre Überfahrt gesichert war, schwang sich in den Sattel und ritt los. Er konnte nur hoffen, dass er es rechtzeitig bis zum Hafen schaffen würde.

Wie es schien, ließ sich der Fluch nicht brechen.

Ysmaine war verblüfft, weil ihre Reaktion darauf, einen Ehemann zu verlieren, diesmal so anders war. Erneut fühlte sie sich um Gaston betrogen. An ihm war mehr als seine Anziehungskraft und die Tatsache, dass er jünger gewesen war als ihre vorigen Ehemänner, als sein träges Lächeln, das ihren ganzen Körper in Flammen setzte. Mehr als seine Küsse und seine sanfte Stärke. Er war nicht vollkommen, ganz und gar nicht. Auf jeden Fall war er sehr stur und wortkarg – und ahnungslos, was die Erwartungen betraf, die eine Frau an einen Ehemann oder eine Ehe haben mochte, aber dennoch … Er beschützte sie. Er sprach mit ihr wie mit einem Menschen, der bei klarem Verstand war. Auch, wenn sie wusste, dass sie sich in der Zukunft, die ihnen nun gestohlen worden war, sicher mehr als einmal gestritten hätten, wünschte sich Ysmaine, sie hätte die Chance dazu überhaupt gehabt. In ihrer Verbindung hatte sie eine Verheißung gespürt, eine, die sie hatte erfahren wollen.

Es hungerte sie nach mehr, als ihr in der Vergangenheit vergönnt gewesen war.

Obwohl sie wusste, dass Gaston den für ihn einzig gangbaren Weg gewählt hatte, dass er sich für das Wohl der anderen geopfert und damit Verantwortung für seine Fehlkalkulation übernommen hatte, betrauerte Ysmaine seinen Verlust zutiefst. Und seine Entscheidung verriet die Wahrheit über seine Natur, wie nichts anderes es vermocht hätte.

Sie wollte ihm einen Sohn gebären.

Sie wollte in seine Heimat zurückkehren und diesen Sohn großziehen, um dem Jungen das Wenige zu erzählen, das sie über seinen Vater wusste. Wollte die Zukunft sichern, die Gaston vor Augen gehabt hatte. Sie würde nicht wieder heiraten, das wusste sie im tiefsten Inneren.

Sie betete, dass sie bereits empfangen hatte.

Und wenn Ysmaine Gastons Sohn *nicht* in sich trug, gelobte sie, würde sie sich in einen Konvent zurückziehen und den Rest ihres Lebens als Büßerin verbringen.

Ihre Gedanken in Aufruhr, tat sie, was Wulf befahl, und hielt die Gruppe nicht auf. Sie konnte die Gelegenheit, die Gaston ihnen verschafft hatte, nicht aufs Spiel setzen.

Akkon lag auf einer Landzunge. Südlich der Stadt erstreckte sich eine Bucht, und das Land stieg im Osten steil an, sodass man nur von Norden aus in die Stadt gelangte. Der Hafen lag östlich, und er und die dort vor Anker liegenden Schiffe wurden durch die Bucht geschützt. Die Stadt selbst war im Norden von Mauern umringt und deutlich stärker gewachsen als ursprünglich erwartet. Die Straßen waren eng und voll, und jede einzelne Seele der Christenheit schien den Weg zu versperren. Es war keine kleine Herausforderung, sich durch das

Gewühl zu drängen, selbst mit den Pferden. Die Knappen liefen voraus, brüllten und versuchten, ihn einen Weg zu bahnen. Die Gruppe blieb dicht beisammen.

Es schien ewig zu dauern, bis sie den Hafen erreichten.

Joscelin verlangte, haltzumachen, bevor sie zum Schiff gelangten, um herauszufinden, wie viel Gold sie alle miteinander bei sich trugen. In seinen Augen lag ein scharfsinniger Ausdruck, und er verschwendete keine Zeit, was Ysmaine zu dem Gedanken veranlasste, er würde seine Aufgabe meistern. Anschließend riet er den anderen, die Börsen wegzustecken und sich zu bemühen, so verarmt auszusehen wie möglich.

»Ich bezweifle, dass es am Ende einen Unterschied machen wird«, sagte er, sein Betragen selbstsicherer als zuvor. Ganz offensichtlich fühlte er sich in seinem Element. »Aber es kann nicht schaden.« Ohne ein weiteres Wort schritt er hinüber zu dem Schiff, das unter dem Banner Venedigs fuhr, sein Pferd am Zügel führend. Die anderen folgten ihm, und Ysmaine wünschte sich, sie könnte hören, was er sagte.

Falls er Italienisch sprach, würde sie ihn allerdings ohnehin nicht verstehen.

Er salutierte vor dem Mann, der das Beladen des Schiffs überwachte, und sie vermutete, er fragte nach dem Kapitän. Ein Gespräch entspann sich und es wurden Pferde gezählt. Die Venezianer schüttelten die Köpfe, aber Joscelin blieb beharrlich. Ysmaine machte es mehr und mehr zu schaffen, wie lange das Ganze dauerte.

Sie würden niemals aus Akkon herausgelangen!

»Nutz die Zeit, die uns bleibt, Stephen«, befahl Wulf dem größeren seiner beiden Knappen, woraufhin der blonde Junge nickte. »Wir werden an Bord des Schiffes Futter für die Pferde brauchen. Die Venezianer werden uns Futter und Wasser sicher zu einem Wucherpreis verkaufen, also wäre es das Beste, selbst etwas dabeizuhaben.« Stephen verschwand in der Menge, um den Befehl seines Herrn sogleich auszuführen.

»Hilf ihm dabei, Kerr«, wies Fergus seinen älteren Knappen an, den, der so engelsgleich wirkte. Die beiden Jungen verschwanden mit eiligen Schritten.

Ysmaine sank das Herz, als das andere Schiff ablegte und die Männer an Bord zu den Zurückbleibenden hinüberriefen. Es flogen viele Glückwünsche hin und her, und es liefen mehr als einige wenige Tränen. Das Schiff wurde aus dem Hafen gerudert, und Ysmaine sah, wie die Männer an Deck damit begannen, die Segel loszubinden. Einen Moment später rollten sie sich aus, peitschten weiß in den Nachthimmel, und das Schiff segelte westwärts und verschwand hinter der Spitze der Landzunge.

»*Ich* hätte verhandeln sollen«, murmelte Wulf.

»Sie hätten Euer Angebot abgelehnt«, gab Fergus zurück. »Die Venezianer mögen militärische Orden nicht besonders.«

Wulf zog bei seinen Worten eine Grimasse, weshalb Ysmaine annahm, es stimmte. »Zumindest sprechen sie noch mit ihm.«

»Warum ist das so?«, fragte Ysmaine Fergus, der ein Lächeln unterdrückte.

»Vielleicht, weil die Templer und Hospitaliter kein Vermögen für die Luxusgüter ausgeben, mit denen die Venezianer handeln.«

Duncan schnaubte. »Sie zahlen genug für die Dienste der Kurtisanen«, murmelte er, und Wulf ließ den Blick über ihn schweifen.

»Es gibt keineb Anlass, vor einer Dame solche Worte zu gebrauchen«, sagte Fergus, und die Männer schwiegen wieder.

Und beobachteten Joscelin.

»Sie werden die ganze Nacht reden«, beschwerte sich Wulf einen Augenblick später. »Während die Ebbe einsetzt.«

»Der Mann *kann* jedenfalls reden, so viel steht fest«, warf Duncan ein.

Ysmaine dachte an den Brief, den Gaston mit ihrer Hilfe in seinen Gambeson versteckt hatte, und fragte sich erneut, welche Nachrichten er enthielt. Sie erinnerte sich an ihren wiederkehrenden Eindruck, Gaston führe die Gruppe an, nicht Wulf, und begriff, sie waren weitergeritten, nachdem Gaston ihnen den Befehl dazu gegeben hatte. Ihr fiel auf, wie unruhig die Ritter waren, vor allem Wulf und Fergus, und sie fragte sich, was der wahre Grund für ihre Reise war.

Sie biss sich auf die Lippen, als sie daran dachte, wie sich Everard und Wulf noch am Morgen darüber beschwert hatten, dass ihr Gepäck während der Nacht durchsucht worden war, und ihr richteten sich die

Nackenhaare auf. War es wirklich ein Spähtrupp der Sarazenen gewesen, der Gaston umzingelt und festgehalten hatte? Oder hatte man ihn bewusst ausgewählt?

Wollte jemand des Briefes, den er trug, so dringend habhaft werden, dass er bereit war, ihn zu töten?

Sie konnte sich selbst nicht davon überzeugen, dass die Ereignisse ihren Mann überrascht hatten. Er hatte nicht gezögert, sich um ihrer aller willen zu opfern. War es nur, weil er auf jede Form des Verrats eingestellt war, oder hatte er diese spezielle Tragödie vorhergesehen? Hatte er gewusst, was die Angreifer wollten, und es ihnen offeriert, sodass der Rest von ihnen sicher entkommen konnte?

Ysmaine hatte unzählige Fragen und wenige Antworten. Sie konnte sich nicht vorstellen, dass die anderen Ritter ihr mehr Einzelheiten anvertrauen würden, als Gaston es getan hatte, aber sie wollte wirklich gern die Wahrheit über ihre Mission wissen.

Hatte Gaston sie alle fortgeschickt, weil der Brief nur ein Teil dessen war, was sie mit sich führten? Wulf hatte Gaston zurückgelassen, ohne einen Moment zu zögern, als ginge es um mehr als um ein einziges Leben oder selbst einen Brief.

Oder als wäre er froh, den Mann loszuwerden, der ihm Befehle erteilte.

Bei diesem Gedanken runzelte Ysmaine die Stirn. Konnte ein Mann, der den Orden verlassen hatte, einem Templer vorgesetzt sein? Das nahm sie nicht an. Wenn Gaston anscheinend Wulf Befehle erteilte, hieß das, er hatte den Orden gar nicht verlassen?

Bedeutete das, ihre Eheschließung war nichtig? Ysmaine hatte jedenfalls keinen Beweis, dass sie stattgefunden hatte außer dem Wort Radegundes, deren Motive in dieser Angelegenheit hinterfragt werden konnten und würden. Der Priester im Jerusalemer Tempel war vielleicht nicht fähig oder willens, auf eine entsprechende Anfrage zu antworten, zog man in Betracht, dass die Stadt wahrscheinlich angegriffen werden würde und der Mangel an Rittern, die sie verteidigten, fast mit Sicherheit ihre Eroberung bedeutete.

Vielleicht war Ysmaines Zukunft in einem Konvent schon näher gerückt, als ihr bewusst war.

Der Gedanke machte sie rastlos. Und was dauerte überhaupt so lange? Beinahe tippte sie vor Ungeduld nervös mit dem Zeh auf, während die Zeit verstrich und die Unterhaltung ergebnislos blieb. Würde Gastons Opfer letztlich doch vergebens sein? Würden die Sarazenen heute Nacht angreifen? Sie fand es beunruhigend, dass das andere Schiff fort war, besonders, als sie sah, dass die Matrosen auf diesem hier Vorbereitungen trafen abzulegen. Sie überprüften den Wind und banden Gegenstände an Deck fest. Unter Rufen wurden die letzten Vorräte an Bord gewuchtet, und sie sah, wie sie eins der schweren Taue lösten, mit denen das Schiff ans Dock gebunden war.

Die Hände zu Fäusten geballt, schloss sie die Augen und betete.

Es gab wenig, was sie sonst tun konnte, auch wenn sie es hasste, dass ihr so wenig Optionen blieben.

»Wir hätten es mit dem anderen Schiff versuchen sollen«, beschwerte sich Everard, ein Echo ihrer Gedanken, und seufzte. »Vielleicht werden wir doch noch gegen die Sarazenen kämpfen.«

»Unmöglich!«, erklärte Wulf und trat vor, um einzugreifen.

In genau diesem Moment kehrte Joscelin zurück, Triumph im Gesicht, und winkte sie herbei. Er schnippte mit den Fingern, um sie zur Eile anzutreiben. »Der Handel steht, aber sie werden gleich lossegeln, mit oder ohne uns! Eilt Euch!«

Eins nach dem anderen wurden die Pferde an Bord gebracht, obwohl klar war, dass die Schlachtrösser wenig davon hielten. Wulfs schwarzer Hengst schnaubte und kämpfte gegen den Zügel, weigerte sich, über die Planke zu gehen – zumindest, bis einer der Zelter ihn ins Hinterteil biss. Er warf den Kopf zurück und wieherte empört. Dabei glich er seinem Ritter so sehr, dass Ysmaine ein Lächeln unterdrücken musste. Nachdem der Rappe einmal an Bord war, folgten die anderen, manche tapferer als andere. Sie mussten auf dem Deck angebunden werden. Ysmaine und Radegunde halfen Bartholomew mit den Zeltern, doch als es darum ging, sie nach dem Ritt zu bürsten, wollte er dabei keine Hilfe annehmen. Die Knappen kehrten mit Futter für alle Pferde zurück und tränkten sie noch einmal.

Für Ysmaine gab es nichts zu tun, also kehrte sie an Deck zurück, um die Vorbereitungen zu beobachten, Radegunde an ihrer Seite. Joscelin war dort und wirkte sehr stolz auf sich. Neben ihm standen die Ritter. Sie ließen Ysmaine wissen, welches ihr Anteil an der Überfahrt war, und sie gab Joscelin bereitwillig die Münzen und achtete dabei darauf, den Inhalt der Börse, die Gaston ihr gegeben hatte, nicht zu enthüllen.

Sie war schwerer, als ihr bewusst gewesen war, und darüber war sie froh.

Selbst nach seinem Tod noch sorgte ihr Mann für ihr Wohlergehen.

Würde man sie als seine Witwe in Châmont-sur-Maine willkommen heißen? Sie wollte noch nicht einmal daran denken.

»Ihr habt Euer Wort gehalten«, sagte sie zu dem Kaufmann. »Ich hätte nicht an Euch zweifeln sollen.«

Er lachte. »Man kann stets eine Übereinkunft erzielen. Es hängt nur vom Preis ab, und der Preis wird günstiger, wenn man weiß, was die andere Partei möchte.«

»Auch wenn das Ganze knapper war, als wir es gern gehabt hätten«, sagte Wulf und nickte zu den Tauen hinüber, die gerade gelöst wurden.

»Dennoch bin ich froh, keine Wette gegen ihn eingegangen zu sein«, sagte Fergus gutmütig. Die anderen hätten vielleicht gelacht, doch in diesem Moment ertönte ein Ruf aus der Menge, und zu Ysmaines Freude galoppierte ein Ritter auf einem Apfelschimmel auf sie zu.

Konnte es sein?

Aber Ysmaine kannte das Pferd, sie kannte das schwarze Haar, sie kannte die breiten Schultern und die große Gestalt dieses Ritters …

Maria sei gepriesen, Gaston war am Leben!

Stoppt das Schiff!«, brüllte Gaston, in den Steigbügeln stehend, und winkte. Sein Anblick versetzte Ysmaine in Euphorie. Er sah gesund und munter aus, was mehr war, als man rechtmäßig hätte erhoffen können. Ihr Herz schlug wie wild, und sie wollte sich in seine Arme werfen.

Verflucht sei die Menge, die sich zwischen ihnen befand!

Gastons Ton wurde gebieterisch, als die Menschen sich nicht bewegten. »Ich werde nicht zurückbleiben!«

»Gaston!«, rief Ysmaine voller Freude und Begeisterung.

»Er lebt!«, verkündete Radegunde, und ihre Begeisterung spiegelte sich in den Gesichtern der gesamten Gruppe. Impulsiv umarmte sie Ysmaine. »Ihr seid noch immer eine verheiratete Frau, Mylady.«

Ysmaine bemerkte, dass die Crew die Planke hochziehen wollte und das Überleben ihres Ehemannes noch keineswegs feststand. »Nein! Sie werden ihn zurücklassen!«, rief sie, noch während Wulf zielbewusst auf den Kapitän zuging. Es entspann sich ein Wortwechsel, während die Planke verstaut wurde, und in der Zwischenzeit gelangte Gaston an den Pier. Er stieg vom Pferd und hielt sein Schlachtross am Zügel. Seine gesamte Gestalt verriet seine Anspannung. Ysmaine starrte ihn gierig an, dann begriff sie, dass sie besser versuchen sollte, den Kapitän umzustimmen. Sie lächelte, als Gastons Blick auf sie fiel, und versuchte nicht, ihre Freude zu verbergen.

Lächelte ihr schweigsamer Ehemann etwa zurück? Ysmaine glaubte es.

Sie hastete hinüber zu Wulf und zog eine Münze aus Gastons Börse. »Mein Ehemann, Sir«, rief sie aus, unsicher, ob man sie verstehen würde oder nicht. »Wir dachten, er sei tot, aber er ist doch noch gekommen. Ihr müsst ihm erlauben, an Bord zu kommen!«

Der Kapitän beäugte sie, dann die Münze, die sie ihm anbot. Er machte eine Geste, und Ysmaine legte eine weitere dazu. Seine Hand schloss sich darum, und einen Moment lang war sie sich nicht sicher, was er beabsichtigte.

»Ein anderer Mann wäre vielleicht versucht sicherzustellen, dass Ihr Euch in seiner Gewalt befändet, Mylady, aber meine eigene Frau würde wenig von einem solchen Betragen halten.« Der Kapitän zwinkerte ihr zu, sich seines Charmes bewusst, und rief seinen Männern zu, die Planke wieder hervorzuholen.

»Dann kann ich Eurer Frau gratulieren und ihr meinen Dank senden«, sagte Ysmaine. »Wie ich ist sie mit einem Mann von Ehre verheiratet.«

»Und sie wird ein Geschenk von ihm erhalten, wenn wir den Heimathafen erreichen.« Der Kapitän steckte die Münzen in seine Börse und verbeugte sich vor ihr, bevor er sich wieder seinen Pflichten widmete.

Ysmaine wirbelte herum. Das Herz schlug ihr bis zum Hals, als sie zusah, wie die Planke wieder ausgelegt wurde.

»Wie es scheint, hat Gaston eine gute Wahl getroffen«, murmelte Wulf. »Zumindest gebt Ihr sein Geld für einen guten Zweck aus.«

Sie verkniff sich jede Antwort. Sie wollte nur sehen, wie ihr Ehemann an Bord kam. Sie hätte voraussehen können, dass er sein Pferd mit sanfter Entschlossenheit führen würde, dass das Pferd ihm komplett vertrauen würde – obwohl es die Planke sicher auch nicht lieber mochte als die anderen Pferde.

Bartholomew grüßte seinen Ritter mit offenkundiger Freude, und Gaston schüttelte dem jungen Mann die Hand, bevor er ihm die Zügel des Schlachtrosses übergab.

Kam es Ysmaine nur so vor, oder war die Erleichterung der übrigen Ritter größer als erwartet?

Jedenfalls war Gaston am Leben!

Man hatte ihr eine zweite Chance gegeben, und sie würde Marias unermessliche Güte nicht vergessen. Nein, sie würde die beste Ehefrau unter allen Christenmenschen sein, die beste Ehefrau, die sich ein Mann nur vorstellen konnte, und tun, was nötig war, um ihren Gemahl zufriedenzustellen.

Ysmaine trat mit pochendem Herzen zurück. Sie wusste, es wäre unangemessen, auf ihn zuzulaufen, obwohl es genau das war, was sie tun wollte. Es wäre kein ordentliches Betragen. Sie sollte auf ihn warten, sich bescheiden zeigen, ihm ihre Hand reichen, wenn er sich dazu herabließ, ihr seine Aufmerksamkeit zu schenken.

Alles in Ysmaine lehnte sich gegen diese Anstandsregeln auf.

Gaston unterdessen wurde von den anderen Männern in ihrer Gruppe umarmt. Er schüttelte Hände und ließ sich ihre Glückwünsche gefallen, bewegte sich so langsam durch die Reihen, dass sie das Warten kaum ertragen konnte.

Die Planke wurde erneut eingezogen, und das Schiff legte vom Pier ab, gerade als er vor Ysmaine stehen blieb. Der Wind zerrte an seinem Haar, und seine Augen leuchteten. Bei seinem Lächeln hob sich einer seiner Mundwinkel.

Kein Mann auf der Welt hatte je so gut ausgesehen, dessen war Ysmaine sich sicher. Ihr Herz pochte, und sie fühlte sich über alle Maßen gesegnet, dass er ihr Ehemann war.

Und dass er noch atmete.

»Zu meinem Bedauern muss ich dir mitteilen, meine schöne Lady, dass du nicht wieder Witwe geworden bist«, murmelte er, die Stimme tief und ein wenig schalkhaft. »Habe ich dir nicht gesagt, dass ich nicht vorhabe, jetzt schon zu sterben?« Er griff nach ihrer Hand, aber ein Kuss auf die Fingerknöchel würde in diesem Moment nicht reichen, nicht, wenn sie vor Freude beinahe barst.

Wenn eine Frau ihren Ehemann nicht überschwänglich begrüßen konnte, nachdem er gerade dem Tod entkommen war, dann war die Welt ungerechter, als sie zuvor geglaubt hatte.

»Gaston!«, rief Ysmaine und warf sich ihm entgegen, fand es

wunderbar, als er sie auffing und sie in die Arme nahm. Er wirbelte sie herum und lachte über ihren Enthusiasmus. Obwohl das Schiff unterwegs war und ein wenig schaukelte, standen seine Füße so fest auf dem Deck, dass sie wusste, er würde niemals das Gleichgewicht verlieren oder sie fallen lassen. Ihr Ehemann war ein Fels, ein Fundament, auf dem sie ihr Leben bauen konnte. Ysmaine weinte bei diesem Gedanken beinahe und begriff erst in der Wärme seiner Umarmung, wie einsam und verloren sie sich gefühlt hatte.

Sie *würde* ihm Söhne gebären, so viele, wie sie nur konnte.

Viele auf dem Schiff und an Deck jubelten ihrer Wiedervereinigung zu, aber Ysmaine war ihre Reaktion egal.

Ihr Ehemann hielt sie fest an sich gepresst, und sein Herz schlug an ihrem.

Gaston lebte.

Sie nahm sein Gesicht in ihre Hände, betrachtete ihn einen Moment und genoss es, die Hitze seiner Haut unter ihren Händen zu spüren. »Wie ist dir das nur gelungen?«, flüsterte sie. »Habe ich einen Zauberer geheiratet?«

Seine Lippen zuckten. »Vielleicht nur einen Mann mit sehr viel Glück.« In seinen Augen lag ein Funkeln. »Oder einen, dem es bestimmt ist, mit dir verheiratet zu sein.«

»Mehr als das«, gab Ysmaine zurück, auch wenn ihr gefiel, wie das klang. »Hast du geahnt, dass wir angegriffen werden würden?«

Er verengte leicht die Augen. »Was veranlasst dich zu diesem Gedanken?«

»Weil du nicht gezögert hast. Du hattest einen Plan, falls dieser Fall eintreten sollte.« Sie lächelte und sah, wie sein Gesicht weicher wurde. »Ein kluger Plan wird immerhin oft dem Glück zugeschrieben.«

»In der Tat. Bedauerst du es, dass du keinen weiteren Ehemann verloren hast?«, murmelte er, obwohl er die Antwort ganz offensichtlich kannte.

Ysmaine schüttelte den Kopf, unfähig und unwillig, ihre Erleichterung zu verbergen. »Nein«, flüsterte sie heiser. »Diesen hier würde ich gern noch ein paar Jahre behalten. Ich zweifle nicht, dass er einen Plan hat um sicherzustellen, dass es so ist.«

Gaston wollte lachen, aber dann neigte sich Ysmaine ihm zu, um ihn stürmisch zu küssen, und es war ihr egal, wer ihre Erleichterung bezeugte.

SEINE LADY ERSTAUNTE ihn von Neuem.

Obwohl Gaston auf die Umarmung seiner Frau vorbereitet war, obwohl er die Absicht in ihren Augen erkannte, bevor sie ihn küsste, war ihre Berührung beinahe überwältigend.

Wie es schien, hatte sie in ihm eine Leidenschaft geweckt, die lange geschlafen hatte, nun aber verlangte gestillt zu werden.

Bedauernd unterbrach Gaston den Kuss und betrachtete seine Frau. Ysmaine lächelte zu ihm auf. Sie drückte ihm einen Beutel Münzen ihn die Hand und berichtete kurz, wie viel sie ausgegeben hatte und warum.

Bei allen Heiligen, sie war praktisch veranlagt, und dazu auch noch eine solche Schönheit.

Gaston kam der Gedanke, dass eine einzige Vereinigung, ja, selbst eine tägliche, nicht reichte, um seine Begierde nach ihr zu stillen.

Die anderen wollten von ihm hören, wie er entkommen war, und er gab ihnen eine Zusammenfassung, erwähnte, dass sein alter Freund ihm Gnade gewährt hatte, nicht aber, dass Ibrahim sich auf der Suche nach einem verschwundenen Mädchen befand. Die anderen Männer schlugen ihm auf die Schulter und gratulierten ihm, dann zerstreuten sie sich.

Das Schiff hatte die Spitze der Landzunge bei Akkon umrundet, und als sie die geschützte Bucht verlassen hatten, wurde die See rauer. Gaston hielt Ysmaine eng an sich gepresst, war sich ihrer Kurven und ihrer Weichheit sehr bewusst. Dabei verfluchte er den Mangel an Abgeschiedenheit an Bord und versuchte zu erraten, wie lange es dauern würden, den nächsten Hafen zu erreichen, als Ysmaine ihn erneut überraschte.

»Du führst diese Gruppe an, nicht wahr?«, fragte sie, die Worte so leise, dass nur er sie hören konnte.

Dennoch zog sich Gastons Herz zusammen. »Warum glaubst du so etwas?«, versuchte er abzuwiegeln und sah, wie sie die Lippen aufeinanderpresste, während er versuchte, seine Reaktion zu verbergen.

Ihre Augen blitzten, und sie schüttelte den Kopf. »Ich bin keine Närrin!«, tadelte sie. »Du warst es, der unsere Route gewählt hast, und du hast den Befehl gegeben weiterzureiten. Du bist es, der den Brief bei sich trägt, wie ich gesehen habe.« Gaston wollte protestieren, aber Ysmaine legte ihm die Fingerspitzen auf die Lippen, um ihn zum Schweigen zu bringen. »Ich vermute, dass du einen Eid geschworen hast, es geheim zu halten«, murmelte sie, mit einem Selbstvertrauen, das er nur bewundern konnte. »Tatsächlich kann ich mir keinen anderen Grund vorstellen, warum du deine eigene Forderung nach Ehrlichkeit zwischen uns nicht erfüllen würdest.«

Gaston schluckte. Erneut wurde ihm bewusst, wie scharfsinnig seine Frau war.

»Aber hier ist der eigentliche Punkt«, fuhr sie, leicht die Stirn runzelnd, fort. »Meine Sorge ist, sind wir in Wahrheit verheiratet? Denn wenn du diesen Trupp anführst und einem Templer Befehle erteilst, dann musst du noch immer dem Orden verschworen sein, und unsere Eheschwüre sind folglich nichtig.« Ihr Blick ließ seinen nicht los. »Ich möchte wissen, ob ich in Wirklichkeit verheiratet bin oder nicht.«

Erleichterung flutete Gaston, dass ihre Frage so einfach war. Er versteckte es in einer Umarmung und sagte: »Ich habe noch eine einzige Aufgabe zu erfüllen, meine schöne Lady, und es ist wahr, dass nicht alles ist, wie es scheint. Ich bitte dich, diese Beobachtungen für dich zu behalten.«

»Das werde ich«, gelobte sie leise und sah ihn forschend an. Er sah, dass seine Teilantwort sie nicht zufriedenstellte, aber es würde reichen müssen. »Wenn du gelobst, mir alles zu sagen, wenn wir erst einmal Châmont-sur-Maine erreichen.«

Gaston lächelte bei dem Gedanken. »Dann wird es keine Rolle mehr spielen, und solche Sachen sollten eine Dame wirklich nicht beunruhigen.«

Er hatte beabsichtigt, sie zu besänftigen, aber Ysmaines Blick verhärtete sich auf eine Weise, die ihm zunehmend vertraut wurde.

»In der Tat?«, fragte sie und hob eine helle Augenbraue. Der Wind frischte auf, und einzelne Haarsträhnen entzogen sich ihrem Zopf. »Warum das?«

Gastons Selbstvertrauen schwand. »Weil Damen sich nicht mit Dingen wie Strategie und Kriegsführung oder Allianzen sollten befassen müssen. Der Lord hält Hof, und er verwaltet die Bücher …«

Ysmaine unterbrach ihn forsch. »Vielleicht ist das im Tempel so, da ihr dort keine Frauen habt, auf die ihr euch verlassen könnt.«

»Natürlich nicht«, sagte Gaston. Doch das Funkeln in den Augen seiner Lady weckte in ihm sogleich den Eindruck, dass es ein Fehler gewesen war, ihr so einfach zuzustimmen.

»Aber was ist mit dem Leben in Châmont-sur-Maine? Hat sich deine Mutter mit nichts anderem befasst als mit ihrer Stickerei und ihrem Sohn?«

Gaston blinzelte. Er hatte über die Ehe seiner Eltern seit Jahren nicht nachgedacht – wenn überhaupt einmal. »Sie hatte die Schlüssel«, erinnerte er sich und sprach dabei langsam. »Und war angeblich sehr gewissenhaft in der Vorratshaltung.«

Ysmaine lächelte. »Dann werde ich sie sicher mögen.«

»Sie ist nach dem Tod meines Vaters in ein Kloster eingetreten.«

Seine Frau runzelte die Stirn. »Aber warum? War sie zu alt für eine erneute Heirat?«

Gaston wandte sich um und sah, wie der Hafen außer Sicht geriet. Bei den Erinnerungen steckte ihm ein Kloß in der Kehle. »Sie hatte nur sechzehn Sommer gesehen, als sie mich bekam«, gab er zu. »Sie war die dritte Frau meines Vaters, und es hieß, sie sei diejenige gewesen, die ihn dazu gebracht habe, sich wieder jung zu fühlen. Ich erinnere mich an das Lachen, das am Abend oder sogar am Nachmittag aus ihrem geteilten Gemach drang.«

Ysmaine lächelte ein wenig. »Dann haben wir das gemeinsam, denn auch meine Eltern haben in ihrem Gemach oft gelacht.« Sie beugte sich zu ihm und flüsterte: »Ich glaube, ein solches Glück beruht nicht nur auf Ehrlichkeit, sondern auch auf ausgedehnten Unterhaltungen und einer Partnerschaft.«

Erneut schien es, als hätte seine Frau Erwartungen an ihre Ehe, die seine übertrafen. Gaston betrachtete sie ein wenig misstrauisch. »Du hast gesagt, deine Eltern besprächen sich oft.«

»Und ich möchte wetten, auch deine taten es.« In ihren Augen lag ein wissendes Glitzern. »Vielleicht werde ich deine Mutter in ihrem Kloster besuchen, um die Wahrheit herauszubekommen. Vielleicht wird sie dich davon überzeugen, dass meine Ansicht etwas für sich hat.«

Es war erstaunlich, wie sehr Ysmaine ihn in Versuchung führen konnte, besonders, da seine Reaktion so wenig mit ihren Reizen zu tun hatte. Sie war eine schöne Frau, das sicherlich, aber was Gaston den Atem stocken ließ, war die Herausforderung in ihren Augen – wie in diesem Moment. Obwohl man ihn im Orden alles über die Bedeutung einer Frau – oder vielmehr den Mangel daran – gelehrt hatte, ließ Ysmaine ihn seine Annahmen in Zweifel ziehen. Er genoss es, sich mit ihr auszutauschen, und war fasziniert davon, dass sie sehr logisch argumentierte. Sie war scharfsinnig und klug, und er war froh, sie zur Frau genommen zu haben.

»Ich muss Wulf danken, dass er für deine Sicherheit gesorgt hat.«

Ysmaines Lächeln wirkte erneut wissend. »Oder einen Befehl befolgt hat?«, fragte sie leichthin.

Gaston ließ es sich eine Mahnung sein. Es sollte ihn beunruhigen, dass ihn seine Frau so gut verstand, wie sie es tat. Aber obwohl er sich der Geheimhaltung verpflichtet hatte, war er doch versucht, ihr die Wahrheit anzuvertrauen.

Das durfte nicht sein.

Er entschuldigte sich, ohne eine Antwort zu geben, und war sich der Tatsache bewusst, dass sie ihm hinterherblickte, als er ging.

So sehr ihm die Aussicht auch missfiel, Gaston würde vielleicht Rat bei Wulf suchen müssen, wie man das Herz einer Lady gewann. Wie es schien, war seine Frau sehr gut darin, seine Geheimnisse aufzudecken, und Gaston wünschte, ihr vollkommen vertrauen zu können. Wenn sie einmal daheim waren, würde er natürlich auch das Bett mit ihr teilen und seinen Schlaf brauchen.

Allerdings glaubte er nicht, dass die Strategie, die Wulf vorgeschlagen hatte – Ysmaines Leidenschaft zu wecken, so verheißungsvoll das auch klang – so erfolgversprechend war, wie ihr Herz zu gewinnen. Nein, dafür war Ysmaine zu praktisch veranlagt. Er musste sie überzeugen, ihn zu lieben, aber das musste er tun, indem er ihr bewies, welche Vorteile es hatte, ihn an ihrer Seite zu haben.

Obwohl Gaston wenig von solchen romantischen Unternehmungen verstand, war die Eroberung des Herzens einer Frau anderen Formen der Belagerung nicht unähnlich. Er würde sich als verlässlich erweisen und ihr Vertrauen gewinnen. Er würde sie ehrenhaft behandeln. Seine Bereitschaft, sie zu beschützten, hatte er schon bewiesen. Über seine Schulter warf er einen Blick auf ihr verblichenes Kleid und entschloss sich, sie ein wenig zu verwöhnen, wenn sie einmal Venedig erreichten. Er musste glauben, dass ihm das ihre Zuneigung einbringen würde.

Und ein Sohn in ihrem Bauch würde sicherstellen, dass sie loyal blieb.

Das war die Strategie seines Vaters gewesen, und in Ermangelung einer anderen war Gaston von ihrer Effektivität überzeugt.

Zu Wulfs Überraschung trat auf einmal Gaston an seine Seite. Sie standen beide allein am Heck des Schiffes und sahen zu, wie Akkon am Horizont hinter ihnen in den Schatten versank.

»Ich danke Euch, dass Ihr für den Schutz meiner Frau gesorgt habt«, sagte Gaston, sein Ton formell.

»Ich habe getan, was befohlen war, nicht mehr«, gab Wulf zu.

Gaston unterdrückte ein Lächeln, antwortete aber nicht.

»Sie trägt Gift bei sich, wisst Ihr.«

»Aye, das weiß ich.«

Wulf war verdutzt. »Und Ihr tut nichts dagegen?«

»Ich werde abwarten, was sie damit anfängt«, antwortete Gaston milde. »Der Besitz selbst ist kein Verbrechen.«

»Es ist vielleicht zu spät für Euch, wenn sie beschließt zu handeln.«

»Habt Ihr mich irgendetwas zu mir nehmen sehen, das sie mir gereicht hat?«

Wulf betrachtete den anderen Ritter. »Ihr beobachtet und wartet ab, und damit riskiert Ihr viel.«

Gaston zuckte die Schultern. »Ich würde mehr riskieren, wenn ich eine unbegründete Anschuldigung gegen meine Frau erhöbe.«

Das war wahr. Wulf musste eingestehen, Geduld hatte ihren Nutzen.

»Ihr habt in Akkon großes Glück gehabt«, sagte er, als das Schweigen zu lange anhielt.

»Es war der Ort, an dem ich in Outremer zuerst Dienst getan habe«, gestand Gaston. »Obwohl es reines Glück war, dass einer meiner damaligen Kameraden heute Nacht das Tor bewachte.«

»Ich bin erstaunt, dass es Euch gelungen ist, so schnell die Stadt zu durchqueren.«

Gaston nickte und wählte seine Worte mit Bedacht, bevor er sprach. »Ich vermute, es kann wenig Schaden anrichten, Euch zu erzählen, dass sie unter der Stadt einen Tunnel gebaut haben, um den Tempel und den Hafen miteinander zu verbinden. Er ist nicht vollendet, aber er war passierbar.«

Wulf sog scharf den Atem ein. »Brillant! Es mag ihnen bei dem bevorstehenden Angriff helfen.«

»Vielleicht, obwohl sie noch immer für eine Belagerung anfällig sein werden.«

»Was wisst Ihr noch, das Ihr mir nicht anvertraut?«, fragte Wulf, ohne ernstlich mit einer Antwort zu rechnen.

Er bekam auch keine.

Wulf betrachtete den Ozean hinter ihnen, erleichtert, dass er keine anderen Schiffe in dieselbe Richtung segeln sehen konnte. »Wer auch immer uns gefolgt ist, wir haben ihn anscheinend zurückgelassen«, murmelte er.

Gaston runzelte die Stirn. »Vielleicht hatten sie gar nicht die Absicht, uns zu verfolgen«, sagte er vorsichtig. Wulf schaute den ehemaligen Templer an, von dessen Tonfall überrascht. Er begriff nun, dass Gaston ein Mann mit beträchtlicher Erfahrung war, der viele Einzelheiten für sich behielt. »Ibrahim sagte mir, ein sarazenisches Mädchen sei mit der Hilfe von Christen aus der Stadt geflohen, am selben Tag, als wir aufgebrochen sind.«

»Warum sollte sie so etwas tun?«

»Ich vermute, dass sie nicht mit dem Ehegatten einverstanden war, den man für sie gewählt hatte. Er sprach davon, ihr Brautpreis sei sehr hoch und ihre Familie suche eifrig nach ihr.« Er wandte sich dem anderen Ritter zu. »Er ließ mich schwören, dass sie kein Teil unserer Gruppe sei.«

»Ein Mädchen? Aber Eure Frau und ihre Zofe sind die einzigen Frauen.«

Gaston nickte nachdenklich. »Das habe ich ihm auch gesagt. Er ließ mich auf die Reliquie in meinem Schwert schwören.«

Wulf drehte sich wie beiläufig um und betrachtete das Schiffsdeck. Sein Blick fiel auf die Mitglieder ihrer Gruppe, dann verzog er das Gesicht, als er sah, dass sich Fergus' kleinster Knappe gerade über die Reling übergab. »Anscheinend gibt es auf jeder Seereise jemanden, den die Übelkeit übermannt.«

Gaston folgte seinem Blick und nickte, bevor er sich umwandte, um zu beobachten, wie Akkon hinter ihnen verschwand.

»Habt Ihr den Brief noch?«, fragte Wulf.

»Natürlich.«

»Habt Ihr ihn gelesen?«

Gastons mahnender Blick enthüllte, dass er Wulfs Neugier nicht teilte. »Ich habe gelobt, es nicht zu tun.«

»Wisst Ihr, was wir sonst noch bei uns haben?«

Gaston schüttelte den Kopf. »Wir haben geschworen, es zu beschützen, auch ohne zu wissen, worum es sich handelt, und ich werde meinen Eid halten.«

»Wisst Ihr, wo es sich befindet?«

»Ich kann es erraten«, gab der andere Ritter zu. Er vermied es dabei so sorgsam, ihre Reisegefährten anzusehen, dass Wulf sich sein Verhalten zum Beispiel nahm.

Doch er hatte dasselbe gesehen wie Gaston. Obgleich er sich übergab, hielt der Junge dabei eine von Fergus' Satteltaschen fest an sich gepresst. Bei dem Gestank, der von ihm ausging, würde niemand, der sie an sich nahm, seine Tat verbergen können.

Wulf lächelte und wandte sich zu der Stadt um, die hinter ihnen verblasste, zufrieden, dass er nicht in der Gesellschaft eines Narren reiste.

»Erzählt mir von Akkon«, lud er Gaston ein. »Ich habe dort nie gedient.«

～

ETWAS LAG IN DER LUFT.

Ysmaine konnte es förmlich riechen, und der Gestank der Intrige wurde mit jedem Tag stärker. Gaston wich ihr aus, wenn sie ihm Fragen stellte, was bedeutete, dass etwas im Gange war.

Wenn nicht, hätte er es geradeheraus abgestritten. Sie respektierte sein Beharren auf Ehrlichkeit sehr und wusste, er würde die von ihm selbst gestellten Bedingungen erfüllen. Doch dass er nicht vorhatte, ihr die volle Wahrheit anzuvertrauen, war offensichtlich.

Ysmaine wiederum war entschlossen, ihm zu beweisen, dass sie vertrauenswürdig war und mehr als Kinder zu ihrer Ehe beizusteuern hatte. Sie machte ihm keine Vorwürfe, weil er eine gewisse Skepsis hegte, was den Nutzen einer Frau anging, nicht wenn er fast zwanzig Jahre allein unter Männern verbracht hatte, aber sie zweifelte nicht daran, dass sie ihn eines Besseren würde belehren können. Er mochte nicht an den Wert von Partnerschaft glauben, aber den würde sie ihm beweisen.

Wenn ihre Strategie fehlschlug, würde sie seine Mutter besuchen, ganz gleich, wo dieses Kloster lag.

Das Schiff war zwar größer als alle, auf denen Ysmaine bisher gereist war, dabei aber nicht riesig. Die Pferde standen eng nebeneinander auf dem Deck angebunden, und ein einziges Lateinersegel wehte über ihnen im Wind. Das Schiff besaß einen Laderaum, doch dieser war so vollgepackt, dass sie bezweifelte, ob auch nur eine Ratte dort Unterschlupf finden konnte. Die Luke war bereits geschlossen gewesen, als sie an Bord gekommen waren, also hatten sie ihren Besitz an Deck festgebunden und in der ersten Nacht daneben geschlafen. Ysmaine vermutete, sie war nicht die Einzige, die sich in Erinnerung rufen musste, dass sie zumindest nicht in einer Stadt gefangen waren, der eine Belagerung durch die Sarazenen bevorstand.

In jener ersten Nacht wickelte sie sich in den Mantel, den Gaston ihr in Jerusalem geschenkt hatte, und rollte sich mit Radegunde neben Gastons Satteltaschen zusammen. Er ging noch lange, nachdem die Sterne am Himmel standen, auf und ab, sprach mit den anderen Männern in ihrer Gruppe und mit dem Kapitän. Ysmaine beobachtete ihn, bis ihr die Augenlider herabsanken. Sie vermutete, er sammelte Informationen. Es quälte sie, dass er sein Bein nicht schonte und sich ausruhte, selbst jetzt, aber sie würde einen passenden Moment wählen, um eine Bemerkung dazu zu machen.

Was war die Mission ihres Mannes? Dass Gaston einen Brief bei sich trug, wusste sie ja, aber es musste mehr sein als das. Sie wartete, wollte ihn nach den Einzelheiten fragen, aber es kam ihr so vor, als würde ihr Mann ihre Fragen vorhersehen und ihr aus dem Weg gehen.

Unter den Sternen schlief sie ein, unfähig, länger wach zu bleiben. Irgendwann in der Nacht bemerkte Ysmaine entfernt, dass Gaston sie auf seinen Schoß zog. Sie kannte seinen Geruch, und seine Wärme war mehr als willkommen. Tatsächlich schlief sie in seinen Armen tief ein, zufrieden, endlich in Sicherheit zu sein.

DIENSTAG, 7. JULI 1187

FESTTAG DER SANKT ETHELBERGA UND DES
SANKT THOMAS VON CANTERBURY

Beim ersten Licht erwachte Ysmaine neben Radegunde, die wie immer leise schnarchte. Gaston stand am Bug des Schiffes und beobachtete die See vor ihnen. Es sah aus, als würde es ein klarer Tag werden. Ysmaine erhob sich und ging zu ihm.

»Guten Morgen«, sagte er, ohne sich umzudrehen, als sie ihn erreicht hatte.

»Hast du überhaupt geschlafen?«

»Ein wenig.« Er ließ forschend den Blick über sie gleiten. »Und du?«

»Ich war müde genug, um überall zu schlafen, fürchte ich.« Ysmaine lächelte. »Das Schiff ist überfüllt – nicht, dass ich nicht dankbar für die Passage bin. Wirst du mir erzählen, wie alles nun weitergehen soll?«

Er musterte sie, dann nickte er als Zeichen, dass er ihre Frage verstanden hatte. Es erwies sich, dass sie auf dem Weg nach Venedig in mehreren Häfen anlegen würden, und der Kapitän schätzte, ihre Reise würde vierzehn Tage dauern. Das Schiff war zu klein, um viele Vorräte an Bord zu nehmen, und auf dieser Reise waren es noch weniger als üblich. Sie würden frisches Wasser für sich und die Pferde brauchen, genau wie Nahrung. Der Kapitän hatte vorgeschlagen, in Tripolis haltzumachen – um sich mit Vorräten wie auch mit den neusten Nachrichten einzudecken – sowie in Zypern, Kreta und Ragusa. Sie würden höchstens vier bis fünf Tage segeln, ohne einen Hafen anzusteuern. Er rechnete zu dieser Jahreszeit mit ruhiger See, obwohl natürlich immer die Möglichkeit eines Sturms bestand.

Ysmaine bemerkte, dass Fergus' neuester Knappe sich bereits über die Reling übergab, selbst in diesen vergleichsweise ruhigen Gewässern. Es sagte viel über die Ergebenheit des Jungen gegenüber seinem Ritter aus, dass er dabei noch immer tapfer eine der Satteltaschen behütete.

Es gab keinen Abtritt, wie Ysmaine bemerkt hatte, aber Gaston hatte sich bereits nach so mundanen Einzelheiten erkundigt. Wie es schien, benutzten die Seeleute Eimer, die im Bug verstaut wurden, und schütteten den Inhalt über die Seite, wenn es nötig war. Gaston hatte bereits darauf bestanden, dass ein solcher Eimer ausschließlich ihr und Radegunde zugewiesen wurde, und hatte mit einem alten Seil einen Platz neben dem Bug abgetrennt.

»Es kommt einem Abort so nahe, wie es an einem solchen Ort geht«, sagte er ein wenig entschuldigend.

Sie lächelte ihn an. »Ich danke dir sehr für deine Voraussicht. Und ich möchte dich um einen weiteren Gefallen bitten.«

Gaston hob die Augenbrauen.

»Könntest du herausfinden, ob ich mir von der Mannschaft einen Mörser und einen Stößel borgen kann? Außerdem brauche ich eine kleine Flasche sauren Wein, wenn das geht.«

Sein Blick wanderte über sie, und sie konnte sehen, wie er sich bewusst entschied, sie nicht nach den Gründen zu fragen. Zweifellos dachte er, dass sie ihn für irgendwelche intimen Zwecke brauchte. »Ich bin sicher, beides lässt sich bewerkstelligen.«

»Danke.«

»Es gibt noch Brot und Käse, ein bisschen Hartwurst und Bier, wenn du und Radegunde euer Fasten brechen wollt.«

»Das werden wir, wenn du mir ein Moment Zeit gibst.«

Er verbeugte sich, und Ysmaine kehrte zu ihrer gerade erwachenden Zofe zurück und setzte sie ins Bild. Sie sah, wie Bartholomew sich von seinem improvisierten Bett erhob und ihr einen Blick zuwarf, der nicht gerade den Eindruck machte, als würde es im Haushalt ihres Mannes in Zukunft friedfertig zugehen.

Ysmaine war Gastons Gattin, und sie kannte ihre Rolle. Sie musste mit allen in seinem Haushalt und in seinen Diensten eine Allianz eingehen, selbst mit diesem Knappen, der so entschlossen war, schlecht über sie zu denken.

Zweifellos teilten sie die Sorge um Gastons Wohlergehen.

Zweifellos konnten sie auf dieser Grundlage ein Einvernehmen finden.

BARTHOLOMEW HÖRTE, wie sich jemand in der Nacht übergab, begriff aber nicht vor dem Morgen, dass es Leila gewesen war. Seit ihrer Abreise hatte er es nicht gewagt, offen mit ihr zu sprechen, aber er benutzte ihre Seekrankheit als Grund dafür, es nun zu tun.

Er hoffte, es sei nur ein Vorwand, damit die anderen ihr fernblieben.

Der Geruch nach Pferdemist, der von ihrer Kleidung ausging, war inzwischen so beißend, dass ihm die Tränen in die Augen stiegen, als er sich ihr näherte. »Du hast schon eine gute Taktik, um andere fernzuhalten«, sagte er leichthin. »Eine zweite brauchst du nicht.«

Leila wandte sich zu ihm um, und er erkannte auf einen Blick, dass sie ihr Unwohlsein nicht nur spielte. »Ich bin noch nie auf einem Schiff gewesen«, sagte sie. »Und ich wünsche auch, es nie wieder zu sein.«

Falls sie mehr sagen wollte, blieb ihr keine Chance dazu, denn sie musste sich erneut übergeben.

Bartholomew fühlte sich schlecht, denn er genoss die frische Luft und den Wind.

»Wie kannst du noch immer deinen Magen entleeren?«, fragte er und stellte sich neben sie an die Reling. »Wir haben die letzten Tage gar nicht so viel gegessen.«

»Ich weiß nicht«, sagte sie, ganz offensichtlich elend. »Schlimmer noch, ich glaube, Kerr hat die Wahrheit erraten.«

Bartholomew war sofort alarmiert. »Welche Wahrheit?«

»Über mich, du Narr.« Leila war selten so offen verächtlich, aber sich so schlecht zu fühlen, konnte einen schon ungeduldig werden lassen.

»Das ist weniger überraschend, als du vielleicht denkst, denn er strebt danach, alles zu erfahren, was er nicht erfahren sollte, und schert sich nicht darum, auf welchem Wege.«

»Ich hatte gehofft, es würde länger dauern, bis man mich entdeckt.« Sie spuckte erneut. »Ich hatte gehofft, ein wenig stärker und gesünder zu sein, wenn der Zeitpunkt käme, mich verteidigen zu müssen.«

»*Ich* werde dich verteidigen.«

»Wenn du die Chance dazu hast.«

Ihre Stimmung war diesen Morgen eindeutig finster. »Bereust du deine Entscheidung?«

Leila schüttelte heftig den Kopf. »Ich würde noch weitaus mehr auf mich nehmen, wenn es nötig wäre.«

»Sei vorsichtig, was du dir wünschst«, neckte Bartholomew, und ihr gelang ein Lächeln.

»Wie du es auch hättest sein sollen. Du wolltest nach Frankreich zurückkehren, und nun sieh, welchen Preis du bezahlst.«

Bartholomews gute Laune verflog sofort. »Ich dachte, wir würden mit dem Orden zurückkehren, um im Tempel in Paris Dienst zu tun.« Dieses Mal spuckte *er* über die Reling. »Nicht, dass Gaston gezwungen würde zu heiraten.«

»Er wurde nicht gezwungen.«

»Er braucht einen legitimen Erben. Wie soll er das ohne eine Ehefrau anstellen?«

»Er sieht sehr zufrieden aus, und sie war offenbar froh, dass er noch am Leben ist. Vielleicht ist es eine gute Ehe.«

Bartholomew gab sich damit zufrieden, finster auf den Horizont zu starren, denn ihn stimmten diese neuen Umstände ganz und gar nicht froh.

»Du hast letzten Abend deiner Lady gegenüber keine Umschweife gemacht«, fuhr Leila fort, als versuchte sie, sich dadurch von ihrem Unwohlsein abzulenken.

»Sie ist nicht *meine* Lady«, gab Bartholomew zurück. Leila schaute zu ihm, als wollte sie ihn korrigieren, dann wanderte ihr Blick über seine Schulter, und ihre dunklen Augen weiteten sich.

Als sie ihn unauffällig gegen das Schienbein trat, wusste Bartholomew bereits, was – oder vielmehr, wen – er entdecken würde, wenn er sich umdrehte.

Er seufzte und tat es. Es tröstete ihn nicht zu entdecken, dass er richtig lag. Lady Ysmaine stand nur zwei Schritte entfernt, ihr Blick so aufmerksam, dass er wusste, sie hatte seine Worte gehört.

Er fragte sich, ob sie ihn tadeln oder vorgeben würde, sie hätte nichts gehört, oder, schlimmer noch, sich bei Gaston über seine Unhöflichkeit beschweren würde. Sicher würde sie doch nicht dafür sorgen, dass man ihn entließ? Er verbeugte sich, wohl wissend, dass Leila sein Unbehagen genoss.

Die Lady trat näher, das Kinn erhoben, und in ihm regte sich Furcht. »Euch beiden einen guten Morgen«, sagte sie, dann nickte sie Leila zu, bevor Bartholomew mehr tun konnte, als eine Erwiderung zu murmeln. »Dein Unwohlsein ist mir nicht entgangen. Ihr könntet Euren Ritter Fergus bitten, sich zu erkundigen, ob es an Bord Fenchelsamen gibt. Wenn nicht, können wir sie im nächsten Hafen erwerben.«

»Fenchelsamen, Mylady?«, wiederholte Bartholomew, der wusste, dass man ihm sein Misstrauen anhörte.

Die Lady musterte ihn kühl. »Also bin ich doch Eure Lady. Ich bin froh, das zu hören.« Leila lachte leise, verbarg ihre Reaktion jedoch durch ein Husten, während Bartholomew spürte, wie er errötete. »Aye, Fenchelsamen zu kauen, soll gegen Seekrankheit helfen. Als wir nach Outremer segelten, war ein Kaufmann an Bord, der sie zu hohem Preis jenen verkaufte, die daran litten.« Die Lady warf einen Blick zu dem Händler Joscelin hinüber, der gerade aufwachte. »Vielleicht hat sogar unser Händler ein paar davon übrig, auch wenn Gott allein weiß, was er dafür nehmen wird.«

»Ich danke Euch für Euren Rat, Mylady«, sagte Leila und verbeugte sich dann. »Eine Linderung wäre sehr willkommen.«

»Das nehme ich an, vor allem, da mein Ehemann denkt, unsere Reise werde vierzehn Tage dauern.«

Leila stöhnte und beugte sich erneut über die Reling.

Es gelang ihr, Bartholomew noch einmal mit dem Fuß anzustupsen, und er wusste, sie lag richtig.

Er räusperte sich. Dabei war er sich der Tatsache bewusst, dass Gastons Lady auf seine Entschuldigung wartete. Dass Frauen so unumwunden ihre Rechte einforderten, hatte er nicht gewusst, doch er respektierte diese Eigenschaft. »Ich muss Euch um Verzeihung bitten, Mylady, und das tue ich hiermit.«

»Ich danke Euch, Bartholomew.« Lady Ysmaine lächelte flüchtig. »Ich kann Euch Eure Reaktion nicht verübeln, denn sie wurzelt in dem Verlangen, für das Wohlergehen meines Ehemanns zu sorgen. Dieses Ziel teilen wir, auch wenn es Euch vielleicht nicht so vorgekommen ist.«

»Aye, Mylady.« Bartholomew war von ihren Absichten nicht völlig überzeugt.

»Deshalb möchte ich Euch zeigen, was ich mit dem erworbenen Kraut vorhabe, damit auch Ihr lernt, wie man die Tinktur herstellt, die ihm Linderung verschaffen soll. Sie ist für alle Kämpfer nützlich, denn es ist nun einmal ihr Schicksal, Verwundungen zu erleiden, und ihre Körper erinnern sich umso stärker daran, je älter sie werden.« Das Lächeln erhellte ihr Gesicht. »Mein Großvater pflegte zu sagen, es sei ein großes Geschenk für einen Kämpfer, alt zu werden, selbst wenn Gebrechen und Schmerzen damit einhergingen, denn die Alternative sei weitaus weniger wünschenswert.«

Leila lachte und musste prompt erneut würgen.

Bartholomew legte ihr die Hand auf den Rücken, bis der Drang verging, und sie lehnte sich offenkundig erschöpft gegen die Reling. Die Lady beobachtete sie dabei, und Bartholomew fürchtete, was Ysmaine vielleicht wahrnahm. Als sie die Hand hob und winkte, fürchtete er erneut das Schlimmste und vermutete, dass der Lady das auffiel.

Eilig kam Lady Ysmaines Zofe herbei.

»Radegunde, würdest du bitte Lord Fergus ausrichten, dass sein Knappe Laurent Fenchelsamen benötigt? Bestimmt lassen sich auf dem Schiff welche auftreiben, und wenn man sie von Meister Joscelin kauft. Spätestens, wenn wir in Tripolis anlegen, können wir welche erwerben. Der Junge ist sehr krank.«

»Natürlich, Mylady.«

Ein Teil der Anspannung wich aus Bartholomews Schultern, denn er konnte Ysmaine keineswegs verübeln, dass sie so aktiv an Leilas Schicksal Anteil nahm.

»Und nun, Bartholomew«, sagte sie, »würde ich gern wissen, welche Pläne Ihr verfolgt.«

»Pläne? Ich diene meinem Ritter ...«

»Aber Ihr seid alt für einen Knappen«, unterbrach sie ihn. »Wie viele Sommer habt Ihr erlebt?«

»Dreiundzwanzig, Mylady.«

Sie betrachtete ihn mit aufrichtig wirkender Neugier. »Wie seltsam, denn mein Ehemann hat mir erzählt, er habe seine eigenen Sporen schon mit fünfzehn Sommern verdient. Solltet Ihr das inzwischen nicht auch getan haben?«

Es war beschämend, eingestehen zu müssen, dass er weder über eine Familie noch über Geld verfügte, aber Bartholomew tat es dennoch. Im Templerorden hatte seine Herkunft keine Rolle gespielt, aber er wusste sehr gut, dass sie es im weltlichen Leben tat. »Ich habe keinen Patron.«

»Keinen Onkel?«, fragte die Lady. Er fragte sich, was sie von ihm verlangen würde zu enthüllen. »Keinen Freund Eures Vaters, der Euch wohlgesonnen ist?«

Bartholomew schüttelte den Kopf. »Nur meinen Ritter.«

»Aber sicher habt Ihr in seinen Diensten viel gelernt?«

»In der Tat! Aber ein Bruder des Ordens kann keinen anderen Knappen protegieren. Es ist eine weltliche Pflicht.«

»Natürlich.« Lady Ysmaine neigte den Kopf, um ihn gründlich zu mustern, als wollte sie nicht, dass ihr auch nur eine seiner Gefühlsregungen entging. »Aber mein Ehemann ist nun ein Baron seiner eigenen Ländereien. Ich bin sicher, er könnte Euch den Ritterschlag verleihen.«

Obgleich der Gedanke ihm gefiel, schüttelte Bartholomew den Kopf. Er wusste es besser, als auf etwas zu hoffen, das er nicht haben konnte. »Aber ich habe kein Land, Mylady, deshalb gibt es wenig Grund, von einem anderen Mann zu verlangen, solche Kosten auf sich zu nehmen. Ich möchte gern weiter Mylord Gaston dienen.«

»Ihr solltet Eure Zukunft nicht verschenken, Bartholomew.« Ihr Ton war ernst, und sie verzog missbilligend die Lippen.

Bartholomew begann zu fürchten, sie würde ihn aus Châmont-sur-Maine hinauswerfen, sobald sie dort waren, als Lohn für seine Anschuldigungen gegen sie. »Ich möchte weiter Gaston dienen«, wiederholte er mit lauterer Stimme. »Mich gelüstet es nicht nach einem Leben als Söldner ...«

»Wenn Ihr ihm als *Ritter* dienen würdet, wäre Euer Lohn ausreichend, um zu heiraten«, sagte die Lady und unterbrach damit seinen Protest. »Ihr seid nicht länger ein Junge, Bartholomew, und der Ehrgeiz eines Jungen reicht nicht aus. Ihr solltet die Belohnung erhalten, die Eurer Ausbildung und Euren treuen Diensten angemessen ist. Ich werde mit Gaston darüber sprechen.«

Er blinzelte erstaunt und gestand ihr seine Befürchtung ein, bevor er sich davon abhalten konnte. »Ihr werdet mich nicht hinauswerfen?«

Lady Ysmaine runzelte überrascht die Stirn. »Den Mann hinauswerfen, der meinem Ehemann jahrelang treu gedient hat? Das denke ich nicht, Bartholomew. Wir kehren zu einer Burg zurück, die mein Gemahl vor fast zwanzig Jahren verlassen hat. Wie es mit der Loyalität der dortigen Dienstboten bestellt ist, ist keineswegs klar. Seine Rückkehr wird bei den Daheimgebliebenen möglicherweise nicht auf Gegenliebe stoßen.«

Bartholomew hatte noch nicht in Betracht gezogen, dass irgendjemand sich nicht über Gastons Ankunft freuen könnte.

Die Lady lächelte ihn an. »Gaston braucht vielleicht jeden Verbündeten, den er finden kann. Wollen wir – Ihr und ich – die ersten unter ihnen sein?« Sie reichte ihm den Mörser und den Stößel. In ihrem Blick lag keinerlei Tadel.

Bartholomew schüttelte den Kopf. »Warum vergebt Ihr mir so einfach?«

»Weil es sich für die Ehefrau eines Lords geziemt, in seinem Haushalt für Eintracht zu sorgen. Mein Ehemann begreift noch nicht, wie wichtig diese Rolle ist, aber ich werde es ihn lehren. Er vertraut Euch, und so werde ich es auch tun.«

»Und diese … Arznei, die ich Euch helfen soll zuzubereiten, sie wird ihm nicht schaden?«

»Sie wird ihm Linderung verschaffen.«

Leila wandte sich um. Obwohl sie blass war, leuchteten ihre Augen. »Ich würde gern mehr über diese Arznei erfahren, Mylady, wenn Ihr es mich lehren würdet.«

»Sehr gern.«

»Kann man sie auch für Pferde benutzen?«

Die Lady dachte darüber nach und nickte schließlich. »Ich wüsste nicht, was dem im Wege stünde. Die Tinktur wärmt die Haut und schließlich auch die Muskeln. Meine Großmutter sagte, sie lenke die Heilkraft an den Ort, an dem sie nötig sei, und betäube die entsprechende Stelle, sodass der Patient zeitweilig von seinem Schmerz befreit würde.«

»Das wäre sehr nützlich«, sagte Leila. »Schmerz kann einen vom Schlafen abhalten, was die beste Medizin von allen ist.«

Lady Ysmaine nickte. »Aber dieses Kraut muss mit Vorsicht behandelt werden«, fuhr sie fort. »Es ist in der Tat ein Gift, genau, wie Fatima sagte. Meine Großmutter behauptete, es lehre die Lektion, dass sich selbst in der größten Schlechtigkeit noch etwas Gutes verbirgt.«

Bartholomew nahm ihr den Mörser und den Stößel ab. »Dann werde ich Euch helfen, Mylady, und die Herstellung dieser Arznei lernen.«

Sie lächelte. »Und wir werden Verbündete sein, wenn es darum geht, für das Wohlergehen meines Mannes zu sorgen.«

Zu Bartholomews Überraschung bot sie ihm dann die Hand wie ein Ritter, der eine Wette besiegelte. Er blinzelte einen Moment, aber es bedurfte nicht erst der Ermunterung durch Leila, um zu wissen, was die richtige Entscheidung war. Er schüttelte Ysmaines Hand und dachte dabei, dass sie gar nicht so unberechenbar war. Die Festigkeit ihres Händedrucks gefiel ihm.

Dann brachte die Zofe die Fenchelsamen. Bevor Leila sie in den Mund nahm, zeigte ihnen die Lady, wie sie sicher sein konnten, dass es auch die richtige Sorte war, und lehrte sie, das Aussehen und den Geruch des Fenchels zu erkennen. Als Leila einmal auf den Samen herumkaute, holte die Lady eine getrocknete Wurzel aus dem kleinen Säckchen, das Bartholomew sie aus Fatimas Geschäft hatte mitnehmen sehen. Die Wurzel sah für ihn nicht anders aus als andere ihrer Art, aber Ysmaine zeigte ihnen, wie man sie an der Form erkannte, und brach sie dann entzwei, damit sie daran riechen konnten.

Dann übertrug sie Bartholomew die Aufgabe, die getrocknete Wurzel so fein zu zerstoßen, wie er konnte.

Erst in diesem Moment fiel ihm auf, dass Gastons Frau auf eine ähnliche Weise unterrichtete wie der Ritter selbst. Sie war geduldig und fand klare Worte, erklärte, worum es ging, ohne herablassend oder zu kurz angebunden zu sein.

Er dachte an ihre Pläne für seine Zukunft, die weit über das hinausgingen, was er in Betracht gezogen hatte. Er war allein auf der Welt, ohne Angehörige oder ein Einkommen, und sein ganzes Leben lang hatte er gewusst, dass er seines eigenen Glückes Schmied war. Konnte er den Tod seiner Familie rächen und das Erbe zurückgewinnen, dass ihm einstmals im Falle eines Ritterschlags zugestanden hätte? Der Gedanke versetzte ihn in Aufregung. Er hatte nie damit gerechnet, triumphierend heimzukehren. Nie hatte er geglaubt, die Ereignisse der Vergangenheit ließen sich umkehren oder er könnte nach mehr streben, als seine aktuellen Umstände zuließen. Am Leben und in Sicherheit zu sein, war ein Segen.

Allein Gaston hatte ihm jemals Freundlichkeit erwiesen.

Aber wie es schien, wollte Gastons Frau das Gleiche tun.

Und ein solches Geschenk war zu kostbar, um es zu verschmähen.

SEINE LADY HECKTE ETWAS AUS. Dessen war sich Gaston sicher. Was für eine Tinktur wollte sie da anrühren? Er schenkte Bartholomews Anschuldigungen heute nicht mehr Glauben, als er es in Jerusalem getan hatte. Er konnte sich noch erinnern, wie die Frauen daheim zu irgendwelchen Zwecken nach saurem Wein verlangt hatten, und würde nicht nach Einzelheiten fragen. Stattdessen sorgte er einfach dafür, dass die Bitte seiner Frau zu dem Zeitpunkt, als sie von ihren morgendlichen Verrichtungen zurückkehrte, erfüllt war, und wurde mit ihrem Dank und ihrem Lächeln belohnt.

Nachdem sie gefrühstückt hatte, entschuldigte sich Ysmaine und ging zu seiner Überraschung zu Bartholomew hinüber. Er wäre ihr vielleicht gefolgt, aber in diesem Moment kam Wulf zu ihm. Es gab zu viel zu besprechen, und Gaston begrüßte die Chance, es tun zu können, während der Wind so stark war, dass niemand anders hören würde, wie sie sich berieten.

Dennoch beobachtete er seine Frau und seinen Knappen, allerdings, ohne es sich anmerken zu lassen. Er kannte Bartholomew gut genug, um zu bemerken, wie dessen Wachsamkeit Ysmaine gegenüber allmählich nachließ, und fragte sich, was sie wohl zu ihm sagte.

Er hatte keine Ahnung, nicht, bis Bartholomew ihn später am Tag selbst aufsuchte.

»Eure Lady hat einen Vorschlag gemacht, der mir gefällt«, sagte Bartholomew. Der Glanz in seinen Augen verriet Gaston, dass der jüngere Mann Aufregung verspürte.

»Tatsächlich? Wird sie mir davon erzählen?«

»Sie sagte, ein Mann solle seine Zukunft nicht verschenken, und das werde ich auch nicht tun.« Bartholomew straffte die Schultern, während Gaston ihn verblüfft ansah. »Ich werde Euch meinen Wunsch schildern. Würdet Ihr mich zum Ritter ausbilden, Sir?«

Gaston keuchte auf, so perfekt war die Idee. Er war zu sehr daran gewöhnt, die Welt nur als Ordensbruder zu sehen und hatte bisher kaum daran gedacht, welche neuen Möglichkeiten ihm nun offenstanden. Aber Ysmaine hatte recht. Als Baron konnte er Bartholomew den Ritterschlag erteilen.

Der jüngere Mann deutete sein Erstaunen als Zweifel und beeilte sich, die Stille zu brechen. »Ihr ist aufgefallen, dass Ihr den Orden verlassen habt und somit die Rechte eines weltlichen Lords besitzt, also könnt Ihr Knappen ausbilden und zum Ritter ernennen …«

»In der Tat, das kann ich!«, unterbrach ihn Gaston erfreut. »Und ich bin meiner Lady dankbar, dass sie mich an meine neuen Privilegien erinnert. Ist das also dein Wunsch?«

»Aye.« Bartholomew erwiderte seinen Blick. »Sie sagte, ich könnte dann in Eure Dienste treten, denn Ihr würdet verbündete Kämpfer brauchen, um Eure Ländereien zu verteidigen.«

»Ja, das werde ich.« Gaston nickte mit echter Freude. »Das ist ein kluger Gedanke. Ich bedauere nur, dass ich nicht früher darauf gekommen bin.«

»Ich werde trainieren …«

»Du hast deine Ausbildung bereits absolviert, Gaston. Du bist des Ritterschlags so würdig wie jeder andere.« Gaston lächelte den jüngeren Mann herzlich an. »Und wirklich, kein anderer Mann hat ein so tapferes Herz.«

Röte kroch Bartholomew in den Nacken, und er schluckte. Ein anderer Teil des Plans bereitete ihm Bauchgrimmen.

»Was quält dich?«, fragte Gaston leise.

»Obwohl es mein Herzenswunsch ist, mir meine Sporen zu verdienen, möchte ich mehr tun, als in Eurem Haushalt zu dienen. Ich werde Euch nicht im Stich lassen …«

»Wonach verlangt es dich, Bartholomew?«

»Nach Hause zurückzukehren. Meine Mutter und meinen Vater zu rächen.« Ein entschlossenes Glitzern trat in Bartholomews Augen. »Ich glaubte nicht, dass ich je die Gelegenheit dazu haben würde, aber nun will ich sie ergreifen.«

Gaston runzelte die Stirn, während er sich an den schmutzigen Straßenjungen erinnerte, der in Paris darauf bestanden hatte, ihm zu Diensten zu sein. »Ich dachte, du seist eine Waise.«

»Das bin ich, aber ich bin nicht von gewöhnlicher Herkunft.« Bartholomew lächelte. »Und ich bin kein Franzose.«

Gaston betrachtete seinen Knappen staunend. »All diese Jahre, und ich habe die Wahrheit nie gekannt!«

»Zuerst habe ich es nicht gewagt, sie einzugestehen, weil ich von dem Lord gejagt wurde, der das Land meines Vaters gestohlen hat.« Bartholomew zuckte die Schultern. »Und dann schien es egal zu sein. In Euren Diensten und denen des Ordens hatte ich ein neues Leben gefunden und dachte, so würde es bleiben. Ich war damit mehr als glücklich.« Er hob den Blick, und seine Augen glänzten verdächtig. »Aber ein Ritterschlag! Ich kann meine Eltern rächen, vielleicht sogar zurückerlangen, was rechtmäßig mir gehört.« Dann wurde er ernster. »Aber ich möchte Euch nicht untreu werden, denn Ihr wart sehr gütig zu mir.«

Gaston lächelte. »Und ich möchte dir deinen Herzenswunsch nicht verwehren. Komm mit mir nach Châmont-sur-Maine, damit ich mehr Gelegenheit habe, dich zu beraten und deine Ausbildung zu vertiefen. Ich werde dich in der Kapelle dort zum Ritter schlagen.«

»Ich danke Euch, Gaston.«

»Du scheinst Mylady die Gelegenheit zu geben, dein Wohlwollen zu gewinnen.«

Bartholomew runzelte die Stirn. »Sie stellt eine Arznei her, von der sie sagt, sie würde Euch helfen. Ich habe vor, sie erst selbst auszuprobieren, um sicherzugehen, dass es ungefährlich ist, aber ich denke, Sir, dass ich an jenem Tag ihre Absichten möglicherweise missdeutet habe.« Er begegnete Gastons Blick. »Ich denke, sie wird Euch eine gute Frau sein, Sir.«

Gaston schlug dem jüngeren Mann auf die Schulter, froh, zu sehen, dass Bartholomew endlich ein Ziel zu haben schien – und das dank Ysmaine. »Ja, ich glaube, das wird sie.«

YSMAINE FAND, sie hätte auf dem Weg, das Vertrauen von Gastons Knappen zu gewinnen, Fortschritte gemacht. Sie hatte von Bartholomew viel über die Vergangenheit ihres Ehemanns erfahren, indem sie ihm bei der gemeinsamen Arbeit Fragen gestellt hatte. Ganz von allein schien sich zwischen ihnen ein Gleichgewicht einzustellen, bei dem abwechselnd einer fragte und der andere antwortete. Ysmaine fand ihn einen sehr sympathischen jungen Mann – obwohl er in Wirklichkeit älter war als sie, ordnete er sich stets unter und zeigte sich respektvoll. Er neigte zur Unsicherheit und zum Misstrauen, was wahrscheinlich eher durch seine eigene Vergangenheit bedingt war als durch die Erfahrungen, die er seither gemacht hatte.

Als er ihr anvertraut hatte, seine Eltern seien, als er noch jung gewesen war, ihres Besitzes beraubt worden, und er sei dem Bösewicht mit Mühe entkommen, verstand sie, warum er so unwillig war, anderen zu vertrauen. Der Übeltäter war anscheinend ein enger Freund seines Vaters gewesen.

Bartholomew war Gaston gegenüber vollkommen loyal. In Anbetracht dessen, dass sie achtzehn Jahre miteinander verbracht hatten, deutete Ysmaine dies als Zeichen des Charakters ihres Mannes. Dass Gaston den verarmten Jungen in Paris von der Straße gerettet hatte und sein Beschützer geworden war, war ein Zeichen seiner edlen Wesensart.

Der Knappe Laurent, dessen Zustand sich durch die Fenchelsamen verbesserte, war so klein und zierlich, dass Ysmaine ihn unter anderen Umständen für ein Mädchen gehalten hätte. Er hielt eine von Fergus'

Satteltaschen fest, als hinge sein Leben davon ab, sie unter allen Umständen zu schützen. Obwohl es die schlichteste von Fergus' vielen Taschen war und zweifellos die am wenigsten wertvolle, war sie schwer. Für den Jungen schien es von äußerster Wichtigkeit zu sein, dass er sie argwöhnisch bewachte, um das Vertrauen, das der Ritter in ihn setzte, nicht zu enttäuschen.

»Der Inhalt ist gewiss nicht wertvoll, Mylady«, gestand Laurent. »Aber ich sehe es als Prüfung meines Werts. Mylord kennt mich nicht so gut, wie es eigentlich sein sollte, aber ich werde mich beweisen.«

»Sie riecht, als wäre sie voller Pferdemist«, bemerkte Ysmaine, und der Junge lächelte.

»Vielleicht ist sie das, Mylady, aber ich werde Lord Fergus nicht enttäuschen.«

Ysmaine konnte nicht anders, als eine solche Entschlossenheit zu bewundern.

Für sie war es offensichtlich, dass Bartholomew gegenüber dem jüngeren und kleineren Knappen einen Beschützerinstinkt verspürte, eine weitere Eigenschaft, die von seiner wahren Wesensart zeugte. Als er ihr von den anderen Knappen erzählte, war sie von seinen entschiedenen Ansichten amüsiert und fühlte sich an den Tratsch und Klatsch in der Küche zu Hause erinnert. Die Bediensteten wussten viel mehr über ihre Herrschaft, als viele annahmen, und sehr viel mehr über einander.

Wulf hatte zwei Knappen, wie ihr aufgefallen war. Der ältere war größer und hatte helleres Haar als der andere. Stephen war eine Waise, was bedeutete, dass Bartholomew sich ihm auf gewisse Weise verbunden fühlte. Ysmaine hatte gemerkt, dass Stephen unbedingt gefallen wollte. Sie fragte sich, ob seine Bemühungen Wulf, der überaus fordernd erschien, je zufriedenstellten.

Wulfs jüngerer Knappe, Simon, war dem Orden als Laienbruder übergeben worden und wusste wenig über seine Familie. Es war nicht klar, wie es dazu gekommen war, dass er Wulf diente, denn Bartholomew erklärte ihr nachdrücklich, der Orden nehme keine Kinder als »Spende« an. Simon war rundlicher, hatte lockiges dunkles Haar und wirkte immer ein wenig schläfrig. Vielleicht hatten seine Eltern gedacht, er könne ein Mönch oder Laienbruder werden, und tatsächlich hatte er eine Fügsamkeit an sich, die Ysmaine mit einem geistlichen Leben in Einklang bringen konnte. Sie machte keine Bemerkung über Männer, die keine Erfahrung mit dem Leben in einer Familie oder der Gegenwart von Frauen hatten. Vielleicht war gerade dies etwas, das sie für ein Leben im Orden geeignet machte.

Everard reiste ohne einen Knappen, was ihn für Bartholomew uninteressant machte. Laurent vertraute ihr an, dass er wenig von dem Adligen hielt. Wie ihm aufgefallen war, war Everards Pferd nicht gut gefüttert, obwohl dieser gut betucht war, und Laurent gab zu, dem Tier heimlich besseres Futter gegeben zu haben.

Wie es schien, besaß Laurent eine große Affinität für Pferde. Er sprach lebhaft über die Wesensart der Tiere in ihrer Gruppe und den Wert der Zelter und ließ sich so begeistert über die richtige Pferdepflege aus, dass Ysmaine sich beinahe überwältigt fühlte.

Hamish war Fergus' jüngerer Knappe, ein Junge mit flammend rotem Haar und heller Haut. Nach seinem langen Aufenthalt im Osten hatte er zahlreiche Sommersprossen, und Bartholomew vertraute ihr an, Hamish sei über alle Maßen ungeschickt.

Kerr war Fergus' anderer Knappe, und Ysmaine sah sofort, dass Laurent Kerr nicht mochte. Er war blond und blauäugig, mit dem Gesicht eines Cherubs, aber er hatte etwas an sich, das auch Ysmaine beunruhigte. Bartholomew erzählte ihr, Kerr habe ein Verlangen danach, alles zu erfahren, was sich zutrug, und es kümmere ihn nicht, was er dafür tun müsse.

Ysmaine dachte an ihre eigenen Sorgen und beschloss, Kerr im Auge zu behalten.

Von Bartholomew abgesehen, waren die Knappen zwischen zehn und vierzehn Jahre alt. Der älteste war nur ein wenig jünger als Radegunde. Bartholomew vertraute ihr an, keiner von ihnen werde sich so bald die Sporen verdienen. Stephen sei nicht ausreichend mutig. Simon nicht geschickt genug mit der Klinge. Hamish würde es vielleicht nie gelingen, eine Klinge zu schleifen, ohne sie sofort danach fallen zu lassen. Zur Verzweiflung seines Ritters hatte er schon Scharten in viele gute Klingen geschlagen. Weder Bartholomew noch Laurent wollten sich zu Kerr und dessen Chancen äußern.

Endlich hatte Bartholomew ein ausreichendes Stück von der Wurzel zu feinem Pulver zermahlen. Der Wind war heute zum Glück nicht so stark, dass er die Frucht seiner Mühen davontrug. Unter den wachsamen Augen beider Knappen gab Ysmaine die gemahlene Wurzel in die Flasche mit dem sauren Wein. Radegunde hatte ein Stück Bienenwachs in den Händen, ließ es warm werden und versiegelte die Flasche damit. Ysmaine schüttelte sie gut.

»Ist das alles?«, fragte Bartholomew.

»Jetzt muss das Ganze ziehen«, sagte Ysmaine. »Die Kraft des Krauts muss in die Flüssigkeit wandern, damit die Tinktur gut wirkt.« Sie verzog das Gesicht in Richtung der Flasche. »Meine Großmutter ließ sie sechs Wochen stehen, aber sie wusste, woher das Kraut kam und welche Kraft es hatte. Ich werde es in einer Woche versuchen. Selbst, wenn es noch nicht hinreichend stark ist, mag es Gaston dennoch helfen.«

»Nein, ich werde es zuerst probieren«, beharrte Bartholomew, und Ysmaine stimmte bereitwillig zu.

»Gaston helfen?«, fragte dieser auf einmal hinter ihr, und Ysmaine wandte sich ihm lächelnd zu. Sein Blick wanderte zwischen ihr, der Flasche und seinem Knappen hin und her, bevor er ihrem begegnete.

»Wir haben eine Arznei für deine Hüfte bereitet«, sagte sie schlicht. »Obwohl es keine schlechte Idee wäre, wenn du weniger auf den Beinen wärst, sofern sich die Gelegenheit dazu bietet.«

»Und dabei bin ich hergekommen, um meine Frau einzuladen, mit mir die Aussicht zu genießen«, sagte er und reichte ihr die Hand. Ysmaine übergab Radegunde die Flasche, dann ging sie mit ihrem Ehemann zur Reling, wo er sie in seine Arme zog. Sein Körper wärmte ihren Rücken, als er die Arme zu beiden Seiten auf die Reling aufstützte, und ihr Herz machte einen Sprung. Sie spürte, wie sich in ihr diese wunderbare Wärme ausbreitete, die Verheißung eines Vergnügens, das sie noch nicht genossen hatte.

Und als Gaston ihr Worte ins Ohr murmelte, sein Atem heiß an ihrer Wange, und ihr von den Orten erzählte, an denen sie vorüberkamen, konnte sich Ysmaine keinen schöneren Platz auf der Welt vorstellen.

Sie hätte wissen sollen, dass diese Phase des Glücks nicht lange anhalten würde.

~

IN RAGUSA WAR Fracht ausgeladen und Platz im Laderaum geschaffen worden. Das Ausladen der Waren vereinfachte die Dinge erheblich. Joscelin hatte sein Gepäck nun dort untergebracht, genau wie Fergus. Die beiden waren sich sicher, dass ihr Besitz am wertvollsten war.

Der Verräter war nicht davon überzeugt.

Gaston hatte nur so wenig bei sich, dass man ihm sein kürzliches Ausscheiden aus einem mönchischen Orden glaubte. Bartholomew besaß noch weniger. Wulf reiste mit mehreren großen Taschen, die der Verräter bereits erfolglos durchsucht hatte, und einigen kleineren.

Der Mann, der sich Everard nannte, brachte sein Gepäck ebenfalls im Frachtraum unter und vergewisserte sich, dass er wusste, wo alles war, bevor er wieder an Deck ging.

Es hatte sich als unmöglich herausgestellt, das Gepäck der anderen Gruppenmitglieder zu durchsuchen, während alles an Deck verstaut war, oder zumindest, es unbeobachtet zu tun. Sie schliefen dicht an dicht, und es schien immer irgendjemand wach zu sein. Häufig war das der ewig wachsame Gaston. Es drängte sich der Verdacht auf, er und Wulf verfolgten einen Plan, nach dem immer einer von beiden wach blieb.

Der einzige Fortschritt kam durch eine genaue Bestandaufnahme, was die Anzahl der Gepäckstücke betraf, was weit entfernt war von einem zufriedenstellenden Ergebnis.

Mit dieser neuen Entwicklung jedoch änderte sich das alles, und der Betrüger brannte darauf, mehr zu erfahren. Als die meisten seiner Reisegefährten schliefen, schlich er sich in den Frachtraum, dankbar für den Schutz der Dunkelheit. Er wartete eine scheinbare Ewigkeit, dann entzündete er eine Kerze und durchsuchte schnell und effizient das Gepäck.

Er fand nichts von besonderem Interesse. Ganz sicherlich nicht den Brief, von dem er wusste, dass er der Gruppe anvertraut worden sein musste, der, den er unbedingt lesen wollte. Genauso wenig fand er irgendetwas, das dem legendären Schatz der Templer ähnelte.

Lag er falsch, was die wahre Mission der Reise anging?

Trug Wulf den Brief versteckt am Leib? Was stand darin? Obwohl es wirklich wichtigere Dinge zu berichten gab als das Geheimnis des Hochstaplers, war dies doch von größtem Interesse für ihn selbst. Er fürchtete, die Templer hätten irgendwie die Wahrheit in Erfahrung gebracht und würden sie gegen ihn verwenden, denn er traute ihnen nicht über den Weg. Er *musste* erfahren, was genau sie wussten, und brauchte irgendeinen Vorteil, der ihm erlaubte, zu verhandeln.

Aber erneut blieb ihm das verwehrt. Er zwang sich zum Nachdenken.

Wulf führte den Trupp an. In Venedig musste es dem Verräter irgendwie gelingen, seiner Ausrüstung habhaft zu werden. Der Ritter musste den Brief in seinen Kleidern versteckt haben oder am Leib tragen. Vielleicht hatte er sogar den Schatz bei sich. Wulf hatte gelernt, nur dann zu schlafen, wenn seine Knappen über ihn wachten, was das Erreichen dieses Ziel deutlich erschwerte.

Als der Betrüger Stimmen hörte, löschte er rasch das Licht. Er stellte fest, dass sich die Knappen an Deck über ihm stritten. Ihre Stimmen drangen durch den Spalt in der Luke, die er nicht ganz geschlossen hatte.

Er hätte wissen sollen, dass die Jungen die Geheimnisse ihrer Ritter kannten.

»Ich sage dir doch, es gibt einen Schatz«, beharrte einer von ihnen im Flüsterton. Der Verräter lauschte aufmerksam. »Der Präzeptor selbst hat ihn ihnen mit auf den Weg gegeben, und sie sollen ihn in den Pariser Tempel bringen.«

»Das denke ich nicht«, spottete ein zweiter Junge, ebenfalls flüsternd. »Einen Brief oder einen einzelnen Gegenstand, von mir aus, aber keinen echten Schatz!«

»Warum nicht? Jerusalem wird fallen. Das habe ich Gaston sagen hören, und Mylord Fergus stimmt zu.«

Dann war der erste Junge also einer der Knappen des Schotten. Dem Lauscher fiel es schwer zu glauben, dass es der Jüngere von beiden sein sollte, der rothaarige Knappe, der sich so ungeschickt anstellte. Nein, es musste der ältere sein, der Blonde, von dem der Verräter bereits annahm, dass er gern alle Geheimnisse aufdeckte. So hübsch seine Züge auch sein mochten, aber der Junge hatte etwas Verschlagenes an sich.

Diese Eigenschaft mochte sich als nützlich erweisen.

»Und was hat das damit zu tun?«, protestierte der andere Knappe. Sein Akzent ließ den Lauscher vermuten, dass es sich hierbei tatsächlich um den ungeschickten Hamish handelte. »Du weißt nicht, ob die Stadt wirklich angegriffen werden wird, und schon gar nicht, ob sie fällt. Du denkst, du wüsstest alles …«

»Sie haben den Templerschatz bei sich, du Dummkopf! Er war im Tempel in Jerusalem versteckt. Sie können ihn nicht den Sarazenen überlassen!«

»Aber der Schatz soll riesig und überwältigend sein. Kein Mensch hat je alles davon gesehen, und wir sind nur eine kleine Gruppe. Ich glaube, du erzählst ein Märchen.«

»Uns hat man das Beste davon mitgegeben«, flüsterte der erste Junge aufgeregt. »Das kostbarste Juwel von allen, um es in Sicherheit zu bringen.«

»Das denke ich nicht.«

»Ich schon! Ich werde es finden und es dir beweisen!«

»Wenn du es findest, wirst du es verkaufen.«

Die beiden Jungen stritten weiter, dann mahnten sie sich gegenseitig zur Stille. Der Lauscher dachte erneut über den Inhalt des Frachtraums nach und begriff, dass der Templerschatz sich nicht in dem hier gelagerten Gepäck befand.

Wo dann?

Er würde Kerr den Rest der Reise über beobachten für den Fall, dass der Knappe die Beute entdeckte. Und sobald wie möglich würde er Wulfs persönliches Gepäck nach dem Brief durchsuchen. Das war weniger, als er auf der Seereise zu erreichen gehofft hatte, aber es würde genügen müssen.

In Venedig bot sich ihm vielleicht die Gelegenheit, die er suchte.

ALS DAS SCHIFF sich schließlich Venedig näherte, war die Stimmung gereizt. Es war eng an Bord, das Essen war schlecht und die Tage blieben heiß. Ysmaines Hände waren erst rosafarben, dann braun geworden, und sie zweifelte nicht daran, dass es ihrem Gesicht ebenso ging.

Im Gegensatz zu Bartholomew, der sich zunehmend lebhaft mit ihr unterhielt, blieb ihr Ehemann schweigsam und wahrte seine Geheimnisse. Ysmaine nahm an, eine andere Frau hätte dies für seine Natur gehalten, aber sie vermutete, er hatte dieses heimlichtuerische Verhalten von den Templern gelernt. Ihr blieb nur, seine Zweifel durch ihr eigenes Handeln zu zerstreuen.

Glücklicherweise besaß Ysmaine ein unseliges Maß an Beharrlichkeit.

Obwohl sie mehrere Häfen ansteuerten, war ihr Essen rationiert, und sie war nicht die Einzige, die an Gewicht verloren hatte. Der Gemeinschaftssinn der Gruppe schwand, und die Manieren der Seeleute ließen zu wünschen übrig. Ysmaine war mehr als bereit, mit beiden Füßen wieder auf festem Boden zu stehen. Gaston verbrachte viel Zeit damit, sich mit Wulf zu beraten. Vielleicht tauschten sie sich auch über ihre Erfahrungen in Outremer aus. Immerhin blieb er Ysmaine gegenüber höflich und wärmte sie des Nachts.

Bartholomew hatte die Tinktur wie vereinbart ausprobiert. Zuerst, nach nicht mehr als einer Woche, hatte Ysmaine sie auf ihre Hand aufgetragen, dann auf Bartholomews. Sie wärmte auf eine sehr zufriedenstellende Weise, war aber nicht so kräftig, wie sie es sein sollte. Ysmaine vermutete, zu dem Zeitpunkt, wenn sie Venedig erreichten, würde sie hinreichend stark sein.

An dem Tag, nachdem sie Ragusa verlassen hatten, erwachte Ysmaine früh. Ihre monatliche Blutung, die in der letzten Zeit sehr unregelmäßig gekommen war, weil sie so wenig zu essen gehabt hatte, hatte begonnen, und sie musste sich darum kümmern. Gaston war wach, und sie gab ihm ein Zeichen, dass sie den Abort benutzen musste. Radegunde schnarchte noch zufrieden. Er bedeutete ihr, er würde sie begleiten, aber Ysmaine schüttelte den Kopf und drückte seine Hand, bevor sie über das Deck ging. Sie spürte, wie er sie beobachtete, und war froh über seinen Beschützerinstinkt.

Sie würde ihm vom Einsetzen ihrer Blutung erzählen müssen und hoffte, er würde nicht zu enttäuscht sein.

Als sie den Abort verließ, den Gaston für sie abgetrennt hatte, blieb

Ysmaine stehen, um zu den Sternen aufzuschauen und über ihre Zahl zu staunen. Eine Sternschnuppe zog eine blasse Linie über das Firmament, und während Ysmaine ihre Reise betrachtete, formulierte sie in Gedanken einen geheimen Wunsch. Nachdem sie verblasst war, ging Ysmaine zu Gaston zurück und sah dabei einen Schatten, der sich vor dem Hintergrund der Nacht und der dunklen See bewegte. Ein Mann befand sich neben dem Eingang zum Frachtraum, dessen war sie sich sicher.

Aber sie sah ihn kein zweites Mal und fragte sich, ob ihre Augen sie nicht doch getäuscht hatten. Gaston zog sie wieder in seine Arme und wickelte seinen Mantel um sie. »Geht es dir gut?«, murmelte er, seine Stimme ein tiefes Rumpeln, das sie erschauern ließ.

»Ich habe meine Blutung«, gestand sie. »Also haben wir noch kein Kind gezeugt.«

Er ließ die Fingerspitzen über ihre Wange gleiten und umfasste ihr Kinn. »Ich kann mich nicht überrascht zeigen, denn wir haben erst einmal das Bett miteinander geteilt.« Er seufzte. »Und auf diese Weise kann zumindest niemand bezweifeln, dass ein Kind, das du in dir trägst, von mir abstammt.«

Ysmaine blinzelte. »Wer würde unser Wort anzweifeln?«

Er verzog das Gesicht. »Wer kann das schon sagen? Es ist besser, solche Fragen komplett zu vermeiden.« Er berührte ihr Ohr, küsste sie dort auf eine Weise, die sie am ganzen Körper erschauern ließ. »Und ich kann kein Bedauern empfinden, dass wir es noch öfter versuchen müssen.«

Ysmaine rollte sich in Gastons Schoß zusammen, einmal mehr von der lustvollen Empfindung durchdrungen, die so viel mehr versprach. Sie zog ihre Füße an und spürte dabei seinen Enthusiasmus, dann ergab sie sich einem äußerst befriedigenden Kuss. Ihr Herz pochte heftig, als Gaston den Kopf hob. Er sog scharf den Atem ein, während seine Arme sich fest um sie schlossen.

»Führe mich nicht jetzt schon in Versuchung, meine schöne Lady«, murmelte er, seine Stimme auf köstliche Weise heiser. »Du wirst schon bald eine Kammer für dich allein haben.«

Ysmaine konnte es kaum erwarten.

MITTWOCH, 22. JULI 1187

FESTTAG DER SANKT MARIA MAGDALENA UND DER SANKT AGNES

Im Licht des Morgens stellte sich heraus, dass in der Nacht ein Streit zwischen den Knappen ausgebrochen war und Laurent anscheinend Missfallen erregt hatte. Ysmaine war wieder eingeschlafen, aber sie erwachte zu der Geräuschkulisse einer Auseinandersetzung und dem Anblick, wie Gaston versuchte einzugreifen. Am Ende hatte Kerr ein blaues Auge und Bartholomew wurde von Gaston derart gescholten, dass seine Ohren noch rot vor Verlegenheit waren, als sie in den Hafen einliefen.

Hamish fehlte, was Anlass zur Sorge gab, bis man den Jungen im Frachtraum entdeckte. Er hatte einen Schlag auf den Kopf erhalten und war nicht ansprechbar. Die Größe der Schwellung ließ Ysmaine darauf bestehen, eine Apotheke aufzusuchen, sobald sie im Hafen lagen. Und wie sich herausstellte, war das Gepäck im Frachtraum durchsucht worden, eine Enthüllung, die bei Fergus und Joscelin Beunruhigung auslöste. Ysmaine sah, wie Gastons Augen sich bei dieser Entdeckung verengten.

Die schmutzigste von Fergus' Satteltaschen, bemerkte Ysmaine, befand sich noch immer in Laurents Obhut. Obwohl der Junge vermutet hatte, sie zu verteidigen sei lediglich eine Prüfung, begann sie sich zu wundern. Soweit sie sagen konnte, hatte der Junge die Tasche in seinem Besitz, seit sie Jerusalem verlassen hatten. Er zerrte und trug sie überall mit hin, obwohl sie eindeutig recht schwer war.

Was befand sich darin?

Ysmaine hatte gedacht, der Junge sei lediglich besonders pflichtbewusst, aber nun geriet sie ins Grübeln. Wie es schien, hatte jeder ihrer Reisegefährten mittlerweile die Erfahrung gemacht, dass sein Gepäck ohne sein Wissen durchsucht worden war. Ysmaine dachte an den Brief, den Gaston bei sich trug, und fragte sich, ob dieser die gesuchte Beute war oder ob man die Reisegruppe mit mehr als dem Überbringen eines Briefes betraut hatte.

Sie glaubte nicht, dass ein bloßes Schriftstück eine wiederholte Durchsuchung ihres Gepäcks rechtfertigte. Die Gruppe hatte noch etwas anderes bei sich, etwas, wovon Gaston wusste und wovon er ihr trotz seines Beharrens auf Ehrlichkeit nichts erzählte.

Immerhin hieß es, die Templer hüteten im Tempel Jerusalems einen kostbaren Schatz. Wenn sie Saladins Absichten erraten hatten, hatten sie ihn vielleicht in Sicherheit bringen wollen? Wenn Ysmaine einen Schatz besäße, den sie sicher nach Paris bringen wollte, hätte sie bestimmt ebenfalls Gaston für diese Mission ausgewählt.

Wenn sie richtig lag – was für ein Schatz war es dann?

Ihres Wissens gab es nur eine Tasche, die noch nicht durchsucht worden war.

Aber worum mochte es sich bei diesem Schatz der Templer handeln? Die Gerüchte, die sie gehört hatte, waren wild und unterschiedlich, reichten von Gold hin zu mysteriösen Gegenständen, mit denen man Gottheiten herbeirufen oder einen Mann reich machen konnte. Fergus' Tasche war nicht gerade klein, aber auch nicht so groß, dass man das Lösegeld eines Königs in Gold und Juwelen darin hätte verstauen können.

Es war an der Zeit, dass Ysmaine die Wahrheit herausfand.

Immerhin versuchte bereits jemand, das Geheimnis in Erfahrung zu bringen, und wenn diese Person Erfolg hatte, würde Gaston entehrt sein. Sie konnte nicht zulassen, dass ihr Ehemann bei dieser letzten, wenn auch geheimen Mission für den Orden scheiterte.

Sie musste unbedingt einen Blick in diese Tasche werfen.

LETZTLICH LIESS sich Ysmaines Suche leichter bewerkstelligen, als sie erwartet hatte. Sie legten im Hafen an, und es gab ein großes Durcheinander, während die Pferde ausgeladen wurden und der Rest ihrer Gruppe von Bord ging. Danach trennten sie sich. Bartholomew wurde entsandt, um sich um ihre Unterbringung zu kümmern, während Fergus seinen Knappen Hamish zu einem Arzt brachte. Gegen Mittag waren sie alle in einem kleinen Haus mit hübschem Innenhof untergekommen, weit genug vom Hafen entfernt, dass es hier sehr still war. Die Vermieterin erklärte sich bereit, für sie zu kochen, aber sie würde das Essen erst auftischen, wenn die Sonne unterging. Gemeinsam nahmen sie alle ein einfaches Mahl aus Brot, Schinken, Käse und Wein zu sich, mehr als willkommen nach der Eintönigkeit des Proviants an Bord des Schiffes. Es war bereits heiß, das Sonnenlicht fiel hell in den Hof, und mehr als ein Mitglied ihrer Gruppe begann zu gähnen.

Gaston sorgte dafür, dass das Tor verschlossen wurde, und gab die Schlüssel Ysmaine, dann zog er mit Bartholomew los, um Vorräte für die Pferde zu besorgen. Fergus kehrte mit Hamish zurück. Der Apotheker hatte Anweisung gegeben, der Junge solle zumindest drei Tage lang kein Pferd besteigen. Nach einer kurzen Auseinandersetzung warf Wulf die Hände hoch und verließ schlecht gelaunt das Haus, gefolgt von Stephen und Simon.

Ysmaine vermutete, er hätte es vorgezogen, schneller aufzubrechen.

Everard behauptete, erschöpft zu sein, und zog sich zurück, um bis zum nächsten Morgen zu schlafen. Joscelin verließ ihre Unterkunft, um einige Händler in der Stadt zu besuchen, Freunde, die er selten sah. Fergus wirkte ebenso müde wie Everard, und so schlug Ysmaine vor, er solle sich bis zum Essen hinlegen. Bereitwillig stimmte er zu.

Der Hof hinter dem Hauptraum musste früher größer gewesen sein, aber der größte Teil war überdacht worden. Dort befanden sich Stände für die Pferde. Zum Hof hin waren sie offen und boten einen Einblick ins Halbdunkel des Unterstands. Ysmaine konnte Laurent auf seinem kostbaren Bündel in der hinteren Ecke liegen sehen. Kerr folgte Fergus die Treppe hinauf, während Hamish unter Ysmaines Aufsicht schlief.

Im Haus wurde es still, und man hörte nur noch das Atmen und

Schnarchen der Schlafenden. Entfernt erklangen das Werkeln der Vermieterin in der Küche und die Glocken der Kirchtürme. Die Pferde stampften immer einmal wieder auf, als wollten sie sich vergewissern, dass ihre Hufe auf festem Boden standen, und allmählich schlief auch Laurent tief ein. Der Junge sank auf der Tasche zusammen, sein Griff lockerte sich, und schließlich glitt er daran herab und lag auf dem Boden. Nicht einmal das vermochte ihn zu wecken.

Ysmaines Herz zog sich zusammen. Der arme Junge musste erschöpft sein.

Aber sein Zustand verschaffte ihr die Gelegenheit, nach der sie suchte. Sie weckte Radegunde und trug ihr flüsternd auf, darauf zu achten, dass niemand kam, und auf Hamish aufzupassen. Dann überquerte sie leise den Hof. Das Herz schlug ihr bis zum Hals.

Gaston hatte seine Absicht verkündet, sie heute mit auf den Markt zu nehmen.

Es blieb vielleicht nicht viel Zeit.

DER VERRÄTER KONNTE sein Glück kaum fassen. Er wendete seinen Mantel auf links und zog sich die Kapuze über den Kopf, dann folgte er Wulf und seinen Knappen in einigem Abstand. Zielbewusst und recht gereizt schritt der Ritter durch die Straßen Venedigs. Der Ärger machte ihn unvorsichtig und zu selbstsicher, und so schaute er nur einmal zurück.

Auf dem Markt unterhielt er sich mit vielen Leuten in fließendem Venezianisch, sodass der Verräter, selbst wenn er ein paar Worte ausmachen konnte, nichts verstand.

Als Wulf an das Tor eines Hauses klopfte, verbarg sich der Verräter rasch in einem Hauseingang die Straße herunter, um ihn ungestört zu beobachten. Es konnte kein Zweifel darüber bestehen, welchen Beruf die Frau ausübte, die die Tür öffnete, oder welche Funktion der große männliche Sklave hatte, der an ihrer Seite stand. Der Mann schaute misstrauisch die Straße entlang, dann überkreuzte er die Arme vor der Brust und sah Wulf finster an.

Ohne sich einschüchtern zu lassen, sprach Wulf mit der Frau. Er verschwand im Haus, gefolgt von den Jungen. Der Sklave warf einen letzten Blick auf die Straße, bevor er ihnen folgte.

Der Verräter lächelte. Wulf besuchte eine Kurtisane. Er würde nackt sein – und beschäftigt. Hier war die Gelegenheit, die er so dringend suchte.

Und wenn seine Suche fehlschlug, ließ sich ein möglicher gewaltsamer Ausgang durch den Ort erklären, an dem sie stattgefunden hatte. Er ging davon, zuversichtlich, dass er das Haus wiederfinden würde, und machte sich auf die Suche nach einer Verkleidung.

Er würde später zurückkehren, wenn Wulf möglicherweise betrunken war und im Bett lag.

YSMAINE BEGAB sich direkt zu der Tasche, die Laurent so sorgsam hütete. Einen langen Augenblick stand sie neben dem Jungen und ging sicher, dass er weiterhin schlief. Während sie wartete, prägte sie sich ein, wie die Tasche zugebunden war. Sie wusste, sie würde sie genau so aussehen lassen müssen wie zuvor, um nicht entdeckt zu werden.

Mit einer Schar ausgesprochen neugieriger Schwestern aufzuwachsen, erwies sich als eine gute Vorbereitung für ihre Aufgabe. Sie stupste Laurent ein klein wenig an, und der Junge rollte sich zu einem Ball zusammen, wodurch der Abstand zwischen ihm und seiner kostbaren Fracht größer wurde.

Ysmaine zögerte nicht. Sie löste die Verschnürung des Bündels mit geschickten Fingern und fand einen Gegenstand darin. Er war groß und schwer, in jede Richtung etwa zwei Hände breit. Sie ließ ihre Hände darübergleiten und versuchte, den Inhalt zu erraten.

Es war eine Art Kiste, denn sie besaß harte Ecken, und sie war gut verpackt. War sie zerbrechlich? Kostbar? Ysmaine prägte sich ein, wie der Stoff darumgewickelt war, dann schnürte sie ihn auf.

Der Geruch ließ ihr Tränen in die Augen steigen, und sie begriff, sie musste achtgeben, dass der Stoff ihre Kleider nicht berührte. Der Atem stockte ihr, als sie auf einmal einen großen, runden Edelstein erkannte, der in einer goldenen Fassung saß, und sie war froh, dass es im Stall so dunkel war. Der Edelstein, ein Amethyst, war an der Seite der Kiste angebracht. Sie schob den Stoff beiseite und sah, dass daneben ein weiterer Edelstein in Grün eingelassen war, gemeinsam mit einer Reihe großer Perlen.

Es war tatsächlich eine Kiste, aus Gold und mit Edelsteinen besetzt. Dies war wahrlich ein Schatz, einer von unvorstellbarem Wert. Das verstand Ysmaine noch bevor sie die Inschrift sah und begriff, dass der materielle Wert nur einen Bruchteil des spirituellen Wertes darstellte.

St. Euphemia.

Staunend blickte sie darauf. Diese kostbare Kiste war ein Reliquienbehältnis, das die Gebeine einer Heiligen enthielt. Ysmaine hatte gehört, im Tempel in Jerusalem würden die Reliquien von St. Euphemia aufbewahrt, insbesondere ihr Schädel, aber es war nur eins von tausenden Gerüchten gewesen, die über die mysteriösen Besitztümer des Ordens umgingen.

Einen solchen Schatz zu berühren, übertraf all ihre Erwartungen.

Ysmaine hielt das Behältnis in Händen, nur halb ausgepackt, und staunte über seine Form, die beinahe der einer kleinen Kapelle glich. Sie schloss die Augen und war überzeugt zu spüren, wie die Heiligkeit der Märtyrerin in ihre Handflächen sickerte, sie erfüllte, ihren Körper und ihre Seele heilte.

Dies war der Schatz, den ihre Gruppe verteidigte.

Und was für ein Schatz das war!

Ysmaine dachte daran, wie ihr Gepäck durchsucht worden war, und begriff, dies war der Grund. Jemand hatte vor, diese kostbare Reliquie zu stehlen! Laurent rührte sich, und Ysmaine wusste, sie durfte nicht zögern. Sie verpackte den Behälter wieder genau so, wie er gewesen war, und ihre Hände zitterten dabei.

Der sichere Transport dieses Schatzes war Gastons Mission.

Und wenn er versagte, dann würde ihr neuer Ehemann sicherlich einen Preis dafür zahlen müssen. Ob durch den Tempel oder durch göttliche Macht, spielte keine große Rolle.

Ysmaine musste einen Weg finden, Gaston zu helfen, diesen Schatz zu verteidigen und sicherzustellen, dass er wohlbehalten seinen Zielort erreichte. Sie richtete die Tasche her, wie sie zuvor gewesen war, und stellte sie vorsichtig zurück zu den anderen Gepäckstücken. Laurent bewegte sich im Schlaf, und Ysmaine legte seine Hand vorsichtig auf die

Satteltasche. Der Junge zog sie dichter an sich heran, beinahe in seine Arme, und seufzte im Schlaf erleichtert auf.

Wusste er, was er da beschützte?

Oder tat er nur, worum Fergus ihn gebeten hatte?

Ysmaine vergewisserte sich noch einmal mit einem Blick, dass alles genauso war, wie sie es vorgefunden hatte, dann wirbelte sie herum, als sie das Lachen einer Frau hörte. Sie zog sich in den Schatten zurück, während Radegunde erneut mit einem Lachen auf etwas reagierte, das Everard zu ihr gesagt hatte. Er hatte gerade den Wohnraum verlassen und trat hinaus in den Hof, streckte sich und füllte sich am Brunnen einen Becher Wasser.

Ysmaines Herz schlug heftig, während sie zum Eingang des Stalls blickte, und sie fragte sich, ob sie gesehen worden war. Sie zog sich zurück, lief hinter den Pferden entlang zum Eingang, trat dann hinaus ins Licht der untergehenden Sonne und gab sich beim Anblick des Ritters überrascht.

»Sir! Ich dachte, Ihr hättet vor, die ganze Nacht zu schlafen!«, sagte sie, als wollte sie ihn necken.

Er lachte. »Ich *habe* auch geschlafen, aber nun fühle ich mich sehr erholt. Dieser verfluchte Durst lässt sich einfach nicht stillen.« Everard hob seinen Becher und prostete ihr zu. »Und Ihr?« Sein Blick wanderte zum Stall und dann zurück zu Ysmaine. »Sicher habt Ihr nicht die Pflichten eines Stallburschen übernommen?« Der Gedanke schien ihn zu erheitern.

Ysmaine lachte leise. »Ich doch nicht! Aber Gaston hat Bartholomew in solcher Eile zu sich gerufen, und ich wollte mich vergewissern, ob es den Tieren wirklich gutgeht. Ich hätte natürlich nicht daran zweifeln sollen, dass er sich um alles kümmern würde, bevor er mit Gaston fortging.« Sie hob die Hände und verzog das Gesicht. »Und nun muss ich mich tatsächlich waschen.«

Der Ritter lächelte und trank sein Wasser aus. Ysmaine knickste und kehrte in den Hauptraum zurück. Ihr Herz schlug wie wild, obwohl sie sich sicher war, der Entdeckung entgangen zu sein.

Nun musste sie einzig noch einen Plan ersinnen, Gastons Erfolg sicherzustellen.

~

YSMAINE HATTE den vagen Eindruck gewonnen, dass die Märkte Venedigs sehr beeindruckend waren, aber das letzte Mal, als sie durch die Stadt gekommen war, hatte sie kein Geld gehabt und sich die Waren kaum angesehen. Sie und Radegunde hatten allerdings auch nicht viel Zeit an diesem berühmten Ort verbracht, sondern sich so schnell wie möglich eine Passage auf einem Schiff gesichert. Es war das Essen gewesen, das sie am meisten in Versuchung geführt hatte, erinnerte sie sich.

Aber nun würden sie einige Tage hierbleiben, damit sich Hamish von seinem Schlag auf den Kopf erholen konnte, und wie sich herausstellte, war Gaston entschlossen, ihre Garderobe zu ergänzen.

»Du bist meine Frau«, sagte er fest, als sie gegen den Luxus protestierte. »Dein Kleid war einmal sehr hübsch, aber es ist verblasst und abgetragen. Ich möchte, dass du den bestmöglichen Eindruck machst, wenn wir in Châmont-sur-Maine ankommen.«

Und so kam es dazu, dass sie am ersten Tag gemeinsam die Märkte besuchten. Radegundes Augen waren vor Staunen geweitet, als sie ihnen folgte. Ysmaine wartete darauf, dass ihr Ehemann zuerst seine Wahl traf, denn sie wusste nicht genau, wie es um seine Finanzen stand.

»Dieser Farbton würde dir gut stehen«, sagte er und berührte ein Stück Stoff in der Farbe von Peridot.

»Es ist Seide, und sehr teuer.«

»Geeignet für eine Dame«, entgegnete er lächelnd.

»Wolle«, sagte Ysmaine flach. »Wolle ist am haltbarsten.«

»Dann auch noch Wolle«, lenkte er bereitwillig ein.

Ysmaine zog ihn mit sich in eine Ecke, und er lächelte auf sie herab. »Du musst mir sagen, was du in dieser Hinsicht von mir erwartest. Ich würde ungern so viel ausgeben, und ich vermute, ich werde verhandeln müssen. Wenn ich den Betrag und die Menge kenne, kann ich einen Händler aussuchen und ein Gebot für alles zugleich abgeben.«

Er nickte und schien von ihrer Logik beeindruckt. »Nach meiner Einschätzung brauchst du Reisekleidung – einen Mantel, ein wollenes Überkleid und neue Stiefel.«

»Dieser Mantel reicht für die Reise«, antwortete sie.

»Wenn wir unterwegs mit anderen Adligen speisen, wirst du ein Kleid dafür brauchen, obwohl ich nicht weiß, welche anderen weiblichen Utensilien dazu gehören.«

Ysmaine zählte an den Fingern ab. »Stiefel, Pantoffeln, zwei Paar Strümpfe – ein warmes und ein feines – zwei Unterkleider, eins haltbar, eins von edler Machart – ein schlichtes wollenes Kleid und ein etwas besseres. Radegunde und ich werden die nötigen Stickereien selbst anbringen. Ein Schleier ist genug, und der schlichte Reif und der Gürtel, die ich bereits besitze, reichen.« Sie biss sich auf die Lippen. »Ich hätte gern ein Paar Reithandschuhe, denn in den Bergen wird es kälter werden.«

»So wenig?«, fragte Gaston. »Was ist mit Schmuck und anderem Zierkram?«

Sie begegnete seinem Blick und fragte sich, welche Antwort ihm am besten gefallen würde. »Ich bin solchen Luxus nicht mehr gewöhnt.« Sie lächelte ein wenig. »Meine Mutter sagte stets, es gezieme sich nicht für eine Frau, sich zu reich zu kleiden, obwohl sie die Geschenke meines Vaters immer gern annahm.«

Gaston nickte zufrieden. »Dann bestehe ich darauf, dass du das grüne Seidenkleid als drittes Gewand mit dazunimmst, meine schöne Lady, und bitte erwerbe auch alles, was nötig ist, damit der Saum so üppig bestickt ist wie er es an dem Kleid, das du heute trägst, einmal war.«

Ysmaine konnte ihr Glück kaum fassen. So viele Kleider zu haben, auch wenn es weitaus weniger waren, als sie einst besessen hatte, schien wie ein Segen nach der langen Zeit, die sie dasselbe fadenscheinige Gewand getragen hatte. Gastons Großzügigkeit sollte ihn auf keinen Fall zu teuer zu stehen kommen, also besuchte sie reihum alle größeren Händler. Ihr Ehemann folgte ihr und hörte zu.

Nachdem sie alles zusammengesammelt hatte, was sie haben wollte, und den besten Preis herausgehandelt hatte, den sie vermochte, presste er ihr mit offensichtlicher Befriedigung das Silber in die Hand.

»Ich werde dich künftig bei all meinen Käufen verhandeln lassen, meine schöne Lady«, murmelte er ihr ins Ohr. »Denn du bist sehr entschlossen, dein Ziel zu erreichen und dabei den geringstmöglichen Preis zu zahlen.«

~

GASTON STIEG die Stufen zu der Kammer hinauf, die er für seine Lady reserviert hatte. Die Vorfreude verlieh seinen Schritten ungeahnten Schwung. Es schien eine Ewigkeit her, seit er mit seiner Frau das Bett geteilt hatte. Seither war er fast die ganze Zeit mit ihr zusammen gewesen. Er kannte den Duft ihrer Haut und war bezaubert vom Funkeln ihrer Augen. Er wusste nun besser, wie er sie zum Lächeln brachte und sogar, was sie wahrscheinlich aufregen würde.

Heute hatte er sie bei ihren Einkäufen begleitet, und ihre Begeisterung hatte ihm so viel Vergnügen bereitet, dass er großzügiger gewesen war, als die Menschen, die ihn gut kannten, erwartet hätten. Gaston war von seiner Frau fasziniert, und es war ihm egal, wer es wusste.

Er war mehr als bereit, sich der Herausforderung zu stellen, einen Sohn zu zeugen.

Bevor er die Tür öffnete, klopfte er, und die Zofe verbeugte sich tief, bevor sie an ihm vorbeieilte und das Zimmer verließ. Es war ein Raum von anständiger Größe, mit einem großen Fenster, das auf den Hof hinausging, und einer fein geschnitzten Decke. Er lag im dritten Stock – weder ganz oben, wo man seine Lady über das Dach erreichen konnte, noch so dicht an der Straße, dass einfach irgendein Schurke durch das Fenster klettern konnte. Im Hof befand sich ein Brunnen, und das Tor war ebenfalls verschlossen. Gaston war überzeugt, seine Frau würde hier sicher schlafen.

Sie musste nicht wissen, dass er sich alle Alternativen angesehen hatte, bevor er seine Wahl getroffen hatte. Immerhin war es seine Verantwortung, für ihre Sicherheit zu sorgen.

Ihr Haar war bereits offen, und er vermutete, die Zofe hatte es ausgebürstet. Wieder fiel ihm auf, dass es wie gesponnenes Gold aussah, und er staunte darüber, dass es ihr bis zur Taille reichte. Die Wellen fingen den Kerzenschein ein. Sie trug allein ihr Unterkleid, und Gaston konnte die Schatten ihrer Kurven unter dem dünnen Stoff erahnen. Es bestand aus dünnem Leinen, ein Kauf, den sie gerade heute getätigt hatte, und er war froh, sie in feineren Kleidern zu sehen. Wenn die Kleider, die sie diesen Tag bestellt hatte, fertig waren, würde sie so prächtig aussehen wie eine Königin.

Seine Königin.

Es war eigenartig, mit welchem Stolz ihn das erfüllte, immerhin hatte er nie vorhergesehen, dass er heiraten würde. Obwohl es noch früh in ihrer Ehe war, konnte Gaston sich nicht mehr vorstellen, ohne Ysmaine zu sein.

Ihre Füße waren bloß und wirkten vor dem Hintergrund des Steinfußbodens blass und elegant. Am Hals waren die Bänder ihres Unterkleids lose, und er sah die zarte Höhlung an ihrem Hals. Sie schaute zu ihm auf, ihre grünen Augen von einer Freude erfüllt, die ihn demütig machte. Er blieb auf der Schwelle stehen, staunend, dass dieses wunderschöne Wesen seine Frau war.

»Hast du deine Meinung geändert?«, neckte sie ihn, ein Zwinkern in den Augen. »Lag ich falsch in dem Glauben, dass du mich noch willst?«

»Natürlich will ich dich.« Gaston schluckte. In diesem Moment spürte er seinen Mangel an höfischen Manieren besonders deutlich. »Ich erfreue mich nur daran, wie schön du bist.«

Er wollte ein Kompliment aussprechen und wusste, es war armselig. Dennoch wurde Ysmaines Lächeln breiter. Sie stellte die kleine Flasche, die sie in der Hand gehalten hatte, hin und kam auf ihn zu, streckte die Hand aus, um seine Gürtelschnalle zu öffnen.

»Du humpelst wieder«, bemerkte sie, während Gaston ihre geschäftigen Finger beiseiteschob.

Er löste die Schnalle selbst und legte seinen Gürtel beiseite, achtete darauf, seine Waffen vorsichtig abzulegen. »Das ist nicht wichtig. Es ist immer so, wenn ich gehe.«

»Weil du zu viel auf den Beinen bist, ohne sicherzugehen, dass du dich ausruhst.«

»Ein Mann muss so weit laufen wie nötig.« Gaston legte seinen Wappenrock und seine Haube ab.

»Ein kluger Mann achtet darauf, dass seine Verletzungen heilen und er sie nicht schlimmer macht.«

Gaston schaute bei diesen Worten auf, aber Ysmaine hielt einen vielsagenden Moment lang seinen Blick. Tadelte sie ihn etwa? Sie griff nach dem Saum seines Kettenhemds, aber er zuckte zurück. »Du solltest nicht den Knappen spielen.«

»Aber das werde ich«, antwortete sie mit einer Entschlossenheit, die er inzwischen an ihr kannte. »Denn ich werde mich nicht mit dir vereinigen, solange du bewaffnet und gerüstet bist. Das ist der Platz einer Hure, nicht der einer Ehefrau.«

Gaston war erschrocken. »Ich würde nicht ...«

»Ich weiß, und ich bin froh darüber.« Sie zupfte erneut, und Gaston beugte sich vor und akzeptierte ihre Hilfe dabei, die Rüstung abzulegen. Wie immer richtete er sich auf und rollte die Schultern, nachdem er das Gewicht einmal los war, aber dieses Mal war er sich bewusst, dass der Blick seiner Frau prüfend auf ihm ruhte.

Er zog Stiefel und Hosen aus, faltete letztere und stellte erstere sorgfältig neben seine Rüstung.

Ysmaine durchquerte den Raum und nahm noch einmal die Flasche zur Hand. Sie hielt sie vor sich. »Leg dich bitte auf das Bett.«

Gaston scheute zurück. Sich hinlegen, ohne seine Waffen – wenn er so gut wie nackt war? Es ging gegen alle seine Instinkte, doch Ysmaines Augen glitzerten herausfordernd. Sie hatte seine Reaktion vorausgesehen, was bedeutete, er musste sich nicht verstellen. »Das ist das Kraut, das du von Fatima erworben hast.«

»Wann hat dir Bartholomew davon erzählt?«

»Am selben Tag, aber ich habe seiner Geschichte wenig Glaubwürdigkeit beigemessen.«

»Warum?«

»Weil du kein Geld hattest und ich nicht glaubte, dass sich Fatima ohne Bezahlung von einer ihrer Arzneien trennen würde.« Gaston sah, wie sich die Züge seiner Frau verhärteten, und vermutete, dass sie seine Worte missverstanden hatte. »Das ist nur richtig so, denn sie hat ein besonderes Talent«, fügte er in versöhnlichem Ton hinzu. »Sie sollte es nicht entwerten, indem sie ihr Wissen ohne einen Ausgleich an Fremde weitergibt.«

Er begriff sofort, er hatte einen Fehler begangen.

»Es wäre besser gewesen, wenn du deinem Knappen gesagt hättest, deine Verlobte sei vertrauenswürdig«, sagte Ysmaine leise.

»Aber das wusste ich damals noch nicht«, protestierte Gaston und sah, er hatte alles nur schlimmer gemacht.

»Weißt du es jetzt?«, fragte Ysmaine.

Gaston leckte sich die Lippen. »Ich wollte sehen, was du damit tun würdest.«

»Wie mit der Münze.«

»Ja.«

Sie hob die Flasche. »Ich habe dies hier gebraut. Für dich. Für deine Hüfte. Ich habe Bartholomew gezeigt, wie man die Tinktur herstellt, und er bestand darauf, dass ich sie zuerst an ihm ausprobiere.«

»Ich weiß.«

»Und dennoch zweifelst du noch an meinen Absichten.«

Es gab zahllose Möglichkeiten, wie sie den Inhalt der Flasche hätte verändern oder austauschen können, seit Bartholomew darauf bestanden hatte, sie zu testen. Manche Gifte wirkten langsam und über die Zeit. Seine Lady hatte zwei Ehemänner begraben. In Wirklichkeit wusste er wenig über sie, und es lag nicht in Gastons Natur, leichtfertig zu vertrauen – besonders Frauen, denn über sie wusste er so wenig, dass er sie unverständlich fand.

Aber dies hier verstand er doch. Seine Lady wünschte einen Beweis seines Vertrauens, und seine Entscheidung in diesem Moment würde ihre gemeinsame Zukunft färben. Gaston wusste, was er tun musste, auch wenn seine Instinkte ihm etwas anderes rieten.

Er betrachtete die Flasche und begegnete dann Ysmaines Blick. »Wir wissen noch wenig voneinander, meine schöne Lady, aber ich werde dir vertrauen.«

»Dann beweise es«, sagte sie leise.

Gaston hob eine Braue; eine stumme Frage.

Ysmaine schaute zum Bett hinüber.

Nackt und unbewaffnet. Ihr ausgeliefert. Ein Tropfen kalten Schweißes lief Gaston den Rücken hinunter. Der Gedanke allein widersprach jedem seiner Instinkte.

Aber er begriff, dieser Moment war geeignet, ihre Ehe für immer zum Scheitern zu verurteilen. Sie war bereits vollzogen. Sie waren bis zum Tod aneinander gebunden. Gaston rief sich bewusst in Erinnerung, dass Ysmaine gesagt hatte, ein lebender Ehemann sei ihr lieber als ein toter, und nickte einmal kurz.

Nachdem er die Entscheidung einmal getroffen hatte, streckte er sich auf dem Bett aus. Zu seiner Erleichterung war Ysmaines Lächeln nicht nur strahlend, sondern auch aufrichtig.

»Oh, Gaston«, sagte sie, als sie neben ihm auf die Knie ging. Sie schien von Erleichterung überwältigt, ein Zeichen, dass sie seinen Aufruhr verstand. »Wirklich, mit dieser Entscheidung machst du mir ein großes Geschenk.«

Zu Gastons Erstaunen beugte sich Ysmaine über ihn und berührte seine Lippen mit ihren. Der flüchtige Kuss entzündete ein Feuer in ihm, eins, von dem er vermutete, dass nur seine Lady es würde löschen können.

Dieses eine Mal schien er in ihrer Gegenwart nicht zu versagen.

Er umfasste ihren Nacken und zog sie näher, vertiefte den Kuss. Währenddessen fasste er den Entschluss, es sich zur Gewohnheit zu machen, sie glücklich zu machen. Es konnte keine größere Belohnung geben als das Staunen in ihren Augen, wenn sie ihn so ansah, außer vielleicht der süßen Wildheit ihres Kusses.

KAPITEL 13

Ysmaine richtete sich schließlich auf und zog den Saum von Gastons Hemd hoch, auf die Aufgabe konzentriert, die sie sich selbst gestellt hatte. Er fürchtete, dieser Moment würde alles ruinieren, denn sie war eine Edelfrau und war zweifellos behütet aufgewachsen. Er war ein Kämpfer, dessen Körper diese Wahrheit enthüllte.

Sie betrachtete seine Hüfte, die Narbe, wo die Rüstung in seine Haut eingedrungen war, aber sie schreckte nicht zurück.

Stattdessen musterte sie die Stelle, ohne die Miene zu verziehen. »Deine Rüstung hat die Haut verletzt«, vermutete sie.

»Ja.«

Sie zog das Hemd weiter hoch, entblößte seinen Körper, und Gaston zwang sich, still zu bleiben, sie einfach schauen zu lassen. Ihr Blick wanderte über ihn, und sie errötete. Als sie sich aufrichtete, fürchtete er ihre Zurückweisung, aber dann wurde ihr Lächeln auf einmal schalkhaft. »Du bist wunderbar gearbeitet, mein Gemahl«, flüsterte sie und ließ die Fingerspitzen über seine Brust wandern, dann über seine Schenkel.

Nichts hätte Gaston stärker entflammen können als diese flüchtige Berührung.

Sie schüttelte die Flasche, stellte sie auf den Boden, löste den Korken und goss etwas von dem Inhalt in ihre Hand. »Gut. Sie wärmt«, sagte sie, beinahe wie zu sich selbst, dann warf sie ihm einen funkelnden Blick zu. »Bartholomew war sehr beeindruckt, falls das deine Bedenken ausräumt.«

Gaston hätte vielleicht geantwortet, aber in diesem Moment verteilte sie die Substanz auf seiner Hüfte. Er keuchte auf bei der Empfindung von Hitze, die durch seine Haut floss. War es ein Gift? Sicherlich konnte eine Tinktur, die eine so wohltuende Wirkung hatte, nicht schlecht sein. Die Hitze durchdrang seine Muskeln, schien bis in die Knochen zu dringen, und zum ersten Mal seit langer Zeit legte sich der Schmerz in seinem Hüftgelenk. Die Erleichterung war beinahe unerträglich.

Gaston entschied sich, seiner Frau zu vertrauen, und schloss die Augen.

Er war überrascht, als sie mit weichen, leisen Worten zu sprechen begann, während ihre Hände die Arznei in seine Haut einmassierten. »Mein Großvater war ein Kämpfer und ein Jäger, ein aktiver Mann, der ein langes und gutes Leben hatte. Er war von robuster Konstitution und genoss die Freuden, die der Alltag zu bieten hatte. Ich glaube, er kostete das Leben jeden Tag voll aus, und als Kind faszinierte er mich. Er brachte mir das Reiten bei. Er lehrte mich auch, wie man mit der Armbrust schießt, obwohl mein Vater das nicht guthieß. Er hielt mich nie für weniger wert, weil ich als Erstgeborene eine Tochter war, kein Sohn.«

»Du sagtest, du habest Schwestern.«

»Sechs, von denen eine als Säugling starb. Aber mein Großvater teilte seine Weisheit mit mir.« Gaston schaute durch seine Lider und sah sie lächeln. »Ich erinnere mich an sein Lachen, als wäre es heute Abend am Tisch erklungen.« Aus glitzernden Augen warf sie Gaston einen Blick zu. »Meine Großmutter himmelte ihn an – vielleicht nur ein klein bisschen weniger als ich.«

Bei diesen Worten lachte Gaston. Es war wunderbar, diese Nähe mit ihr zu teilen, ihrer Geschichte zu lauschen und ihre Hände auf seiner Haut zu spüren. Das Eheleben, entschied er in diesem Moment, würde ihm gut bekommen.

»Sie heirateten, als sie mit fünfundzwanzig Jahren zur Witwe geworden war. Zu diesem Zeitpunkt war mein Großvater bereits vierzig Jahre alt, aber er war nie eine Ehe eingegangen. Er sagte, er habe sie in einer Halle voller Menschen gesehen und gewusst, dass sie die Frau war, auf die er ein Leben lang gewartet habe.«

Gaston beobachtete Ysmaine, fasziniert sowohl von ihrer Geschichte als auch der offensichtlichen Freude, mit der sie sie erzählte. Die Tinktur sandte eine träge Hitze durch seinen Körper, ließ ihn eine selten gekannte Leichtigkeit spüren. »Ich verstehe dieses Gefühl gut«, wagte er zu sagen, und seine Lady lächelte.

»Sie waren zusammen glücklich, glaube ich, und genossen viele zufriedene Jahre.« Ysmaine wurde ein wenig ernster. »Eines Tages begann meine Großmutter zu husten. Sie verstand viel von Kräutern und der Heilkunst, obwohl sie mir zu diesem Zeitpunkt nur wenig davon beigebracht hatte. Sie sagte, es sei besser für eine Edelfrau, Beobachtungen anzustellen, als Tinkturen zuzubereiten, und eine solche Arbeit solle den weisen Frauen wie Mathilde überlassen bleiben. Aber in jenem Oktober lehrte sie mich das größte Geheimnis von allen. Sie lehrte mich, diese besondere Arznei herzustellen.«

Als sie verstummte, musste Gaston einfach fragen. »Aus diesem Kraut, das Fatima als Gift bezeichnete?«

»Es *ist* ein Gift«, sagte Ysmaine, und Gaston hielt den Atem an. »Es sollte niemals eingenommen oder auf eine offene Wunde aufgetragen werden.« Sie rieb seine Hüfte ein wenig stärker. »Aber die gleichen Eigenschaften, die ihm die Macht geben zu töten, sorgen auch dafür, dass es die Schmerzen einer Verwundung lindern kann, wenn man es auf die heile Haut aufträgt. In allem, das es berührt, bewirkt es eine Beschleunigung, welche Hitze hervorruft. Meine Großmutter stellte die Arznei für meinen Großvater her. Sie wusste, dass er im Februar, wenn der Wind kalt und feucht weht, den Schmerz seiner alten Verletzungen spürte. In jenem Herbst ahnte sie, sie würde sich in all den folgenden Wintern nicht um ihn kümmern können, und so brachte sie mir bei, die Medizin herzustellen.« Ysmaine blinzelte, und Gaston sah Tränen an ihren Wimpern hängen. »Am Weihnachtsfest in jenem Jahr starb sie, und mein Großvater, den ich nie eine einzelne Träne hatte vergießen sehen, weinte unablässig bis zum Dreikönigstag.«

Gaston konnte seine Frau nur ansehen, einen Kloß in der Kehle.

Nach einem Moment straffte sie die Schultern und fuhr fort: »In jenem Februar kamen die kalten Winde. Ich sah, wie mein Großvater zusammenzuckte, wenn er sich bewegte. Ich hatte diese Medizin nach dem Dreikönigstag zum ersten Mal angemischt, mit dem Gefühl, meine Großmutter sähe mir zu, denn sie hatte darauf bestanden, dass sie wenigstens sechs Wochen ziehen müsse. Ich wollte ihr Vertrauen in mich nicht enttäuschen.«

»Und ich möchte wetten, das hast du nicht.«

Ysmaine schüttelte den Kopf. »Mein Großvater war von Dankbarkeit über dieses unerwartete Geschenk beinahe überwältigt, und so kam es dazu, dass ich ihm jeden Abend, bevor er zu Bett ging, die Schulter einrieb. Er erzählte mir Geschichten, Geschichten über den Krieg und die Jagd, und darüber, wie er diese Verletzung erhalten hatte. Vor vielen Jahren hatte er einen bösartigen Wolf gejagt, der die Bauern auf seinen Ländereien plagte, den Ländereien, die ich als mein Zuhause kannte. Er erzählte mir von Verantwortung und von Opferbereitschaft und der Entschlossenheit, ein Ziel zu erreichen.«

»Dann hast du viel von ihm gelernt«, wagte Gaston zu sagen.

Ysmaine nickte. »Und aus diesem Grund habe ich, als ich dich an jenem ersten Tag humpeln sah, erraten, dass du eine ähnliche Verletzung erlitten hattest, eine, die noch nicht verheilt war, eine, die vielleicht niemals vollkommen verheilen würde.« Sie begegnete seinem Blick. »Hier ist die Ehrlichkeit, die du von mir verlangst, mein Gemahl: Du hast recht, dass Fatima ihre Medizin nicht einfach ohne Bezahlung hergibt, aber nicht alle Bezahlung erfolgt in barer Münze. Sie kannte diese Pflanze nur als ein Gift, denn das war es, was man ihr gesagt hatte. Sie hatte mehrfach mit Pilgern gehandelt und besaß eine kleine Sammlung von Pflanzen, von denen sie nicht wusste, wie sie gebraucht werden.«

Langsam begriff Gaston.

»Ich erkannte das, nach dem ich suchte, und teilte das Wissen meiner Großmutter mit ihr. Im Austausch für dieses Wissen teilte Fatima, was sie von diesem Kraut besaß, mit mir.« Ysmaine hob ihren Blick. »Du siehst also, mein Gemahl, ich hatte statt Silber etwas anderes, mit dem ich handeln konnte.«

»Ich muss zugeben, daran habe ich nicht gedacht. Ich dachte, deine Fähigkeiten in der Heilkunst lägen allein in der Beobachtung.«

»Und das tun sie, außer, was diese eine Arznei betrifft.«

»Was ist es für eine Pflanze?«

»Sie hat viele Namen. Ich kenne sie als Eisenhut. Im Altertum nannte man sie Akonit und sagte, sie wachse auf dem Hügel, auf dem Herkules gegen den Zerberus gekämpft habe …«

»Den dreiköpfigen Hund, der die Tore der Unterwelt bewacht«, ergänzte Gaston, und sie lächelte.

»In der Tat. Durch die Anstrengung des Kampfes fiel der Speichel des Hundes auf die Pflanze und verwandelte sie in ein tödliches Gift.« Ysmaine nickte. Ihre Hände kneteten noch immer mit wunderbarer Kraft seine Hüfte. Er wünschte, sie würde nie aufhören. »Meine Großmutter kannte alle Geschichten darüber. Es hieß, Medea habe Theseus mit Akonit getötet, und man munkelt sogar, manche Frauen, die von Kindheit an das Kraut täglich einnehmen, könnten einen Mann bei der Vereinigung töten.«

Das war nicht gerade beruhigend angesichts des Grundes, der Gaston in ihre Kammer geführt hatte. Er gemahnte sich erneut daran, dass er seiner Frau vertraute.

»Als ich die Schulter meines Großvaters versorgte, erzählte er mir, sie hätten es bei der Wolfsjagd auf die Pfeilspitze aufgetragen, um sicherzugehen, dass jeder Schuss tödlich wäre. Deshalb lautet ein anderer Name dafür Wolfswurz.«

»Würde das Gift nicht das Fleisch verderben?«

»Aye, das sagte er, aber mein Großvater warf Wolfsfleisch nicht einmal seinen Hunden vor. Er ließ ihre Kadaver verbrennen, denn er hielt sie für Untiere.«

»Mein Vater sah das ebenfalls so, aber andererseits erinnerte er sich noch an die Tage, wenn die Wölfe unsere Dörfer entvölkerten.«

Ysmaine nickte. »Meine Großmutter sagte, mein Großvater habe ihr erzählt, wie anrückende Armeen das Wasser an den Orten, die sie plünderten, vergifteten, indem sie Eisenhut in die Zisternen und Brunnen warfen.«

»Als wenn man Salz auf die Felder streut«, sagte Gaston. »Ich weiß nicht, welche Kräuter dafür verwendet werden, aber die Taktik selbst ist gang und gäbe, wenn auch verwerflich.«

»Weil es diejenigen bestraft, die arbeiten statt jenen, die kämpfen.«

Gaston nickte zustimmend.

»Mein Großvater betrachtete auch solche Menschen als Untiere. Er sagte, es reiche aus, einen Feind zu besiegen, es gebe keinen Grund, die Menschen, die das Land bestellten, zu Jahren des Hungers zu verdammen.«

»Dann hat er dich auch Gnade und Gerechtigkeit gelehrt.«

Ysmaine lächelte und nahm ihre Hände fort. »Er fand es angemessen, dass das gleiche Gift, mit dem er den Wolf getötet hatte, der Verletzung, die er bei dieser Jagd erlitten hatte, Linderung verschaffte. Es sei sehr passend, sagte er.« Sie betrachtete Gaston mit strengem Gesichtsausdruck, und er wusste, sie würde ihn tadeln. »Fatima sagte, du hättest deiner Verletzung nicht genug Zeit gegeben zu heilen.«

Gaston lächelte. Ihm gefiel, dass sie sich um ihn sorgte. »Ich hatte nicht den Luxus, im Bett zu bleiben, meine schöne Lady.«

Ein Lächeln umspielte ihre Lippen. »Du klingst wie mein Großvater. Er sagte, ein verdienter Kämpfer sei von seinen Erfahrungen gezeichnet.«

Gaston stimmte diesem Gedanken unwillkürlich zu, denn er besaß selbst mehr als nur ein paar Narben.

Ihre Stimme wurde weicher. »Er sagte, ein Mann, der in den Krieg reite und unverletzt zurückkehre, sei ein Feigling, denn jeder Mann mit Ehre werde verwundet, es sei denn, er fliehe vor dem Kampf.«

Der Blick seiner Frau ruhte auf ihm. Das war also der Grund, warum sie vor den Malen, die sie auf seinem Körper sah, nicht zurückschreckte.

Er begann zu lächeln, denn er begriff, was ihre Worte bedeuteten, und es gefiel ihm. »Wie es scheint, sollte ich mich geschmeichelt fühlen, dass du diesen Vergleich anstellst.«

Sie nickte und massierte die Arznei dann weiter in seine Haut. Gaston beobachtete sie, während sie sich auf ihre Arbeit konzentrierte, und begriff, er musste noch eine weitere Entscheidung treffen, um seine Ehe in die richtige Richtung zu lenken.

Ysmaine vertraute ihm mit den Geschichten aus ihrer Vergangenheit, und die Worte gingen ihr leichter von den Lippen, als sie es bei ihm je tun würden.

Aber er musste es versuchen. Gaston runzelte leicht die Stirn und entschied sich, seiner Frau einen Teil seiner eigenen Geschichte zu enthüllen. Er war vielleicht nicht in der Lage, ihr die Partnerschaft zu bieten, von der sie offenbar glaubte, sie solle Teil einer Ehe sein, aber er konnte zumindest einen Schritt in die richtige Richtung tun.

Für sie machte es vielleicht einen bedeutenden Unterschied, wenn er sich ihr anvertraute.

GASTON RÄUSPERTE SICH. »Dein Großvater hat recht damit, dass ein Kämpfer von seiner Erfahrung gezeichnet ist.«

Ysmaine schaute ihm ins Gesicht, aber Gaston zögerte nicht. »Vor fast zehn Jahren wurde ich bei Montisgard in die Schlacht geschickt.« Nachdem der erste Teil des Geständnisses einmal heraus war, war es einfacher, mit der Geschichte fortzufahren. »Odo de St. Amand war damals der Meister des Tempels, und er führte uns hinter das Banner des Königs von Jerusalem, Baldwin IV., um Saladin in Ascalon zu bekämpfen.« Er hatte gedacht, Ysmaine könnte vielleicht gelangweilt reagieren, aber sie beobachte ihn gespannt.

»Wie bist du verletzt worden?«

»Fantôme war damals jung und nicht an den Krieg gewöhnt. Er scheute inmitten des Kampfes wegen des vielen Bluts und des Gemetzels.«

Ysmaine schüttelte den Kopf. Ihr goldenes Haar glänzte im Licht. »Pferde mögen kein Blut. Das weiß ich sehr gut.«

»Oder offenes Feuer«, sagte Gaston. Es gefiel ihm, dass sie so nüchtern war. »Er war gut ausgebildet, aber diese Schlacht verlief ungewöhnlich brutal. Er trat auf einen Körper, drang mit dem Huf hinein, und verlor vor Furcht den Verstand.«

Ysmaine verzog mitfühlend das Gesicht. »So wäre es mir vielleicht auch gegangen. Und du?«

»Ich stürzte so schwer zu Boden, dass ich ein Knacken hörte, aber mir blieb keine Zeit nachzugeben. Ich musste mich erheben und kämpfen, oder mir wäre keine Chance geblieben, je wieder aufzustehen.«

»Und so hast du den Schmerz ertragen und die Verletzung schlimmer gemacht«, sagte Ysmaine. Das musste Gaston zugeben. »Aber an jenem Tag hat der König triumphiert, dank deiner Tapferkeit und der vieler anderer.« Ysmaine lächelte. »Ich erinnere mich, dass ich von dieser Schlacht gehört habe.«

»Aye, er siegte. Obwohl wir zahlenmäßig unterlegen waren und er sehr krank war, betete er vor einem Splitter des Wahren Kreuzes und führte die Armee selbst an. Man muss dazu sagen, dass Saladin seinen Feind unterschätzt und seine Truppen zu breit aufgestellt hatte.« Gaston nickte, in der Erinnerung verloren. »Es war kein einfacher Sieg, einer unter widrigen Umständen.«

Ysmaine biss sich auf die Lippen. »Vielleicht hat der König deshalb geglaubt, er könne auch diesmal gegen Saladin gewinnen.«

Gaston nickte. »Aye, aber anscheinend war er nicht der Einzige, der sich an die Vergangenheit erinnert hat.«

Ysmaine massierte seine Muskeln, während er sie ansah. Das Haar war ihr über die Schultern gefallen und umgab sie wie ein goldener Vorhang. »Dies ist das erste Mal, dass du mir eine Geschichte über dich erzählt hast, mein Gemahl«, sagte sie leise. Der Glanz in ihren Augen ließ deutlich werden, wie sehr sie das freute.

Er war froh, dass er die richtige Entscheidung getroffen hatte.

»Ich wünschte, ich hätte schönere Geschichten zu erzählen«, gab Gaston zu und berührte eine ihrer Haarsträhnen. Er wand sie sich um den Finger, staunte über ihre Weichheit. Ysmaines Lippen verzogen sich zu einem Lächeln, das er überaus anziehend fand. Er zupfe an der Strähne, ungewohnt verspielt, und seine Lady beugte sich über ihn und küsste ihn süß.

»Dreh dich bitte auf die Seite«, forderte sie ihn auf, als sie ihre Lippen von seinen hob. Gaston hoffte, sie wusste nicht, dass er in diesem Moment jeden Befehl befolgt hätte, den sie ihm gab. Sich auf die Seite zu drehen, war nun wirklich keine Zumutung. Er spürte ihre Knie an seinem Rücken und dann erneut die Wärme der Arznei auf seiner Haut. Er schloss die Augen, als sie sie in Richtung seiner Wirbelsäule verstrich, die Verspannung seiner Muskeln lockerte, an die er so gewöhnt war, dass er sie kaum noch wahrnahm.

Bis Ysmaines Finger sie lösten und er sich so gesund und leicht fühlte wie ein junger Hund.

»Mein Großvater hat mir viele Geschichten erzählt, aber die Wahrheit über den Wolf hat er mir erst kurz vor seinem Tod gestanden. Ich hatte ihn oft nach Einzelheiten gefragt, aber er hatte es abgelehnt, mir davon zu erzählen. Doch in jener Nacht rieb ich die Arznei in seine Haut und er bemerkte, er habe diese Verletzung in einer Nacht erlitten, ganz ähnlich wie jener, die wir draußen vor dem Fenster sahen. Nach dem Tod meiner Großmutter weilten seine Gedanken oft in der Vergangenheit. Diese Nacht vertraute er mir einen Teil davon an.« Sie schien nachdenklich, und Gaston wandte den Kopf, um ihr Gesicht sehen zu können. »Er war ein Mann mit vielen Narben, wenn er auch gut aussah.«

»Ein tapferer Kämpfer also, nach seiner eigenen Einschätzung«, neckte Gaston, und sie lächelte.

»Haar weiß wie Schnee, Stärke in seinem Körper, selbst mit siebzig Jahren, und Augen, so klar, dass meine Großmutter sagte, es könnten Edelsteine sein.«

»Grüne Augen?«, riet Gaston, unfähig, den Blick von *ihren* wunderschönen Augen abzuwenden.

Sie lächelte und errötete ein wenig. »Aye. Es heißt, meine sähen seinen ähnlich.«

Er nickte. »Sie sind wundervoll.«

Sein Kompliment schien sie verlegen zu machen, und sie senkte den Blick. Mit heiserer Stimme fuhr sie fort: »Auf der Wange hatte er eine tiefe Narbe, die seinen einen Augenwinkel ein wenig herabzog.« Sie zeigte auf ihr eigenes Gesicht, ohne ihre Haut zu berühren, damit sie die Arznei nicht dort verteilte. Ihre Fingerspitze deutete eine Linie von ihrem Augenwinkel bis zur Mitte des Kinns an. »Ich hatte nie gewagt, danach zu fragen, aber eine meiner Schwestern hatte es getan und war von unserer Mutter getadelt worden. In jener Nacht, als der Wind durch die Ritzen wehte und der Schnee gegen die Mauern trieb, erzählte er mir, es sei der Wolf gewesen, der ihm dieses Mal verpasst hatte.«

»Im Gesicht?«, fragte Gaston. »Er war ihm so nahe?«

Ysmaine nickte. »Er sagte, er sei in jener Nacht ausgeritten, um den Wolf zu jagen, und wegen des schlechten Wetters sei er allein gegangen. Er erzählte, er sei zu wütend gewesen, um auf sein eigenes Wohlergehen zu achten, denn der Wolf hatte am Tag zuvor ein Mutterschaf und ein Lamm geholt, mitten aus dem Dorf. Mein Großvater meinte, der Hunger mache die Bestie zu kühn, und sie müsse gestoppt werden. Er hatte seine Armbrust bei sich, deren Pfeilspitzen mit Eisenhut vergiftet waren, genau wie die Klinge seines Dolches. Die Nacht sei stürmisch gewesen, sagte er, voll wirbelnder weißer Flocken, und der Wald ein Irrgarten aus Schatten. Der Wolfspelz verschmolz mit dem Wald, so wie mein Großvater es nicht tat.« Sie schluckte. »Und der Wolf lieferte sich mit ihm eine Verfolgungsjagd. Er folgte dem Tier unermüdlich, feuerte Pfeile ab, wenn er konnte. Er verfehlte so oft, dass er zu denken begann, der Wolf sei verzaubert, aber mit dem letzten Pfeil hörte er ein schmerzerfülltes Heulen. Im Schnee fand er Blut und folgte der Spur, wissend, der Wolf würde nicht lange gegen das Gift kämpfen können. Doch der Wolf war sehr stark und groß und hatte vor Kurzem gut gefressen. Er war so klug und verschlagen, wie mein Großvater gedacht hatte, versteckte sich im Wald und griff ihn hinterrücks an, als er es nicht erwartete.« Gaston holte tief Atem. »Das Pferd scheute und warf meinen Großvater ab. Der Hengst floh, brachte sich in Sicherheit und ließ meinen Großvater allein im Wald zurück.«

»Mit einem Wolf, der entschlossen war, ihn zu töten.«

Sie nickte. »Er war auf seine Schulter gefallen und hatte, wie du, den Knochen brechen hören. Der Wolf stürzte sich auf ihn, noch bevor die Hufschläge seines Pferdes in der Ferne verklungen waren. Er biss ihn, zerrte an ihm, groß wie ein Mann und erschreckend stark. Mein Großvater schlug ihm mit aller Kraft auf den Kopf, und einen Moment lang zog er sich knurrend zurück, gerade lange genug, dass mein Großvater sein Schwert ziehen konnte. Als der Wolf ihn wieder ansprang, ließ er ihn gewähren. Der Wolf biss ihn ins Gesicht, und er sagte, er würde niemals den Anblick des offenen Mauls und der scharfen Zähne vergessen oder das Gefühl, wie die Klinge in den Bauch des Tieres drang.« Sie schluckte. »Er schlitzte den Wolf vom Bauch bis zum Geschlecht auf, schleuderte ihn dann von sich und sah zu, wie er starb.

Er selbst war mit Blut bedeckt, seinem eigenem wie dem des Wolfes, und er zitterte, allein im Wald. Lautlos fiel der Schnee, während der Wolf seinen letzten Atemzug tat.« Sie schluckte erneut. »Diesen Wolf häutete er, und sein Fell zierte das Bett meiner Großmutter.«

»Er bewunderte ihn«, mutmaßte Gaston. »Als einen würdigen Gegner.«

Sie zuckte die Schultern, dann sah er, wie Entschlossenheit in ihr Gesicht trat. »Er sagte mir, eine Niederlage erwarte all jene, die glaubten, sie wären verloren. In jener Nacht habe er eine Wahl gehabt: Sich dem Wolf zu ergeben und diejenigen im Stich zu lassen, die ihm vertrauten, sie zu beschützen, oder zu kämpfen, bis er nicht mehr konnte, egal, wie viel es kostete. Es dauerte Monate, bis er sich von diesem Kampf erholt hatte, und man könnte sogar sagen, dass er nie vollständig gesundete. Er sagte mir, er habe überlebt, weil er sich geweigert habe, etwas anderes zu tun.«

Gaston nickte verständnisvoll. Diese Lektion, das begriff er, war es, die seiner Lady Rückgrat verliehen hatte, trotz allem, was ihr in den letzten Jahren zugestoßen war. Er lächelte sie an und drehte sich wieder auf den Rücken, froh über die Linderung, die sie ihm verschafft hatte. »Deine Arznei ist wirklich gut«, sagte er. Bei dem Lob funkelten ihre Augen. »Ich danke dir, dass du sie zubereitet und die Pflanze dafür erworben hast.«

»Ich danke dir, dass du mir genug vertraut hast, sie aufzutragen.«

»Und wieder einmal, meine schöne Lady, belegst du nicht nur, dass mein Verdacht unbegründet war, sondern stellst auch deinen Wert unter Beweis.« Seine Worte gefielen ihr sehr, das war klar.

»Es sollte jeden Abend getan werden, wenigstens ein paar Nächte lang.«

»Brauchst du noch mehr von der Wurzel?«

»Nein, noch nicht.« Ysmaine runzelte die Stirn.

»Sag mir, was dich bedrückt«, drängte er.

»Es ist nicht so, dass ich die Wahrheit verbergen möchte, aber ich will auch keine unbegründete Anschuldigung erheben.«

»Was für eine Anschuldigung?«

»Es ist sehr seltsam. Ich war mir sicher, Fatima hätte mir mehr gegeben, als im Säckchen war, als ich es auf dem Schiff öffnete.« Ysmaine schüttelte den Kopf. »Aber vielleicht habe ich mich falsch an die Menge erinnert. An jenem Morgen in Jerusalem ist viel geschehen.«

Gaston verengte die Augen. »Weiß irgendjemand, dass du es besitzt?«

»Radegunde wusste es von Anfang an, natürlich, denn sie hat es für mich verwahrt.« Ysmaine wurde ernst. »Tatsächlich aber weiß es die ganze Gruppe, denn Bartholomew hat seine Anschuldigung gegen mich in Akkon erhoben, als wir glaubten, du wärst verloren.«

Das war keine gute Nachricht, wenn sie recht hatte und tatsächlich etwas von der Wurzel fehlte.

Gaston stützte sich auf seinen Ellbogen. »Und wenn jemand es einnehmen würde, was wären die Symptome?«

Ysmaine biss sich auf die Lippen. »Es sollte niemals eingenommen werden. Es verursacht die gleiche Hitze wie auf der Haut, nur im Inneren, und darauf folgt ein großer Aufruhr. Das Herz schlägt heftig und man errötet. Der Körper versucht, das Gift durch Erbrechen oder Durchfall loszuwerden. Atem und Pulsschlag rasen, der Betroffene schwitzt, und oft folgt auf die Hitze Taubheit. Er mag Dinge sehen, die nicht da sind, wenn die Hitze erst den Geist erreicht.«

»Und der Tod?«

»Tritt schnell ein, besonders bei großen Dosen. Das einzige Gegenmittel ist es, dem Vergifteten zu helfen, das Gift zu erbrechen.«

Wirklich keine frohe Kunde. Gaston hoffte, seine Frau irrte sich, was die Menge der Pflanze anging.

Ysmaine neigte sich ihm zu. »Stimmt es, dass jemand die Taschen all unserer Reisegefährten durchsucht hat? Wulf und Everard haben sich in Samaria darüber beklagt, aber Joscelin äußerte denselben Verdacht erst heute.«

Gaston starrte sie an. Seine Taschen waren in der Nacht zuvor durchsucht worden. »Ist dir das auch geschehen?«

Ysmaine lächelte. »Ich habe nur wenig bei mir, und nichts, was einen Dieb interessieren würde.«

Außer dem Eisenhut.

Gaston setzte sich auf, von neuer Entschlossenheit erfüllt. Er wagte es nicht, die Gesellschaft seiner Lady und ihre Reize im Übermaß auszukosten. Er musste wachsam bleiben, bis der Schatz sicher sein

Ziel erreichte. Wie verlockend die Vorstellung auch war, bei seiner Ehefrau zu verweilen und sich mit ihr zu unterhalten, es würde warten müssen, bis sie sicher in Châmont-sur-Maine angelangt waren.

Diese Nacht musste er den Stall beobachten, denn die Tasche in Laurents Obhut durch ein weiteres Augenpaar beobachten zu lassen, wäre am besten. »Ich danke dir für deine Hilfe, meine schöne Lady, aber ich bin gekommen, um einen Sohn zu zeugen, und es wird immer später.«

Wenn dieser Wechsel in seinem Benehmen Ysmaine ärgerte, verbarg sie es gut. Gaston sah nur ein rasches Aufblitzen ihrer Augen, dann wusch sich seine Frau auch schon die Hände.

»Es wird nicht lange dauern«, sagte er, ein Versuch, sie zu besänftigen.

»Natürlich nicht«, sagte sie kaum hörbar. Es blieb ihm ein Moment, um sich zu fragen, ob seine Liebkosungen ihr missfielen, bevor die süße Köstlichkeit ihres Kusses alle anderen Gedanken aus seinem Kopf vertrieb.

KAPITEL 14

Ysmaine erwachte, als jemand laut an die Tür des Hauses klopfte.

Sie schlief natürlich allein und weigerte sich, über die Tatsache nachzudenken, dass sie für ihren Gemahl von weniger Wert war als sein Streitross. Es wäre gewiss auch möglich gewesen, einen Mann zu finden, der übermäßig lange in seiner Leidenschaft schwelgte, aber Gaston war zielbewusst, im Bett wie in allen anderen Situationen. Er erregte sie gerade weit genug, dass sie nicht verletzt werden würde, dann erledigte er seine Aufgabe schnell. Die Knie angezogen, war Ysmaine eingeschlafen, und hatte erneut gegen diese seltsame Unzufriedenheit ankämpfen müssen.

»Ich verlange Einlass!«, brüllte ein Mann und klopfte noch heftiger. Ysmaine glaubte, es sei vielleicht Wulf, und riss die Augen weit auf. War er gestern Nacht nicht zurückgekehrt?

Radegunde schlief an der Tür. Sie schnarchte noch immer selig und stellte damit einmal mehr ihre bemerkenswerte Fähigkeit unter Beweis, jede Störung einfach zu verschlafen.

Ysmaine eilte zum Fenster und zog dabei den schweren Mantel um ihre Schultern, nur um zu sehen, wie Wulf unten im Hof mit den anderen Rittern aus der Reisegruppe heftig diskutierte. Es war kurz nach Einbruch der Dämmerung, und offensichtlich hatte seine Rück-

kehr alle geweckt. Der Templer war rot vor Wut, und sein Waffenrock schien zerrissen zu sein. Es sah aus, als hätte er sich in aller Eile angekleidet, und sein Haar war zerzaust.

Auf jeden Fall wirkte er äußerst aufgeregt.

Ysmaine konnte Rauch riechen.

Hinter Wulf stand eine Frau, die sich ihr hübsches Kleid zuschnürte, als stünde sie in ihrer eigenen Kammer statt vor einer Gruppe fremder Männer. Ihr Haar war von einem leuchtenden Goldrot, wie Ysmaine es noch nie gesehen hatte, und es fiel ihr wie ein üppiger Vorhang aus Seide über die Schultern. Im Gegensatz zu Wulf wirkte sie so gelassen, dass Ysmaine sich an eine Katze erinnert fühlte, die sich in der Sonne putzte.

Wulfs älterer Knappe Stephen hielt den Mantel seines Ritters im Arm und knetete nervös den Stoff. Er sah aus, als wäre er schnell gelaufen, und sein Haar stand an einer Seite ab. Der jüngere Knappe, Simon, schaute zwischen den Männern hin und her und warf gelegentlich einen Blick auf die Frau. Ysmaine war sich nicht sicher, vor wem er am meisten Angst hatte.

»Wir sind in Gefahr und müssen sofort losreiten«, verkündete Wulf. »Man hat mich angegriffen!«

Ysmaine war alarmiert, aber dann bemerkte sie Gaston im Schatten unter dem Dach des Stalls. Er hatte die Arme überkreuzt, und während er Wulf aufmerksam zuhörte, schien er nicht geneigt, in Eile irgendwohin aufzubrechen.

Vielleicht wusste er mehr über das, was sich zugetragen hatte. Ysmaine hielt sich verborgen, um zu lauschen. Radegunde trat an die andere Seite des Feners, gähnte herzhaft und verzog das Gesicht, als sie die Männer unten sah. Ihr Gesichtsausdruck verriet ihre Meinung über den Templer, ohne dass sie ein Wort sagen musste. Sie nahm sich an Ysmaine ein Beispiel und blieb außer Sicht, während sie zusah.

»Wir reiten noch diesen Morgen los!«, röhrte Wulf. »Wenn nicht sofort.«

Fergus gähnte und fuhr sich mit der Hand durch das Haar, bevor er Wulf antwortete. »Was für einen Aufstand Ihr macht, so früh am Tag.« Duncan stand hinter ihm und rieb sich das bärtige Kinn.

»Es ist noch Nacht, und ich wurde angegriffen, während ich im Bett

lag«, schnappte der Templer. »Das reicht aus, dass ich diese Stadt leid bin. Ich befehle unseren sofortigen Aufbruch.«

Fergus schüttelte den Kopf. »Hamish braucht mehr Ruhe, bevor er reiten kann. Das sagt der Arzt, und so soll es sein.« Er nickte Everard und Joscelin, die ihm aus dem Hauptraum gefolgt waren und ebenso verschlafen aussahen wie er, freundlich zu. »Ich möchte mich seiner Mutter gegenüber nicht für seine Gesundheit verantworten müssen.«

Die Männer lachten leise, Wulf aber zeigte sich gereizt.

Ysmaine vermutete, er betrachtete ihre Reaktion als respektlos.

»Ich werde mich nicht von einem Knappen aufhalten lassen, schon gar nicht von einem, der so dumm ist, in den Frachtraum des Schiffes zu fallen, sobald man ihm den Rücken zukehrt«, antwortete Wulf hitzig.

»Ich wurde gestoßen«, hörte man eine kleinlaute Stimme erklären.

»Du bist gefallen«, höhnte ein anderer Junge.

Fergus schüttelte den Kopf. »Es spielt keine Rolle, wie es zu dieser Verletzung kam. Ich werde noch zwei Tage in Venedig bleiben.«

»Die Gruppe muss beisammenbleiben«, beharrte Wulf, und Ysmaine sah, wie Gaston ungerührt auf seine Stiefel schaute. »Und ich habe das Kommando! Ich sage, wir brechen noch diesen Tag auf. Es ist nicht sicher, uns hier weiter aufzuhalten.«

»Weil Ihr von dieser Frau angegriffen wurdet?«, fragte Duncan, sein Ton jovial. Er betrachtete die Fremde offen. »Ich möchte wetten, nur wenige Männer würden sich über einen solchen Angriff betrübt zeigen.« Fergus lachte mit ihm. Wulf empörte sich sichtlich, aber bevor er sprechen konnte, trat Gaston aus dem Schatten des Stalls und griff ein.

»Was ist geschehen?«, fragte er in gemäßigtem Ton. »Gestern Abend noch wart Ihr froh, eine Nacht Ruhe vor uns allen zu haben.« Gaston schaute zu der Frau hinüber, die sich vergewisserte, dass ihre Kleidung richtig saß, anscheinend, ohne von ihnen allen Notiz zu nehmen. Sie zupfte am Saum eines Ärmels, bürstete ein Stäubchen von ihren Röcken und richtete sich dann auf. Mit erstaunlich stählernem Blick musterte sie Wulf.

»Ich habe keinen Zweifel daran, welches Gewerbe sie ausübt«,

murmelte Radegunde, und Ysmaine warf ihr einen warnenden Blick zu, damit sie schwieg.

»Sicher wünscht Ihr, in Venedig zu bleiben und Euren Gast zu bewirten«, stichelte Fergus.

Wulf starrte ihn an. »Sie ist nicht mein Gast. Sie ist eine Hure ...«

»Kurtisane«, unterbrach ihn die Frau kühl. »Und mein Name ist Christina, wie ich Euch bereits gesagt habe.«

Fergus neigte den Kopf und hätte vielleicht geantwortet, aber Wulf unterbrach ihn. »Ihr Name ist nicht wichtig. Und ihr Gewerbe könnt Ihr so nennen, wie Ihr wollt. Ganz gleich, wie schmeichelhaft die Wortwahl, es ist, was es ist.«

Christinas Lippen wurden bei diesen Worten ein wenig schmaler.

»Ich habe den vollen Preis entrichtet, aber sie folgt mir ...«

»Letzte Nacht hat er sich zu meinem Streiter erklärt«, sagte sie, ihr Tonfall süß und zugleich fest. Alle Männer drehten sich um, um sie anzuschauen, selbst Wulf, der ganz offensichtlich vorgezogen hätte, es nicht zu tun. Sie lächelte mit einem Vertrauen in ihre eigene Anziehungskraft, die Ysmaine beneidenswert fand. »Und in der Tat verdanke ich diesem Ritter mein Leben. Natürlich muss ich ihm folgen, um die Schuld in Gänze zu begleichen.«

»Ihr würdet für *ihn* Euer Leben aufgeben?«, fragte einer der Knappen ungläubig. Die anderen kicherten.

»Ihr solltet Euch nicht von Äußerlichkeiten täuschen lassen«, sagte Christina glatt. »Oder einen Mann nach dem ersten Eindruck beurteilen. Der Löwe mit einem Dorn in der Pfote ist dennoch eine edle Kreatur, auch wenn sein Schmerz ihn furchterregend macht.«

Ysmaine blinzelte bei diesem Vergleich. Es war leicht, Wulf mit einem Löwen zu vergleichen – oder besser noch mit dem Raubtier, nach dem er benannt war –, aber es fiel ihr schwerer, sich vorzustellen, dass er Schwäche zeigte oder Schmerz verbarg.

»Wie einfach, jemandem ein falsches Kompliment zu machen«, flüsterte Radegunde, und Ysmaine runzelte die Stirn.

Unter ihnen richtete Wulf sich noch höher auf als zuvor. »Ihr schuldet mir nichts«, sagte er zu Christina, sein Betragen kalt. »Ich habe für das Vergnügen gezahlt, das Ihr mir gewährt habt, und unsere Übereinkunft ist erfüllt.«

Christina antwortete milde: »Ich sage, sie ist es nicht, und wenn es eine Übereinkunft war, dann ist das Einverständnis beider Parteien notwendig, um sie als erfüllt zu betrachten.« Sie lächelte Wulf an und genoss offenbar seine Frustration.

Die Ritter tauschten amüsierte Blicke, und Ysmaine sah deutlich, dass Wulf diese Belustigung auf seine Koste nicht zu schätzen wusste.

»Ich habe Euch nicht dafür bezahlt, damit mein Leben in Gefahr gerät, ich mich in einem Moment der Entspannung verteidigen oder vor dem sicheren Tod fliehen muss.«

»So schlimm?«, fragte Fergus gedehnt, dann blinzelte er Christina zu. »Ich hätte nicht erwartet, dass es so gefährlich ist, mit Euch das Bett zu teilen.«

»Es gab einen Angriff auf das Haus«, sagte sie so milde, dass Ysmaine sich fragte, was wirklich in ihr vorging. »Wie es geschehen kann, wenn sich wohlhabende Kunden dort aufhalten.« Dass sie so gelassen auf ihre Lebensumstände reagieren konnte, zeigte Ysmaine, wie unterschiedlich ihr Leben war.

Christina räusperte sich. »Banditen haben das Haus und die Kunden beraubt, nachdem sie das Haus angezündet hatten. Die anderen Frauen …« Sie verstummte, richtete sich auf und warf Wulf ein Lächeln zu. Ysmaine fiel auf, dass Christinas Teint noch blasser war als für jemanden mit ihrer hellen Haut üblich, und nahm an, das Leben als Kurtisane sei bei Weitem nicht so einfach, wie Christina andere glauben machen wollte. »Mein Schicksal wäre sicherlich schlimmer verlaufen, hätte ich das Bett nicht mit einem Streiter geteilt, der mich verteidigt hat.«

»Ich habe mich selbst verteidigt«, korrigierte Wulf so vehement, dass Ysmaine sich fragte, ob es die Wahrheit war. »Ich wurde angegriffen und habe für mein Überleben gesorgt.«

»Und für das meine, zu meiner ewigen Dankbarkeit.« Christina verbeugte sich tief vor dem Templer.

»Eure Dankbarkeit muss nicht so lange anhalten. Ich gebe Euch eine weitere Münze oder sogar zwei, und Ihr könnt Euch auf Euren Weg begeben wie wir uns auf den unseren.«

Christina hob ihr Kinn. »Und ich sagte, ich werde es Euch vergelten, auf die gleiche Weise *oder* durch meine Dienste, dass Ihr mir das Leben

gerettet habt. Wohin auch immer Ihr geht, Sir, werde ich Euch folgen.«
Ihre Haltung war resolut. »Verlasst Euch darauf.«

»Es gibt Schlimmeres«, murmelte Duncan, obgleich klar war, dass
Wulf seine Ansicht nicht teilte. Der Kämpfer streckte die Brust vor,
strich sich das Haar glatt und lächelte Christina an.

Sie musterte ihn von Kopf bis Fuß, lächelte aber nicht zurück.

Joscelin starrte Christina lediglich mit offenem Mund an, sein
Gesichtsausdruck noch immer derselbe wie in dem Moment, als er
sie das erste Mal gesehen hatte. Ysmaine fragte sich, ob er dabei
sabberte.

»Seid Ihr verletzt?«, fragte Gaston den Ritter. Sein wachsamer Blick
stand dabei im Gegensatz zu seiner zur Schau gestellten Gleichmut,
sodass Ysmaine vermutete, er maß dem Vorfall mehr Bedeutung zu als
die anderen.

Wulf deutete auf seinen Rücken. »Es ist nichts, aber nur deshalb,
weil ich wach war. Hätte ich geschlafen, wäre die Klinge geradewegs
zwischen meine Rippen gedrungen.«

»Ich nehme an, das ist die Gefahr dabei, wenn man ein solches
Etablissement aufsucht«, murmelte Everard in missbilligendem Ton.

Ysmaine lehnte sich an die Wand und dachte nach. Dem äußeren
Anschein nach befehligte Wulf die Gruppe im Auftrag des Tempels.
Nach seiner eigenen Aussage hatte jemand versucht, ihn zu töten. In
Wirklichkeit führte Gaston jedoch den Trupp an. Es war nicht schwer,
daraus zu schließen, dass das Leben ihres Ehemanns möglicherweise in
Gefahr war.

Immerhin trug er den Brief bei sich, und sie wusste es.

Außerdem war da noch die Reliquie, bei der es sich sicherlich um
den Schatz handelte, den sie beschützten. Auch wenn Laurent loyal
erschien, er schlief mit allen anderen zusammen in den Ställen. Zwei
Wochen lang war der Junge krank gewesen und der Erschöpfung nahe.
Ysmaine war die Einzige, die eine eigene Kammer hatte, dank der
Großzügigkeit ihres Ehemanns.

Diesen Vorteil würde sie nutzen, um Gastons Mission zum Erfolg
zu verhelfen.

Sie zog Radegunde beiseite und flüsterte ihr Anweisungen zu,
deutete mit den Händen eine bestimmte Größe an, dann schickte sie

DONNERSTAG, 23. JULI, 1187

FESTTAG DES SANKT APOLLINARIS UND DER
MÄRTYRER SANKT NABOR UND SANKT FELIX

ihre Zofe los, um insgeheim ihren Auftrag auszuführen. Schließlich kehrte sie zum Fenster zurück, um zuzuhören.

»Es spielt keine Rolle, was Ihr glaubt, das Ihr mir schuldet«, sagte Wulf zu Christina in dem offensichtlichen Versuch, die Angelegenheit zu einem Abschluss zu bringen. »Wir brechen in aller Eile auf. Ihr habt kein Pferd, daher werdet Ihr nicht mit uns kommen.«

»Nur, weil Ihr durch einen unglückseligen Unfall bei Eurem Vergnügen gestört wurdet, sehe ich keinen Grund zur Hast«, sagte Fergus und wirkte dabei ungefähr so beweglich wie der Tempel selbst. »Und überdies braucht Hamish diese Tage zur Erholung.«

Wulf hob die Faust. »Ein Knappe wird nicht ...«

»Ich schlage vor, wir nehmen ein Frühstück ein«, sagte Gaston und unterbrach dadurch den Streit. »Und beraten uns danach über das weitere Vorgehen.«

Wulf knirschte sichtlich mit den Zähnen, aber Gaston sprach einfach weiter, als bemerke er den Ärger des Ritters nicht. »Auf leeren Magen kann man keine klugen Entscheidungen treffen«, sagte er. »Und meine Frau hat heute Morgen Einkäufe abzuholen. Vielleicht können wir einen Kompromiss schließen und morgen aufbrechen.«

»Wir sollten unser Ziel lieber früher als später erreichen, damit ich nach Jerusalem zurückkehren kann, um bei seiner Verteidigung zu helfen«, widersprach Wulf.

»Eine Verzögerung von einem Tag wird wenig Unterschied machen«, antwortete Gaston.

Wieder sah Ysmaine, dass ihr Ehemann in Wirklichkeit die Gruppe anführte, denn Wulf holte tief Atem und sprach dann mit zusammengebissenen Zähnen. »Euer Ratschlag ergibt möglicherweise Sinn«, sagte er, und Ysmaine vermutete, dass ihn das Eingeständnis schmerzte. »Ich werde mein Fasten brechen, bevor ich eine Entscheidung treffe.«

»Vielleicht möchte Euer Gast sich uns anschließen«, sagte Fergus und verbeugte sich vor Christina. »Da ich den Eindruck gewinne, dass ihr ursprüngliches Quartier nicht länger bewohnbar ist.«

»Das ist es nicht, und ich wäre erfreut, Eure Einladung anzunehmen«, sagte sie und legte die Hand auf seinen Ellbogen. Er führte sie in den Hauptraum. Joscelin folgte ihnen mit einer Aufmerksamkeit, die ein Hund einem saftigen Braten schenkt. Duncan gähnte erneut und ging hinterher, versuchte dabei ohne Erfolg, sein Interesse an Christina zu verbergen. Everard sog scharf den Atem ein und kehrte zurück in sein Zimmer. Beim Gehen wickelte er seinen Mantel fest um sich. Nach einem Blick von Bartholomew widmeten sich die Knappen wieder ihren Pflichten und die beiden Ritter blieben allein im Hof.

Wulf starrte Gaston, dessen Gesichtsausdruck sehr ernst geworden war, böse an. Ysmaine hatte den Eindruck, ein Willensduell zwischen den beiden Rittern zu bezeugen, denn die Luft zwischen ihnen schien beinahe zu knistern. Abrupt drehte Wulf sich um und marschierte in den Hauptraum.

Ysmaine hatte sich unbeobachtet geglaubt, aber nun schaute ihr Ehemann zum Fenster ihres Zimmers hinauf, so schnell, dass sie begriff, sie hatte falsch gelegen. Mit hämmerndem Herzen hielt sie seinem eindringlichen Blick stand und fragte sich, welche Botschaft darin lag.

GASTON BEGRIFF FRAUEN NICHT, aber langsam begann er, das Mysterium zu genießen. Er nahm Ysmaine an diesem Tag erneut mit zum Markt, um alles abzuholen, das sie am Vortag erstanden hatte. Er war beeindruckt von ihrer Sparsamkeit und froh, dass sie einen Kaufmann gefunden hatten, dessen Töchter ihr über Nacht ein neues Kleid genäht hatten. Das wollene Kleidungsstück war von einem tiefen Smaragdgrün und der Stoff sehr haltbar.

Ysmaine drehte sich vor ihm im Kreis, und ihre Freude reichte aus, um den Angriff auf Wulf für einen Moment aus seinen Gedanken zu vertreiben. »Der Farbton wird den Schmutz verbergen«, sagte sie. »Und der Stoff ist gut gewebt. Ich denke, ich werde dieses Kleidungsstück ein Dutzend Jahre oder länger behalten.«

»Du musst den Preis nicht rechtfertigen«, sagte er und sonnte sich darin, als großzügiger Mann zu erscheinen. »Es steht dir ausgezeichnet, und immerhin war ich es, der vorgeschlagen hat, dir neue Kleider zu kaufen.«

Die Strümpfe, die sie erworben hatte, waren ebenfalls eine kluge Wahl, und die neuen Stiefel würden ihre Füße warm und trocken halten. Der Mantel, den er für sie gewählt hatte, war von einem tiefen Blau und mit Eichhörnchenfell besetzt, ein Kauf, gegen den sie sich gewehrt hatte, obwohl das Kleidungsstück ihr schmeichelte. Der Rest war für sie bereits zu einem Bündel verschnürt, genau wie ihre alten Kleider.

Bei diesem Anblick runzelte Gaston die Stirn. »Sicher möchtest du die hier doch nicht mit nach Hause nehmen?«

»Sie sind für Radegunde«, sagte Ysmaine und nahm seinen Arm mit einer Selbstverständlichkeit, die ihm ein Lächeln entlockte. »Sie ist äußerst entschlossen, sie zu bekommen.«

»Aber das Kleid ist verblasst und die Stiefel sind löchrig.«

»Sie hat das Recht darauf«, sagte Ysmaine leise. »Und sie ist entschlossen, sie zu flicken, das Kleid zu färben und die Stiefel neu besohlen zu lassen, wenn wir heimkommen.«

»Aber sie den ganzen Weg bis nach Frankreich zu schleppen …«

Ysmaine drückte seinen Arm. »Sie wird diese Bürde tragen, und ich möchte ihr das Vergnügen nicht nehmen. Sie erinnert sich noch daran, wie das Kleid aussah, als ich es neu erworben hatte, und hat es immer bewundert.«

Tatsächlich wirkte die Zofe mit ihrer Last getragener Kleider recht glücklich. Angesichts ihrer Freude und der Beharrlichkeit ihrer Herrin fand Gaston keinen Grund zu streiten.

Auch in dieser Hinsicht würden ihm Frauen ein Mysterium bleiben, allerdings eins, das zu erkunden er keine Notwendigkeit sah.

»Gute Mutter Gottes«, flüsterte Radegunde erschrocken, als sie und Ysmaine wieder sicher in Ysmaines Kammer angekommen waren. »Ich fürchtete, er würde mich zwingen, die Kleider loszuwerden!«

»Zumindest sind es im Moment nur Kleider«, antwortete Ysmaine. Sie packte ihre neue Garderobe hastig ein, dann schaute sie aus dem Fenster hinaus in den Hof.

Im Haus war es still, und sie vermutete, ihre Reisegefährten schliefen entweder oder waren in der Stadt unterwegs. Sicher würden sie innerhalb der nächsten Stunde zurückkehren, um sich auf das Abendessen mit der Reisegruppe vorzubereiten.

Sie konnte bereits das Essen riechen, das ihre Gastwirtin zubereitete, und die Frau in der Küche summen hören. Die Küche besaß zum Hof hin kein Fenster. Gaston hatte gesagt, er habe einen Botengang zu erledigen. Es war eine seltene Gelegenheit, seinem wachsamen Blick zu entkommen, und Ysmaine hatte nicht vor, sie zu verschwenden.

»Fischeintopf«, sagte Radegunde und rümpfte die Nase. »Schon wieder.«

»Es ist besser als nichts«, erinnerte Ysmaine sie, und die Zofe lächelte, Zustimmung signalisierend. Sie hatte bereits den billigen Koffer gepackt, den sie auf Ysmaines Bitte hin gekauft hatte, und ihn in den alten Kleidern verborgen, sodass er nicht auffiel. Er war mit Steinen beschwert, und Ysmaine hatte sich vergewissert, dass er ähnlich schwer war wie die Reliquie, die sie kurz in der Hand gehalten hatte.

»Wir müssen den Koffer gegen den Reliquienbehälter tauschen«, wies Ysmaine sie an. »Und derselbe Stoff, in den der Behälter gerade eingeschlagen ist, muss auf genau die gleiche Weise um den Stein gewickelt werden. Sonst wird Laurents Gestank uns noch verraten.«

Radegunde nickte eifrig. »Tut Ihr das, ich passe auf.« Sie runzelte die Stirn. »Aber wie sollen wir Laurent ablenken?«

»Vielleicht schläft er, so wie gestern«, sagte Ysmaine. »Oder vielleicht können wir ihn von seiner Beute fortlocken.«

»Ich gehe zuerst und lege mein Bündel dort ab, damit es ihm leichter fällt, das Gleiche zu tun«, schlug Radegunde vor. »Vielleicht kann ich so tun, als bräuchte Hamish unsere Hilfe. Wenn kein Ritter oder Adliger zugegen ist, wird Laurent vielleicht einen Moment lang seine Pflicht vernachlässigen.«

»Ich werde mehr als einen Moment brauchen.«

»Ich werde mir etwas einfallen lassen, Mylady«, sagte Radegunde entschlossen. »Aber Ihr dürft Euch beim Betreten des Stalls nicht erwischen lassen.«

Ysmaine nickte und blieb in der Kammer. Mit pochendem Herzen sah sie zu, wie Radegunde über den Hof zu den Ställen ging. Die Zofe hatte es weder eilig, noch wirkte sie heimlichtuerisch. Sie rief etwas, tat dabei, als wären ihre Augen von der Sonne geblendet, und verlangte zu wissen, wer dort sei. Man konnte Hamish schnarchen hören, Laurent aber war wach.

Bartholomew, Stephen, Simon und Kerr mussten mit ihren Rittern unterwegs sein oder andere Aufgaben zu erledigen haben.

Ysmaine hörte Radegundes heiteres Plaudern, als sie ihre Kammer verließ und die Tür leise hinter sich zuzog. Wo war die Kurtisane? Everard? Joscelin? Der Kaufmann trieb sich viel in der Stadt herum, denn anscheinend hatte er viele Freunde und Bekannte hier. Aber die übrigen? Sie wusste es nicht.

Ihr blieb keine Zeit, sich zu vergewissern. Gaston konnte jeden Moment zurückkehren.

Ihre Handflächen waren feucht, als sie die Tür zum Hof erreichte, obwohl Radegunde sich noch immer munter unterhielt. Sie sah, wie die Zofe einem der Pferde die Nase rieb und lachte, als es sie anstupste. Ysmaine faltete die Hände und wartete. Worauf, das wusste sie nicht.

Dann schrie Radegunde plötzlich auf und ließ ihr Bündel fallen. »Hamish!«, rief sie in augenscheinlichem Schrecken. »Gnädige Mutter Gottes, was ist denn?« Sie lief in den hinteren Bereich der Ställe, der im Dunkeln lag. »Laurent! Rasch, du musst mir helfen. Oh, Hamish!«

Ysmaine wünschte sich mit aller Kraft, Laurent würde auf die List hereinfallen.

Er tat es. Er rannte hinüber zu Radegunde, und seine kleine, dunkle Gestalt war nur einen Moment sichtbar, bevor er hinter Radegunde im Dunkel verschwand. Er hatte nichts bei sich, und das war alles, was Ysmaine wissen musste.

Sie rannte durch den Stall und hob Radegundes Bündel auf, dann lief sie still zu der Ecke, in der Laurent schlief. Sie wandte dem Hof den Rücken zu und hoffte, ihr dunkler Mantel würde sie und ihre Tat verbergen. Der Geruch nach Mist war durchdringend, aber sie kämpfte gegen ihren Ekel. Erneut prägte sie sich ein, wie der Reliquienbehälter verpackt war, dann wickelte sie ihn aus.

Er war noch prächtiger, als sie gedacht hatte.

In diesem Moment erschien es ihr angemessen, um göttlichen Beistand zu beten.

»Er hatte vor meinen Augen einen Krampf!«, rief Radegunde aus. »Du lieber Himmel, was sollen wir tun?«

»Im Moment sieht er aus, als schliefe er«, bemerkte Laurent in skeptischem Tonfall.

Ysmaine wickelte den billigen Koffer in den Stoff, der den Reliquienbehälter umhüllt hatte. Der Reliquienbehälter selbst lag im Stroh auf dem Stallboden, aber sie konzentrierte sich zunächst darauf, die Tasche, die Laurent beschützte, richtig herzurichten.

»Bei dieser Art Krankheit täuscht oft der Anschein«, fuhr Radegunde fort, ihre Stimme schrill vor gespielter Furcht. »Ich habe es einmal gesehen, bei einem Mann, der zu meiner Mutter gebracht wurde. Er zuckte im Schlaf, zitterte und warf sich hin und her, dann erstickte er an seinem eigenen Erbrochenen.«

»Nein!«

»Aye. Wir dürfen Hamish auf keinen Fall auch nur einen Moment lang alleinlassen!«

»Aber was sollen wir tun?« Auch Laurents Stimme hob sich – er war von Radegundes Furcht angesteckt. Ysmaine legte das Bündel so hin, wie sie es vorgefunden hatte, dann rollte sie den Reliquienbehälter in Radegundes Kleiderbündel ein. Sie ging sicher, dass es fest zusammengeschnürt war, und schlich sich zur Stalltür. Dort legte sie das Bündel hin, wie es gewesen war, zögerte dann aber. Die Reliquie wollte sie nicht einmal einen kurzen Moment alleinlassen.

Ysmaine spürte eher, als dass sie sah, wie Radegunde in ihre Richtung schaute, und bog um die Ecke. Eilig überquerte sie den Hof und verbarg sich im Dunkel unter der Treppe. Dort holte sie Atem und versuchte, ihren wilden Herzschlag zu verlangsamen, bevor sie leise die Treppe hinaufstieg.

»Du musst ihn genau im Auge behalten«, wies Radegunde Laurent an. »Ich werde Mylady holen, sie versteht etwas von solchen Dingen.«

»Aber was soll ich tun, wenn es wieder geschieht?«

»Halte seine Hand und sprich mit ihm.«

»Aber ich muss das Gepäck von Lord Fergus holen. Ich kann es nicht unbeaufsichtigt lassen.«

»Dann hole es her, und ich halte so lange« seine Hand. Beeile dich.«

Ysmaine lehnte ihren Kopf an die Wand und kämpfte um ihre Fassung. Sie entriegelte leise ihre Tür, schloss sie dann laut und drehte den Schlüssel im Schloss, sodass das Geräusch im Treppenhaus widerhallte. Sie summte, als sie die Treppe hinunterstieg und so tat, als wäre es das erste Mal, dass sie die Kammer verließ.

Obwohl niemand anders sie sehen konnte, gab sie Erstaunen vor, als Radegunde sie im Hof abfing. »Mylady! Hamish hatte einen Krampfanfall! Er braucht dringend Eure Hilfe.«

»Wirklich?«, rief Ysmaine aus und bemerkte, dass ihre Zofe das Kleiderbündel in Händen hielt. Ihre Augen funkelten siegesgewiss. Ysmaine drückte Radegunde den Zimmerschlüssel in die Hand. »Ich habe heute erst Lavendel gekauft, um besser einzuschlafen. Hol ihn mir bitte; es hilft ihm vielleicht.«

»Natürlich, Mylady.« Radegunde eilte die Treppe hinauf und Ysmaine gestattete sich ein Gefühl der Erleichterung. Die Reliquie befand sich in ihrem Besitz, was helfen würde sicherzustellen, dass Ihrem Mann Erfolg vergönnt war.

Selbst, wenn es ein kleines Täuschungsmanöver erfordert hatte, den Austausch vorzunehmen.

GASTON LIEß seine Frau in Sicherheit in dem gemieteten Haus zurück und begab sich in die Stadt, um sich mit Wulf zu besprechen. Zuerst ging er in Richtung Hafen. Dabei wusste er, dass er in der Menge wegen seiner Größe auffiel. Unterwegs bummelte er über die Märkte und hielt von mehreren Brücken aus Ausschau, sicher, dass er den Templer früher oder später entdecken würde.

Er sah Wulf am Stand eines Rüstungsschmieds stehen, wo er die Reparatur eines seiner Schwertgriffe beaufsichtigte. Der Ritter beobachtete den Handwerker aufmerksam und schien von dem Talent des Mannes erfreut. Gaston wartete, bis Wulf aufschaute, dann blickte er bewusst in Richtung des nach dem Heiligen Markus benannten Marktplatzes. Wulf nickte kaum merklich und wandte seine Aufmerksamkeit wieder dem Rüstungsschmied zu.

Gaston schlenderte umher und ließ sich Zeit, zum Marktplatz zu gelangen, dann umrundete er ihn. Er erblickte Wulf an einem Ende und ging auf den Ritter zu, bog aber in eine Seitenstraße ab, bevor er ihn erreicht hatte, und ging schneller, bewegte sich rasch die gewundene

Straße entlang. Er bog um Ecken und überquerte Brücken, duckte sich, um Wäscheleinen zu entgehen, und gelangte schließlich in einen kleinen Innenhof, der am Hauptkanal lag. Er war leer, von dem Plätschern des Wassers in dem Brunnen in seiner Mitte abgesehen. Nur einige wenige, hoch gelegene Fenster der umstehenden Gebäude gingen auf den Hof hinaus. Gaston lehnte sich im Schatten an eine Mauer und wartete.

Einen Moment später tauchte Wulf aus der gleichen Gasse auf.

»Folgt man Euch?«, fragte Gaston leise, aber der Ritter schüttelte den Kopf.

Er trat neben Gaston, und die beiden standen dicht nebeneinander, unterhielten sich leise und beobachteten dabei den Ausgang zur Gasse.

»Kaum zu glauben«, murmelte Wulf. »Jemand ist uns gefolgt, obgleich kein anderes Schiff Akkon nach uns verlassen hat.«

»Ich bin nicht überzeugt, dass man uns aus Akkon gefolgt ist«, sagte Gaston. »Immerhin wurde das Gepäck auf dem Schiff untersucht.«

»Denkt Ihr, jemand ist auf der Suche nach dem Schatz, den man uns anvertraut hat?«

»Ich glaube, jemand in unserer Gruppe ist zumindest neugierig – wenn nicht noch mehr.« Gaston trommelte mit den Fingern auf einen Balken. »Habt Ihr irgendeinen Blick auf Euren Angreifer erhaschen können?«

Wulf schüttelte den Kopf. »Ich lag im Bett, zusammen mit der Frau. Wir waren mehrfach intim gewesen, und ich döste gerade.«

»Die Jungen?«

»Ich dachte, sie wären wach, aber offensichtlich war dem nicht so.« Wulf schüttelte den Kopf. »Sie hatte die Tür verriegelt, aber ich hörte das Schloss klicken und erwachte sofort. Es war zu nahe, als dass es einer der Jungen hätte sein können.« Er runzelte die Stirn. »Ich dachte, vielleicht hätte jemand aus dem Bordell vor, mich zu berauben, wie es vorkommen kann, aber der Boden knarzte, als der Eindringling den Raum betrat.«

»Also jemand, der sich dort nicht auskannte.«

Wulf nickte. »Ich wartete ab und tat, als schliefe ich, und schließlich sah ich den Eindringling als Silhouette vor dem Fenster.

»Ein Mann? Oder eine Frau?«

»Groß genug für einen Mann, doch davon abgesehen kann ich mir nicht sicher sein. Er oder sie trug einen dicken Mantel.«

»Dann also ein Dieb.«

Wulf hob den Blick. »Ein Dieb, der meine Börse und meine Kleider durchsuchte, mein Gold aber unangetastet ließ.«

Gaston stellte fest, dass ihm der Klang dieser Worte gar nicht gefiel. »Und dann?«

»Und dann die Flammen. Er vergoss das Öl aus der Lampe und zündete es an, woraufhin sich das Feuer rasch im ganzen Raum ausbreitete.«

»Und der Eindringling floh?«

Wulf schüttelte den Kopf. »Der Eindringling blieb und zog sich in eine Ecke zurück.«

»Er oder sie wollte sehen, was Ihr retten würdet.«

Wulf kniff die Lippen zusammen. »Ich griff nach meinem Messer und rief nach den Jungen. Die Frau lief zur Tür und rief eine Warnung, ich aber folgte dem Eindringling. Wir kämpften, und ich spürte, wie mich eine Klinge schnitt. Der Dieb war schlüpfrig wie ein Aal, aber ich versetzte ihm einen harten Schlag.«

»Habt Ihr ihn verletzt?«

»Mein Schlag traf auf etwas, doch dann ging ich durch einen Tritt zu Boden. Eine Lampe wurde nach mir geworfen und eine weitere nach der Frau. Alles fing Feuer. Als ich wieder auf die Füße kam, war der Angreifer verschwunden, und ich konnte nur noch zusehen, dass ich uns vier vor dem Inferno rettete.«

Gaston nickte. Obwohl Wulf und er nicht immer übereinstimmten, wusste er anzuerkennen, dass der andere Ritter nicht nur seine Knappen, sondern auch die Kurtisane in Sicherheit gebracht hatte. Er vermutete, der Ritter fühlte mehr für Christina als reine Lust. »Ihr habt ihr das Leben gerettet«, bemerkte er. »Wenn sie sagt, sie stünde in Eurer Schuld, so hat sie recht.«

Wulf runzelte die Stirn. Sein Benehmen war brüsk. »Ich habe nur getan, was jeder getan hätte.«

»Ich denke, wir wissen beide, dass das nicht stimmt«, sagte Gaston sanft. »Wichtiger noch, Christina weiß, dass es nicht stimmt.«

»Sie sollte hierbleiben.« Wulf gestikulierte mit einer Hand. »Mit mir hat sie keine Zukunft.«

Vielleicht war das der eigentliche Punkt. Wulf war den Templern verschworen, vermutlich, weil er keine andere Wahl hatte. »Und warum glaubt Ihr, es gäbe eine Zukunft für sie hier in Venedig?«

Wulf schaute auf, von Gastons Worten sichtlich überrascht.

»Frauen werde nicht als Huren geboren, so wenig wie Männer als Ritter«, sagte Gaston. Während der andere Ritter darüber nachdachte, wandte er sich wieder praktischeren Erwägungen zu. »Ihr riecht nach Rauch. Wir müssen bei allen anderen auf diesen Geruch achten – und auf jede Verletzung.«

»Ihr denkt, der Angreifer ist einer von uns.« In Wulfs Stimme lag keine wirkliche Überraschung, und Gaston war beruhigt, dass sie zu einer ähnlichen Schlussfolgerung gelangt waren. »Ihr glaubt, wer auch immer uns in Outremer gefolgt ist, hat das verschwundene Mädchen gesucht und nicht den Gegenstand unserer Mission.«

»Ich fürchte, das ist die einzige Möglichkeit, die alle Fakten berücksichtigt.« Gaston begegnete Wulfs Blick. »Und wirklich, was wissen wir schon über die anderen in unserer Gruppe?«

»Bruder Terricus hat sie zusammengestellt.«

»Weil es zeitlich gelegen kam und es eilte. Das ändert nichts daran, dass wir herzlich wenig über unsere Mitreisenden wissen.«

»Das stimmt wohl, aber es ist nicht weiter ungewöhnlich.«

Gaston glaubte nicht, dass dem anderen Ritter die volle Bedeutung dessen, was er sagte, bewusst war. »Selbst Ihr und ich wissen wenig voneinander. Ich habe zwar von einem Bruder Wulf im Priorat Gaza und seinem schwarzen Schlachtross gehört, wir sind uns aber nie begegnet.«

Wulf blinzelte. »Ich könnte ein Bandit sein, der ihn auf der Straße überfallen und seine Stelle eingenommen hat.«

»Obwohl es ihm schwergefallen wäre, in so kurzer Zeit Knappen zu finden«, gab Gaston zu. Er lächelte. »Und tatsächlich habe ich genug über die Brüder in Gaza gehört, um zu bezweifeln, dass Ihr einen solchen Kampf unbeschadet überstanden hättet, wärt Ihr nicht der wahre Bruder Wulf.« Er fügte nicht hinzu, dass ein solcher Schurke auch die Kurtisane in der Nacht zuvor nicht gerettet hätte, sondern sagte stattdessen: »Ihr könnt diese Logik auf den Rest unserer Gruppe anwenden. Ich bin Fergus erst vor zwei Jahren zum ersten Mal begegnet und habe nie eng mit ihm zu tun gehabt. Die einzige Person in unserer Gruppe, für die ich mich verbürgen kann, ist Bartholomew, denn ich kenne ihn, seit er ein Junge war.«

Wulf nickte, eine zögerliche Zustimmung. »Und noch weniger wissen wir über den Kaufmann Joscelin de Provins.«

»Wir kennen nur seinen Ruf.«

»Oder über Eure Frau.«

Gaston war gezwungen, das zuzugeben. »Zumindest wissen wir, dass Everard de Montmorency ist, wer er behauptet.«

»Wissen wir das?«, fragte Wulf.

»Er ist als Graf von Blanche Garde die letzten acht Jahre Teil des königlichen Hofs in Jerusalem gewesen. Ich habe ihn oft bei Hofe gesehen.«

»Warum hat er Outremer gerade jetzt verlassen, da es vor seiner größten Herausforderung steht?«, fragte Wulf.

»Sein Vater liegt im Sterben«, antwortete Gaston, wiederholend, was Terricus ihm gesagt hatte. »Als pflichtbewusster Sohn kehrt er zurück, um Abschied zu nehmen.«

»Aber als Graf von Blanche Garde hat er Besitzungen – oder hatte sie, bevor er sie im Stich ließ.«

»Vielleicht wollte er nicht bezeugen müssen, wie sie Saladin in die Hände fallen. Vielleicht sehnt er sich trotz seiner Gewinne in Outremer nach der Vertrautheit seiner Heimat.«

Wulf kniff die Lippen zusammen. »Vielleicht liegt etwas im Argen, weshalb er nicht zur Verteidigung seines Lands geblieben ist oder mit König Guy ausgeritten ist.«

»Vielleicht teilt er Eure Begeisterung für die Kriegsführung nicht.«

Wulf lehnte sich unzufrieden an die Wand. »Ein wohlhabender Mann von Rang, der ganz allein unterwegs ist. Es erinnert an einen Dieb in der Nacht, der der Entdeckung entgehen will.«

»Wenn es so wäre, wäre er von Blanche Garde nach Jaffa geritten und hätte sich nicht die Mühe gemacht, einen Umweg über Jerusalem zu nehmen oder um den Schutz der Templer zu ersuchen.«

Wulf zuckte wenig überzeugt die Schultern. »Ich werde ihn weiter auf meiner Liste von Verdächtigen führen, auch wenn Ihr es nicht tut. Genau wie Eure Frau.«

»Meine Frau ist über jeden Verdacht erhaben …«

»Sie hat Gift gekauft und unterhält sich häufig mit dem Kaufmann Joscelin …«

»Der ihr eine Garantie abzuluchsen versucht, Gewürze von ihm zu kaufen, wenn wir einmal daheim in Frankreich sind.«

Wulf hob eine Augenbraue. »Und die stets abwesend ist, wenn sich etwas Seltsames zuträgt.«

Gaston runzelte die Stirn. Es war nicht unwahr.

»Sie könnten unter einer Decke stecken und ihr Tun durch eine Unterhaltung über Gewürze verschleiern.«

Gaston glaubte das nicht. Er provozierte seinen Gefährten bewusst, denn er hatte das Gefühl, ein wenig Rache sei nötig. »Ich werde keine Liste von Verdächtigen aufstellen, denn ich glaube, niemand kann mit Sicherheit darauf stehen, außer vielleicht Eurer Kurtisane.«

Die Augen des Templers blitzten. »Sie ist nicht *meine* Kurtisane …«

»Sie behauptet das Gegenteil.«

»Eine Kurtisane oder Mätresse zu haben, hieße, meine Schwüre zu brechen!«

Gaston konnte ein Lächeln nicht unterdrücken. »Ein Bordell zu besuchen dagegen nicht?«

Wulfs Nacken rötete sich. »Ich möchte in aller Eile aus dieser Stadt aufbrechen«, sagte er mit grimmigem Gesichtsausdruck. »Sagt mir, dass wir nicht warten müssen, bis es diesem Knappen wieder gutgeht.«

»Das müssen wir, sonst wirken *wir* wie Diebe in der Nacht.« Gaston beugte sich zu ihm. »Aber das bedeutet nicht, dass wir unsere Zeit in dieser Stadt verschwenden müssen. Lasst uns versuchen, den Angreifer zu ködern, sodass er einen erneuten Versuch unternimmt.«

»Mich ums Leben zu bringen?«, fragte Wulf, einen Hauch von Belustigung in der Stimme.

»Natürlich. Ihr seid immerhin der Anführer dieser Gruppe.«

Wulf grummelte ein wenig, wandte sich aber nicht ab. »Habt Ihr einen Plan?«

»Einen schwachen, aber er mag dennoch effektiv sein. Der Schurke glaubt, Ihr wärt der Anführer und daher auch im Besitz des Gegenstands, den er sucht. Euer Gepäck wurde in Samaria durchsucht, das aller anderen auf dem Schiff. Ich nehme an, letzte Nacht ist Euch jemand gefolgt und hat Euren privaten Besitz durchsucht, erneut auf der Suche nach einem Hinweis auf den Aufenthaltsort der Beute. Dem Eindringling mag nun klar sein, dass Ihr sie nicht bei Euch habt.«

»Und?«

»Was, wenn Ihr so tätet, als wärt Ihr unterwegs, um sie irgendwo abzuholen?« Gaston senkte die Stimme, obwohl er nicht glaubte, dass jemand nahe genug war, um sie zu hören. »Venedig ist voller Leute, die vom Orden damit beauftragt werden, Juwelen und andere wertvolle Gegenstände sicher aufzubewahren oder zu verkaufen. Ich würde keinen davon in Gefahr bringen, aber die Praxis an sich ist wohlbekannt.« Er neigte sich Wulf zu. »Wenn sich heute Nacht alle zurückgezogen haben, könntet Ihr das Haus verlassen, als wolltet Ihr zu einer geheimen Verabredung. Ich werde Euch folgen und hinreichend Raum lassen, dass der Schurke Euch verfolgen kann.«

»Und so werden wir in den Straßen Venedigs mit ihm abrechnen.« Wulf nickte zufrieden. »Das gefällt mir, denn die Stadt ist bekannt dafür, dass es nachts häufig gewaltsam zugeht.«

»Ich werde auf Euren Aufbruch warten«, sagte Gaston.

Wulf und Gaston schüttelten die Hände, dann verließ Wulf den Platz. Gaston wartete und zählte seine Herzschläge bis zweihundert, bevor er den Platz in eine andere Richtung verließ. Er nahm einen langen Umweg zurück zum Haus und stellte fest, dass dort Aufruhr herrschte.

Wie es schien, hatte der Arzt, als er darauf bestanden hatte, Hamish solle sich nicht so bald bewegen, einen klugen Rat erteilt.

KAPITEL 15

Ysmaine war undankbar.

Oder vielleicht war sie sündig.

Denn sie war einfach nicht zufrieden mit all den Dingen, mit denen sie bereits gesegnet war. Sie hatte einen Ehemann, gesund, gutaussehend, Erbe von Ländereien nicht unweit von denen ihrer eigenen Eltern. Sie hatte reichlich zu essen und ritt auf einem guten Pferd. Ihr Ehemann verwöhnte sie, ließ sie auf den prächtigen Märkten Venedigs alles kaufen, was ihr Herz begehrte. Ihr Zimmer war bequem und ausreichend groß, mit einem Fenster hinaus in den Hof und vielen hellen Kerzen. Sie war in Sicherheit und es ging ihr gut. Es war ihr sogar gelungen, eine unbezahlbare Reliquie sicher zu verbergen.

Dennoch wollte sie mehr.

Am zweiten Abend, seit sie in Venedig angekommen waren, blieb sie im Hauptraum sitzen und trank ihren Wein. Radegunde war bereits in ihrer Kammer, stellte sicher, dass alles für Gastons nächtlichen Besuch vorbereitet war, und bewachte die Reliquie. Ysmaine leerte ihren Becher, während Gaston nach Hamish sah. Dem Jungen ging es natürlich gut. Ysmaine verspürte allerdings einen Hauch von Schuldgefühl, weil Radegundes List ein solches Durcheinander verursacht hatte. Fergus war entschlossen, in dieser Nacht bei seinem Knappen zu bleiben und über ihn zu wachen. Die anderen Jungen unterhielten sich ganz aufgeregt, und selbst Wulf gab zu, dass der Arzt wohl recht gehabt haben müsse.

Ysmaine fürchtete sich nicht vor dem unvermeidlichen ehelichen Verkehr mit Gaston, aber sie wollte mehr davon haben als bisher. Zugleich schien es falsch, sich über einen Ehemann zu beschweren, der so gut für sie sorgte und sie beschützte. Er war weder grausam noch ungerecht, und wirklich, es gab an ihm viel zu bewundern. Gaston gab acht, dass er Ysmaine nicht verletzte, er berührte sie so, dass sie bereit für ihn war. Wahrscheinlich beeilte er sich deshalb so sehr, weil er es für eine Pflicht hielt, die man sich besser zügig vom Hals schaffte.

Aber Ysmaine konnte sich nicht vorstellen, dass des Nachmittags so häufig ein Lachen aus dem Gemach ihrer Eltern gedrungen war, weil ihre Eltern nur eine Pflicht erfüllten. Sie konnte nicht glauben, dass es nur Pflichtgefühl war, das ihre Mutter dazu brachte, nach der Hand ihres Vaters zu greifen und ihn mit leuchtenden Augen zu ihrem gemeinsamen Bett hinüberzuziehen. Nein, es gab noch mehr.

Und es verlangte Ysmaine, davon zu wissen.

Tatsächlich waren Gastons Berührungen die Wurzel ihrer Unzufriedenheit. Sie mochte es, wenn seine Hand auf ihr ruhte, dort, an jener empfindsamen Stelle, und wünschte sich, er würde sie nicht so schnell fortziehen. Seine Berührung ließ sie sich nach etwas Namenlosem sehnen, das man ihr irgendwie verwehrte.

Er hatte Ehrlichkeit zwischen ihnen verlangt, und sie hätte ihm gern gesagt, was sie von ihm wünschte.

Das Problem war, dass sie es nicht wusste.

Radegunde wusste es auch nicht.

Ysmaine trommelte mit den Fingern auf den Tisch, als auf einmal der Schrei einer Frau durch die Nacht klang. Ihre Hand verhielt.

Die Frau fluchte, sie rief mehrere Heilige an.

Wurden sie angegriffen?

Ysmaine stand auf und ging zur Tür, die in den Hof führte. Sie sah Gaston im Schatten vor dem Stall ausharren, den Blick auf ein Fenster über ihr gerichtet. Das musste das Fenster unter ihrem sein.

Die Frau schrie wieder, rief Wulfs Namen voller Hingabe. Ihr Schrei endete in einem Stöhnen, so lange und so tief, dass Ysmaine Gänsehaut bekam.

War das Schmerz oder Lust?

Gaston unterdrückte ein Lächeln.

Es war Christina, die Kurtisane, die dort schrie.

Und es schien ganz so, als ob diese Frau wusste, was Ysmaine zu lernen wünschte. Sie bemerkte, dass Licht oben aus dem Fenster drang und einen Schatten auf die gegenüberliegende Wand warf. Es war ganz offensichtlich, dass Wulf und seine Dirne intim ineinander verschlungen waren und die Laterne auf der anderen Seite des Raums hatten brennen lassen. Sie standen – die Hure auf dem Ritter, ihre Füße auf seine Schenkel gestützt.

Ysmaine stockte der Atem, als Gastons Blick auf sie fiel. Eigentlich hätte sie sich sittsam von den Silhouetten abwenden sollen, aber sie konnte nicht aufhören hinzusehen.

Ihre Neugier war zu groß.

Und sicher war es nicht schlecht, wenn ihr Ehemann wusste, wie sehr das Ganze sie faszinierte.

Die Kurtisane warf den Kopf zurück und stöhnte, während Wulfs Hüften zustießen. Wieder rief sie seinen Namen, dann griff sie seinen Kopf und beugte sich vor, um ihn zu küssen. Die Schatten verschwanden, und Ysmaine vermutete, sie waren auf das Bett gesunken.

Sie war *auf ihm* gewesen.

Ysmaine presste sich mit dem Rücken gegen die Wand. Sie biss sich auf die Lippen, im Staunen darüber, dass solche Dinge möglich waren. Andererseits, warum sollte es nicht auch hier Abwechslung geben? Die Vereinigung selbst hing offenbar nicht unbedingt von der Stellung ab. Sie spürte eine wachsende Aufregung ob dieser Entdeckung.

Dann auf einmal schrie die Kurtisane mit einer solchen Hemmungslosigkeit auf, dass Ysmaine den Blick hob und ihren Gemahl ansah. Man konnte Christina heftig atmen und um Erlösung betteln hören. Sie feuerte Wulf in einer solchen Lautstärke an, dass im Haus andere Lampen aufleuchteten. Eine Faust donnerte auf den Boden, und Ysmaine konnte erraten, wessen Faust das war. Sie spähte in den Hof hinaus, während Gaston einen Blick auf das Fenster warf, dann kam ihr Ehemann gemessenen Schrittes über den Hof.

Was tat Wulf mit Christina? Ysmaine konnte nicht anders, als sich das zu fragen. Unterdessen wurden die Schreie immer lauter. Was auch immer er tat, es fand ganz offensichtlich Christinas Zustimmung. Ysmaine wollte verzweifelt mehr davon sehen und überlegte, wie sinnvoll es wäre, unter einem Vorwand hinaus in den Hof zugehen …

Dann röhrte Wulf, ein lautes Stöhnen, das nur eine Ursache haben konnte. Christina schrie beinahe im selben Moment in gleicher Lautstärke auf.

Hatte sie ebenfalls einen Höhepunkt erlebt?

War das möglich?

Als hätte noch irgendein Zweifel daran bestanden, dass sie einander keine Gewalt angetan hatten, begann die Kurtisane nun zu lachen, und Wulfs leiseres, kehliges Lachen mischte sich mit ihrem.

Die Lichter, die angezündet worden waren, wurden gelöscht, und von der Straße jenseits der Mauern hörte man einen lauten Ruf. Das ließ die Hure nur noch lauter lachen.

Ysmaine wusste vielleicht nicht genau, was sie von Gaston wollte, aber Wulfs Kurtisane wusste es. Sie fragte sich, wie sie möglicherweise vorsichtig Erkundigungen in dieser heiklen Angelegenheit einholen konnte, als sie auf einmal die Wärme ihres Ehemanns neben sich spürte. »Ich bitte um Verzeihung, meine schöne Lady, dass unsere Unterkunft sich diese Nacht offenbar in ein Freudenhaus verwandelt hat«, murmelte er, und ihr Herz machte einen Satz, als sie den Glanz in seinen Augen sah.

»Es macht mir nichts aus«, sagte sie und spürte, wie sie bei diesen Worten errötete.

»Wie es scheint, hat die Kurtisane vor, Wulfs Meinung zu ändern, was ihren Platz an seiner Seite angeht«, murmelte Gaston nachdenklich.

Ysmaine schaute ihrem Ehemann in die Augen. Etwas verkrampfte sich in ihrer Brust. Lag in seinen Augen eine neue Hitze? Reagierten sie auf die gleiche Weise auf diesen Anblick?

Wagte sie, um das zu bitten, was sie sich am meisten wünschte?

Er *hatte* sie um Ehrlichkeit gebeten, und sie hoffte, das änderte sich nicht, wenn sie ihm seine Bitte gewährte.

»Wenn sie denn an seiner Seite ist«, fügte Ysmaine hinzu und fühlte sich dabei sehr kühn. »Allerdings sah es eher so aus, als wäre sie *auf* ihm.«

Sie wagte es, zu ihrem Gemahl aufzusehen, nur um zu sehen, wie er ein Lächeln unterdrückte. »Das tat es.«

Ysmaine holte tief Atem und wandte sich zu ihm um, legte ihre Hand auf seine. »Ich möchte auf dir sein«, flüsterte sie Gaston zu, dessen Augen sich bei ihren kühnen Worten weiteten. »Ich möchte fühlen, was auch immer sie dazu gebracht hat, so zu schreien.«

Seine Aufmerksamkeit galt sofort ganz ihr, und er umfasste ihre Hand. »Meine schöne Lady, du solltest diese Frau nicht nach Anleitung fragen ...«

Ysmaine legte ihm die Fingerspitzen auf die Lippen, um ihn zum Schweigen zu bringen. »Du hast auf Ehrlichkeit zwischen uns bestanden, und dies ist ein Teil davon. Ich bin neidisch.«

Seine Verblüffung war offensichtlich. »Auf eine Hure?«

»Auf eine Frau, die solche Lust empfindet, dass es sie nicht kümmert, wer davon erfährt.«

Gaston fuhr sich mit der Hand durch das Haar. Es gelang ihm dabei, zugleich empört und gequält auszusehen. »Du möchtest mit Wulf zusammen sein?«

»Nein!« Ysmaines Schock bei diesem Vorschlag musste klar ersichtlich sein, denn Gaston wirkte erleichtert. Sie erschauderte. »Mit einem Mann wie ihm zu schlafen, wäre überhaupt nicht nach meinem Geschmack. Ich finde alles, das ich bewundere, in meinem Ehemann.«

»Nur, dass du im Bett nicht stöhnst.«

Ihr gelang ein Lächeln. »Wie es scheint, hungere ich nach dieser Empfindung.«

Gaston beobachtete sie wachsam. »Ich dachte, dir würde seine Erfahrung vielleicht gefallen.«

»Seine Erfahrung ist zu umfassend. Es ist mir sehr recht, dass du sie nicht teilst, denn ich möchte keine Angst haben müssen, mein Ehemann könnte mich mit Pocken anstecken oder auf die Jagd nach einer anderen Beute ausreiten als Rehen und Wildschweinen.«

Gaston schien gegen ein Lächeln anzukämpfen. »Aber ...?«, ermutigte er sie.

»Aber.« Ysmaine holte tief Atem, spürte, wie sie angesichts der eigenen Unverschämtheit errötete, und neigte sich ihrem Ehemann zu.

Sie senkte die Stimme zu einem Flüstern. »Aber ich möchte mehr darüber wissen, was es ist, das sie so laut macht.«

In seinen Augen funkelte es, und sie vermutete, er wollte sie necken. »Also soll ich mich bei der Kurtisane danach erkundigen, was ihr solche Befriedigung verschafft?«

»Gaston!«, entfuhr es Ysmaine, und er lachte über ihre Empörung. Ihre Wangen brannten, aber sie würde diese Angelegenheit nicht einfach auf sich beruhen lassen. »Ich möchte, dass du herausfindest, was mir eine solche Lust bereitet, und mir zeigst, wie ich dir ausreichend Lust bereite, damit du dir mehr Zeit lässt!«

Er wurde ernst. »Du möchtest, dass ich meine ehelichen Pflichten langsamer erfülle?«

»Ich vermute, das ist ein Teil des Geheimnisses.«

Gaston leckte sich die Lippen, und in seinem Kiefer zuckte ein Muskel.

Ysmaine überbrückte den letzten Rest Abstand zwischen ihnen mit einem Schritt und sprach so leise, dass Gaston sie vielleicht nicht einmal verstehen würde. »Deine Hand auf meinem Schenkel hat mir gefallen«, gestand sie flüsternd. Sie schluckte und schaute hoch in sein Gesicht. Er beobachtete sie aus glitzernden Augen, seine Haltung angespannt. Sie war sich nicht sicher, ob er überhaupt atmete. »Es hat mir noch besser gefallen, als sie aufwärts wanderte.« Sie konnte die Stelle, die er berührt hatte, nicht benennen. Wieder schluckte sie. »Wie könnte ich dafür sorgen, dass du sie länger dort liegen lässt? Wäre es einfacher, wenn ich auf dir säße?« Ein Feuer flackerte in Gastons Augen auf, und ihr blieb ein Moment zu hoffen, dass er in dieser Angelegenheit tätig werden würde.

»Meine schöne Lady«, murmelte er, die Stimme heiser. Einen langen Moment betrachtete er sie, und Ysmaine fürchtete, sie hätte ihn zu sehr schockiert. Als er scharf Atem holte, sich umwandte und sie stehen ließ, wusste sie, ihre Impulsivität hatte sie in die Irre geführt.

Ihr Mann ließ sie auf der Schwelle des Hauptraums zurück, brennend. Wie es schien, verlangte es ihn doch nicht so sehr nach Ehrlichkeit, wie sie gehofft hatte.

Ysmaine wandte sich um und ging mit schweren Schritten die

Treppe hinauf. Würde er diese Nacht überhaupt zu ihr kommen? Oder war er von ihrer Bitte zu entsetzt?

Gaston stand in Flammen.

Er konnte nicht klar denken. Konnte keinen sinnvollen Plan schmieden. Er konnte nur an Ysmaine denken, an ihre weiche Haut, ihre glatten Kurven, das bezaubernde leise Stöhnen, das sie von sich gab, wenn er in sie eindrang. Ihr geflüstertes Geständnis, dass sie auf ihm sitzen wollte, reichte aus, alle anderen Gedanken aus seinem Kopf zu vertreiben. Er dachte daran, sie anzusehen, sie nackt auszuziehen und sie zu erkunden, sie auszukosten, bis sie die gleichen Lustschreie ausstieß wie Wulfs Dirne, und sein Verstand setzte aus.

Durch seine Venen pulsierte nur noch reine Begierde.

Nur Ysmaine.

Er musste sich von ihr abwenden, um sich zu sammeln und über das richtige Vorgehen nachzudenken. Doch selbst, Distanz zwischen sie zu bringen, half nicht. Die Vorstellung, wie sie vor Lust keuchte, ihre Augen einladend glänzten, ihre Lippen sich öffneten, war eine, die er nicht aus seinem Geist vertreiben konnte. Er konnte ihren Duft auf seiner Haut riechen, wo sie ihn berührt hatte, und konnte nicht vergessen, wie es sich angefühlt hatte, als ihre Brust seinen Arm gestreift hatte, oder wie sie errötet war, als sie ihm ihr Verlangen gestanden hatte.

Gaston ging in den Hof und füllte einen Krug mit kaltem Wasser aus dem Brunnen. Im Stall zog er sich rasch aus und wusch sich, empfand das eiskalte Wasser als angenehm auf seiner Haut. Er hoffte, es würde das Feuer in ihm löschen, aber das tat es nicht.

Wenn überhaupt, dann wuchs das Verlangen nach seiner Frau.

Was, wenn er ihr eine solche Lust bereiten konnte? Was, wenn es keine Pflicht war, einen Erben zu zeugen – eine Aufgabe, die es zu erfüllen galt –, sondern ein Vergnügen, das man genießen konnte? Er dachte an Wulfs Ratschlag, er solle sicherstellen, dass seine Frau ihr Herz an ihn verlöre, und fragte sich, ob dies vielleicht der Weg war, es zu erreichen.

Er schrubbte sich von Kopf bis Fuß, entledigte sich des Schmutzes des gesamten Tags und der Bürde aller Annahmen, die er zu lange mit sich herumgetragen hatte. Warum sollten Ehemann und Ehefrau nicht zusammen Erfüllung finden? Warum sollte ein Mann nicht versuchen, die Zuneigung seiner Ehefrau und ihre Loyalität zu erringen? Warum sollte er die Kostbarkeit, die seine Frau darstellte, nicht schätzen?

Gaston wusch sich das Haar und schüttete dann das Wasser weg, beruhigt und entschlossen. Er zog seine Hosen und Stiefel wieder an und warf einen Blick nach oben zum Fenster von Ysmaines Kammer. Sie stand an einer Seite des Fensters, halb in den Schatten verborgen, den Blick auf ihn gerichtet. Sein Puls ging schneller bei der Gewissheit, dass sie ihn hatte baden sehen. Ihre Blicke trafen sich. Sie biss sich auf die Lippen, und die Hitze in ihm loderte von Neuem auf, erfüllte ihn mit Drängen und wilder Begierde.

Er würde ihre Herausforderung annehmen. Er würde seine Lady befriedigt sehen.

Und vielleicht würde er damit für die Zukunft einen guten Kurs setzen. Gaston zog sein Hemd über, füllte dann einen weiteren Eimer mit Wasser und nahm drei Stufen auf einmal zum Gemach seiner Frau.

Ysmaine wandte sich vom Fenster ab und presste sich mit dem Rücken gegen die Wand. Gaston hatte gesehen, wie sie ihn beobachtet hatte, und sie war zu töricht gewesen, um sich zurückzuziehen. War er beleidigt? War er abgestoßen? Sie atmete tief aus und fürchtete erneut, dass sie ihre weltlichen Gelüste zu deutlich gezeigt hatte. Als sie letzte Nacht sein Hemd gehoben und die Narbe auf seiner Hüfte gesehen hatte, hatte er sich unwohl gefühlt, so viel wusste sie.

Um alles noch schlimmer zu machen, begann die Kurtisane erneut zu stöhnen.

Es war, als wollte das Paar Ysmaine mit dem Wissen von den Dingen, die ihr verwehrt bleiben sollten, verspotten. Sie begann, alle Privilegien aufzuzählen, die sie besaß und Christina nicht, während sie rastlos in ihrem Zimmer auf und ab ging.

Sie erstarrte, als sie Schritte auf dem Treppenabsatz hörte. Radegunde richtete sich auf und schaute zur Tür.

Dann klopfte es, und Ysmaines Puls beschleunigte sich.

»Meine schöne Lady?«, sagte Gaston, und sie konnte ihrem Glück kaum trauen.

Noch immer fürchtend, er könne vorhaben, sie zu tadeln, eilte Ysmaine zur Tür und öffnete ihm. Es ergab keinen Sinn, aber ohne seine Rüstung erschien er größer – oder vielleicht auch einfach nur lebendiger in seiner Männlichkeit. Es war nicht zu leugnen, wie muskulös und breitschultrig er war, wenn ihm das Hemd feucht auf dem Leib und den Schultern klebte. Der Mund wurde ihr trocken, als sie dem lebhaften Blau seiner Augen begegnete. Sein Haar war nass, seine Ärmel hatte er aufgerollt, um seine gebräunten Unterarme zu enthüllen, und er wirkte zerzauster, als sie ihn je gesehen hatte.

Konnte es sein, dass in ihrem sonst so methodischen Ehemann doch eine gewisse Impulsivität steckte?

Gaston trug einen überschwappenden Eimer und einen Schwamm in der Hand. Sie hatte den flüchtigen Gedanken, dass er sie damit übergießen wollte, um ihre feurige Leidenschaft zu löschen, aber dann ergriff er das Wort.

»Ich nehme die Herausforderung an«, sagte er, die Stimme heiser und die Augen dunkel. »Wenn du es noch wünschst.«

»Das tue ich«, gab sie leise zu und trat dann einen Schritt zurück. Mit einer Geste entließ sie Radegunde, woraufhin die junge Frau den Raum verließ. Gaston betrat das Zimmer, und Ysmaine drehte hinter ihm den Schlüssel im Schloss.

Er blieb mitten in der Kammer stehen, als sei er sich nicht sicher, wie er weiter vorgehen solle. Ysmaine schluckte, dann legte sie ihm die Hand auf den Arm. »Ich entschuldige mich, dass ich dich gerade eben so offen beobachtet habe. Ich habe dich noch nie ganz ohne Kleider gesehen«, gab sie zu. »Ich habe überhaupt noch nie einen Mann nackt gesehen.«

»Auch ich habe dich noch nicht unbekleidet gesehen«, antwortete Gaston. »Wie es scheint, gibt es noch viel, das wir vollbringen müssen.« Er hob ihre Hand an seine Lippen und presste einen Kuss auf ihre Handfläche. Sein Blick brannte sich in ihren, und mit leiser Stimme

fuhr er fort: »Ich dachte, wir könnten *einander* erkunden, um herauszufinden, was uns am meisten Vergnügen bereitet.«

Ysmaine konnte ihr Lächeln nicht unterdrücken. »Quält es dich,
eine lüsterne Frau zu haben?«

»Es bezaubert mich«, gestand Gaston hastig, dann ließ er ihre Hand
los. Mit untypischer Eile ließ er die Finger in ihr Haar gleiten und zog
sie hoch auf die Zehen. Seine Berührung war zugleich entschlossen und
zärtlich, um so aufregender, weil sie sah, wie schnell sein Puls am Hals
schlug. Er sah sie an, als wäre sie ein Wunder, dann presste er seinen
Mund auf ihren, in einem Kuss, der ihre Seele entflammte.

Ysmaine schlang ihre Arme um seinen Hals und küsste ihn zurück.
Sie hatte den Eindruck, dass sie diesen sehr bedächtigen Mann dazu
bringen konnte, ungeduldig zu sein. Mehr als diese Ermutigung schien
er nicht zu brauchen, denn er stellte den Eimer aus solcher Höhe ab,
dass das Wasser überlief. Er hielt ihr Gesicht zwischen seinen Händen
und drängte sie zurück gegen die Wand, hielt sie dort mit seinen
Hüften gefangen, während er sie gründlich küsste.

Lust durchflutete Ysmaine. Sie schloss die Augen und ergab sich
ihm. Ihre Finger wanden sich in sein Haar, ihr Rücken bog sich durch,
sodass ihre Brüste gegen seinen Oberkörper stießen. Er küsste sie mit
einer Leidenschaft, die sie nach Luft ringen ließ, dann presste er sein
Knie zwischen ihre Schenkel. Als Gaston den Kopf hob, hob er auch
eine Augenbraue. »Sag mir, was dir gefällt, meine schöne Lady«,
ermunterte er sie, seine Stimme ein tiefes Rumpeln.

»Es gefällt mir, wenn du mich so küsst«, gestand sie. »Es gefällt mir,
wenn es den Anschein hat, als könntest du mir nicht widerstehen.
Wenn du nach mir zu hungern scheinst.«

Ihr Lächeln war flüchtig, dann küsste er sie wieder, noch stürmi-
scher als zuvor, wenn das möglich war. Eine Hand ließ er in ihr Haar
gleiten, die andere nahm er fort, um den Saum ihres Unterkleids zu
heben. Sie spürte die Wärme seiner Handfläche auf ihrem Oberschen-
kel, während seine Zunge mit ihrer spielte. Er legte die Hand auf ihre
Haut und ließ sie langsam aufwärts gleiten, warf ihr dabei einen
glühenden Blick zu und beugte sich vor, um das Band ihres Unterkleids
mit den Zähnen zu lösen. Seine Lippen streiften ihr Ohr, ihren Hals, die
Stelle unter ihrem Kinn, und zugleich tasteten sich seine Fingerspitzen

zu dem Ort vor, der sich nach seiner intimen Berührung sehnte. Alles an ihrem Körper schien lebendig zu sein. Und sie wollte noch immer mehr.

Ysmaine rang nach Atem und stützte ihre Hände auf seine Schultern. Sie warf ihm einen eindringlichen Blick zu, dann zog sie sich das Unterkleid über den Kopf und warf es durch den Raum, ließ zu, dass er sie ansah. Gastons Augen weiteten sich auf eine äußerst befriedigende Weise.

»Sag mir, was dir gefällt«, ermunterte sie ihn, wiederholte seine Worte, und ihr Gemahl lachte leise.

»Dies hier«, knurrte er dann. Er beugte sich vor und ließ die Zunge über ihre Brustwarze gleiten, die sich als Antwort darauf verhärtete. »Dies.« Er umfing ihre Brust mit einer Hand, küsste die Brustwarze und sog sie zwischen die Zähne, eine süße Qual.

Ysmaine stellte fest, dass das Feuer in ihr zu einem Inferno anwuchs, und sie presste ihre Hüften gegen ihn, ohne zu wissen, wie sie Erlösung finden sollte. »Gemahl!«, keuchte sie.

»Dies.« Gastons Hand glitt zwischen ihre Beine, und sein Blick war eindringlich, als er sie dort berührte.

Ysmaine errötete. Ihr stockte der Atem. Sie umfing sein Gesicht und küsste ihn voll auf den Mund. Gastons Finger bewegten sich, weckten geschickt ihre Leidenschaft, während sie seinen Mund förmlich verschlang. Er stöhnte, und Ysmaine nahm zufrieden zur Kenntnis, dass sie Macht über seine Leidenschaft hatte so wie er über ihre.

Sie zog an seinem Hemd, und sie trennten sich einen Moment. Während er es ihr nachtat, sich das Hemd über den Kopf zog und es auf ihr Unterkleid warf, lächelten sie einander an. Mit nacktem Oberkörper sah er sogar noch verruchter und leidenschaftlicher aus als zuvor. Muskulös war er und sonnengebräunt, vernarbt, aber heil. Sie fand ihn wunderschön.

Ysmaines Finger wanderten zum Band an seiner Hose, und er hob sie hoch, hielt sie an seiner Brust gefangen, einen Arm um ihre Taille geschlungen. Er zog seine Stiefel aus, dann seine Hose. Endlich ebenso nackt wie sie, erwiderte er ihren Blick.

»Ein edler Kämpfer«, sagte sie lächelnd und fuhr die Linie einer alten Narbe auf seiner Schulter nach. Sie konnte nicht glauben, wie stark sein Körper war, welche Hitze er verströmte, welches Verlangen nach ihr in seinen Augen lag.

»Du hättest einen hübscheren finden können«, sagte er spöttisch.

»Aber keinen besseren«, antwortete Ysmaine und sah, dass ihm ihre Worte gefielen. Er hielt sie fest, ihre Füße über dem Boden, ihr Haar offen auf ihrem Rücken, die Hände um ihre Taille gelegt. Sie ließ ihre eigenen Hände auf seinen Schultern ruhen und beobachtete ihn fasziniert. Erneut presste er sie gegen die Wand, und in seinem Gesicht lag Entschlossenheit.

»Sag mir, was du willst, meine schöne Lady«, forderte er sie wieder auf und küsste die andere Brustwarze, bis sie sich zu einem steifen Gipfel verhärtete.

»Ich will dich«, brach es aus ihr heraus. »Ich mag es, wenn du mich begehrst.« Ysmaine schluckte und begegnete seinem eindringlichen Blick. »Ich mag es, wenn du mich erfüllst.« Sie biss sich auf die Lippen, dann wagte sie, es laut zu sagen. »Wenn du mich dehnst.«

Gaston atmete scharf ein und drehte sie etwas. Er ging in die Hocke, sodass sie auf seinen Schenkeln saß. Seine Hand landete auf der Innenseite ihres Schenkels. »Lass uns zuerst herausfinden, was geschieht, wenn meine Hand dort verweilt«, murmelte er, ein tiefes Knurren.

Ysmaine lächelte ihn an und spreizte einladend ihre Schenkel. Seine Finger waren warm und bewegten sich langsam. Einmal mehr erwies sich seine Berührung als sanft und entschlossen zugleich. Er liebkoste sie, bis sie laut aufkeuchte, und hielt selbst dann nicht inne. Sein Blick verharrte auf ihr, sein anderer Arm lag um ihre Taille. Und er beobachtete sie, während sein Streicheln fordernder wurde, fester, erregender.

Ysmaines Puls raste, ihr Atem ging schnell. Ein Zittern durchlief sie, und Hitze schien durch ihren Körper zu strömen. Sie wand sich unter seinen Fingern, was die süße Qual, die sie bei seiner Berührung empfand, noch steigerte. Gaston lächelte, während sie unzusammenhängende Worte murmelte, und lachte leise, als sie stöhnte. Behutsam ließ er erst einen Finger in sie gleiten, dann einen zweiten. Lust erfüllte sie.

Sie küsste ihn gierig, wollte seinen Körper fest an ihrem spüren. Ihre Hand landete auf seinem Hals, und sie genoss das wilde Pochen seines Pulses und den Beweis, dass sie diese Leidenschaft nichts als Einzige empfand. Seine Finger berührten sie mit überzeugender Leichtigkeit, und sie war sich sicher, es nicht mehr länger ertragen zu können. Ihre Lippen teilten sich, aber sie sagte nichts, bis Gaston sie plötzlich hochhob.

»Ich glaube, diese Position war es«, sagte er und brachte sie dazu, auf ihn niederzusinken. Er war mehr als bereit für sie. Tatsächlich hatte Ysmaine das Gefühl, als füllte er sie stärker aus als die vorigen Male. Die Empfindung ließ sie vor Lust stöhnen und rief ein Zittern tief in ihr hervor. Sie lächelte ihn an, zufrieden mit der Stellung, und dann umfasste er ihren Po und bewegte sich in ihr.

Ysmaine lächelte ihren Ehemann an und schlang die Beine um seine Taille. »So?«, fragte sie spielerisch, wissend, dass sie die Kurtisane dasselbe hatte tun sehen.

Gaston schien nicht in der Lage zu antworten. Er flüsterte ihren Namen, dann presste er sie wieder an die Wand. Seine Hand stahl sich zwischen sie, streichelte sie erneut, und Ysmaine begriff, dass es etwas gab, dass sie noch viel, viel lieber mochte, als wenn ihr Ehemann sie erfüllte.

Sie wand sich, eine Bewegung, die ihm zu gefallen schien. Sie schlang die Beine fester um ihn und hob sich ihm entgegen, genoss, wie er scharf den Atem einsog. Seine Augen glitzerten, und seine Haut errötete. Er bewegte sich bedächtig und mit Kraft, was den Aufruhr in ihrem Innern bis ins Unendliche steigerte. Sie wollte ihn um irgendeine Form der Erlösung anflehen, als sein Daumen und Zeigefinger auf einmal zart kniffen.

Ysmaine schrie vor Lust auf. Sie war in einem Strudel gefangen, der sie zermalmen würde – doch Gaston hielt sie fest. Sie klammerte sich an seine Schultern, umschlang ihn fester mit den Beinen, ihrer Lust ausgeliefert, während er röhrte und tiefer in sie stieß. Er bebte, als ihn sein eigener machtvoller Höhepunkt durchlief, und seine Zähne streiften ihre Haut, während er mit einer Befriedigung aufstöhnte, die ihr unglaubliche Genugtuung verschaffte. Sie ließ sich zitternd an seine Brust sinken und hielt ihn fest, spürte, wie heftig sein Herz unter ihrem Ohr schlug.

»*Das* gefällt mir«, flüsterte sie, und er lachte.

»Mir auch, meine schöne Lady«, murmelte er, und seine Worte ließen seine Brust unter ihrer Wange vibrieren. »Mir auch.«

Er presste ihr einen Kuss auf die Schläfe. Ysmaine hob den Kopf und streckte sich, um ihn richtig zu küssen. Es war ein süßer Kuss, ein triumphierender Kuss, einer, der sie mit einer unerwarteten Zufriedenheit erfüllte.

Wer hätte geahnt, dass kühne Worte ihr einen solchen Lohn einbringen würden?

~

YSMAINE WAR der Wahnsinn in seinem Blut.

Gaston hatte an nichts anderes denken können als daran, sie zu besitzen, und nun, da sie süß in seinen Armen lag, befriedigt und weich, konnte er an nichts anderes denken, als sie erneut zu nehmen. Er war ein Mann des Maßhaltens und der Zurückhaltung, aber seine neue Frau brachte ihn dazu, das alles zu vergessen.

Dass ihm das nichts ausmachte, hätte ihm eigentlich zu denken geben sollen.

»Die Arznei«, erinnerte sie ihn, aber Gaston war daran nicht interessiert.

»Ich fühle mich diesen Abend auch ohne sie hinreichend gesund«, knurrte er.

Ysmaine lachte zu ihm auf, so zufrieden, dass er sie erneut küssen musste. Als er den Kuss unterbrach, konnte er sie um ihre offenkundige Seligkeit nur beneiden.

Sie seufzte glücklich. »Ich muss mich auf das Bett legen, wenn dir das recht ist.«

Gaston, der sich nicht sicher war, warum, setzte sie zögernd darauf ab. Sie rollte sich sofort auf den Rücken und zog die Knie bis an die Brust. Das ergab für Gaston keinen Sinn, und seine Verwirrung musste offensichtlich sein.

Ysmaine schenkte ihm eins ihrer so wirkungsvollen Lächeln. »Radegunde sagt, je länger ich deinen Samen in mir trage, desto wahrscheinlicher ist es, dass er Wurzeln schlägt.«

»Wirklich?« Gaston sah keine Notwendigkeit einzugestehen, wie wenig er von solchen Dingen wusste.

»Ihre Mutter war Hebamme, also könnte es stimmen.« Sie rümpfte die Nase. »Ich vermute, es kann nicht schaden.«

»Wie lange liegst du so da?«

»Bis mir kalt wird.«

Gaston betrachtete sie nachdenklich. »Ich könnte dabei helfen.«

Wieder lächelte sie, aber ihre Stimme klang sanfter. »Das würde mir gefallen, mein Ehemann.«

Es hatte Einiges für sich, seine Lady zu ermutigen, ihm ihre Wünsche mitzuteilen. Gaston griff den fellbesetzten Umhang, den er ihr erst an diesem Tag gekauft hatte, legte sich zu ihr aufs Lager, zog sie in seine Arme und wickelte den Mantel um sie beide. Er lehnte sich gegen die Wand, und hielt seine Frau auf dem Schoß. Es freute ihn, wie sie zu ihm hochlächelte.

»So ist es viel besser«, sagte sie und legte die Wange an seine Brust. »Wie ich auf dem Schiff geschlafen habe.«

»Du wusstest, dass ich bei dir war?«

Er spürte ihr Lächeln an seiner Haut. »Ich wusste, ich war sicher und mir war warm, und das bedeutet, dass mein Ehemann für mein Wohlergehen sorgt.« Sie seufzte mit einer Zufriedenheit, die Gaston teilte. Er ertappte sich dabei, wie er ihr einen Kuss auf den Scheitel drückte, und genoss die seltsame Mischung aus Aufregung und Zufriedenheit, die er so oft in Ysmaines Gegenwart spürte.

Wenn er sich den Rest all seiner Tage und Nächte so fühlen würde, würde Gaston das Leben als verheirateter Mann sehr zusagen.

»Du hast mich nicht auf dir sitzen lassen«, beschwerte sie sich leichthin. Die Worte verrieten, dass sie langsam schläfrig wurde.

»Ich hatte keine Gelegenheit.«

Sie schaute mit schalkhaftem Gesichtsausdruck zu ihm auf. »Wir könnten es wieder tun.«

»Aber einmal in der Nacht reicht aus, meine schöne Lady«, antwortete Gaston, obwohl er wusste, das stimmte nicht. Er hätte sie ein Dutzend Mal nehmen können, so groß war sein Verlangen, aber sie war an solche Vergnügungen nicht gewöhnt und er wollte sie nicht verletzen.

»Dann habe ich ein neues Ziel«, sagte sie und kuschelte sich an ihn. »Ich fürchte, du hast eine gierige Frau zu deiner Ehefrau gewählt.«

»Wirklich?« Er hörte den Ton von Belustigung in seiner Stimme.

»Wirklich. Kaum ist ein Verlangen erfüllt, entwickle ich ein neues. Ich fürchte, ich werde niemals wirklich zufrieden sein.«

»Das kann ich nicht glauben. Auf mich wirkst du sehr zufrieden.«

Ysmaine hob den Finger. »Aber du kennst die Wahrheit nicht. Du musst wissen, als ich auf die Pilgerreise nach Palästina ging, sehnte ich mich nach einem Ehemann und einem Zuhause. Als ich dich in Jerusalem traf, wünschte ich nur, Radegunde möge geheilt werden.«

»Und das wurde sie.«

»Nur mit deiner Hilfe. Und du sorgtest dafür, dass ich eine heiße Mahlzeit im Bauch hatte, bevor ich danach verlangen konnte. Was bedeutete, dass ich mich bald an meinen Wunsch nach einem Ehemann und einem Zuhause erinnerte.«

»Und nun hast du beides.«

»Obwohl ich um dein Schicksal fürchtete, als wir miteinander schliefen. Ich wünschte mir schon beim Ablegen unserer Hochzeitsschwüre, du mögest den Vollzug unserer Ehe überleben.«

»Und das tat ich.«

»Was bedeutete, dass ich mich nach weiteren Nächten mit dir sehnte«, sagte Ysmaine und tat, als wäre sie über ihre eigene gierige Natur bestürzt. Gaston lachte leise, aber sie schaute besorgt zu ihm auf, und ihre Stimme wurde leiser.

»Dann fürchtete ich, dich an die Sarazenen zu verlieren, also betete ich inständig um dein Überleben.«

Bei diesem Vorfall wollte er nicht verharren. »Deine Gebete scheinen sehr effektiv zu sein.«

»Aber als du überlebtest, war selbst das nicht genug. Ich wünschte mir, im Ehebett Befriedigung zu finden.«

»Ich kann nur hoffen, dass sich auch dieser Traum erfüllt hat.«

Ysmaine seufzte. »Das hat er, was bedeutet, dass ich mir nun ersehne, einen Sohn zu empfangen.«

Er presste einen Kuss in ihr Haar. »Das kann ein wenig dauern. Deine Gier nach mehr lässt sich auf diese Weise vielleicht eine Weile unterdrücken.«

»Ich bezweifle es«, gab Ysmaine zu. »In der Zwischenzeit werde ich danach verlangen, zweimal am Tag mit dir zu schlafen.«

»Und dann dreimal?«, riet er, was ihm ein strahlendes Lächeln einbrachte.

Sie verzog gespielt das Gesicht. »Du hast eine fordernde Frau geheiratet. Täusche dich nicht.«

»Dann musst du mir jeden deiner Wünsche erzählen, und ich werde mich bemühen, dich zufriedenzustellen. Das ist die einzige Art, wie ein anständiger Mann seiner Gemahlin dienlich sein kann.«

Ihre Augen glitzerten vor Vorfreude, und Gaston konnte ihrer Anziehungskraft nicht widerstehen. Er küsste sie, ein langsamer, heißer Kuss, bei dem sich seine Zehen krümmten, dann setzte er sie zögernd ab.

»Sicher willst du doch nicht gehen?«

»Sicher will ich das«, gab er zurück.

Ysmaine rollte sich auf die Seite und stützte sich auf die Ellbogen auf. Sie konnte nicht wissen, was für ein verlockendes Bild sie abgab, mit dem Haar, das ihr offen über die Schultern fiel, und den von Küssen geschwollenen Lippen. »Weil Fantôme dein wertvollster Besitz ist, also musst du für seine Gesundheit und seine Sicherheit sorgen.«

»Das weißt du bereits.«

Ysmaine betrachtete ihn einen langen Moment und er fragte sich, was sie dachte. Dass sie es ihm bald erzählen würde, daran zweifelte er nicht. »Wird das so bleiben, wenn ich dir einen Sohn geboren habe?«

»Das hast du noch nicht getan, Mylady, also bin ich in dieser Nacht noch nicht gezwungen, eine Wahl zu treffen.« Er schnallte sich den Gürtel um, kontrollierte seine Waffen und beugte sich dann über sie, um sie flüchtig zu küssen. »Schlaf gut, meine schöne Lady«, murmelte er und schaute sie ein letztes Mal an, bevor er zur Tür ging.

Dieser letzte Blick auf sie würde ihn die Nacht über wärmen, ganz gleich, wie weit er Wulf durch die Stadt folgen musste.

Tatsächlich konnte Gaston sich nur mit Mühe davon abhalten, vergnügt zu pfeifen.

FREITAG, 24. JULI 1187

FESTTAG DES SANKT LUPUS, DES SANKT WULFHADE UND DES SANKT RUFFINUS VON MERCIA

KAPITEL 16

Mitternacht war vorüber, als der Schurke die gewundenen Straßen Venedigs entlanglief, auf der Flucht zurück zum Haus. Herzhaft verfluchte er dabei innerlich den gesamten Orden der Tempelritter, zusammen mit allen Männern von vermeintlicher Ehre, und machte sie für sein Scheitern verantwortlich.

Er wich in eine Gasse aus und kletterte auf das Dach einer Küche, schlich sich darauf bis zu der Ecke, wo das Haus an jenes grenzte, das sie gemietet hatten. Die Strickleiter, die er zuvor aus seinem Fenster herabgelassen hatte, hing noch an Ort und Stelle, so, wie es sein sollte. Er kletterte schnell in sein Zimmer, zog die Leiter ein und versteckte sie hinter den Vorhängen. Hastig wusch er sich. Dabei missfiel ihm, dass das Wasser sich durch das Blut seines Opfers rot färbte.

Er kippte den letzten Rest des Weins hinunter, den er mit in seine Kammer gebracht hatte, und goss das rote Wasser in die Karaffe. Schnell zog er seine Kleider aus, da er wusste, er durfte keinen Moment verlieren, und legte sich auf sein Bett. Er versuchte, sein Herz durch Willenskraft zu verlangsamen, während er angestrengt darauf lauschte, dass die Ritter zurückkehrten.

Würden sie einen Leichnam bei sich haben?

Oder sein Opfer in den stinkenden Kanälen Venedigs zurücklassen?

Der Verräter wusste, welche Option ihm lieber war. Er atmete tief und regelmäßig. Es gelang ihm sogar, dabei leise zu schnarchen. Er würde das Geräusch unterbrechen können, wenn er die Ritter zurückkehren hörte, und niemand würde daran zweifeln, dass er in seiner Kammer gewesen war und geschlafen hatte.

Obwohl er nicht dabei gewesen war, als Wulf damit beauftragt worden war, den Schatz – welcher auch immer das war – in den Pariser Tempel zu bringen, war ihm nun klar, dass der Templer vorhatte, ihn in Venedig abzuholen. Er würde wachsam bleiben, aber selbst, wenn er die Abholung seiner Beute nicht bemerkte, würde er wissen, dass sich der Schatz im Besitz der Reisegesellschaft befand, wenn sie die Stadt verließen.

Der Weg nach Paris war hinreichend lang und einsam, dass sich eine Gelegenheit finden ließ.

Es war offensichtlich, dass kühne Worte ihren Nutzen hatten.

Und Ysmaine konnte sich über Gastons Lohn für ihre Ehrlichkeit nicht beschweren. Sie konnte kaum ans Schlafen denken, so froh war sie über die Veränderung in ihrer Ehe. Ihre Gedanken rasten, als sie sich eine glückliche gemeinsame Zukunft vorstellte, darunter viele Nachmittage im Bett in ihrem gemeinsamen Gemach in Châmont-sur-Maine. Sie kuschelte sich in ihren neuen Mantel, während Radegunde sich in der Kammer zu schaffen machte, und schwelgte in der Fantasie ihrer gemeinsamen Zukunft mit Gaston.

Sie musste geschlafen haben, denn sie erwachte davon, dass es im Haus erneut einen Tumult gab.

Es war mitten in der Nacht, aber Wulf rief im Hof nach Hilfe. Jemand klopfte heftig an die Tür ihrer Kammer, und Radegunde sprang auf die Füße. Ysmaine griff nach ihrem kleinen Essmesser.

»Wer ist dort?«, rief Radegunde. »Mylady schläft.«

»Ich bitte darum, Mylord in die Kammer der Dame bringen zu dürfen«, sagte Bartholomew, die Stimme aufgeregt erhoben. »Er wurde angegriffen!«

»Nein!«, rief Ysmaine und sprang aus dem Bett.

Aber es stimmte. Wulf und Fergus trugen Gaston die Treppen

hinauf zu ihrer Kammer, und seine reglose Gestalt sagte ihr mehr, als sie wissen wollte.

Die Blutspur, die auf den Stufen zurückblieb, ließ Ysmaine das Schlimmste befürchten.

Die meisten ihrer Reisegefährten stiegen hinter der kleinen Gruppe die Stufen hinauf und wirkten dabei, als hätten die lauten Geräusche sie geweckt. Sie war Gastons Gemahlin. In diesem Moment war sein Wohlergehen ihre Verantwortung. Ysmaine erinnerte sich an jedes einzelne Mal, wenn ihre Mutter in einer solchen Lage die Führung übernommen hatte, und war entschlossen, dasselbe zu tun.

Zunächst brauchte sie ihren schärfsten Befehlston.

»Radegunde, leg bitte alle Decken auf das Bett und hole Wasser für meinen Gemahl. Wenn er verwundet ist, müssen die Wunden gereinigt werden.«

»Das kann *ich* tun, Mylady«, protestierte Bartholomew.

»Ihr könnt mir helfen, ihm seine Rüstung auszuziehen.« Ysmaine deutete auf Wulf. »Und Ihr werdet mir sagen, wie sich dies zugetragen hat.« Sie richtete sich zu ihrer vollen Größe auf, ohne zu ahnen, wie sehr sie dabei ihrer Mutter glich. »Der Rest von Euch mag sich wieder zur Ruhe begeben. Wir werden uns am Morgen besprechen, wenn es weniger zu tun gibt.«

Radegunde raste mit dem Eimer in der Hand die Treppe hinunter zum Brunnen, und Ysmaine bedeutete den anderen, Gaston auf ihr Bett zu legen. Er war blass und nass. Aus seinen Kleidern stieg der Geruch dreckigen Wassers auf.

Herr im Himmel. Sie wollte nicht dieses Mannes Witwe sein.

Der Schrecken angesichts dessen, was eine sehr reale Möglichkeit erschien, ließ Ysmaine jeden Fetzen innerer Stärke zusammenraffen und alle Einzelheiten berücksichtigen.

Gaston brauchte sie, wie er sie nie zuvor gebraucht hatte.

»Er war in einem dieser schmutzigen Kanäle«, vermutete Ysmaine, zog Gastons Stiefel aus und leerte das Wasser darin durch das Fenster aus. Sie stellte die Stiefel auf eine Seite des Raums und ließ dabei dieselbe

Sorgfalt walten, wie Gaston es für gewöhnlich tat. Sie wandte sich um und sah, wie Wulf Gastons Wappenrock auszog, und dachte an die Münzen in seinem Saum.

Sie erinnerte sich an den in seinem Gambeson versteckten Brief und wusste, sie musste die Geheimnisse ihres Ehemanns genauso beschützen wie sein Leben.

»Ich schicke nach einem Arzt«, sagte Bartholomew, aber Ysmaine dachte sofort an weitere Augenpaare in dieser Kammer.

»Ich möchte erst sehen, wie schwer seine Verletzungen sind«, sagte sie entschlossen. »Vielleicht besteht kein Anlass, Geld auszugeben, um zu dieser Nachtstunde einen Medicus herbeizurufen.«

Sie spürte die Überraschung der anderen, ignorierte sie aber. Dass ihre Reaktion Anlass zu Spekulationen geben würde, daran zweifelte sie nicht, aber es war ihr egal. Sie trat zwischen Wulf und ihren Ehemann.

»Sir, dies ist keine passende Aufgabe für Euch«, sagte sie zu ihm und befleißigte sich eines so autoritären Tons, wie sie es nur fertigbrachte. »Ihr seid weder Knappe noch Diener.« Ysmaine schob Wulf mitsamt seines Protests rasch beiseite. »Ihr erweist uns einen besseren Dienst, indem Ihr uns sagt, was vorgefallen ist. Wie konnte er sich in den Ställen so verletzen?«

Es entstand ein Moment des Schweigens, durchbrochen nur von dem Geräusch, als Bartholomew Gastons Gürtelschnalle löste. Der Knappe legte Gastons Waffen und seine Handschuhe mit der gleichen Achtsamkeit beiseite, die der Ritter selbst an den Tag gelegt hätte.

Ysmaine schaute auf und sah, dass Wulfs Gesichtsausdruck störrisch wirkte.

Noch immer antwortete ihr niemand.

»Er war nicht im Stall«, folgerte sie, und keiner der beiden stritt es ab. Ihr Temperament regte sich. »Tatsächlich wart Ihr in dieser gefährlichen Stadt unterwegs, zu einer Stunde, wo alle klugen Männer längst sicher in ihren Häusern eingeschlossen waren, und mein Ehemann hat den Preis dafür bezahlt.«

»Es war seine Idee«, sagte Wulf zwischen zusammengebissenen Zähnen.

Erneut hatte Ysmaine den Eindruck, dass der äußere Anschein trog. Auch schien sie nicht die Einzige zu sein, die bemerkt hatte, dass Gaston mehr wusste, als er zugab. Dass diesmal ihr Ehemann das Ziel des Angriffs gewesen war, stärkte ihre Entschlossenheit, ihn zu verteidigen.

»Ich glaube Euch nicht«, gab sie zurück. »Mein Ehemann hat mehr Verstand.«

Sie wollte diese Männer aus ihrer Kammer vertreiben, damit sie die Tür hinter sich und Radegunde schließen konnte, aber sie wagte es nicht, Verdacht zu erregen. Sie hatte die Reliquie, obgleich sie das nicht wussten. Am besten täuschte sie Schüchternheit vor, um sie loszuwerden, und bestand auf Manieren.

Aber das würde nur funktionieren, solange Gastons Verletzungen nur leicht waren. Sie zog Gaston den Wappenrock aus und legte diesen beiseite, rollte ihren Ehemann dann mit Bartholomews Hilfe auf den Bauch, um seinen Gambeson auszuziehen. Sie fragte sich, wie sie es anstellen sollte, dass das Kleidungsstück in diesem Zimmer blieb, denn ein Knappe war für die Ausrüstung seines Herrn verantwortlich. Wie konnte sie sicherstellen, dass der Brief nicht gefunden wurde? Aber letzten Endes ließ sich das so einfach bewerkstelligen, dass sie keine Sorge hätte haben müssen.

Bartholomew schnürte den Gambeson am Rücken auf und zog ihn Gaston von den Schultern. Ysmaine keuchte beim Anblick des Blutes auf seiner Schuler und an seinem Hinterkopf auf. Doch sein Puls war stark und er atmete gleichmäßig. Sie untersuchte die Wunden und war erleichtert, dass sie nicht besonders tief waren.

»Er muss untergegangen sein.«

»In der Tat, Myladay«, stimmte Bartholomew zu. »Er wurde von hinten niedergeschlagen und in den Kanal gestoßen.« Ysmaine dachte an Hamish und fragte sich, ob die anderen es auch taten. »Er ist nicht klein, und das Gewicht seiner Rüstung ist beachtlich.«

»Unholde und Diebe«, fauchte sie. »Sie wollten sichergehen, dass er ihre Verbrechen nicht würde bezeugen können.«

»Zweifellos, Mylady«, stimmte Wulf zu.

Erst in diesem Moment bemerkte Ysmaine, dass auch Bartholomew durchnässt war. »Ihr habt ihn herausgezogen?«

»Ich musste hinter ihm hineinspringen, Mylady«, gab er zu, seine Beunruhigung klar hörbar. »Ich dachte ... ich fürchtete ...«

Sie legte eine Hand auf seine. Es überraschte sie nicht, dass er zitterte. »Mein Gemahl hat großes Glück, einen so loyalen Mann in seinen Diensten zu haben. Ich danke Euch, Bartholomew.«

Er schluckte und nickte.

»Nun, lasst uns zusehen, dass wir ihn warm und trocken bekommen. Ich denke, das wird ihm mehr helfen als jede andere Kur. Fühlt, wie kräftig sein Puls geht.« Das schien den Knappen zu beruhigen. Ysmaine zog den Gambeson unter Gaston hervor, während Bartholomew sich an der Kettenrüstung zu schaffen machte und sie seinem Ritter über den Kopf zog. Wulf musste Gaston anheben, um dabei zu helfen, und Ysmaine zog Wappenrock und Gambeson rasch beiseite.

In diesem Augenblick kehrte Radegunde zurück und ging neben Gaston auf die Knie. Das Wasser schwappte über den Rand des Eimers, so sehr beeilte sie sich, die Befehle ihrer Herrin zu erfüllen. »Was soll ich tun, Mylady?«

»Wringe seinen Wappenrock aus und hänge ihn zum Trocknen auf«, wies Ysmaine sie an. »Dann bitte ich dich, zu versuchen, das Blut aus seinem Gambeson zu waschen.« Sie warf Bartholomew, der vielleicht protestiert hätte, einen Blick zu. »Radegunde kennt sich sehr gut mit Stoffen aus, und ich möchte sichergehen, dass alles Gastons Zustimmung findet. Könntet Ihr dafür sorgen, dass seine Rüstung und seine Waffen durch dieses Bad keinen Schaden nehmen?«

»Natürlich, Mylady.«

Ysmaine schaute auf ihren Ehemann herab, der nun nur noch sein Hemd trug und schrecklich blass war. »Ich werde die Wunden säubern. Ist irgendwo eine Feuerschale aufzutreiben? Ein warmes Getränk würde ihm helfen. Vielleicht ein Becher gewürzter Wein.«

»Ich werde mich darum kümmern«, sagte eine Frauenstimme von der Tür, und Ysmaine bemerkte, dass die Kurtisane nicht wie die anderen in ihre Kammer zurückgekehrt war. Sie wirkte verstört, doch als Ysmaine sie musterte, riss sie sich sichtlich zusammen. Sie wirbelte herum und eilte die Treppen hinunter. Ihre Schritte verklangen.

Wulf sah ihr stirnrunzelnd hinterher.

Ysmaine suchte nach einer rationalen Erklärung für den Vorfall, obwohl sie annahm, dass die Wahrheit weit davon entfernt war. »Ich mache ihr keine Vorwürfe, dass sie durcheinander ist«, sagte sie leise, während sie Gastons Schulter wusch. »In Anbetracht der Tatsache, wo Ihr gewesen seid.«

»Redet Ihr mit mir?«, fragte Wulf kühl.

»In der Tat. Wessen Handlungen unter denen aller Anwesenden sollten für Christina sonst von Belang sein?«

Er presste die Lippen zusammen. »Meine Angelegenheiten gehen Euch nichts an.«

»Aber der Zustand meines Ehemanns tut es. Werdet Ihr mir eine Erklärung dafür geben?«

»Dazu bin ich nicht verpflichtet.«

»Dann werde ich mutmaßen.« Ysmaine musterte Gaston. »Sie ist bestürzt, dass Ihr unbedingt eine zweite Hure brauchtet«, sagte sie kühl. »Aber Ihr konntet einem solchen Laster nicht frönen und meinen Ehemann ungestört schlafen lassen, wie er es wollte. Ihr musstet ihn unbedingt mit in diese Angelegenheit hineinziehen und habt ihn zweifellos in einen anrüchigen Teil der Stadt gelockt, wo Ihr angegriffen wurdet. Seid auch Ihr ausgeraubt worden? Oder nur mein Gemahl?« Sie ließ Verachtung durchklingen. »Welch ein Glück, dass Ihr ihn nicht auf der Straße seinem Schicksal überlassen habt. Welch ein Glück, dass sein Knappe es für angebracht hielt, Euch zu folgen, um meinen Ehemann vor der Gefahr zu schützen, in die Ihr ihn mit Eurem sündhaften Verlangen gebracht habt.«

Wulf neigte den Kopf und akzeptierte ihre Version des Vorfalls so bereitwillig, dass sie wusste, es *konnte* nicht stimmen. Wenn es der Fall gewesen wäre, hätte dieser stolze Ritter hitzig mit ihr diskutiert. Bartholomew verlagerte sein Gewicht von einem Fuß auf den andern, außerordentlich beunruhigt.

Aye, diese drei hatten ein Geheimnis. Hatte Wulf nicht eben noch gemurmelt, es sei Gastons Idee gewesen? Gaston hatte sie auf eine Mission geführt, die schiefgegangen war, und seine Rolle war entdeckt worden. Wenn sie ihren Ehemann nicht beschützen konnten, würde Ysmaine es tun.

»Verlasst diese Kammer«, sagte sie zu Wulf und achtete darauf, stolz und hochmütig zu klingen. »Ich habe Euch nichts weiter zu sagen. Eure

Kurtisane unterdessen wird womöglich nicht länger glauben, Ihr wärt ihr Streiter.« Sie beugte sich über Gaston, dann schaute sie zu dem Templer auf. »Andererseits war das vielleicht der Anlass für Euer Handeln heute Nacht.«

Wulf presste erneut die Lippen zusammen. »Mylady«, begann er, aber Ysmaine richtet sich wieder auf.

»Verlasst uns, Sir. Ich werde meine Türe gegen Männer mit solch primitiven Gelüsten wie den Euren verschließen.«

Christina kehrte mit einem von Wulfs Knappen zurück und wies ihn an, die Feuerschale, die er trug, in einer Ecke des Raums abzustellen. Er zündete die Kohlen an. Es war der ältere Junge, Stephen, und sein Unbehagen bei dem Anblick ihrer Kammer war ihm deutlich anzumerken. Christina reichte Radegunde den Wein, dann verließ sie den Raum und warf von der Türschwelle aus einen Blick zurück zu Wulf.

Der Ritter zögerte. Er wirkte grimmig. »Er ist nicht zu schwer verletzt, oder doch?«

»Ich vermute nicht. Wenn doch, werde ich Radegunde schicken, um Euch zu berichten.«

Daraufhin verbeugte er sich, wandte sich um und ging wortlos an Christina vorbei die Treppe hinab. Ysmaine war sein schlechtes Benehmen allerdings egal.

Sie warf Stephen, der offenen Mundes zusah, einen vernichtenden Blick zu, woraufhin dieser sich von Bartholomew Gastons Schuhe reichen ließ und zur Tür hinauseilte.

Bartholomew schnappte sich den Rest der Ausrüstung und verbeugte sich vor Ysmaine. »Wenn ich helfen kann, Mylady, egal, zu wie später Stunde, bitte ich Euch, ruft mich«, sagte er. »Und wenn Mylord doch schwerer verletzt ist, als Ihr glaubt, lasst es mich wissen.«

»Bartholomew, ich danke Euch erneut für Eure Hilfe. Wenn ich oder mein Gemahl Eure Unterstützung benötigen, da könnt Ihr sicher sein, werde ich darum ersuchen. Einstweilen bitte ich Euch, seht zu, dass Ihr Euch aufwärmt, bevor Ihr krank werdet.« Ysmaine zwang sich zu einem Lächeln. »Ich vermute, mein Ehemann wird Euch bald brauchen.«

»Hoffentlich wird es so sein«, sagte Bartholomew. Er warf einen letzten Blick auf Gaston, dann ging er mit sichtlichem Zögern.

Erst, als sie mit Radegunde allein war und die Tür geschlossen hatte, konnte Ysmaine sich neben ihrem verwundeten Ehemann auf die Knie fallen lassen und sich der Furcht in ihrem Herzen überlassen.

Sie konnte ihn nicht verlieren, auf keinen Fall.

~

ERST STUNDEN später konnte Ysmaine erleichtert aufatmen.

Endlich regte sich Gaston, verzog das Gesicht und rollte sich auf die Seite.

Vor Erleichterung hätte sie weinen können.

Sie hatte die Wunde an seiner Schulter gesäubert und genäht und seinen Hinterkopf gewaschen, wo der Hieb gelandet war. Sein Puls war regelmäßig und stark geblieben, obwohl es ihr nicht gefiel, wie viel Blut an seinem Waffenrock und seinem Gambeson klebte.

»Er scheint normal zu schlafen«, wagte Radegunde zu sagen, und Ysmaine nickte zustimmend. Nun, da die Angst sie verlassen hatte, war sie auf einmal erschöpft.

Die Tür war verschlossen, und es war noch immer Nacht, obwohl sie ganz in der Nähe einen Hahn krähen hörte. Im Haus war es relativ still, allerdings konnte sie Männerstimmen unten aus dem Hauptraum hören.

Zweifellos berieten Wulf und Fergus über ihr Vorgehen.

Nun, da Gaston schlief, konnte sie sich um seine Geheimnisse kümmern. Ysmaine tastete nach der Stelle in Gastons Gambeson und spürte erleichtert, dass das Pergament sich noch an Ort und Stelle befand. Doch das gepolsterte Kleidungsstück triefte, und sie fürchtete um die Tinte auf dem Brief. Da Gaston ihn nicht gelesen hatte, konnte er den Inhalt nicht aus dem Gedächtnis wiedergeben. Sie öffnete die Naht und holte den Brief hervor, sah, wie die Tinte aus einer Seite heraustropfte.

Nur einen Moment lang zögerte sie, bevor sie das Siegel brach und das Dokument hervorholte. Zu ihrer Erleichterung war die Tinte nur am einen Rand verlaufen, und der größte Teil des Inhalts war noch zu lesen. Sie widerstand der Versuchung und las ihn nicht, sondern beschwerte lediglich die Ecken, bevor sie es zum Trocknen auslegte.

Sie und Radegunde rollten den Gambeson auf und traten darauf herum, um so viel Wasser wie möglich herauszupressen. Die Zofe hatte mit Gastons Wappenrock bereits dasselbe getan und ihn neben die Feuerschale gehängt, hoffend, er wäre bis zum Morgen trocken.

Ysmaines Blick fiel erneut auf das Kleiderbündel, in dem die Reliquie versteckt war. Ganz gleich, wie sie es anstellen würden, sie zu transportieren, sie kam Ysmaine auf einmal wie eine sehr leichte Beute vor, und sie fürchtete, dem Bösewicht, der Gastons Verletzung zu verantworten hatte, würde es gelingen, sich ihrer doch noch zu bemächtigen.

Sie würde nicht zulassen, dass ihr Ehemann entehrt wurde.

Aber wie konnte sie ihm helfen? Sie konnte sich nicht mit ihm beraten, nicht in dieser Nacht, in der er verletzt darniederlag. Allerdings hatte sie auch sonst nicht mit ihm darüber sprechen können, da er glaubte, seine Geheimnisse gingen nur ihn etwas an.

»Was quält Euch, Mylady?«

»Wir werden Venedig in einem Tag oder so verlassen«, sagte Ysmaine leise. Sie deutete auf das Bündel mit der Reliquie. »Wie sollen wir dies am besten verstecken?«

Radegunde setzte sich dicht neben ihre Herrin. Sie runzelte ein wenig die Stirn. »Es gibt einen Ort, an dem kein Mann nachschauen würde.«

Neugierig schaute Ysmaine auf.

»Meine Mutter hat es einmal getan, als das Land Eures Vaters belagert wurde. Sie schmuggelte eine Nachricht von ihm zu einem Verbündeten außerhalb des Rings der Angreifer.«

Ysmaines Aufregung wuchs. »Ich erinnere mich daran! Sie ließen sie passieren, weil sie eine Frau war, deren Niederkunft unmittelbar bevorstand.«

Die beiden Frauen sahen sich an. Radegundes Mutter war gar nicht schwanger gewesen, aber das hatten die Fremden, die die Tore belagert hatten, nicht gewusst. Der Bauch, von dem die Angreifer geglaubt hatten, er berge ihr ungeborenes Kind, war ein Bündel gewesen, eins, das einen Brief an jenen Verbündeten enthielt und mehrere Schmuck-stücke, die die Identität des Absenders bestätigten.

Radegunde senkte die Stimme. »Ihr versucht, von Eurem Gemahl schwanger zu werden. Wer vermag zu sagen, wann Ihr Erfolg haben werdet?«

»Es ist zu groß«, protestierte Ysmaine. »Ich könnte nicht so bald schon so dick sein. Und die anderen haben mich in Jerusalem gesehen. Wenn sich auf einmal ein Bauch wölbt, wird die Wahrheit für alle offensichtlich sein.«

»Dann verhüllt Euch eben von nun an.«

»Bevor die Schwangerschaft so weit fortgeschritten sein könnte, wären wir bereits in Paris.«

»Nur, wenn es das Kind Eures Mannes wäre.«

Ysmaine keuchte auf, dann begegnete sie dem zuversichtlichen Blick ihrer Zofe. »Aber das hieße, ich hätte ihn getäuscht und ihn belogen!«

»Ihr könntet Euch ihm anvertrauen«, schlug Radegunde vor, doch Ysmaine schüttelte den Kopf. »Nein, das würde nicht helfen. Er ist ein Mann von solcher Tugend und Integrität, dass er seine Kameraden nicht täuschen könnte. Sie würden ihn sofort durchschauen.«

»Traut Ihr ihnen nicht?«

»Ich vertraue in dieser Gruppe nur wenigen: dir, meinem Ehemann und vielleicht seinem Knappen.« Ysmaine biss sich auf die Lippen und dachte angestrengt nach. Was, wenn sie Gaston nur eine Weile lang täuschte? Wenn man ihren Zustand entdeckte, konnte sie dafür sorgen, dass sie vor der gesamten Reisegesellschaft stritten. Hatte er dann erst einmal mit Empörung auf ihre böswillige »Täuschung« reagiert, konnte sie ihm die Wahrheit im Geheimen anvertrauen.

Bestimmt würde er begreifen, dass sie es aus guten Gründen getan hatte?

Bestimmt würde er dankbar sein, dass die Reliquie in Sicherheit war?

Bestimmt würde ihr Handeln ihn von den Vorteilen einer Ehe über-zeugen, die auf Partnerschaft und Offenheit basierte?

Sie ging neben ihm in die Hocke, ermutigt durch die Tatsache, dass er warm war und ruhig schlief. Schon formte sich Schorf auf der Wunde, und sie war froh über Gastons Stärke. Zweifellos würden sie bald aufbrechen, was hieß, dass sie sich nun für eine Vorgehensweise entscheiden musste.

Ysmaine sah ihrem Mann beim Schlafen zu, bis es dämmerte, dann traf sie ihre Entscheidung. Sie beugte sich, küsste seine Wange, während ringsherum das Haus erwachte, und flüsterte ihm zu: »Vergib mir für das, was ich tun muss. Vergib mir und vertraue mir, dass es zum Besten ist.«

Vergib mir.

Im Traum hörte Gaston Ysmaines Flehen, ein Flüstern meilenweit weg, das dennoch seine Aufmerksamkeit erregte.

Ihr vergeben? Wofür?

Was hatte sie vor?

Die Frage weckte ihn, obgleich sein Körper wund war und sein Schädel schmerzhaft pochte. Er erwachte und fand sich in der Kammer seiner Ehefrau wieder, auf ihrem Bett, und zweifelte an seinem eigenen Erinnerungsvermögen, als sie sich voll offenkundiger Erleichterung auf ihn warf.

»Du bist erwacht!«

Gaston setzte sich auf, unbeeindruckt von dem Pochen in seinem Kopf. Er konnte nicht im Bett bleiben. Mit Wulf musste er über die Nacht zuvor sprechen. Musste herausfinden, was der Ritter beobachtet hatte, und wenn möglich in Erfahrung bringen, wer zu dieser Zeit nicht im Haus gewesen war.

»Was ist geschehen?«, fragte Ysmaine. »Woran erinnerst du dich?«

»Ich werde mit den anderen Rittern darüber sprechen«, sagte Gaston und befürchtete, es würde sie verärgern. »Du musst nichts davon wissen.«

»Gaston.« Sie schaute ihn entschlossen an und er begriff, er hatte sie tatsächlich erneut gekränkt. »Darf ich zumindest zuhören, wenn du von deinem Pech berichtest?«

Er stand auf und entdeckte seine Hosen und sein Hemd am Fenster. Bekleidet konnte er sich deutlich besser verteidigen. Gaston machte einen Schritt auf die Kleider zu, dann hielt er inne, um auf etwas zu starren, das nur der Brief von Bruder Terricus sein konnte.

Ausgerollt und auf dem Tisch ausgebreitet.

Das Siegel gebrochen.

Er wirbelte zu Ysmaine herum, die sich in ihren Mantel gehüllt hatte. Sie schaute ihn mit einer vertrauten Entschlossenheit in den Augen an. »Ich fürchtete, die Tinte würde verlaufen«, sagte sie, seinen Protest vorausahnend. »Und es hatte bereits begonnen. Schau dir den Rand an.«

Gaston tat es und konnte die Wahrheit nicht bestreiten. »Hast du ihn gelesen?«

»Nein. Ich hatte mehr Sorge um dich als um den Brief.«

Gaston wusste nur, dass er Geheimhaltung geschworen hatte, und er fürchtete sich davor, der Inhalt des Briefes könnte irgendjemandem außer dem Adressaten bekannt werden. »Schwöre es mir.«

Ysmaine presste die Lippen zusammen. »Ich schwöre es«, sagte sie mit beruhigender Festigkeit, wenn auch offenbar betrübt, weil er es von ihr verlangte. »Aber *du* solltest ihn lesen.«

»Ich habe geschworen …«

»Aye, ich weiß. Und deshalb musste ich sichergehen, dass er lesbar bleiben würde. Wenn er zerstört worden wäre, wäre die Nachricht darin für immer verloren.« Sie zuckte die Schultern und wandte ihm den Rücken zu, um sich das Kleid überzuziehen. »Ich kann nur mutmaßen, dass sein Inhalt von Wichtigkeit ist. Warum sonst hätte man ihn schicken sollen?«

Gaston beäugte die verschmierte Tinte. Obgleich sein Kopf schmerzte, wusste er, sie hatte recht. Der Brief würde nichts nützen, wenn die Tinte verlief oder das Dokument gestohlen wurde. Zwar hatte er sein Wort gegeben, aber er vermutete, selbst Terricus würde sich dieser Logik beugen.

Er zog Hemd und Hosen an. Seine Stiefel vermisste er.

»Nass«, erklärte Ysmaine, die anscheinend erriet, was er suchte. »Bartholomew hat sie mitgenommen, wie auch deinen Gürtel, deine Rüstung und die Waffen. Ich habe ihm gesagt, er solle sichergehen, dass sie heute Morgen in einem guten Zustand wären.« Sie ging zu ihm hinüber, komplett angezogen, und betrachtete seinen Wappenrock. »Trocken genug, dank Radegundes Bemühen.«

»Bartholomew hätte sich auf darum kümmern können.«

Ysmaine hob das Kinn. In ihren Augen blitzte es, was Gaston als Warnung verstand. »Ich habe mich um deine Besitztümer gekümmert, wie es meine Pflicht als Ehefrau ist!«

»Es bestand kein Anlass, solche Mühen auf dich zu nehmen.«

»Das finde ich schon. Die Leute würden schlecht über eine Frau denken, die nicht für ihren Mann sorgte.«

Gaston begriff, er hatte sie gekränkt, auch wenn er das gar nicht beabsichtigt hatte. In Wirklichkeit war er es gewöhnt, sich auf seinen Knappen zu verlassen und sonst auf niemanden. »Ich entschuldige mich«, sagte er und verneigte sich leicht. »Ich kenne mich mit den Pflichten einer Ehefrau weniger gut aus als du. Ich wollte damit nur sagen, dass du Bartholomew hättest vertrauen können.«

Zu seiner Erleichterung lächelte Ysmaine ein wenig. »Ich verstehe, und ich denke, du hast recht. Bartholomew hat sein Leben riskiert, um deins zu retten.« Ysmaine berührte ihn flüchtig, und die Stimme versagte ihr. »Jemand hat versucht, dich zu verletzen, wenn nicht gar, dich zu töten.« Gaston sah ihre Sorge und griff nach ihrer Hand mit der Absicht, sie zu beruhigen. Ihre Frage überraschte ihn. »Ist der Brief der Grund dafür?«

Gaston runzelte die Stirn und senkte den Blick. »Ich bin sicher, es war nur ein Dieb, der eine Gelegenheit suchte.« Es war seltsam, dass es ihm immer weniger zusagte, Dinge vor seiner Frau geheim zu halten. Als sie am Abend miteinander geschlafen hatten, war das zugleich magisch und unwiderstehlich gewesen, und er hatte gewagt zu glauben, ihre Zukunft sei besiegelt. Diesen Morgen schienen neue Hindernisse zwischen ihnen zu stehen, und er dachte bei sich, dass der Grund dafür weniger in dem Angriff auf ihn lag als in ihrer scharfsinnigen Natur.

Ysmaines Lippen wurden bei seiner Antwort schmal, und Gaston fragte sich, was sie alles wusste.

Er war derjenige, der auf Ehrlichkeit bestanden hatte, und inzwischen vermutete er, dass seiner Lady nicht weniger an der Wahrheit gelegen war als ihm. Er wünschte sich, seine Mission läge hinter ihm, sodass er offen mit ihr sprechen könnte, ohne sich hin- und hergerissen zu fühlen.

Zu seiner Überraschung gab sie sich mit seiner Erklärung zufrieden. Vielleicht ein wenig zu bereitwillig.

»Ein unglücklicher Zwischenfall«, sagte sie leichthin und wandte sich ab. »Aber du hättest den Brief dennoch verlieren können. Es wäre sehr unglücklich, wenn du ihn nicht überbringen oder die Kunde teilen könntest.«

»Du hast recht«, gab Gaston zu, dann setzte er sich hin, um den Brief komplett durchzulesen. Nichts darin überraschte ihn ernstlich, obgleich er die vollständige Botschaft, die Terricus offenbar überbracht worden war, selbst nicht gehört hatte. Er las den Brief zweimal, überprüfte dann, dass Pergament und Tinte trocken waren, und erhitzte das Wachssiegel über der Feuerschale. Als er das Dokument erneut versiegelte, sah er Ysmaines Blick auf sich ruhen. »Ich werde dem Meister des Tempels berichten, dass ich ihn gelesen habe«, sagte er aus dem Wunsch heraus sicherzustellen, dass sie ihn keiner arglistigen Täuschung bezichtigte. »Aber hierdurch gehe ich sicher, dass ich es bemerke, wenn jemand anders es tut.«

Sie hob die Augenbrauen, sagte allerdings nichts.

Als er nach dem Gambeson griff, bemerkte er, dass dieser noch nass war.

»Er wird mindestens noch heute zum Trocknen brauchen«, erklärte ihm die Zofe. »Ich werde ihn in die Sonne legen und regelmäßig umdrehen, um das Ganze zu beschleunigen.«

Gaston betrachtete den Brief, dann steckte er ihn in den Ärmel. Er würde ihn unter dem Waffenrock verstecken, wenn er seinen Gürtel erst einmal wiederhatte. Ysmaine sah ihm schweigend zu und er wusste, er schuldete ihr noch immer eine Entschuldigung.

»Dein Rat war weise, meine schöne Lady«, gab er zu. »Ich danke dir dafür, und für alle Hilfe, die du mir letzte Nacht gewährt hast.«

»Wirst du mir erzählen, was sich ereignet hat?«

Gaston lächelte. »Ich werde Wulf erzählen, woran ich mich erinnere, denn er wird entscheiden müssen, was wir am besten unternehmen.«

Er erhaschte einen flüchtigen Blick auf ihre offenkundige Missbilligung, dann warf sie sich ihren neuen Mantel um die Schultern. Gaston hatte den Eindruck, dass seine Ehefrau zu einer Entscheidung gelangt war – oder eine Tür vor ihm geschlossen hatte.

Vergib mir. Ihre gemurmelten Worte hallten in seinem Kopf wider.

Er trat auf sie zu, in dem Wunsch, die Leichtigkeit wiederzufinden, die gestern Abend zwischen ihnen bestanden hatte. »Dir wird zu warm werden«, sagte er und griff nach ihrem Mantel.

Ysmaine warf ihm lediglich ein Lächeln zu und machte einen Schritt zur Seite. »Das denke ich nicht. In dieser Stadt ist mir seltsam kalt.« Sie erbebte merklich, dann ging sie zur Tür. Die Zofe drehte den Schlüssel im Schloss, während Ysmaine sie über die Schulter hinweg ansah. »Würdest du bitte die Kammer aufräumen, Radegunde? Ich werde dir etwas zum Frühstück bringen, wenn du dich gleich darum kümmerst.«

»Natürlich, Mylady. Es ist mir eine Freude.«

Gaston schaute zwischen beiden Frauen hin und her und kämpfte gegen den Eindruck, dass sie etwas wussten, von dem er nichts ahnte, dann kämpfte er gegen seine Kopfschmerzen. Der Vorfall in der vorigen Nacht ließ ihn Gefahren sehen, wo keine waren.

Ysmaine zumindest konnte er trauen.

Zumindest glaubte er das, bis er mit Wulf sprach.

KAPITEL 17

»Habt Ihr ihn gesehen?«, fragte Gaston Wulf mit leiser Stimme. Die beiden Männer waren unter dem Vorwand, nach ihren Pferden zu sehen, zusammen im Stall. Ysmaine war im Hauptraum und nahm ihr Frühstück ein, während Fergus sein eigenes Pferd striegelte. Seine Gegenwart war scheinbar zufällig, doch er behielt den Hof im Auge.

»Nicht mehr als einen Schatten«, musste Wulf zugeben.

»Dann ist unsere List fehlgeschlagen.«

»Wir haben den Bösewicht aus der Reserve gelockt, so viel ist sicher.« Das Hoftor öffnete sich, und Joscelin kehrte zurück. Seine Stimmung war ausgelassen. Er winkte einem Bekannten zu und summte vor sich hin, als er den Hof in Richtung des Hauptraums überquerte. Er wirkte zufrieden und war offensichtlich die Nacht über ausgeblieben.

Zu Gastons Missfallen ging er direkt auf Ysmaine zu, die ihn schwach anlächelte. Ihr Blick wanderte zum Stall, dann zurück zu dem Händler. Everard saß am anderen Tischende. Währenddessen saß Wulfs Kurtisane allein draußen im Hof, tauchte Brot in Honig und aß es mit Genuss.

»Ist Eure Frau nicht zweimal verwitwet?«, fragte Wulf.

Gaston starrte den Templer böse an. »Von welcher Bedeutung ist das?«

Wulf zuckte die Schultern. »Man ist uns nicht nach Venedig gefolgt. Der Schatz ist noch immer sicher, sagte Fergus. Vielleicht gab es einen anderen Grund, weshalb ihr angegriffen wurdet.«

»Ihr könnt unmöglich noch immer meine Frau in Verdacht haben.«

Wulfs Blick war wissend. »Sie hat sich geweigert, letzte Nacht nach einem Arzt zu schicken.«

Gaston kniff unwillkürlich ein wenig die Augen zusammen, aber er trat für seine Lady ein. Schon zweimal zuvor hatten die Umstände sie in ein schlechtes Licht gesetzt, und in beiden Fällen hatte es eine logische Erklärung gegeben – eine, die ihre Unschuld bewies. Er würde nicht wieder an ihr zweifeln. »Sie war lediglich zuversichtlich.«

»Es war, noch bevor wir wussten, wie schwer Ihr verletzt wart.« Wulf beugte sich vor. »Dann verwies sie jeden bis auf ihre Zofe des Zimmers.« Er schüttelte den Kopf. »Wenn ich nicht gewusst hätte, dass Ihr zu verflucht stur seid, um zu sterben, hätte ich vielleicht befürchtet, Ihr würdet die Nacht nicht überstehen.«

Gaston glaubte nicht, dass der andere Ritter wirklich dachte, sein Leben sei in Gefahr gewesen. Dieser Mann, das wusste er inzwischen nur zu gut, säte gern Zweifel an Ysmaine und ihren Absichten. Gaston würde sich nicht beirren lassen. Dennoch bemerkte er mit einer gewissen inneren Unruhe, wie sich Joscelin und seine Gemahlin am anderen Ende des Hofes unterhielten. »Und dennoch habt Ihr nicht eingegriffen oder Einspruch erhoben?«

»Welche Einsprüche hätte ich erheben können? Ich beobachtete und hörte zu, so gut wie ich konnte.«

»Sie kennt sich mit der Heilkunde ein wenig aus. Vielleicht hat sie mehr gesehen als Ihr und schneller.«

Wulf zuckte wenig überzeugt die Schultern.

Gaston runzelte die Stirn und erinnerte sich an das Verhalten seiner Frau am Morgen. »Ich fürchte, sie hat mehr über unsere Aufgabe erraten, als mir lieb ist.«

»Ich denke nicht«, schnaubte der Templer verächtlich. »Ihre Vermutung war falsch, obwohl ich keinen Grund sah, sie zu korrigieren, immerhin war sie nützlich.«

Gaston war verwirrt. »Inwiefern?«

»Sie war schnell bei der Hand, mich zu beschuldigen, ich hätte Euch dazu angestiftet, eine Hure aufzusuchen.«

Gaston war entsetzt, dass seine Frau einen Grund haben sollte, ihn einer solchen Tat zu bezichtigen. »Das hat Ysmaine gesagt?«

»Aye, sie war sehr böse auf mich. Ich sagte ihr, unser Ausflug sei Eure Idee gewesen, aber das glaubte sie mir nicht.«

Das besänftigte Gaston ein wenig, aber Ysmaines Anschuldigung besorgte ihn dennoch. Sie hatte keine besonders gute Meinung über Wulf und seine Neigungen, und Gaston wollte nicht, dass sie ihn im selben Licht sah.

Wulf deutete sein Schweigen offenbar als Verärgerung. »Ich war so erleichtert, dass sie mit einer plausiblen Erklärung aufwartete, dass ich es nicht wagte, mit ihr zu streiten.« Er zog eine Grimasse. »Zu meinem eigenen Nachteil.«

»Was meint Ihr damit?«

»Christina glaubte ihr.«

Gaston wäre über den Ingrimm des anderen Ritters vielleicht amüsiert gewesen, hätte nicht die Sorge überwogen. Er war erstaunt, dass Ysmaine glaubte, er sei nach der Begegnung zwischen ihnen beiden zu einer Hure gegangen.

War diese Befürchtung die Ursache ihres seltsamen Verhaltens heute Morgen?

Wie konnte er sich verteidigen, ohne ihr die Wahrheit über seine Mission zu verraten?

»Nun, Ihr habt deshalb nichts zu befürchten«, gab er zurück. »Ihr habt mir wiederholt versichert, Christina sei nicht Eure Kurtisane oder Gefährtin. Zweifellos wird sie bei unserer Abreise zurückbleiben und ihre Schlussfolgerungen über Euch haben somit keine Bedeutung.« Er neigte sich dem anderen Ritter zu und senkte die Stimme zu einem Flüstern. »Allerdings wäre ich Euch dankbar, wenn Ihr davon absähet, mich bei meiner Frau in Verruf zu bringen. Sie und ich sind aneinander gebunden, bis der Tod uns scheidet.«

Wulf schnaubte. »Angesichts des Vorfalls gestern Nacht kommt der Tod womöglich früher, als Ihr geplant hattet. Ich schlage Folgendes vor:

Ihr und ich, wir gehen unseren Frauen aus dem Weg. Lasst den Schurken glauben, es gäbe Unstimmigkeiten.«

Gaston dachte einen Moment darüber nach, bevor er den Sinn dieses Plans einsah. Der Verräter hatte offensichtlich die Ritter als Ziel auserkoren und suchte nach dem Schatz. Wenn er so tat, als hätte er Streit mit Ysmaine, würde niemand davon ausgehen, sie steckten unter einer Decke oder sie wüsste irgendwelche Einzelheiten, die sie zum Ziel dieses Unholds machen konnten. Es würde alle Gewalt auf ihn und Wulf lenken.

Gaston gefiel die Idee nicht, seine Gemahlin zu täuschen, aber sie musste unbedingt an sein Missfallen glauben. Sie war nicht zur Täuschung fähig.

In wenigen Wochen würden sie Paris erreichen, der Schatz würde übergeben werden und er konnte den Rest seines Lebens damit verbringen, ihr Wohlwollen zurückzugewinnen.

»Einverstanden«, sagte er mit einem knappen Nicken. »Aber wir sollten so bald wie möglich aufbrechen.« Die beiden Ritter tauschten einen entschlossenen Blick. »Lasst uns uns laut über unsere Abreise und unsere Route streiten. Ich werde darauf bestehen, Euch unerwünschte Ratschläge zu erteilen, wie schon zuvor.«

YSMAINE WÜNSCHTE SICH, Gaston würde sich nicht so lange im Stall mit Wulf beraten. Sie saß im Hauptraum und wartete auf ihren Gatten. Duncan, der Kämpfer, der mit Fergus zusammen reiste, saß in der gegenüberliegenden Ecke. Er schien mit dem Schatten verschmelzen zu wollen, denn er war in seinen Mantel eingehüllt und sagte kein Wort.

Ysmaine wollte zu gern wissen, was Wulf und Gaston besprachen.

Der Händler Joscelin kehrte gerade zurück, klopfte an der Tür, um eingelassen zu werden, und tänzelte dann geradezu durch den Hof. Anscheinend war er ausgesprochen guter Stimmung. Seine Miene hellte sich auf, als er Ysmaine am Tisch sitzen sah, und er setzte sich sogleich neben sie. Ysmaine wünschte sich, er würde sie in Ruhe lassen.

Sie war deutlich eher daran interessiert zu hören, was zwischen Gaston und Wulf vor sich ging. Ihr gefiel nicht, wie blass ihr Ehemann wirkte, oder dass er darauf bestanden hatte, ihre Kammer zu verlassen, um nach seinem Pferd zu sehen. Ihrer Meinung nach hätte er den Tag über schlafen oder ihn zumindest im Bett mit ihr verbringen sollen.

»Mylady, Ihr seid offensichtlich eine Edelfrau mit exzellentem Urteilsvermögen, eine, die den Wert feiner Gewürze kennt«, begann Joscelin. Er stellte ein kleines Kästchen vor sie auf den Tisch und hielt es fest, als bestünde es aus Gold. »Und daher möchte ich diese Kostbarkeit als Erstes Euch anbieten, denn ich habe selten Weihrauch von solcher Qualität gesehen …«

»Ich danke Euch, aber ich habe für Weihrauch wenig Verwendung«, antwortete Ysmaine süßlich.

»Wird er nicht gebraucht, wenn man Leichen auf die Beerdigung vorbereitet?«, steuerte Everard bei und setzte sich neben den Händler. Bei diesen Worten schnaubte Duncan vor Lachen. »Angesichts der Tatsache, dass der Ehemann dieser Lady erst kürzlich Opfer eines Überfalls war, erfolgt Euer Angebot zu einem recht ungünstigen Zeitpunkt, Joscelin.«

Der Händler errötete. »Ihr denkt an Myrrhe, Sir, die zugleich den Schmerz betäubt. Weihrauch wird verbrannt, um seinen Duft zu verbreiten, an heiligen Orten und in feinen Häusern wie dem, in dem Lady Ysmaine bald leben wird.«

Der Ritter tat überrascht, auf eine Weise, dass Ysmaine gegen ein Lächeln ankämpfen musste. »An heiligen Orten? Will die Lady in einer Kirche leben? Oder sich einem Konvent anschließen? Ich vermute, ihr Ehemann würde einem solchen Plan nicht zustimmen.«

In diesem Moment griff Ysmaine ein. Sie wollte nicht, dass Joscelin beleidigt wurde. »Ich danke Euch für Eure Güte, Joscelin. Ihr ehrt mich, indem Ihr mir solch feine Waren anbietet.« Sie verlieh ihrer Stimme größere Festigkeit. »Wie ich Euch jedoch bereits gesagt habe, schickt es sich für mich nicht, Anschaffungen für das Heim meines Mannes zu tätigen, bevor ich es gesehen und seine Einrichtung inspiziert habe.«

»Natürlich, Mylady.« Joscelin packte seine kleine Kiste ein, dann betrachtete er sie hoffnungsvoll. »Aber vielleicht darf ich vorschlagen, Euch in Châmont-sur-Maine zu besuchen, etwa vor dem Julfest, um herauszufinden, welche Vorräte Euch fehlen?«

»Ich danke Euch erneut für Eure Höflichkeit. Ihr könnt sicher sein,

Sir, wenn ich je Bedarf an der Sorte Güter habe, die Ihr feilbietet, werde ich Euch Nachricht nach Provins schicken lassen.«

Dieses vage Versprechen schien den kleinen Mann zu erfreuen, und er gab Ysmaine sogleich eine ausschweifende Wegbeschreibung zu seinem Geschäft, sodass man ihn in einem solchen Fall schnell ausfindig machen könnte. Sie schaute zu den Ställen hinüber, wo Wulf gerade seine Stimme erhob.

Joscelin bemerkte ihr Desinteresse und entschuldigte sich wortreich, bevor er davoneilte.

»Es ist wohlbekannt, dass der Wegzoll am St.-Bernhard-Pass enorm hoch ist, und darüber hinaus sind dort Diebe unterwegs«, sagte Wulf. »Deshalb schlage ich die alternative Route im Südwesten vor, die auch Händler nutzen, durch den Pass am Mont Cenis ...«

»Was uns deutlich weiter gen Süden führt als der direkte Weg nach Paris«, unterbrach ihn Gaston. »Und von Venedig aus ist es eine längere Reise. Ich dachte, Ihr wärt derjenige, der Paris in aller Eile zu erreichen wünscht?«

Wulf gab einen Laut von sich, der seine Frustration deutlich machte, obwohl das Wort an sich unverständlich blieb. »Der Weg mag länger sein, aber es heißt, er sei in besserem Zustand. Wir werden schneller vorankommen.«

Gaston schüttelte den Kopf, nicht überzeugt, und brachte dann das Wohl des Knappen Hamish ins Spiel. Ysmaine wünschte, er würde sein eigenes ebenfalls berücksichtigen.

Immerhin war er gestern Nacht erst angegriffen worden.

»Ich fand, der Pass am Sankt Bernhard war in exzellentem Zustand«, sagte Ysmaine zu Everard, in Übereinstimmung mit ihrem Ehemann.

»Es ist Jahre her, seit ich eine der beiden Strecken bereist habe«, sagte Everard lächelnd. »Ich überlasse den Streit lieber denen, die mehr über die fraglichen Wege wissen.«

Ysmaine dachte, er wäre vielleicht noch länger geblieben, um sich weiter zu unterhalten, aber Christina betrat gerade den Hauptraum, ein Lächeln auf den vollen Lippen. Der Ritter wandte voll offensichtlicher Missbilligung den Blick ab und verließ den Raum. Auch er ging hinüber zum Stall, um nach seinem Pferd zu sehen.

»Wer ist er?«, fragte Christina. Sie setzte sich Ysmaine gegenüber auf die Bank. Erneut erinnerten ihre gemessenen Bewegungen Ysmaine an eine zufriedene Katze, obwohl sie mit wachsamen Augen Everards Abgang beobachtete. »Er scheint sehr zufrieden mit sich.«

»Ich vermute, sein Stolz ist nicht unverdient«, antwortete Ysmaine. »Sein Name ist Everard de Montmorency.«

Christina zuckte bei diesen Worten sichtlich zusammen. »Wirklich?«

»Und überdies ist er der Graf von Blanche Garde«, steuerte Duncan bei. »Ein Mann, dessen Frömmigkeit in ganz Outremer bekannt ist.« Er stand aus seiner Ecke auf und nahm sich ein Stück Brot, das er in den Honigtopf tauchte, den Christina neben sich gestellt hatte. »Ich bezweifle, dass er an Euren *Waren* Interesse hätte.«

Christina blinzelte, dann schien sie gegen ein Lächeln anzukämpfen. »Kennt Ihr ihn?«, fragte Ysmaine.

Die Kurtisane schüttelte schnell den Kopf. »Ich habe lediglich seinen Namen gehört. Wie dieser Mann sagt, seine Frömmigkeit ist wohlbekannt.« Ihr Blick folgte dem Adligen. Ihre Lippen zuckten, und ihr Gesichtsausdruck verriet Schalk. »Allein, mich in derselben Unterkunft aufzuhalten wie ein solcher Mann, ist höchst amüsant. Vielleicht sollte ich versuchen, ihn zu verführen, um zu sehen, ob sein Benehmen so vornehm ist wie seine Worte.«

Sie öffnete ihren Gürtel und legte ihn auf den Tisch. Ihr Gesichtsausdruck war undeutbar.

Ysmaine war der Gürtel schon zuvor aufgefallen, aber wie sie nun bemerkte, war er deutlich protziger, als sie gedacht hatte. Doch das vermeintliche Gold blätterte von den Gliedern und die Edelsteine waren von einem so hellen Orange, dass sie unmöglich echt sein konnten. Christina zog eine Grimasse und begann, ihn auseinanderzubrechen. Anscheinend teilte sie Ysmaines Ansicht.

War es ein Geschenk von Wulf? Von einem anderen Liebhaber? Ysmaine sah die Entschlossenheit, mit der die andere Frau handelte, und wagte nicht zu fragen. Warum zerstörte sie den Gürtel? Er war nützlich, wenn auch nicht unbedingt sonderlich elegant.

»Ihr könntet versuchen, *mich* zu verführen«, schlug Duncan vor, dann setzte er sich auf die Bank neben die Kurtisane und schenkte ihr ein beifälliges Lächeln. »Obgleich es vielleicht ein leichterer Triumph wäre, als Euch lieb wäre.«

»Und was soll das heißen?«, fragte Christina leichthin.

»Nur, dass Ihr anscheinend Herausforderungen mögt. Nicht viele Kurtisanen würden eine Beziehung mit einem Ritter wie Wulf eingehen wollen. Ich kann mir nicht vorstellen, dass Euch Erfolg beschieden sein wird, auch wenn ich es genieße, Euch den Versuch unternehmen zu sehen.«

Christina warf ihm einen kühlen Blick zu. »Es freut mich zu wissen, dass jemand meiner Situation etwas Amüsantes abgewinnen kann«, sagte sie und beugte sich dann erneut über ihre Arbeit.

Duncan, unbeeindruckt von ihrer Zurückweisung, hob lediglich seinen Weinbecher, um Christinas steifem Rücken zuzuprosten.

»Was wollt Ihr damit tun?«, fragte Ysmaine, aufrichtig neugierig und unfähig, still zu bleiben.

Christina lächelte. »Ihn zerstören.« Sie hob ihre bemerkenswerten Augen, um Ysmaines Blick zu begegnen. »Er macht mich zu einem Stück Vieh, und ich möchte kein Stück Vieh mehr sein.«

»Besitzt er irgendeinen Wert?«

»Seine Zerstörung verleiht mir Genugtuung, was vielleicht Wert genug ist.«

Ysmaine schaute ihr einen Moment zu und bemerkte, wie schnell der Haufen gläserner Ornamente wuchs. »Werdet Ihr sie wegwerfen?«

»Noch nicht. Ich behalte sie, falls ich sie irgendwann einmal gewinnbringend verwenden kann.«

»Habt Ihr einen Beutel dafür?«

»Nein. Warum?«

»Ich gebe Euch einen«, bot Ysmaine an. »In meinem Gepäck befindet sich einer, den ich nicht brauche.« Sie erhob sich, während Christina sie überrascht ansah. »Es ist nur ein schlichter Stoffbeutel«, sagte sie und lächelte.

»Und doch mehr, als mir irgendjemand seit langer Zeit geschenkt hat.« Christina blinzelte. »Ich danke Euch für Eure Höflichkeit, Lady Ysmaine. Eure Güte weiß ich sehr zu schätzen.«

Ysmaine ging zurück in ihre Kammer, um den Beutel zu holen und zu schauen, wie Radegunde vorankam, froh darüber, dass sie ihrem Impuls nachgegeben hatte.

DIE JUNGEN, schloss der Verräter. Die Jungen waren der Schlüssel. Die Ritter enthüllten keine Einzelheiten über ihre Mission oder ihr Geheimnis, und in der Tat, an ihrem Benehmen allein hätte man tatsächlich niemals ablesen können, dass ihnen der Brief anvertraut war, den sie mit Sicherheit bei sich trugen. Die Templer waren wirklich in der Kunst der Täuschung bewandert.

Aber die Jungen, so die Einschätzung des Betrügers, waren verflucht neugierig und geschickt darin, zu entdecken, was sie nicht wissen sollten. Die Chance, einen der Knappen für seine Zwecke zu benutzen, war immer gegeben … Dann erinnerte er sich an den Zwischenfall auf dem Schiff.

Kerr und Bartholomew hatten sich in die Haare bekommen. Vielleicht war es kein einfacher Streit zwischen Jungen gewesen. Vielleicht hatten sie sich über wichtige Dinge gestritten.

Wie etwa die Rollen ihrer Ritter.

Oder die Wichtigkeit einer Bürde, die einem von ihnen anvertraut worden war.

Oder deren Aufenthaltsort.

Nach dieser Erkenntnis beobachtete der Verräter beide Knappen mit größerer Aufmerksamkeit und gelangte zu dem Schluss, dass Kerr etwas von Wichtigkeit wusste. Der Blick des Jungen schweifte über die Gruppe, und er schien ein Geheimnis zu kennen und zu hüten. Er wirkte ganz wie die Art von Mensch, die Informationen sammelte und mit der sich über ihr Schweigen – oder Weitergabe eines Geheimnisses – verhandeln ließ.

Es gab Einiges zu besprechen, fand der Verräter.

Die Bedingungen würden dem Jungen allerdings nicht gefallen, aber es gab keinen Grund, das allzu früh zu enthüllen.

Er würde warten, bis sie unterwegs waren, damit die Gruppe ihm wehrlos ausgeliefert war.

~

YSMAINES ENTSCHLOSSENHEIT WÄRE VIELLEICHT ins Wanken geraten, wenn Gaston sie berührt hätte.

Aber das Risiko bestand nicht. Stattdessen verbrachte er fast all ihre restliche Zeit in Venedig in den Ställen oder im Hauptraum des Hauses. Er gestattete dem Arzt, ihn zu untersuchen, als der Mann kam, um nach Hamish zu sehen, aber er vertraute Ysmaine nicht an, was gesagt worden war. Sie brachen auch nicht so rasch auf, wie Wulf gewollt hatte, und so nahm sie an, der Arzt habe Ruhe verordnet.

Aber Gaston ruhte nicht. Ständig war er auf den Beinen, ging auf und ab und blieb in Bewegung. Dieser Mann zeigte eine solche Missachtung für sein eigenes Wohlergehen, dass sie den Wunsch hatte, ihn zu schütteln, damit er Verstand annahm. Aber sie konnte nicht mit ihm streiten, wenn er nicht mit ihr sprach.

Ysmaine wollte ihre Kammer nicht verlassen und die Reliquie unbewacht lassen, also täuschte sie Unwohlsein vor. Sie hoffte, ihr Ehemann würde zu ihr kommen und sie könnten sich unterhalten, aber stattdessen schickte Gaston Radegunde, um sich nach ihrem Gesundheitszustand zu erkundigen.

In dieser Nacht besuchte er noch nicht einmal ihr Bett.

Ysmaine versuchte, sich davon zu überzeugen, das sei das Beste. Verspätet ging ihr auf, dass Gaston sich ihr immer nur zögernd anvertraute und nur dann, wenn er in ihr Bett kam. Anscheinend würden sie sich gar nicht unterhalten, wenn sie nicht miteinander schliefen.

Dass ihm dieser Mangel an Austausch nichts auszumachen schien, war alles andere als ermutigend. Stellte er sich so ihr zukünftiges Eheleben vor?

Das war deutlich weniger, als Ysmaine von ihm und ihrer Ehe wollte. Und sie trat beinahe eine Furche in den Boden ihres Zimmers, so aufgebracht lief sie auf und ab.

Zwei Nächte vergingen ohne einen Besuch ihres Ehemanns, und Ysmaine empfand diese Veränderung als zutiefst besorgniserregend. Selbst, wenn sie sich zum Essen nach unten in den Hauptraum begab, mied er sie so ausdauernd, dass es kein Zufall sein konnte. Er ging, sobald sie ankam, oder war im Stall, wo er sich mit den Knappen unterhielt oder mit Wulf stritt. Und hörte damit auch nicht auf, um sich ihr anzuschließen.

Wollte Gaston nicht länger einen Sohn? Misstraute er ihr? War er kränker, als sie geglaubt hatte? Ihr fiel kein guter Grund für seine Abwesenheit ein, und sie konnte zunehmend schlechter schlafen.

In der dritten Nacht bürstete Radegunde gerade ihr Haar, als ein vertrautes Klopfen an der Tür ertönte. Ysmaine zog den Mantel um sich und verbarg ihren Bauch vor allen Blicken. Die Zofe legte die Bürste nieder und öffnete die Tür, und Ysmaine spürte, wie sich ihr Herz bei Gastons Anblick zusammenzog. Er lehnte in der Tür und schaute sie an, während Radegunde sie beide beobachtete.

»Wie geht es dir?«, fragte er. Bei der Gleichgültigkeit in seiner Stimme zuckte Ysmaine beinahe zusammen.

»Mir ist noch immer kalt«, sagte sie und simulierte ein Zittern, um die Lüge zu untermauern. Einen Moment lang dachte sie, er würde weitere Fragen stellen, aber er sagte nichts. »Und dir?«

»So gut wie immer«, sagte er mit einem schiefen Lächeln, das ihr Herz einen Schlag aussetzen ließ. »Die Leute haben schon oft gesagt, mein Schädel sei hart wie Stein.«

»Und deine Schulter?«

»Ist sehr viel besser geworden.« Als er sich aufrichtete, wirkte er sehr entschlossen. Ysmaine dachte, sie hätte sich nur eingebildet, dass sein Gesichtsausdruck weicher geworden war, denn jetzt gab er sich einmal mehr kühl und distanziert. »Der Apotheker hat erklärt, alle seien imstande zu reiten, und Wulf möchte am Morgen aufbrechen. Denkst du, du bist gesund genug dafür?«

»Ich möchte die Gruppe nicht aufhalten.«

Gaston nickte und sah erneut aus, als wolle er mehr sagen, dann trat er zurück. »Dann sehen wir uns zu Einbruch der Dämmerung.«

»Möchtest du nicht eine Weile bleiben?«, fragte Ysmaine.

»Nicht heute Nacht. Ich will dich nicht behelligen, wenn du dich nicht wohlfühlst.«

Ysmaine wollte schon protestieren, er würde so bald keinen Sohn haben, wenn er das Ehebett mied, aber dann erinnerte sie sich an ihre List und biss sich auf die Lippen. »Du humpelst wieder«, sagte sie.

»Würdest du mir erlauben, dir heute Nacht mit der Arznei Linderung zu verschaffen?«

Sein Gesicht verhärtete sich. »Nein, heute nicht.« Er streckte die Hand aus. »Tatsächlich bitte ich dich, mir die Arznei wie auch den Rest des Krautes auszuhändigen, damit ich beides vernichten kann.«

Ysmaine war geschockt, dass sein Vertrauen in sie so geschwunden war. Aber sein unnachgiebiger Blick ließ keinen Zweifel: Er misstraute ihr. Was für eine Ehe würde das sein, wenn er sich weigerte, ihr zu glauben? Doch sie holte die Flache und die Wurzel, denn nur ein rascher Gehorsam würde ihr zum Vorteil gereichen. Sie händigte ihm beides aus.

Bei der Übergabe berührten sich ihre Finger flüchtig, und Ysmaine sehnte sich danach, ihn richtig zu berühren. Gaston beäugte die Flasche und die Wurzel, dann hob er den Blick und sah sie an. Seine Augen waren von einem strahlenden Blau, und sie spürte den Aufruhr in ihm.

Aber er sagte nichts. Lieferte ihr keine Erklärung. Er beugte sich lediglich vor und küsste sie so zärtlich, dass sie sich nach mehr sehnte. »Es tut mir leid«, murmelte er, seine Worte so tief und heiser, dass allein Ysmaine sie hören konnte.

Dann drehte Gaston sich auf dem Absatz um und ging, ließ sie von einer Mischung aus Enttäuschung und Erleichterung erfüllt zurück. Sie hasste es, ihn täuschen zu müssen, wusste aber auch, wenn er sie so liebkoste wie beim letzten Mal, würde sie ihm jedes Geheimnis anvertrauen, das sie kannte.

Was tat ihm leid? Was hatte er getan?

Was hatte er vor?

»Also brechen wir auf«, murmelte Radegunde. Sie hatte die Reliquie vorsichtig eingewickelt und in eine Tasche in Ysmaines Unterkleid eingenäht. Das Bündel würde an ihrem Bauch befestigt werden, so sicher, wie es nur ging.

Was, wenn Ysmaines List aufflog?

Was, wenn sie *nicht* aufflog und Gaston ihre Lüge glaubte?

Diese Nacht fand sie keinen Schlaf. Allerdings verliehen ihre Blässe und die Ringe unter ihren Augen der ersten Lüge, die sie ihrem Ehemann erzählte, nur größere Glaubwürdigkeit.

GASTON STIEG die Treppen in den Hauptraum hinunter, besorgt über die Veränderung, die er an seiner Gemahlin beobachtete. Er fürchtete, sie hätte sich eine Krankheit eingefangen, auch wenn sie ihm das nicht sagen wollte. Er wünschte, er könnte Zeit in ihrer Nähe verbringen, aber Wulf gegenüber hatte er darauf bestanden, dass sie beide jede Nacht Wache hielten.

Er hatte den Eindruck, dass etwas im Busch war, und fürchtete die lange, einsame Reise nach Paris. Wulf würde so ausdauernd und schnell reiten wie möglich, und in Anbetracht der Umstände war Gaston damit einverstanden.

Doch er sorgte sich um Ysmaine.

Bei seiner Rückkehr in den Stall hielt er kurz inne, um einen winzigen Moment lang zum dunklen Fenster ihrer Kammer aufzuschauen, dann ging er weiter zu Fantômes Box. Auf dem Weg kam er an Duncan vorbei, der sich eng in seinen Mantel gewickelt hatte und in den Schatten verborgen blieb. Sie teilten sich die erste Wache. Der Kämpfer beobachtete den Hauptraum. Dort brannte ein helles Licht, während Everard und Joscelin würfelten und die Kurtisane gelangweilt zusah.

»Für einen frommen Mann streicht er hohe Gewinne ein«, bemerkte Duncan, aber Gaston waren Everards Laster egal.

»Ich möchte Euch bitten, meiner Frau ein Freund zu sein«, murmelte er leise und ging dann an dem anderen Mann vorbei.

Duncan nickte einmal, aber sein Blick blieb weiterhin unverwandt auf die Aktivitäten im Hauptraum gerichtet. »Aye, Sir«, stimmte er zu, ein Zeichen, dass er verstand, es war ein Befehl. Zweifellos erriet er die Gründe dafür.

Wie die anderen Knappen schlief auch Bartholomew bereits. Einen Moment lang glaubte Gaston, Laurent beobachte ihn aus der anderen Ecke des Stalls, aber als er den Jungen ansah, schlief dieser ganz offensichtlich. Sein Verstand spielte ihm Streiche, und er sah Bedrohungen, wo keine waren. Der Junge presste die Satteltasche so fest an sich, dass er wie eine Klette daran haftete. Niemand würde die beiden je voneinander trennen.

Beruhigt wickelte Gaston den Mantel um sich, ließ sich hinten im Stall im Dunkeln nieder und behielt die Tür im Auge.

Erst, wenn die wirkliche Bedrohung aufgedeckt und ausgeräumt worden war, würde er gut schlafen können.

Erst, wenn er seine Pflicht erfüllt hatte, konnte er seine volle Aufmerksamkeit darauf verwenden, seine Gemahlin zu verführen.

Gaston machte die Verzögerung zu schaffen, doch er sagte sich, ihr Ritt nach Paris würde schnell und hart werden. Ysmaine würde sich nicht beklagen, denn es lag nicht in ihrer Natur, das zu tun, und Duncan würde ihn wissen lassen, wenn ihr die Umstände zu sehr zu schaffen machten.

Es war eine unschöne Situation, aber eine vorübergehende, und Gaston war daran gewöhnt, sich mit alles andere als idealen Umständen abzufinden.

Der einzige Trost lag in seiner Gewissheit, dass seine Gemahlin eine ähnliche Duldsamkeit entwickelt hatte.

MONTAG, 28. JULI 1187

FESTTAG DES SANKT SAMSON UND DES APOSTELS
SANKT JAMES DES GROSSEN

Als die Reisegesellschaft aus Venedig aufbrach, fiel der Regen auf ihre Schultern. Ysmaine kam die Stimmung in der Gruppe verzweifelt vor. Wulf allein schien froh über den Aufbruch. Sie war überrascht, dass Christina dabei war, die auf einem von Wulfs Zeltern ritt. Obwohl Ritter und Kurtisane einen erhitzten Blick tauschten, protestierte Wulf nicht gegen ihre Anwesenheit, und Christina ritt ganz hinten im Zug.

Gaston hatte Ysmaine in den Sattel geholfen, aber die Stirn gerunzelt, als sie sich geweigert hatte, sich von ihm hochheben zu lassen. Sie wusste, wenn er die Hände um ihre Taille legte, würde die List zu schnell auffliegen. Sie spürte mehr, als dass sie sah, wie ihre Reisegefährten von der Missstimmung zwischen ihr und ihrem Ehemann Notiz nahmen. Obwohl sie errötete, hielt sie den Kopf hoch erhoben, als sie losritten.

Sie sagte auch nichts, als sie die Stadttore passierten und Gaston mit seinem Streitross vorwegritt. Zunächst schien es, als wollte er sich lediglich mit Wulf über die Route verständigen, aber er blieb an der Spitze des Trupps.

Nicht an ihrer Seite.

Radegunde spornte ihr Pferd an, um an Ysmaines rechter Seite zu reiten. Everard schloss sich Wulf und Gaston an und nahm eifrig an ihrer Diskussion über die einzuschlagende Richtung teil. Joscelin ließ sich zurückfallen, um mit Christina zu sprechen, die angespannt auf seine Fragen antwortete, während sich Fergus und Bartholomew über die beste Strategie zur Verteidigung ihrer Truppe austauschten. Noch war auf der Straße viel Betrieb, aber Ysmaine wusste, schon am Nachmittag würden sie wahrscheinlich allein unterwegs und ein Ziel für Banditen sein. Die Ritter trugen ihre Rüstungen nun offen, die Schwertscheiden gut sichtbar. Zweifellos sollte dies mögliche Angreifer abschrecken.

Der ältere schottische Streiter ritt zu ihrer Linken wie zuvor, aber Ysmaine zuckte zusammen, als er mit ihr sprach. »Das ist der Fluch der Templer, Mädchen«, raunte er ihr in vertraulichem Ton zu. Ysmaine warf ihm einen Blick zu, nicht sicher, ob er sie gemeint hatte. Aber seine Augen funkelten, als er lächelte. »Sie haben einen hochmütigen Blick auf die Welt, besonders auf Frauen, und können strenge Richter sein, wenn sie die begrenzte Welt des Ordens verlassen.«

»Ich weiß nicht, was Ihr meint«, sagte Ysmaine, mehr um des äußeren Anscheins als um der Wahrheit willen. Sie hatte keine Ahnung, wer alles ihre Unterhaltung belauschte, auch wenn ihnen augenscheinlich niemand Beachtung zollte. Ihre Hand, die unter ihrem Mantel verborgen war, strich erneut über ihren gewölbten Bauch.

»Eine strenge Moral heißt, es ist leichter für jemand anderen, den Ansprüchen nicht zu genügen«, fuhr Duncan fort und nickte. »Ich sehe es an diesen Männern immer und immer wieder. Ihre Herzen sind tapfer, so viel ist sicher. Ihre Schwäche ist ihre Unfähigkeit zu erkennen, dass auch andere Menschen oft eine Wahl treffen müssen, bei der alle Alternativen schlecht sind, obwohl sie das selbst ohne Zögern tun.« Er schaute zu Christina zurück. »Wie bei dieser Frau. Wie Euer Ehemann treffend bemerkt hat, werden Frauen nicht als Huren geboren, so wenig wie Männer als Ritter. Ich glaube nicht, dass jemand von solcher Geburt diesen Beruf freiwillig gewählt hätte.«

»Von solcher Geburt?«, wiederholte Ysmaine.

Duncan lachte leise. »Niemand schaut eine Dirne genau an, richtig, Mädchen? Habt Ihr bemerkt, wie sie isst? Wie gerade sie sich hält? Wie sie spricht?« Er schüttelte den Kopf. »Sie wurde nicht in einem Stall geboren.«

Ysmaine fiel keine Antwort darauf ein. Konnte Christina tatsächlich von Adel sein? Sie überdachte, was ihr an der anderen Frau aufgefallen war, und erkannte, dass Duncans Worte ihre Berechtigung hatten.

»Ich habe es wieder und wieder gesehen.« Duncan schüttelte den Kopf. »Nur wenigen Frauen gelingt eine Pilgerreise nach Jerusalem und zurück ohne Zwischenfälle, wenn ihr Ehemann oder Beschützer unterwegs verstirbt. Es gibt einen Grund, warum es in der Heiligen Stadt eine so verflixt hohe Anzahl an Prostituierten gibt. Ganz gewiss ist jede von ihnen mit einem höheren Ziel ausgeritten, als eine solche Herabwürdigung zu erleben.«

Ysmaine schluckte. Ihr war nur allzu sehr bewusst, wie kurz sie vor einem ähnlichen Schicksal gestanden hatte. Ihr Blick wanderte zu Gastons breiten Schultern, und erneut spürte sie Dankbarkeit für sein Eingreifen.

Duncan nickte ihr zu, sein Benehmen kameradschaftlich. »Ihr seid eine Frau, die Glück gehabt hat, und der Mann, den Ihr geheiratet habt, ist von Ehre. Macht ihm keine allzu schweren Vorwürfe, wenn er hin und wieder Zweifel hegt. Sie werden vergehen, sobald er sieht, wer Ihr wirklich seid.«

»Ich danke Euch, Duncan«, sagte Ysmaine. Sie wusste es zu schätzen, dass er sich die Mühe machte, sie zu beruhigen. »Ihr versteht von solchen Rittern zweifellos mehr als ich.«

Tatsächlich fühlte sie mehr als Dankbarkeit für Gaston, obwohl Ysmaine erst jetzt das wahre Ausmaß begriff. Wäre das alles, was sie für ihn empfand, würde es ihr nicht so zu schaffen machen, die Wahrheit vor ihm zu verheimlichen. Sie würde seine Berührung nicht so sehr vermissen. Sie wäre nicht so erschüttert gewesen, als sie in Akkon geglaubt hatte, sie habe ihn verloren. Ihr Herz würde nicht so heftig pochen, wenn er ihr ein Lächeln schenkte.

Sie würde sich nicht vorstellen, wie schön ein gemeinsames Leben sein könnte, und bei dem Gedanken, ihn zu enttäuschen, solche Beunruhigung empfinden.

Sie liebte ihn.

Aber wenn Gaston ein Mann mit so strengen moralischen Vorstellungen war, wie Duncan es beschrieb, dann konnte ihre Entscheidung, ihn zu täuschen – und ausgerechnet auf diese Art – ihn ihr letztlich für immer entfremden.

Würde sie die Ehre ihres Mannes verteidigen, nur, um auf ewig sein Wohlwollen zu verlieren?

Wenn er nur mit ihr sprechen würde, würde sie alles gestehen!

Aber das sollte leider nicht sein.

~

Es war ein elender Tag, denn mit jeder verstreichenden Stunde wurde es kälter und der Regen nahm zu. Sie waren alle bis auf die Haut durchnässt, und die Pferde bis zum Bauch mit Schlamm bedeckt. Wulf wäre gern weitergeritten, aber Gaston war die Blässe seiner Gemahlin nur allzu bewusst.

Als es dunkel wurde, bestand er darauf, beim ersten Licht, das sie sahen, anzuhalten.

Wulf stimmte nur zögernd zu. Zu Gastons Unbehagen fiel das erste Licht aus einem bescheidenen Gasthof, ärmlich und schäbig. Platz für sie fand sich nur in einem Heuschober, was möglicherweise ein Segen war angesichts des Lärms der Trinkenden, der aus dem Schankraum drang.

»Wir suchen Unterschlupf in einem Nest für Diebe«, knurrte Wulf, aber Gaston spürte Ysmaines Zittern, als er ihr aus dem Sattel half. Er war entschlossen zu bleiben, denn sie brauchte ein Dach über dem Kopf und Ruhe.

Die Scheune war so dreckig, dass die Knappen sie zunächst säubern mussten. Es herrschte Kommen und Gehen, als verschiedene ihrer Reisegefährten die Latrinen benutzten und sich darüber beschwerten, in welch ekligem Zustand sich diese befanden. Kleider wurden ausgewrungen, die Pferde gestriegelt, Stiefel entleert. Sie arbeiteten gemeinsam in grimmigem Schweigen, um die Lage für die Nacht ein wenig besser zu machen.

Die durchnässten Mäntel hängten sie über die Balken und liehen zu einem enormen Preis zwei Öllampen, die noch nicht einmal richtig gefüllt waren. Die Umstände machten Wulf reizbar und alle übrigen schmallippig, aber Gaston beobachtete vor allem Ysmaine.

Zu seiner Erleichterung und mit Radegundes Ermutigung zog sie sich in eine Box zurück und erschien hinterher in ihrem besseren Kleid. Er erhaschte nur einen Blick auf den Saum, da sie noch immer den nassen Mantel um sich geschlungen hatte. Er war froh, dass ihr Kleid und Unterkleid trocken waren. Duncan forderte sie auf, sich dicht an eine der Lampen zu setzen, und Radegunde holte für sie eine Schüssel Eintopf. Beide wurden mit einem strahlenden Lächeln belohnt, das Gaston mit einem unvertrauten Gefühl des Neids erfüllte.

Gerade, als er diesen Gedanken hatte, wandte sich auf einmal alles zum Schlechten.

Der Schurke hatte zugeschlagen.

DAS FLEISCH im Eintopf musste einer Ziege gehört haben, und zwar einer an Altersschwäche gestorbenen, denn es war zäh und schmeckte eigenartig. Die Brühe war dünn, der Wein war beinahe Essig. Ysmaine konnte nicht verstehen, warum die Ritter in einem so armseligen Gasthof angehalten hatten. Der Klang des Glücksspiels aus dem Schankraum war laut, und sie zweifelte nicht daran, dass es vor dem Morgen noch zu einer Schlägerei kommen würde. Joscelin und Everard ließen sich vom Rollen der Würfel anlocken und kehrten auch nicht mit Fergus zurück, als dieser den Kessel mit Eintopf und den Wein brachte.

Für einen Mann, der angeblich so fromm war, hatte Everard sicherlich eine Vorliebe für das Glücksspiel.

Das Brot war hart. Da sie keine Teller oder Schüsseln hatten, stippten sie es zum Essen in die Suppe. Die Ritter bestanden darauf, dass sie und Christina als erste aßen, und Ysmaine bemerkte, dass die andere Frau genauso wenig zu sich nahm wie sie. Auch Radegunde begnügte sich mit einer kleinen Portion.

Manchmal war Hunger die bessere Wahl.

Die Männer hatten ihre Pferde fertig gestriegelt und saßen im Schein der Laternen, während der Regen auf das Scheunendach prasselte. Ysmaine bemerkte die schlechte Stimmung und vermutete, Gaston und Wulf hätten wieder gestritten. Durch ein Loch im Dach tropfte Wasser, formte dort eine Pfütze und verstärkte den Geruch nach Mist. In dieser Umgebung fiel nicht einmal Laurents Geruch besonders auf.

»Zumindest sind wir aus dem Regen«, sagte Ysmaine und versuchte, damit die Stimmung ein wenig aufzuhellen. Gaston warf einen sehr blauen Blick in ihre Richtung. Wulf verzog das Gesicht, wenn vielleicht auch nur deshalb, weil er gerade den ersten Bissen Eintopf gegessen hatte.

»Da habt Ihr recht, Mylady«, stimmte Duncan zu und Ysmaine begriff, sie hatte einen neuen Verbündeten. »Es gibt schlimmere Orte, um dort die Nacht zu verbringen. Unsere Kleider sind am Morgen vielleicht schon trocken.«

In diesem Moment stieß Bartholomew mit angewidertem Gesichtsausdruck zu ihnen. »Sie haben den Preis für das Futter verdoppelt«, sagte er zu Gaston, der die Lippen aufeinanderpresste. Er reichte dem jüngeren Mann noch einige Münzen aus seiner Börse, die sich, wie Ysmaine bemerkte, rasch leerte. Hatte er bereits Münzen aus seinem Rocksaum herausgenommen? Sie sollte ihm die Münzen geben, die sie in ihren Kleidersaum eingenäht hatte, und gelobte, das diese Nacht zu tun.

Wenn ihr Mann diese Münzen von ihr nicht annehmen wollte, würde sie sie seinem Knappen überantworten.

Bartholomew verschwand wieder, und die Pferde stampften. Eins trank lautstark aus seinem Trog.

»Kerr! Hamish! Laurent!«, sagte Fergus, die Stimme erhoben. »Kommt und esst von dem Fleisch.« Er verzog das Gesicht. »Wenn man es so nennen kann.«

Wulf rief Stephen und Simon herbei, die aufhörten, sein schwarzes Schlachtross zu striegeln, und sich jeder ein Stück Brot nahmen. Sie setzten sich neben ihn und aßen rasch. Hamish tat dasselbe, ließ sich von Fergus eine Portion Essen reichen, die in Windeseile verschwand.

Natürlich, die Jungs waren alle in einem Alter, in dem sie großen Appetit hatten. Ysmaine reichte Simon den Rest ihres Brotes, der überrascht zusammenzuckte, bevor er es nahm, und sich dann tief vor ihr verbeugte. Auch dieses Brot war nach einem kurzen Augenblick verschwunden, als hätte sie einen hungrigen Hund gefüttert.

Fergus runzelte die Stirn und schaute ins Halbdunkel. »Laurent, komm her und iss.«

»Ich möchte die Gruppe nicht mit meinem Gestank beleidigen, Sir.«

Fergus lachte. »In diesem Stall wird ihn niemand überhaupt bemerken. Komm her.«

Ysmaine sah den Jungen zögern. Er hielt immer noch das Bündel fest, als wäre es der Schlüssel zu seinem Überleben.

»Lass alles dort«, wies ihn Fergus an. »Du kannst es von hier aus im Auge behalten.«

Zögernd tat Laurent wie befohlen. Seine Züge wirkten scharf und dünn, als er ins Laternenlicht trat. Auch er aß in aller Eile, und Ysmaine fiel auf, wie zierlich er war. So schlank waren seine Hände, es hätten die eines Mädchens sein können. Doch er war schrecklich dreckig und trotz Fergus' Versicherung roch sie den Gestank, der von ihm ausging.

»Wo ist Kerr?«, fragte Fergus.

»Er ist zur Latrine gegangen, Sir«, antwortete Hamish und seufzte dann schwer. »Ich fand, er brauchte sehr lange, um sicherzugehen, dass Laurent und ich alle Pferde gestriegelt hatten.«

Fergus warf einen Blick auf Laurent. »Er scheint zu glauben, seit ich in Euren Diensten stehe, sei er über solche Aufgaben erhaben, Sir«, gestand der Junge.

Duncan versteckte sein Lächeln hinter einem Mund voller Eintopf. »Er ist listig, so viel ist sicher.«

Fergus war eindeutig nicht glücklich. »Das werde ich nicht zulassen. Er reitet immer noch an meiner Seite und steht in meinen Diensten.« Er deutete auf die anderen Jungen. »Was auch immer noch nicht erledigt ist, überlasst ihr ihm.« Dann erhob er die Stimme. »Kerr! Komm herein und iss, oder du musst hungrig bleiben!«

Allerdings war das eine leere Drohung, denn als der Junge nicht antwortete oder erschien, warf Fergus Duncan einen Blick zu. »Spart eine Portion für ihn auf«, murmelte er. »Er wird froh sein, wenn ich ihn gefunden habe.« Dann verließ er die Scheune. Als Schutz vor dem strömenden Regen zog er sich die Kapuze seines Mantels über den Kopf.

»Ich wage zu sagen, Mylord Fergus ist duldsamer, als ich es an seiner Stelle wäre«, murmelte Duncan Ysmaine zu.

Froh über die Gelegenheit zu einer Unterhaltung wandte sie sich ihm zu. »Ist dem so?«

»In der Tat. Der Junge macht nichts als Ärger, seit er zum ersten Mal einen Laut von sich gegeben hat. Auch wenn Lady Isobel darum gebeten hat, ihn mitzunehmen, ich hätte ihn nicht freiwillig mit auf eine solche Reise genommen.«

»Ist Lady Isobel nicht die Verlobte Eures Ritters?«

»Das ist sie in der Tat, und eine schönere Frau gibt es nicht auf der Welt.« Duncan streckte sich und seufzte, unterdrückte ein leises Rülpsen. »Wenn man so etwas messen kann.« Auf einmal wirkte er alarmiert, dann verbeugte er sich vor ihr und vor Christina. »Anwesende natürlich ausgenommen.«

Ysmaine lächelte. »Aber warum sollte sie ihrem Verlobten sagen, welchen Knappen er mitnehmen sollte?«

»Kerr ist ihr Neffe. Ich wage zu vermuten, irgendein Dummkopf dachte, die Reise würde ihm ein wenig Verstand einbläuen. Aber das war ein hochgestecktes Ziel, möchte ich behaupten.« Duncans Verhalten verriet, dass sich der Junge nicht geändert hatte. Er zwang sich zu einem Lächeln. »Aber all das wird bald hinter uns liegen.«

Ysmaine hätte vielleicht eine höfliche Antwort gegeben, aber auf einmal hörte man Fergus aus Richtung der Latrine herüberbrüllen. »Um Gottes willen!«, schrie er, ein solches Entsetzen in der Stimme, dass sich alle in der Scheune von ihren Plätzen erhoben. »Hilfe!«

Gaston fluchte und eilte aus der Scheune, Bartholomew, Wulf und Duncan liefen direkt hinter ihm. Die Jungen rannten ihren Rittern hinterher und Christina folgte ihnen allen. Ysmaine wartete mit pochendem Herzen an der Tür, bis Bartholomew zu ihr gelaufen kam. »Mylady, Euer Ehemann braucht Eure Hilfe.«

Der Gesichtsausdruck des Knappen verriet ihr, dass etwas schrecklich schiefgegangen war.

~

GASTON LIEF durch den Matsch und den Regen zu Fergus hinüber, der im Dunkeln an der Latrine am Waldrand wartete. Er konnte einen Fluss rauschen hören, und der Weg war so matschig, dass seine Stiefel tief einsanken. Gaston fürchtete zu versinken, aber es behinderte lediglich sein Vorwärtskommen.

Fergus blickte entsetzt, und er hielt etwas in den Armen. Etwas, das bebte und zitterte. Zu Gastons Schrecken war es Kerr.

Die Gesichtszüge des Knappen waren verzerrt, und seine Gesichtsfarbe sah ungesund aus.

»Sein Herz rast und will beinahe aussetzen«, sagte Fergus.

»Er sagte, er wüsste etwas«, murmelte Bartholomew, und Gaston war alarmiert.

Was wusste der Junge?

Und wem hatte er es anvertraut?

»Hat er mit Euch gesprochen?«, fragte er Fergus, der den Kopf schüttelte.

»Was er sagte, ergab keinen Sinn. Als ich ihn erreicht hatte, schwankte er und fiel in Ohnmacht. Seitdem ist er so.«

Gaston legte dem Jungen zwei Finger an den Hals und fühlte seinen unregelmäßigen Puls. Dem Geruch seiner Kleidung nach zu urteilen, hatte Kerr stark geschwitzt, und es war klar, dass sein Zustand nicht normal war. »Hol meine Frau«, befahl er Bartholomew, hoffend, Ysmaine könnte vielleicht wissen, was dem Jungen zu schaffen machte.

Was auch immer ihm fehlte, würde jedoch von kurzer Dauer sein, so schien es. Er erlitt erneut einen Krampf, ein Zittern durchlief ihn, dann entleerte er seinen Magen in den Schlamm.

Gaston griff seinen Kopf und steckte ihm zwei Finger in den Hals, um ihn dazu zu bringen, sich erneut zu übergeben. »Der Impuls des Körpers ist sicher richtig«, sagte er zu Fergus, der nickte und Kerr weiter festhielt.

Er beugte sich über den bewusstlosen Jungen und zwang ihn erneut zum Erbrechen. »Es kommt nur noch Galle.«

»Ihr könnt Euch nicht sicher sein. Versucht es erneut.«

Gaston runzelte die Stirn und dachte an Ysmaines Ratschlag, wie man Menschen behandelte, die Eisenhut eingenommen hatten.

Sicher konnte es doch nicht das sein, was dem Jungen fehlte? Wer konnte so grausam sein, ihm so etwas anzutun?

Ysmaine kam durch den Schlamm gelaufen. Sie klammerte sich an Bartholomews Arm. Der Knappe hielt eine Laterne hoch, und aus dem

Gasthof selbst hörte man Rufe. Mehr Leute mit Lampen kamen aus dem Gebäude, da die Glücksspieler anscheinend neugierig geworden waren.

Gaston beobachtete seine Frau genau. Ihm entging nicht, wie ihr das Blut aus dem Gesicht wich. »Wer hat ihm das angetan?«, flüsterte sie. Ohne auf eine Antwort zu warten, stolperte sie vor, ließ Bartholomew los und beschmutzte sich das Kleid, als sie zu Fergus hinübereilte. Gaston fand es bewundernswert, dass sie solches Mitgefühl empfand, aber man konnte ihre Beweggründe auch missverstehen. »Hat er Unsinn geredet? Einen Krampfanfall erlitten? Was ist mit seinem Puls?«

»Er geht unregelmäßig«, antwortete Gaston. »Sehr schnell, dann wieder so langsam, als wollte er anhalten.«

»Und hat er sich übergeben?«

»Einmal, und dann haben wir ihn noch zweimal dazu gezwungen.«

»Und geht es ihm besser?«, fragte sie, die Augen voll Hoffnung.

Gaston schüttelte den Kopf und sah, wie ihre Schultern herabsanken. In diesem Moment begriff er. Er ließ eine Hand auf Fergus' Schulter sinken, während Kerr noch einmal ein mächtiges Zittern durchlief.

Dann war der Junge reglos. Fergus schüttelte ihn und versuchte, ihn zu Bewusstsein zu bringen, aber Kerr bewegte sich nicht. Es bestand kein Zweifel daran, dass er tot war. Gaston sah, wie Ysmaine den Blick abwandte. Sie wirkte kleiner und verwundbarer und schien zu frieren. Er wollte sie gern trösten.

»Was soll ich nur Isobel sagen?«, fragte Fergus, an Kerr gewandt, hilflos. »Wie soll ich ihr erklären, dass du nicht mit mir nach Hause kommst?« Er schaute zu Duncan hoch, und es war klar, wie betroffen er war. »Wir werden ihn nach Hause bringen! Das würde sie so wollen.«

Der ältere Mann schüttelte den Kopf. »Wir werden Monate bis nach Schottland brauchen. Der Junge sollte hier begraben werden, bevor wir weiterreiten.«

»Aber Isobel …«

»Nehmt eine Locke seines Haars zur Erinnerung mit.«

Duncans Ratschlag war klug, und Fergus nickte zögernd. Er hob Kerr hoch und trug ihn zurück in die Scheune. Gaston hatte nicht das

Herz, ihn davon abzubringen. Seine Trauer würde umso schlimmer werden, wenn wilde Tiere sich in der Nacht an der Leiche zu schaffen machten.

Wer hatte diese schändliche Tat begangen? Gaston erinnerte sich an Ysmaines Verdacht, etwas von der Wurzel fehle aus dem Beutel, den Fatima ihr gegeben hatte. Seine Frau besaß weder Wurzel noch Arznei mehr, allerdings wusste nur ihre Zofe davon. Er hatte die Flasche mit der Arznei am Dock in Venedig zerschmettert und die kleine Menge von den Wassern der Adria davonspülen lassen. Die Wurzel hatte er am gleichen Ort entsorgt, indem er Steine in den Beutel gefüllt und ihn ins Meer geworfen hatte.

Aber nur er wusste davon, und nun wünschte er sich, er hätte diese Tatsache allen bekannt gegeben.

Er beobachtete die anderen, während sie in die Scheune zurückkehrten. Alle waren sichtlich geschockt vom Tod des Jungen. Jemand wollte es so aussehen lassen, als sei seine Frau für den Mord verantwortlich. Und so sehr er Ysmaine zu trösten wünschte, er musste die Konsequenzen bedenken.

Wenn er Zweifel an ihrer Schuld äußerte, was würde der Schurke als Nächstes tun? Der Unhold hatte bereits Wulf und ihn selbst angegriffen, und Gaston würde ihm keinen Vorwand liefern, seine Frau zu attackieren.

Es wäre besser für sie, wenn es so aussähe, als wenn er ihr misstraute.

Das würde den Zorn des Schurken wieder auf ihn lenken.

Und wenn sie diese Reise und diese Mission überlebten, würde er den Rest seines Lebens damit zubringen sicherzustellen, dass seine Lady wusste, er hatte nie wirklich an ihr gezweifelt. Sie hatte keine Bosheit in sich. Er hatte ihr Mitgefühl und ihre Güte gesehen.

Und er liebte sie. Das war das wichtigste Argument, denn Gaston kannte sein eigenes Wesen gut genug, um sicher zu sein, dass er niemals eine Frau bewundern, geschweige denn lieben könnte, deren Charakter weniger edel war als der seine. Er zweifelte nicht daran, dass Ysmaine und er zwei Seiten derselben Medaille waren.

Er hasste es, so tun zu müssen, als wäre das Gegenteil der Fall, zumindest, bis sie Paris erreichten. Unter besseren Umständen hätte es ihn vielleicht belustigt, dass Wulf und er nun beide die Reise in aller Eile hinter sich bringen wollten.

Als sie zurück in der Scheune waren und Kerrs lebloses Körper auf den Boden gebettet hatten, fuhr sich Fergus mit der Hand durch das nasse Haar. Er wandte sich Ysmaine zu, Ärger in den Augen. »Woher kanntet Ihr seine Symptome so gut?«, fragte er aufgebracht. »Ihr habt sie nicht beobachtet.«

Ysmaine hob das Kinn. »Es sind Anzeichen einer Vergiftung mit Eisenhut, welches das einzige Gift ist, von dem wir wissen, dass jemand aus der Gruppe es bei sich trägt.« Sie schaute den Jungen an und schüttelte traurig den Kopf. »Ihr könnt unmöglich glauben, dass sein Dahinscheiden eine natürliche Ursache hatte.«

»Ihr wollt sagen, er wurde vergiftet?«, fragte Duncan.

»Ich vermute, das denkt Ihr alle bereits.«

Bartholomew zuckte zusammen. »Ist die Wurzel tatsächlich so wirksam?«

»Je nachdem, wie viel davon jemand zu sich nimmt, ja.« Ysmaine biss sich auf die Lippen. »Wie lange zuvor gab es Anzeichen?«

»Das wissen wir nicht«, gab Bartholomew zu.

»Wann wurde er das letzte Mal gesund und munter gesehen?«

»Bei unserer Ankunft hier.« Fergus zuckte die Schultern. »Vor Stunden. Er wünschte, den Leuten beim Würfelspiel zuzusehen. Ich ließ ihn dort. Und ich sah ihn nicht wieder, bis ich auf die Suche nach ihm ging.« Er warf Hamish einen Blick zu, der daraufhin den Kopf schüttelte.

»Er ist nicht aus dem Gasthof zurückgekommen, Sir. Er sagte, er würde zur Latrine gehen, als ich mit den Pferden beschäftigt war.«

»So wie ich«, stimmte Laurent zu, doch dann weiteten sich seine Augen alarmiert. Gaston sah, wie er sich langsam an den Rand der Gruppe zurückzog und dann zu dem Gepäckstück hinüberhastete, das er auf dieser Reise so sorgfältig bewacht hatte. Laurent öffnete die Satteltasche und wickelte den Inhalt aus. Gaston erwartete, Erleichterung im Gesicht des Jungen zu sehen.

Stattdessen sah er Schrecken.

Ein ähnliches Entsetzen durchfuhr Gaston, und er musste sich abwenden, um sich zusammenzureißen. Er wollte niemanden Laurents Reaktion sehen lassen.

Kerr hatte etwas gewusst.

Kerr war dazu gebracht worden, es jemandem anzuvertrauen.

Kerr war getötet und der Schatz, der ihnen anvertraut worden war, gestohlen worden, während sie sich um den sterbenden Jungen gekümmert hatten. Nach Fergus' Schrei hatten alle die Scheune verlassen, dessen war Gaston sich sicher. Er glaubte nicht, dass jemandem Zeit geblieben war, die Beute aus dem Gepäck zu stehlen, das Laurent bewachte, aber Everard und Joscelin waren noch immer im Gasthof.

Wem wäre es aufgefallen, wenn einer der beiden einen Moment lang verschwunden wäre? Jederzeit konnte jemand so tun, als wollte er auf die Latrine gehen, und keiner der Betrunkenen würde sich daran erinnern.

Als hätten seine Gedanken sie herbeigelockt, kehrten in diesem Moment Joscelin und Everard zurück. Sie lachten gemeinsam über irgendeinen Scherz. Auf der Schwelle blieben sie stehen und wurden ernst, als sie das Schweigen bemerkten, starrten dann den Jungen an, der auf dem Boden lag.

»Ist er …?«, fragte Joscelin mit einem Zittern in der Stimme.

»Er ist tot«, erklärte Wulf flach. »Vergiftet mit Eisenhut, wenn man der Lady glaubt, die so viel über dieses Gift weiß.« Er nickte Ysmaine zu, die sich nicht beeindruckt zeigte.

Stattdessen richtete sie sich auf und faltete die Hände. Gaston warf ihr einen Seitenblick zu und konnte ihr Zittern sehen. Er bewunderte, dass sie vor der Wahrheit nicht zurückschreckte. »Er muss eine Menge davon zu sich genommen haben, fürchte ich, denn es ging sehr schnell. Ich bezweifle, dass man ihn hätte retten können, was vermutlich die Absicht seines Mörders war.«

Fergus fluchte leise.

»Es ist unwahrscheinlich, dass er eine solche Menge willentlich zu sich genommen hat«, fügte Ysmaine hinzu. »Es heißt, das Kraut brenne bei der ersten Berührung auf der Zunge und ließe die Lippen anschwellen.«

»Jemand hat ihn gezwungen, es zu nehmen«, schloss Fergus, Zorn in der Stimme. »Er wurde von jemandem aus unserer Gruppe ermordet.« Alle schauten sich um, die Gesichter voller Misstrauen.

Alle außer Ysmaine, die Fergus ins Gesicht sah.

»Aye.« Sie hielt sich sehr gerade. »Und zweifellos glaubt Ihr alle, ich sei es gewesen.« Sie wandte sich Gaston zu, Feuer in den Augen, und er hasste, was er würde tun müssen. »Aber mein Ehemann kann mich von dieser Anklage freisprechen.«

Gaston runzelte die Stirn. Er rieb sich das Kinn und schüttelte den Kopf. »Ich kann keine Lüge erzählen«, sagte er leise, obgleich er genau das tun würde. »Ich verstehe nicht, was du meinst, Mylady. Du allein aus dieser Gruppe trägst das Gift bei dir.«

Rote Flecken traten auf Ysmaines Wangen. »Du weißt …«, begann sie wütend, aber Gaston hob einen Finger.

»Fordere mich nicht vor der gesamten Reisegesellschaft heraus, Madame. Eine Frau hat ihre Aufgabe, und sie besteht nicht darin, das Wort eines Mannes von Ehre anzuzweifeln. Du wirst meinen Ruf nicht beschmutzen, um deinen eigenen zu retten.«

Ysmaine starrte ihn mit offenem Mund an. Zutiefst empört.

Dann drehte sie sich auf dem Absatz um und verließ die Übrigen, begab sich in eine abgelegene Ecke der Ställe und machte dort ihr Bett.

»Radegunde«, rief Gaston der Zofe hinterher, die ihrer Herrin folgte. »Bring mir alle Besitztümer meiner Gemahlin. Ich werde ihr den Gebrauch dieser Gegenstände nicht verweigern, aber alles wird in meiner Obhut bleiben. Die Sicherheit dieser Gruppe muss Vorrang haben.«

Radegunde war beinahe ebenso wütend wie ihre Herrin, und zu Recht, denn Ysmaine war unschuldig.

»Wie Ihr befehlt, Sir«, antwortete sie in eisigem Tonfall und stapfte davon, um seinen Befehl auszuführen.

»Wir werden Vorkehrungen für Kerrs Begräbnis am Morgen treffen«, sagte Wulf und fuhr sich mit der Hand durch das Haar. »Ich schlage vor, Ihr alle versucht zu ruhen, so gut es geht.«

»Vielleicht sollten wir eine Wache aufstellen«, schlug Gaston vor. »Zwei Männer bleiben stets wach, um die Sicherheit der Schlafenden zu gewährleisten.«

Wulf warf ihm einen Blick zu und nickte dann. »Ein kluger Vorschlag. Wollt Ihr mit Fergus die erste Wache übernehmen, Gaston?«

Die Männer stimmten alle zu und ließen sich zum Schlafen nieder. Eine Lampe wurde gelöscht, die andere heruntergedreht und neben die Tür gestellt. Gaston zweifelte nicht daran, dass Wulf sich mit ihm besprechen würde, wenn es Zeit für den Wachwechsel war und alle schliefen. Er musste entscheiden, wie sie dann weiter vorgehen wollten.

»Wir müssen den Jungen durchsuchen«, sagte er leise zu Fergus. »Unter dem Vorwand, ihn für die Beerdigung bereitzumachen. Ich werde es erledigen.«

Fergus kniff die Lippen zusammen. »Er unterstand meiner Verantwortung. Ich werde es selbst tun.«

Gaston setzte sich neben den anderen Ritter und sah zu. Seine Gedanken waren in Aufruhr. Der Regen ließ nach, und der Junge war, so gut es unter den Umständen ging, für das Begräbnis angezogen und vorbereitet, als er einen Geistesblitz hatte.

Wenn der Dieb sich in ihrer Gruppe befand, dann würde der Schatz bei ihnen bleiben. Es ergab für den Dieb keinen Sinn, ihn unterwegs zu verstecken und später zurückzukehren. Damit hatte Gaston Zeit bis Provins, wo Joscelin sie verlassen würde, um ihn wiederzufinden und sicherzustellen.

Und das war immerhin eine ermutigende Erkenntnis.

YSMAINE KONNTE ES NICHT GLAUBEN. Gaston hatte sie vor der ganzen Gruppe bloßgestellt. Er hatte sie nicht verteidigt, indem er erklärt hatte, dass er das Gift an sich genommen hatte, bevor sie Venedig verlassen hatten. Dabei hätte er sie von jeder Anklage freisprechen können, aber das hatte er nicht getan.

Schlimmer noch, er hatte gelogen! Und es entsetzte sie, dass es ihm so leichtgefallen war. Sie hätte sich nie vorstellen können, dass er dazu in der Lage wäre. Es war eine beunruhigende Erkenntnis über ihren Ehemann.

Gaston konnte Menschen arglistig täuschen. Vielleicht war es besser, dass sie das vorher nicht geahnt hatte, sonst würde er all ihre Geheimnisse kennen.

Wer war dieser Mann, der so sehr wie ihr Ehemann aussah? Aber sie kannte Gaston als einen Mann von Ehre. Sie wusste, er besaß kein Talent darin, sich zu verstellen. Er würde sich nicht unhöflich verhalten oder sie schäbig behandeln.

Hatte sie sich in ihm so getäuscht? Das konnte Ysmaine nicht glauben.

Warum verteidigte er sie nicht?

Sie lag in der Dunkelheit, und ihr fiel nur ein Grund ein. Er selbst war der Schuldige.

Nein. Ihr Verstand weigerte sich, eine solche Möglichkeit in Betracht zu ziehen, selbst wenn Kerr etwas gewusst haben sollte, das ihrer aller Sicherheit gefährdete. Gaston hätte sichergestellt, dass der Junge still blieb, aber nicht durch einen Mord. So niederträchtig und unehrenhaft würde er sich nicht verhalten. Einen Tod unter solchen Schmerzen und Qualen würde er keiner Seele jemals zufügen.

Obwohl sie eingestehen musste, dass er sicherlich Männer in der Schlacht getötet hatte, war das hier etwas ganz anderes. Männer, die ins Gefecht ritten, erwarteten, zu töten oder getötet zu werden. Ein Knappe ging nicht zur Latrine und rechnete mit seinem Tod. Kerr war vielleicht nicht unschuldig gewesen, wohl aber unbewaffnet und verwundbar.

Sie starrte zum Dach der Scheune hoch und versuchte, sich zu erinnern, wo jedes einzelne Gruppenmitglied nach der Ankunft in dieser Scheune gewesen war, aber es blieb die Tatsache bestehen, dass die meisten Gelegenheit gehabt hatten, die Tat zu begehen. Die Jungen waren geschäftig umhergeeilt, in einem Zwielicht, in dem das Fehlen eines Einzelnen nicht aufgefallen wäre. Auf dem Schiff hatte Bartholomew Kerr ein blaues Auge verpasst, erinnerte sie sich, also mochten sich die beiden nicht besonders. Die Männer waren gekommen und gegangen, hatten Vorräte geholt, sich um ihre Pferde gekümmert oder gewürfelt wie Joscelin und Everard.

Die einzigen Personen, von denen sie ohne jeden Zweifel wusste, dass sie unschuldig waren, waren sie selbst und Radegunde.

Die einzige Person, von der sie darüber hinaus *glaubte*, dass sie unschuldig war, war Gaston.

Warum hatte er dann ihre Aussage nicht bestätigt?

Ysmaine konnte seine Entscheidung nicht verstehen, nicht nach der wunderbaren Nacht, die sie in Venedig zusammen verbracht hatten. Ihre Zukunft war zu diesem Zeitpunkt so verheißungsvoll erschienen. Wer hätte sich vorstellen können, dass ihr all diese Verheißung nur wenige Tage später gestohlen werden würde?

Ysmaine nicht. Aber sie konnte keine andere Erklärung finden.

Es war spät, als ihr ein Gedanke kam, der alle Fakten berücksichtigte und Sinn ergab wie kein anderer. Ihr Ehemann hatte sie nur vor ihrem Schicksal im Heiligen Land retten wollen. Er wollte sie nicht wirklich als seine Ehefrau. Es gab keine Urkunde, die den Austausch ihrer Eheschwüre bewies, und sie wusste, sie war nicht von ihm schwanger. Hatte er vor, eine Annullierung ihrer Ehe zu beantragen, wenn sie den Tempel in Paris erreichten, und weiterhin dem Orden zu dienen?

Der Gedanke war ihr schon zuvor gekommen, als sie entdeckt hatte, dass er in Wirklichkeit ihre Gruppe anführte. Aber nun erst begriff Ysmaine, dass Gaston auf ihre Frage nie geantwortet hatte.

Er hatte die Frage diplomatisch umgangen, statt ihr zu versichern, ihre Schwüre seien gültig. Er führte die Gruppe an. Er traf die Entscheidungen. Zweifellos hieß das, er hatte den Orden nie verlassen und brauchte deshalb auch keine Ehefrau. Sicher glaubte er, sie vor einem schlimmen Schicksal in Outremer bewahrt zu haben, sei ein hinreichender Lohn.

Im Rückblick war es offensichtlich. Sie waren gar nicht wirklich verheiratet. Ysmaine konnte es jedenfalls nicht beweisen. Welche Hinweise hatte sie denn, dass er den Orden verlassen hatte, außer Gastons eigener Behauptung? Vielleicht führte er die Gruppe deshalb an, weil er noch immer ein Templer war und vorhatte, es zu bleiben, wenn sie einmal Paris erreichten. Vielleicht wollte er das Erbe seines Bruders nicht antreten. Vielleicht gab es nicht einmal ein Erbe! Châmont-sur-Maine war ein Märchen, das dazu diente, die Aufmerksamkeit des Schurken von ihm abzulenken, und Ysmaine selbst war eine Art Verkleidung.

Das alles ergab Sinn.

Auch, wenn Ysmaine dabei das Herz schwer wurde.

Zunächst dachte sie, er könne unmöglich so verschlagen sein, aber dann erinnerte sie sich daran, wie er ihrem Blick ausgewichen war, wie er in seinen Aussagen so bewusst vage geblieben war, wie er sich geweigert hatte, mit ihr unter vier Augen zu sprechen. Seine Entscheidungen spiegelten sein Unbehagen angesichts der moralischen Kompromisse wider, die die Situation ihm abverlangte.

Doch warum hatte er sie dann so leidenschaftlich berührt?

Sicher hatte sie ihn in Versuchung geführt, doch Ysmaine konnte die Tatsache nicht ignorieren, dass dieses wunderbare Mal in ihrem Bett ihre letzte Vereinigung gewesen war. Gaston, fürchtete sie, bereute, was sie getan hatten.

Das erklärte auch, warum er sich weigerte, mit ihr zu sprechen.

Und doch liebte sie ihn. Sie bewunderte seine Ehre und seine Zielstrebigkeit. Niemals würde sie ihn betrügen, selbst wenn das hieß, ihn für immer zu verlieren. Und sie würde auch nicht zulassen, dass seine Mission fehlschlug, nicht, wenn es seine Wahl war, im Orden zu bleiben. Aber sie würde sich nicht an ihn klammern oder ihn zwingen, sie aus seiner Nähe zu verbannen. Nein, sie würde Gaston freiwillig die Freiheit zurückgeben, die er verlangte, als sei ihre Ehe für sie nicht von Wichtigkeit.

Das war sie, doch das musste er nicht wissen. Sie würde ihn zurückweisen und sich dann in einen Konvent zurückziehen.

Denn für Ysmaine konnte es keinen anderen Mann geben als Gaston. Wenn er sie nicht wollte, dann war es klar: Ihre Sünden wogen zu schwer, als dass selbst Maria sich erfolgreich für sie verwenden konnte, und sie verbrachte ihr Leben besser im Gebet und in der Einkehr.

Obwohl sie in dieser Nacht um das weinte, was ihr beinahe zuteilgeworden wäre, sagte sich Ysmaine, es sei besser, *viel* besser, wenigstens einmal die Verheißung von Liebe gespürt zu haben, als sie niemals gekannt zu haben.

MITTWOCH, 12. AUGUST 1187

FESTTAG DER MÄRTYRER SANKT ANDEOLUS UND SANKT TIBURTIUS UND DER JUNGFRAU SANKT WALDTRAUD

Von diesem Tag an hasteten sie vorwärts. Das Wetter wurde nach Kerrs Beerdigung besser, und die Gruppe ritt jeden Tag hart, als würden sie auf diese Weise Zweifel und Gefahr hinter sich lassen. Zwischen den Reisegefährten gab es kaum Unterhaltungen. In keiner, die Ysmaine mitanhörte, ging es um einen Plan. Sie alle schienen von dem Verlangen beseelt, Paris so schnell wie möglich zu erreichen, und hatten eine wortlose Übereinkunft getroffen. Der Wind wurde mit jedem Tag kälter, und die Straße führte bergauf. Mehr und mehr Kiefern standen zu beiden Seiten.

Nach mehr als vierzehn Tagen erreichten sie den Sankt-Bernhard-Pass. Jeden Tag waren sie so lange geritten wie möglich und hatten erst angehalten, wenn sie nicht weiter konnten. Sie hatten in Gasthöfen und Heuschobern geschlafen und einmal, als ihnen keine andere Wahl geblieben war, am Straßenrand. Hatten Regen und kalte Nächte, heiße Tage und lange Strecken ohne Brot oder Fleisch erduldet.

Ysmaine war es egal. Sie schlief nicht gut, belastet von ihrem Geheimnis und ihrer Angst vor Entdeckung, und es half nicht, dass Gaston kaum einen Moment mit ihr verbrachte. Er sorgte für ihr Wohlergehen und ihren Schutz, aber ganz offensichtlich vermisste er ihre Gegenwart nicht so wie sie seine. Intimität oder selbst eine private Unterhaltung in der Nacht standen außer Frage angesichts der Unterkünfte, in denen sie absteigen mussten, und so geriet Ysmaine auch nicht in Versuchung, ihm alles zu gestehen. Dass er ihre Gegenwart nicht suchte und sie auch nicht so aufmerksam beobachtete wie zuvor, war die Bestätigung, die sie brauchte, dass sie mit ihren Befürchtungen richtig lag.

Sie hatte keine Zweifel, dass alles genau so war, wie er es wünschte.

Derweil brach ihr das Herz. Die wunderbare Nacht voller Lust schien wie ein entfernter Traum oder vielleicht wie ein Produkt ihrer Einbildung. Gaston gab sich streng und wachsam, und auch wenn sie sich Sorgen machte, wann immer er sich von der Gruppe entfernte, gab es keine erneuten Angriffe auf ihn.

Am Ende eines weiteren langen Tages machten sie kurz vor dem Gipfel des Passes in einem Gasthof Rast. Er war ein wenig anheimelnder als viele andere, obgleich dieser Eindruck auch dem kalten Wind und dem schönen Sonnenuntergang geschuldet sein mochte. Vor ihnen lag eine Alpenwiese, und die ersten Sterne waren zu sehen.

Seufzend stieg Ysmaine vom Pferd, erschöpft an Körper und Seele. Die Reliquie hing als schweres Gewicht vor ihrem Bauch, und obwohl sie gut gepolstert war, rieb sie gegen ihre Haut. Sie würde froh sein, die Bänder, mit denen sie befestigt war, wenigstens über Nacht zu lösen. Sicher würden sie mit der Dämmerung wieder aufbrechen. Ysmaine wünschte, sie wären nicht mit solcher Eile zu ihrer endgültigen Trennung von Gaston unterwegs. Sie wünschte sich, sie hätte ihm ein Wort oder Zeichen geben können, war sich aber bewusst, dass alle sie bemerken würden.

Und so geschah es, dass sie einen Fehler beging. Ihre Gefühle waren zu sehr in Aufruhr.

Gaston war hinter ihr. Sie wusste, das Licht des Gasthofs fiel durch die offene Tür vor ihr, war aber zu müde, um die Konsequenzen zu bedenken. Bartholomew sagte gerade etwas über ihr Pferd, und sie wandte sich um, um ihm zu antworten, und vergaß dabei einen Moment, ihren Umhang geschlossen zu halten.

Einen kleinen Moment zu lang.

Ihr Mantel flatterte und enthüllte die Wölbung ihres Bauchs allen Anwesenden. Dass ihre Silhouette darüber hinaus noch vom Licht aus dem Gasthof angestrahlt wurde, machte es unmöglich, das Ganze zu übersehen.

Sie sah, wie Gaston sie anstarrte, den Blick auf ihren Bauch gerichtet, und begriff ihren Fehler.

Ysmaine zog den Mantel um sich. Röte stieg ihr in die Wangen, und sie wandte sich um und wollte den Gasthof betreten. Sicher würde er sie doch nicht vor der ganzen Reisegesellschaft zur Rede stellen?

Aber die Hand ihres Mannes schloss sich um ihren Ellbogen, sein Griff so entschlossen, dass sie wusste, er wollte die Angelegenheit hier und jetzt klären.

Grundgütiger. So sehr Ysmaine auch mit Gaston sprechen wollte, dies war weder der geeignete Zeitpunkt noch der geeignete Ort, ihm die Wahrheit zu gestehen.

Aber sie stand vor einer einfachen Entscheidung – sie konnte seine Mission verteidigen oder sich selbst.

Dass er sie nicht zur Frau haben wollte, hatte sie bereits begriffen. Wenn er im Orden bleiben wollte, durfte seine Integrität nicht in Frage stehen.

Und so gab es keine andere Wahl, als zu lügen.

»Mylady«, sagte Gaston angespannt. Dass er sie nicht länger »meine schöne Lady« nannte, kam Ysmaine dabei sehr bedeutsam vor. »Auf ein Wort, wenn es Euch recht ist.«

Gaston war wütender als je zuvor in seinem Leben.

Er konnte kaum zwei zusammenhängende Gedanken fassen. Ysmaine war schwanger. Wie konnte das sein? Es ergab keinen Sinn. Sein Schock war so groß, dass er sogar seine Sorgen über den verlorenen Schatz verdrängte, eine Tatsache, die ihm deutlich sagte, welchen Raum seine Lady in seinen Gedanken einnahm. Obwohl er den Beweis direkt vor Augen hatte, war er fassungslos und konnte die Entdeckung einfach nicht ignorieren.

Und in der Tat schien die gesamte Reisegesellschaft auf seine Reaktion zu warten. Sie hatten es alle gesehen, und das Schweigen enthüllte, dass er nicht als Einziger überrascht war.

Ysmaine hob ihr Gesicht, ohne die Miene zu verziehen. »Aye?« In ihrem Tonfall lag eine Herausforderung, die Gaston nicht erklären konnte.

»Du erwartest ein Kind.«

»In der Tat. Mir wurde zu verstehen gegeben, du wünschtest dir einen Sohn.«

Sie war so ruhig, dass Gastons Wut ein wenig abklang. »Die Schwangerschaft scheint zu weit fortgeschritten, als dass du vor weniger als einem Monat in Venedig empfangen haben könntest.«

»Vielleicht wurde das Kind in Samaria gezeugt.«

»Dennoch – so rund in nur einem Monat?« Gaston runzelte die Stirn. Er wusste wenig von solchen Dingen, aber er glaubte, eine Schwangerschaft wäre in den ersten Monaten kaum zu bemerken.

»Vielleicht gerät er so groß wie sein Vater.«

Christina schnaubte. Auf Gastons Blick hin zuckte sie die Schultern. »Das Baby ist schon vor mindestens drei Monaten empfangen worden«, sagte sie, und Gaston schaute böse zu Ysmaine und sah sie heftig erröten. »Ihr müsst Euren Bauch flachgebunden haben, um es zu verstecken«, sagte die Kurtisane zu Ysmaine.

»Aye«, sagte Ysmaine hastig. »Aber ich konnte es nicht länger ertragen und fürchtete um die Gesundheit des Kindes.«

»Und das solltet Ihr auch«, murmelte Wulf, dessen Verachtung offensichtlich war.

»Drei Monate?«, fragte Gaston seine Frau ungläubig. »Drei Monate!«

»Sicher nicht so lange«, sagte sie, und ihre Wangen flammten. »Nicht ganz.«

»Ich sollte sagen, nicht annähernd! Wir sind erst seit einem Monat verheiratet.« Gaston war kurz davor, die Beherrschung zu verlieren, als er daran dachte, dass er Ysmaine erst vor vierzehn Tagen ausgiebig berührt hatte. Er hatte sie nackt gesehen und ihren flachen Bauch gestreichelt. Es hatte nichts gegeben, das sie hätte flachbinden müssen. Sie war so schlank gewesen wie ein junges Mädchen.

Und tatsächlich hatte er ihr vor einem Monat die Unschuld genommen und trug den Beweis dafür in seiner Tasche. Er konnte nicht verstehen, wie es möglich war, dass sie ein Kind in sich trug.

Es sei denn, sie tat es nicht.

Die Wahrheit schlug ein wie ein Blitz.

Ysmaine war nicht schwanger.

Sie trug einen Schatz bei sich.

Sie hatte dafür gesorgt, dass der Schatz, der ihm anvertraut worden war, an dem einen Ort versteckt war, an dem er weder bemerkt noch gestohlen werden konnte. Hier war er, geschützt und in Sicherheit, dank des Einfallsreichtums seiner Frau!

Gastons Herz machte einen Sprung, als er daran dachte, welchen Scharfsinn seine Gemahlin an den Tag gelegt hatte, und er sehnte sich danach, sie in seine Arme zu ziehen und sie zu küssen, bis ihr schwindelig wurde. Aber der Erfolg ihrer List hing davon ab, dass er ihre Lüge öffentlich akzeptierte. Er schaute sie finster an und versuchte, so ärgerlich wie möglich zu wirken.

»Habt Ihr sie nie nackt gesehen?«, fragte Wulf spöttisch. Er warf Ysmaine einen verächtlichen Blick zu.

»Sie hielt sich immer bedeckt«, log Gaston und verzog höhnisch seine Lippen. »Ich dachte, sie wäre nur sittsam.«

Wulf lachte. »Verlogen ist vielleicht das bessere Wort.«

Ysmaines Gesicht war puterrot vor offenkundiger Scham.

»Und welche andere Möglichkeit hätte sie gehabt, sich zu retten?«, fragte Christina den Templer. »Ihr tut, als hätten Frauen auf dieser Welt die gleichen Chancen wie Männer, und ich versichere Euch, das ist nicht der Fall.«

»Sie hätte es ihm sagen können!«, beharrte Wulf.

»Und die Hilfe des einzigen Menschen verlieren, der ihr Unterstützung angeboten hatte? Aye, das ist ein guter Weg zu verhungern.« Christinas Gesichtsausdruck war grimmig. »Oder in meinem Gewerbe zu enden.«

»Habt Ihr Euch wie eine Hure verkauft?«, fragte Everard Ysmaine, und seine Verachtung für eine solche Entscheidung war klar zu erkennen.

»Ich habe gebetet«, sagte Ysmaine. »Aber es heißt, Gott helfe denen, die sich selbst helfen.«

Everard schüttelte den Kopf und wandte sich angewidert ab. »Ich bin froh, dass ich nie einen Grund gesehen habe, zu heiraten. Es stimmt, dass Frauen die Wurzel allen Übels sind.«

»Du hast gesagt, keiner deiner Ehemänner habe die Ehe je vollzogen«, sagte Gaston, als versuche er, eine Entschuldigung für den Zustand seiner Frau zu finden.

»Das haben sie nicht.« Ysmaine konnte seinen Blick nicht erwidern. Sie zupfte an ihrem Ärmel, dann schluckte sie. »Es tut mir leid«, sagte sie leise. »Wir mussten essen.«

»Es gibt Almosen für die Armen.«

Ihre Augen blitzten. »Nicht so viel, wie man erhoffen würde. Die Schwestern haben uns Obdach gewährt und wenig mehr als das.«

Gaston beschwor Wut, die er in seine Stimme fließen ließ. »Gestehe die Wahrheit, vor allen hier versammelten Zeugen. Hast du mich angelogen, Ysmaine de Valeroy?«

Ysmaine seufzte, dann nickte sie. »Ich wusste nicht, was ich sonst tun sollte. Ich flehe dich an …«

»Ich werde mir deine Bitten nicht anhören!«, bellte Gaston, dann deutete er mit dem Finger auf sie. »Nur eine einzige Sache habe ich von dir verlangt!«

»Ehrlichkeit«, bestätigte Ysmaine leise, dann hob sie das Kinn. »Aber ich kann es erklären, wenn du mir nur die Gelegenheit gibst …«

Er konnte ihr nicht die Chance geben, ihn umzustimmen. In diesem Moment hatte er Grund, sie öffentlich zurückzuweisen, was für das Gelingen ihrer List notwendig war. »Nur eine einzige Bitte habe ich an dich gerichtet, und selbst dieser einen kannst du nicht entsprechen!«, röhrte er. »Es gibt nur eine Erklärung, die ich in diesem Moment von dir hören möchte, und sie verlangt nur ein einziges Wort als Antwort.« Gaston wirbelte zu seiner Frau herum und gab sich zornig. Sie erblasste, wich jedoch nicht zurück. »Und sei nicht so töricht, jetzt zu lügen«, knurrte er.

»Das werde ich nicht.«

Gaston deutete mit einem zitternden Finger auf ihren Bauch und stieß die Worte hervor. »Ist es mein Kind, das du in dir trägst?«

Ysmaine biss sich auf die Lippen. Tränen stiegen ihr in die Augen, und sie wandte den Blick ab, bevor sie ihm erneut in die Augen sah. »Nein, ich fürchte, das ist es nicht.«

Es war meisterlich, dass ihre Worte der Wahrheit entsprachen, obwohl Gaston ihr das niemals gesagt hätte, um ihren Plan nicht zu gefährden. Er wandte sich ab und ging davon. Wenn er an ihrer Seite blieb, das wusste er, würde er sich nicht davon abhalten können, sie an sich zu ziehen.

Verflucht, aber er hasste solche Heimtücke. Es bereitete ihm Übelkeit, seine Gemahlin so zu behandeln, auch wenn sie die Situation selbst herbeigeführt hatte.

»Gaston!«, rief sie, und sein Puls beschleunigte sich. »Gaston, ich kann es erklären!« Sie rannte ihm nach, und beim Klang ihrer Schritte verkrampfte sich sein Magen. Als sie nach seinem Arm griff, war er versucht, alles andere zu missachten, nur, um die Dinge zwischen ihnen wieder ins rechte Lot zu bringen. »Wenn du mir nur einen Moment unter vier Augen gewähren würdest …«

»Nein.« Gaston unterbrach sie in dem eisigsten Tonfall, den er zustande brachte. Sie zuckte zusammen, und er spürte ihr Zittern, als er ihre Hand von seinem Arm nahm und ihre Berührung abschüttelte. »Es gibt nichts, was du mir sagen könntest, das ich hören möchte.«

Dies war der Moment, in dem ihre erste Träne fiel. Ysmaines Gesichtsausdruck war so verzweifelt, dass er sie nicht anschauen konnte. Er fühlte sich wie ein Unmensch.

Und das, obwohl es ihr Plan gewesen war.

Gaston verließ die Gruppe, überließ seine Frau dem Flüstern und den Spekulationen ihrer Mitreisenden. Den Rest seines Lebens würde er für diese Szene Abbitte leisten und sicherstellen, dass sie wusste, er hatte nie wirklich an ihr gezweifelt.

Er musste Wulf von seiner Erkenntnis berichten und Laurent und Fergus versichern, dass der Schatz sicher war. Wo er sich befand, würde er nur Wulf anvertrauen, damit sie besser für Ysmaines Schutz sorgen konnten.

Wie schnell konnten sie es nach Paris schaffen?

Wie bald konnte er dafür sorgen, dass sie wieder glücklich vereint waren? Gaston klammerte sich an die Erinnerung an jene eine Nacht, die ein solches Versprechen für ihre Zukunft gewesen war, und war entschlossen, dieses Versprechen so schnell wie möglich wahr werden zu lassen.

~

Es war kein Trost, dass Ysmaine den Preis, den Gastons Ehre verlangte, richtig eingeschätzt hatte. Diese Nacht weinte sie, was niemanden in der Reisegruppe verwunderte, und ließ all ihre Verzweiflung heraus.

Duncan sprach ihr Mut zu, doch Ysmaine wusste, er irrte sich. Gaston, dieser Mann von Ehre, würde ihr niemals verzeihen. Und sicher musste er froh sein, einen guten Grund zu haben, ihre Ehe zu annullieren.

Sie hielt sich vom Rest der Gruppe fern und schlief nur, wenn Radegunde Wache hielt. Wer war der Schurke? Wer hatte Kerr getötet? Sie musste in Betracht ziehen, dass es Joscelin war, der heitere Händler, denn er wusste, welchen Wert ein solcher Schatz besaß. Vielleicht hatte er sogar die Verbindungen, um ihn im Geheimen zu verkaufen. In Jerusalem hatte er sich erst spät der Gruppe angeschlossen, und er wäre nicht der erste Mann, dessen heitere Natur ein finsteres Herz verbarg. Sein Benehmen hatte etwas Entwaffnendes, das Leute dazu brachte, ihn nicht als Bedrohung zu sehen.

Ysmaine knabberte an ihrer Lippe. Joscelin würde die Gruppe in Provins verlassen, und Wulf hatte ihren Weg aus genau diesem Grund so geplant, dass sie durch die südöstlich von Paris gelegene Stadt kommen würden. Wenn er der Schurke war, würde er der Gruppe sicher von Provins aus folgen und versuchen, den Schatz an sich zu bringen, bevor er dem Tempel übergeben wurde. Zweifellos hatte er die Satteltasche, die Laurent so eifrig bewachte, als mögliches Versteck ihrer Fracht ausgemacht. Der Junge war klein und konnte in einem Kampf leicht verletzt werden. Nein, wenn Ysmane sicherstellen wollte, dass die Reliquie den Tempel in Paris sicher erreichte und niemand sonst sein Leben verlor, musste sie die Aufmerksamkeit des Verräters auf sich lenken.

Sie würde die Wahrheit über ihre Bürde in der Nacht enthüllen, bevor sie Provins erreichten. Würde das Bündel weiterhin gut beschützen bis zu der Nacht vor ihrer Ankunft in Paris, es dann an Radegunde weitergeben und stattdessen das Kleiderbündel unter ihr Gewand stecken. Wenn sie die Gruppe verließ und sich in aller Öffentlichkeit von Gaston trennte, würde der Bösewicht sich dazu verleiten lassen, ihr zu folgen, um sich den Schatz anzueignen. Dann hätte Gaston Zeit, die wahre Reliquie an ihren Zielort zu bringen, bevor der Schurke begriff, dass er getäuscht worden war.

Ja, das würde funktionieren. Ysmaine war egal, welchen Preis sie dafür zahlen musste. Sie hatte keine Zukunft außer als Schwester in einem Konvent und glaubte nicht, dass sie für ein solches Leben gut geeignet war. Aber es blieb wichtig, Gastons Zukunft zu sichern, und das würde sie bereitwillig tun – was auch immer dazu nötig war.

Es war eine bittersüße Erkenntnis, wie tief ihre Liebe zu ihm ging, obwohl sie unerwidert war, und zu fürchten, dass er niemals erraten würde, was sie getan hatte. Aber Ysmaine würde ihre Entscheidung nicht bereuen.

Es musste so sein, zu ihrer aller Besten.
Nein: Zum Besten des Mannes, den sie liebte.

MONTAG, 24. AUGUST 1187

FESTTAG DES SANKT OUEN UND DES SANKT BARTHOLOMEW

KAPITEL 20

Sie erreichten Paris in der letzten Augustwoche, am Festtag des Apostels Sankt Bartholomew und des Sankt Ouen, des Bischofs von Rouen. Trotz des strömenden Regens und des Matsches, den er verursachte, war die Stadt voller Leute. Ihre Gruppe kam nur langsam voran. Wie Ysmaine feststellte, machte ihr das Wetter deutlich mehr zu schaffen als die vielen Feiernden auf dem Weg zur Kirche.

Oder vielleicht war ihre schlechte Stimmung durch die Tatsache begründet, dass ihre Bekanntschaft mit Gaston in Kürze ein Ende haben würde.

Ihre Gruppe war kleiner als zuvor, denn Joscelin hatte sie in Provins verlassen, obgleich er viele Versprechen abgegeben hatte, Kontakt zu ihr in Châmont-sur-Maine aufzunehmen, hoffend, er könne ihr behilflich sein. Everard hatte sich von ihnen verabschiedet, als sie sich der Stadt näherten, und seine Absicht kundgetan, direkt weiter nach Norden in die Champagne zu reisen, wo seine Familie lebte. Es war klar, dass es zwischen Wulf und Christina Streit gegeben hatte, denn sie schien darauf bedacht, sich so gut es ging von ihm fernzuhalten. Er führte die Gruppe auf seinem schwarzen Streitross an, während sie auf ihrem Zelter weiter und weiter zurückblieb.

Sie gelangten von Südosten her in die Stadt, ritten an der Abtei vorbei und durch die Porte Saint Victor. Kaum waren sie durch die Tore, fiel Ysmaine auf, dass Christina sie verlassen hatte.

Sie begegnete Radegundes Blick, und die Zofe verzog ihr Gesicht. Ysmaine hatte keine Zweifel, dass sie beide dasselbe dachten. In Paris fanden Huren ein gutes Auskommen, vielleicht ein noch besseres als in Venedig, und wie es schien, hatte Wulf seinen Zweck erfüllt. Wenn ihm Christinas Fortreiten auffiel, ließ er es sich jedenfalls nicht anmerken.

Obwohl es für Ysmaine den Anschein machte, als säße er besonders gerade im Sattel und schaute noch entschlossener voraus.

Sie legte die Hand über ihren Bauch, als wollte sie in dem Gewühl ihr ungeborenes Kind beschützen. Radegunde hielt weiterhin ihr Bündel gebrauchter Kleider fest, und beide Frauen gingen sicher, dass es niemals unbeobachtet blieb. Diesen Morgen hatten sie ihre Last heimlich getauscht. Ysmaine war so gespannt wie eine Bogensehne und wollte diesen Tag nur noch hinter sich bringen. In wenigen Stunden würde der Reliquienbehälter sicher überbracht sein.

Sie war sich sicher, dass sie letzte Nacht wie geplant die Wahrheit über ihre Bürde enthüllt hatte, als die ganze Gruppe zusammen in Provins gewesen war. Sie hatte gefürchtet, der Verräter würde sofort versuchen, den Schatz in seinen Besitz zu bringen, aber es war zu keinem Zwischenfall gekommen. Hatte sie das Versteck der kostbaren Fracht nicht hinreichend deutlich gemacht? Oder wartete der Schurke nur auf eine Gelegenheit?

Sie war sich sicher gewesen, entweder Joscelin oder Everard sei der Schuldige, doch beide hatten die Gruppe augenscheinlich verlassen. Sicher war doch nicht einer der anderen Ritter der Verräter? Oder der Kämpfer Duncan, der so nett zu ihr gewesen war? Das wollte sie nicht glauben. Gaston war es nicht. Sie glaubte auch nicht, dass Wulf oder Fergus es waren, und schon gar keiner ihrer Knappen, aber sie musste falsch liegen.

Sie würde einen letzten Schritt unternehmen und den Verräter aus der Reserve locken müssen. Ysmaine griff die Zügel fester. Ihr ganzer Körper war angespannt.

Sie kamen auf dem Weg zum Place Maubert nur langsam voran, langsamer noch, als sie sich der Petit Pont näherten. Wulf begann erneut zu erklären, es wäre klüger gewesen, die Stadt ganz zu umgehen, da sich der Tempel im Norden außerhalb der Stadtmauern befand. Gaston stritt nicht länger mit ihm, sondern ritt schweigend weiter. Fergus dagegen freute sich offen, dass sie die Stadt sahen.

Sie ritten auf die Insel hinüber, und Ysmaine beobachtete, wie die Jungen die Marktleute und Geldverleiher angafften, die auf der Brücke ihre Geschäfte abwickelten. Die Ile de la Cité schien immer der Taktgeber für den Puls der Stadt zu sein, und Ysmaine lächelte, als sie sich daran erinnerte, wie ihre Eltern stets darüber stritten, warum. Ihr Vater behauptete, es sei, weil sich der königliche Hof auf der Insel befinde, sodass von diesem Punkt aus Recht und Gesetz in das Reich sickerten. Ihre Mutter allerdings bestand darauf, die Kathedrale Notre Dame, auch sie auf der Insel gelegen, sei die Quelle aller Macht und alles Guten, das das Königreich durchfließe. Ysmaine dachte daran, wie Maria in ihr Schicksal in Jerusalem eingegriffen hatte, und wappnete sich gegen das, was sie tun musste.

Es war an der Zeit. Radegunde warf ihr einen nüchternen Blick zu. Wenn sich die Straße teilte und Wulf die Gruppe nach links führte, in Richtung der Pont aux Changeurs auf der anderen Seite der Insel, zum nördlichen Ufer, würde Ysmaine den Weg zur Kathedrale einschlagen.

Sie würde den Schurken dazu veranlassen, ihr zu folgen – und dem Schatz –, während die wirkliche Reliquie dem Tempel übergeben wurde.

Schon bald erreichten sie die Kreuzung.

»Gaston!«, rief Ysmaine und war dankbar, dass Gaston sogleich über seine Schulter zu ihr blickte. »Auf ein Wort, wenn es dir recht ist.«

Rasch wechselte er ein paar Worte mit Wulf, drängte die Gruppe zum Weiterreiten und ließ die anderen passieren, während sie zu ihm und Fantôme aufschloss. »Aye? Bist du krank?«

Sie konnte sehen, dass ihm die Unterbrechung nicht gefiel, und sprach rasch. »Ich werde dich nicht lange aufhalten. Ich weiß, deine Mission ist von größter Wichtigkeit.«

Gaston wollte antworten, aber Ysmaine hob eine Hand, um ihn zum Schweigen zu bringen. »Ich habe Frankreich als Pilgerin und Büßerin verlassen, und ich kehre als solche zurück. Ich bin auch als zweifache Witwe gegangen, und unter den Menschen, die mich kennen, gibt es keinen, der gegenteilige Kunde hat außer mir und Radegunde.«

Gastons Augen verengten sich. Die Intensität in seinem Blick ließ Ysmaines Herz einen Sprung machen.

Dennoch sprach sie weiter, denn sie wusste, sie hatte recht. »Mir ist bewusst, dass du mich nicht wirklich zur Frau haben willst, und ich sehe keinen Grund, dich mit meiner Gegenwart oder der meines Kindes zu belasten. Es gibt nichts, was dich davon abhalten sollte, eine Jungfrau zu heiraten. Sie kann dir die Söhne schenken, nach denen du verlangst, und wird dich nicht so sehr quälen wie ich.«

Gastons Stimme hob sich, wie sie es nur selten tat. »In diesem Moment quälst du mich in der Tat, denn für diese Diskussion besteht kein Anlass …«

»Es besteht jeder Anlass. Unsere Ehe hat ihr Ende erreicht.«

Ihre Erklärung schien ihn zu entsetzen, aber Ysmaine wollte keine wohlmeinenden Worte hören. In diesem Moment hatten sie beide die Gelegenheit, das gewünschte Auskommen zu erzielen, und wenn sie sie nicht ergriffen, würde sie für immer verloren sein.

»Es gibt keinen Eintrag über unsere Heirat, noch nicht einmal einen Ring. Ich würde sagen, wir vergessen, dass wir uns einander je angelobt haben, und annullieren diese Ehe. Du findest eine Frau, die dir zusagt, wie ich – und das weiß ich nur zu gut – es nicht tue. Oder du lebst dein Leben im Orden weiter, was dir bisher sehr recht war.«

»Ysmaine!«, protestierte er, aber sie fuhr eilig fort.

»Du warst sehr gütig zu mir. Das kann ich nicht bestreiten. In Jerusalem hast du mir das Leben gerettet, und allein dadurch, das weiß ich, bin ich gesegnet. Ich bin sogar hinreichend dankbar, dass ich dir die Gelegenheit geben möchte, die Erfüllung deines Herzenswunsches zu erreichen.« Sie lächelte schwach. »Und du bist dann nicht gezwungen, einen Bastard als dein Kind anzuerkennen.«

Gaston schüttelte den Kopf und runzelte die Stirn. »Mylady«, bat er mit tiefer Stimme und suchte ihren Blick. »Komm einfach mit mir in den Tempel, wo sich alles klären wird.«

»Nein, Sir«, sagte Ysmaine entschlossen. »Es muss so sein.«

Gaston schaute der Gruppe hinterher, die weiter in Richtung des Tempels ritt, und eine Art von Verzweiflung schien ihn zu bewegen. Er beugte sich vor, sein Ton eindringlich und seine Augen dunkel.

»Ysmaine, ich habe noch *eine* Aufgabe zu erledigen. Eine einzige! Wir müssten darüber sprechen, bevor wir uns trennen.«

»Du sprichst über nichts, wenn du nicht dazu gezwungen bist.«

»Und wenn dies ein Mittel ist, mich dazu zu zwingen, betrachte den Plan als gelungen. Ich *werde* mit dir sprechen, aber erst, nachdem wir diese Mission erfüllt haben. Du kannst diese Entscheidung nicht einfach allein treffen, und ich bin nicht überzeugt davon, dass …«

»Das musst du sein«, unterbrach ihn Ysmaine emotionslos. Wenn er sie weiter anflehte, wäre sie verloren. »Ich werde nicht mit dir verheiratet bleiben«, sagte sie, und er blinzelte überrascht.

»Aber warum denn nicht?«

Ihre Worte schienen ihn so zu überraschen, dass Ysmaine wusste, sie musste lügen. »Ich dachte, ich könnte dich lieben, aber ich lag falsch. Zweimal habe ich aus Pflichtbewusstsein geheiratet, und das dritte Mal wird aus Liebe sein.«

Er begegnete ihrem Blick, eine Frage in seinen blauen Augen.

»Ich bitte nur darum, dass du meine Zofe zurück zu ihrer Familie begleitest, die in einem Dorf auf dem Land meines Vaters lebt. Du musst mich ihm gegenüber nicht erwähnen oder mit ihm sprechen, wenn du das nicht möchtest. Radegunde wird meinen Eltern von meiner Entscheidung berichten, den Schleier zu nehmen.« Sie holte rasch Atem. »Vielleicht sind sie darüber erleichtert.«

Gaston holte scharf Atem, und seine Augen blitzten. »Du willst so tun, als hätten wir nie geheiratet? Als wären die Worte, die wir gesprochen haben, niemals gefallen? Ich glaube nicht, dass das notwendig ist, Ysmaine, und ich werde dich nicht freiwillig aufgeben.«

Herr im Himmel, der Mann wollte wirklich mit ihr streiten. Ysmaine wusste, was sie zu tun hatte. Gaston war stur, und ihr blieb keine Zeit, mit ihm darüber zu diskutieren. »Die Gruppe lässt dich zurück«, bemerkte sie, und er fluchte mit einer Wildheit, die sie überraschte.

»Ysmaine! Das wirst du nicht tun! Wenn diese Mission vorüber ist, werden wir über diese Angelegenheit sprechen …«

Ysmaine glitt aus dem Sattel, noch während er sprach. Gaston griff nach den Zügeln des Zelters, aber sie stand bereits auf dem Boden. Während er ihren Namen brüllte, tauchte Ysmaine in der Menge unter und rannte, so schnell sie konnte. Matsch und Pferdemist klebten unter ihren Füßen, und sie rutschte mehrfach beinahe aus, aber sie lief weiter. In der Mitte des Platzes vor der Kathedrale war das Gedränge sehr groß, und niemand wäre mit einem Pferd hindurchgekommen.

Obwohl Gaston es versuchte.

Erst, als sie unter dem Vordach der großen Kathedrale stand, blickte Ysmaine zurück. Ihr Blick fiel sofort auf den Apfelschimmel und den stolzen Ritter, der auf ihm saß. Sie sah, dass Radegunde dicht neben Gaston blieb. Trotz des Gewühls war er Ysmaine gefolgt und war ihr näher gekommen als erwartet.

Weil sie sein Besitz war?

Weil sie sich ihm widersetzt hatte?

Weil er seine Pflicht kannte?

Ysmaine wusste nicht, was davon ihn dazu gebracht hatte, ihr zu folgen, sie wusste nur, es war keine Liebe. Gaston hob eine Hand, während sie ihn ansah, deutete auf sie und brüllte: »Es ist nicht vorbei, meine schöne Lady!«

Meine schöne Lady. Warum sprach Gaston sie gerade in diesem Augenblick so an? Es ließ ihr Tränen in die Augen treten. Ysmaine flüchtete sich in die Kirche und atmete tief die Luft des heiligen Ortes ein. Sie war eine Sünderin, die versucht hatte, das Richtige zu tun. Sie hatte Gaston und seine Mission gerettet und auf diese Weise auch seine Ehre.

Der Preis, den sie selbst dafür zahlen musste, war nicht von Wichtigkeit.

Sie kaufte eine Kerze und fiel vor der Jungfrau auf die Knie, um für ihren Ehemann und seinen Erfolg zu beten. Ihr Herz raste, ihre Handflächen waren feucht und über ihre Wangen liefen Tränen.

Sie zuckte zusammen, als die Hand eines Mannes auf ihrer Schulter landete, obwohl sie nicht wirklich überrascht war. Noch weniger wunderte es sie, den Nadelstich einer Messerspitze in ihrem Rücken zu fühlen und die Körperwärme eines Mannes, der hinter ihr hockte, sodass seine Position die Waffe verbarg. »Ich fürchte, Ihr müsst Eure Gebete kurz halten, meine schöne Lady«, murmelte Everard. »Es ist zu spät, um uns hier länger aufzuhalten.«

Ysmaine schaute ihm in die Augen, und bei der Warnung, die sie darin las, verließ sie der Mut. Dass er sie in einer Kirche bedrohte, sagte ihr alles über ihn, was sie wissen musste. Sie musste ihn so weit von Gaston weglocken wie möglich, bevor er sie tötete, so weit wie möglich weg von all diesen unschuldigen Menschen.

»Natürlich, Mylord«, sagte sie, erhob sich und legte die Hand auf seinen Ellbogen. »Ich wollte nur für das Wohlergehen meines Kindes beten«, erklärte sie für alle, die sie beobachteten. Sie strich mit einer Hand über ihren Bauch.

»Und das solltet Ihr auch«, stimmte Everard glatt zu, dann geleitete er sie eilig aus der Kirche und zerrte sie förmlich hinter sich her in Richtung einer unbelebten Gasse. Ysmaine wusste, sie würde diesen dunklen Ort niemals lebendig verlassen.

Sie riss sich los, kratzte sein Gesicht, als er sich zu ihr umwandte, hob ihre Röcke und rannte. Er brüllte vor Frustration, während die Menge ihn auslachte, dann hörte sie ihn ihr folgen.

Guter Gott, er war so viel größer als sie. Er würde sie einholen, bevor sie den Rand des Platzes erreicht hatte! Ysmaine stolperte, gewann dann das Gleichgewicht zurück und hoffte verzweifelt, dass Gaston weit fort war. Und dass Radegunde an seiner Seite blieb.

Everard packte sie, und sie spürte das Messer an ihrer Kehle, seinen Atem an ihrem Hals.

»Still jetzt«, flüsterte er und untermauerte seinen Befehl mit einem Stich seiner Klinge.

Ysmaine nickte, als wollte sie sich fügen. Sie musste überleben, bis die Gruppe sicher den Tempel erreicht hatte.

GASTON WAR WÜTEND.

Im Allgemeinen gab es nur wenig, was ihn wirklich zornig machte. Und er konnte sich nicht erinnern, wann ihm das letzte Mal etwas so zu schaffen gemacht hatte. Aber dass Ysmaine ihm gerade in diesem Moment entfloh, hatte er in keiner Weise erwartet. Sie hatte die Reliquie und ließ allen Schutz hinter sich. Ging sicher, dass er ihr nicht folgen konnte. Was für eine Torheit war das?

Wulf rief ihm etwas zu, aber Gaston drehte sich nicht um. Er versuchte, mit Fantôme durch die Menge zu gelangen. Aber die Straßen waren so voll, dass er nur extrem langsam vorankam. Seine Ehefrau würde er nicht wiederfinden, wenn er sie jetzt zurückließ, aber er konnte auch nicht zu ihr gelangen.

Und Ysmaine hatte dafür gesorgt, dass ihm keine Wahl blieb. Er knirschte mit den Zähnen und spornte Fantôme mit den Fersen an, dann hielt er plötzlich inne, als ihm eine jähe Erkenntnis kam.

Ysmaine hatte dafür gesorgt, dass ihm keine Wahl blieb.

Gaston wirbelte herum und sah sich der Zofe gegenüber, deren Hand auf dem Kleiderbündel lag, dass sie seit der Abreise aus Venedig bei sich trug. Gaston blinzelte. Die Zofe hielt seinem Blick stand, ohne zurückzuzucken, und er begriff.

Sie hatten den Schatz ausgetauscht.

Ysmaines Flucht war ein Manöver, das ihm erlauben sollte, seine Mission erfolgreich abzuschließen.

Aber der Preis … der Preis dafür mochte ihr Leben sein! Der Schurke hatte bereits einmal getötet, und der Gedanke, Ysmaine könnte ein Leid geschehen, ließ Gaston das Blut in den Adern gefrieren. Er wendete Fantôme und ließ es so erscheinen, als wollte er sich der Gruppe wieder anschließen, um zum Tempel zu reiten.

Sie zu enttarnen, wagte er nicht, denn er war sich nicht sicher, wer zusah.

Er musste sie retten, nur wie?

Jedenfalls konnte er nicht warten, bis die Mission vollendet war, aber er musste seine Aufgabe erfüllen. Es sah ihm gar nicht ähnlich, sich im Zwiespalt zu befinden, und schon gar nicht, so damit zu hadern, welchen Weg er einschlagen sollte, aber nun war Gaston hin- und hergerissen dazwischen, Ysmaines Plan zum Erfolg zu verhelfen und ihn zu durchkreuzen, um für ihr Wohlergehen zu sorgen.

Sie überquerten die Brücke ans Nordufer. Vor ihnen nahm das Gedränge ab. Gaston konnte sehen, dass die Straße zum Tempel nach Norden hinaus immer leerer wurde.

Mit dem Blick auf einen freien Pfad bis zu ihrem Ziel traf Gaston seine Entscheidung. Er griff nach den Zügeln des Zelters, den die Zofe ritt, und lenkte ihr Pferd näher an das von Wulf heran. Dem überraschten Mann drückte er die Zügel in die Hand.

»Reitet!«, befahl er in grimmigem Ton. »Reitet zum Tempel und lasst Euch von niemandem aufhalten! Geht sicher, dass Sie bis zum Ende bei Euch bleibt.«

Wulf nickte, wenn er auch verständnislos wirkte, doch dann schien ihm ein Licht aufzugehen. Sein Blick wanderte zu dem Kleiderbündel, aber bevor er etwas sagen konnte, versetzte Gaston dem schwarzen Hengst einen Schlag aufs Hinterteil. Das Pferd wieherte und galoppierte los, der Zelter mit der Zofe auf dem Rücken direkt neben ihm. Fergus stieß einen Ruf aus und folgte ihnen. Gaston reichte Fantômes Zügel Bartholomew und sprang aus dem Sattel. Zu Fuß, so viel war klar, würde er schneller sein.

»Reite«, befahl er dem Knappen. »Gib acht, dass alle zugleich ankommen. Ich folge, sobald ich kann.«

Gaston verschwand in der Menge, ohne auf eine Antwort zu warten. Er hörte das Donnern der Pferdehufe und Wulfs Rufe, mit denen er die Leute aufforderte, den Weg freizumachen. In wenigen Augenblicken würden sie sicher in den Mauern des Tempels sein und ihre Aufgabe erfüllt haben. Auch wenn Gaston eigentlich selbst für ihren Erfolg sorgen und die Übergabe mit eigenen Augen bezeugen sollte, war das nicht so wichtig, wie seine Gemahlin in Sicherheit zu bringen.

Er rannte zum Platz vor der Kathedrale, dem Ort, an dem er Ysmaine das letzte Mal gesehen hatte, und bahnte sich dabei grob einen Weg durch die Menge.

Gaston hoffte nur, er würde sie rechtzeitig finden.

War Everard der Übeltäter oder Joscelin? Tatsächlich war es Gaston egal, wer sein Gegner war, es zählte nur, dass seine Frau überlebte. Aber wohin war sie gelaufen? Er sah keine Spur von ihr, obwohl er sich aufmerksam umsah. Gaston spürte eine selten gekannte Panik in sich aufsteigen.

Wie sollte er sie finden?

Wie sollte es ihm rechtzeitig gelingen, damit ihr auch wirklich nichts geschah?

Gaston ließ den Blick verzweifelt durch die Gegend schweifen, suchte nach einem Hinweis auf den Weg, den sie vielleicht genommen hatte. In diesem Moment erblickte er den Stein unter dem Vordach der

Kathedrale, wo er Ysmaine zuletzt gesehen hatte. Er bestand aus geschliffenem Glas, das kaum einen Wert hatte, aber einen vertrauten Farbton besaß.

Er beugte sich vor und hob ihn auf, drehte ihn in der Hand. Aye, Christina hatte einen Gürtel mit solchen billigen Steinen besessen, als sie in Wulfs Begleitung in das Haus in Venedig gekommen war. Die Farbe bewies, dass es kein Edelstein war, aber er funkelte dennoch hübsch. Gaston vermutete, dass es viele solcher Gürtel gab, und hätte ihn beinahe weggeworfen.

Aber dann sah er einen weiteren Stein von derselben Machart keine drei Schritte entfernt liegen. Und dahinter noch einen. In einigem Abstand funkelte ein vierter. Er erinnerte sich daran, wie Christina im Hauptraum des Hauses in Venedig gesessen und den Gürtel auseinandergenommen hatte, sodass ihr ein Häufchen einzelner Steine blieb. Ysmaine hatte ihr einen kleinen Beutel dafür gegeben, obwohl er dem Austausch damals wenig Bedeutung beigemessen hatte.

Hinter dem vierten Stein lag ein fünfter.

Gaston begriff, jemand hatte ihm eine Spur gelegt.

JEMAND FOLGTE IHNEN. Ysmaine hörte die Schritte, mochten sie auch noch so leise sein. Freund oder Feind? Sie konnte sich nicht vorstellen, wer ihr folgen sollte, um ihr zu helfen, und fürchtete, es sei ein Komplize Everards, der ihm den Rücken deckte. Everard jedenfalls ließ sich nicht anmerken, dass er die Schritte hörte.

Er drängte Ysmaine eine Straße entlang, dann eine andere. Er machte einen Umweg, durchquerte einen Abort, dann schubste er sie in einen Hof, in dem es seltsam still war. Er warf das Tor hinter ihnen zu, und das Geräusch, mit dem es ins Schloss fiel, hallte laut zwischen den Wänden wider.

Die Geräusche der Stadt drangen nur gedämpft herein. Der Regen fiel stetig. Bis auf Everards gesatteltes, kastanienbraunes Pferd, das unter einem Giebeldach an der gegenüberliegenden Seite angebunden war, war der Hof leer. Das Pferd schnaubte bei seinem Anblick und steckte die Nase dann wieder ins Heu.

Ysmaine hatte genug Zeit, um zu begreifen, dass niemand bezeugen konnte, was er mit ihr vorhatte, und ihr Herz pochen zu hören, dann quietschten die Angeln des Tors und eine Frauenstimme erklang.

»Zumindest einem Mann ist an Eurer Gegenwart gelegen.«

Christina!

Everard wirbelte herum, hielt Ysmaine vor sich und presste das Messer an ihren Hals. »Was tut *Ihr* hier?«

Christina lehnte sich gegen das Tor, die Klinke im Rücken. Ihr Gesichtsausdruck war wachsam. »Lasst uns so viel sagen: Ich sorgte mich um das Wohlergehen einer anderen Frau.«

Everard schnaubte. »Huren geht es stets nur um den eigenen Vorteil.«

»Es mag Euch überraschen zu erfahren, worum es Huren geht.« Sie beäugte das Messer, das er gegen Ysmaines Kehle hielt. »Ist es die Art eines frommen Mannes, die Frau eines anderen zu entführen?«

Everard ignorierte ihre Frage. »Zweifellos wollt Ihr auch einen Teil des Lohns. Geht es für Euresgleichen nicht immer nur ums Geld?«

Christina schaute gleichmütig über den Hof. »Ich sehe an diesem Ort keinerlei Lohn.« Sie schaute Everard scharf an. »Es sei denn, Euch verlangt nach den Reizen dieser Lady.«

»Und in diesem Fall würdet Ihr die Euren feilbieten?«

Christina lächelte. »Ich wäre für Euch als Partnerin womöglich attraktiver.« Mit langsamen Schritten überquerte sie den Hof. Ihr Lächeln blieb ungerührt und selbstbewusst. Ysmaine spürte, wie Everard sich versteifte, und wusste, er war nicht so gelassen wie Christina. »Denkt Ihr, ich hätte nicht bemerkt, wie Ihr mich ansaht, wenn Ihr Euch unbeobachtet wähntet?« Sie blieb vor ihm stehen. »Für einen frommen Mann zeigtet Ihr ein sehr weltliches Interesse an meinen *Waren.*«

Er schnaubte verächtlich. »Ich betrachte Euch und Euer Gewerbe mit Missbilligung.«

»Weil *Ihr* über jeden Zweifel erhaben seid«, sagte Ysmaine, die aus der Zuversicht der anderen Frau Kraft zog. »Entführungen und Überfälle sind dagegen rechtens?«

»Und Mord«, fügte Christina hinzu. »Vergesst nicht Mord, Mylady.«

»Ich weiß nicht, was Ihr meint …«

Christinas Blick wanderte zu dem Messer an Ysmaines Kehle. Mit der Fingerspitze fing sie einen Tropfen Blut auf und hielt ihn ihm vors Gesicht. »Euer Benehmen lässt zu wünschen übrig, Sir. Mylady ist von edler Geburt und mit einem Ritter verheiratet. Welchen Grund habt Ihr, ihr Leben zu bedrohen?«

»Dies ist eine private Angelegenheit. Sie hat etwas, das mir gehört.«

»Etwas, das Euch gehört, oder etwas, das Ihr Euch gern aneignen würdet?«

»Wie könnt Ihr es wagen, so mit mir zu sprechen«, knurrte Everard.

»Ich habe Eure Blicke gesehen«, schnurrte Christina. Sie begann, ihr Kleid aufzuschnüren, lockerte methodisch die Bänder auf einer Seite. Sie drehte sich, sodass die volle Kurve einer Brust sichtbar war, dann zog sie das Wolltuch beiseite und enthüllte ihre Brustwarze. »Würdet Ihr gern einen näheren Blick darauf werfen? Vielleicht im Austausch gegen die Freiheit der Lady?«

»Hure«, murmelte Everard, aber sein Interesse war offenkundig. »Ich werde nicht mit Euch handeln …«

»Untier«, schleuderte Ysmaine ihm entgegen und versuchte, sich ihm zu entziehen. Er fluchte.

Christina schnürte auch die andere Seite auf, was wenig dazu beitrug, seine Stimmung zu verbessern. »Ich bin Everard de Montmorency«, erklärte er hitzig. »Graf von Blanche Garde und Erbe von Château Montmorency. Ich werde nicht dulden …«

»Seid Ihr das?« Christina durchbohrte ihn mit Blicken, und die Schärfe in ihrer Stimme setzte seiner Tirade ein Ende.

Everard holte scharf Atem. »Was wollt Ihr damit andeuten?«

»Nur, dass ich weiß, dass Ihr nicht Everard de Montmorency seid.«

Vor Überraschung bekam er kein Wort heraus. Ysmaine schockte der Vorwurf, aber Everards Reaktion bewies, dass Christina recht hatte.

Wer war er dann?

Und was war dem echten Everard zugestoßen?

Christina blieb unbeeindruckt. »Wie genau habt Ihr vor, die Leute in Château Montmorency davon zu überzeugen, Ihr wärt in Wirklichkeit Everard?«, fragte sie mit glitzernden Augen. »In Outremer, wo man ihn nur dem Namen nach kannte, war es nicht schwer, seinen Platz einzunehmen, aber seine Blutsverwandten zu täuschen, wird schwieriger werden.«

Everard versteifte sich.

Christina neigte den Kopf, um ihn zu mustern. »Ist das der Grund, weshalb es so lange gedauert hat, bis des Herzogs treuer und frommer Sohn die Reise nach Hause unternahm, um seinem Vater Lebewohl zu sagen?«, fragte sie in hartem Tonfall. »Hofftet Ihr, Euer Vater würde vor Eurer Ankunft sterben? Als ein toter Mann hätte Everard die Reise natürlich selbst nicht antreten können, doch für den Mann, der seinen Namen und seine Börse gestohlen hat, wäre es die reine Torheit.«

»Du lügende Hure!« Everard stieß Ysmaine beiseite und stürzte sich auf Christina, die ihm hart ins Gemächt trat. Er fiel auf die Knie, und sie trat ihm gegen den Kopf. Er berührte seine Schläfe und starrte auf das Blut auf seinen Fingerspitzen, aber Ysmaine spürte, wie die Wut in ihm wuchs.

»Niemand schaut eine Hure je richtig an«, fauchte Christina. »Wir sind höchstens Brüste. Aber ich möchte, dass Ihr mich anseht. Mir ins Gesicht seht. Ich war Teil der Gruppe adliger Pilger, die mit Euch und Everard nach Osten reiste. Damals war ich mit meinem Ehemann zusammen, aber vielleicht schaut Ihr noch nicht einmal Edelfrauen richtig ins Gesicht. Tatsache ist, ich weiß, dass Ihr nicht Everard seid.«

Everard erhob sich knurrend und stürzte sich auf sie. »Ihr lügt«, rief er und griff sie beim Haar, stieß sie heftig gegen die Häuserwand. Christina warf Ysmaine einen flüchtigen Blick zu, und sie begriff, die andere Frau versuchte, ihr die Gelegenheit zur Flucht zu verschaffen.

Aber Ysmaine würde sie nicht im Stich lassen.

Christina sackte in sich zusammen, und Everard hob die Hand und versuchte, sie erneut zu schlagen. Ysmaine sah, wie schnell die Kurtisane sich bewegte. Eine Messerklinge blitzte auf. Everard warf sich zur Seite und riss sie dabei zu Boden. Das Messer verfehlte ihn.

»Ich lüge nicht!«, sagte Christina und lachte. »So begegnen wir uns wieder, *Helmut*.«

Everard erblasste beim Klang dieses Namens.

Christina kam auf ihn zu, die Klinge in der Hand. »Ihr wart der Söldner, der angeheuert war, Euren Lord und Dienstherren zu beschützen, und ich erinnere mich gut an Euch. Mein Ehemann bemerkte, welch ein Lügner und Lustmolch Ihr wart, und solches Ungeziefer seid Ihr noch immer, wenn auch besser gekleidet.« Sie spuckte ihn an, und er machte einen Ausfall und versuchte, ihr das Messer abzunehmen. Sie kämpften darum. Ysmaine bemerkte, Christina war stärker, als sie aussah.

»Lauft, Mylady«, rief die Kurtisane, und Ysmaine tat, als würde sie es tun. Sie gab vor zu stolpern und hob dabei einen Stein vom Boden auf. Sie wirbelte herum und sah, dass Everard Christina beim Haar gepackt hatte und ihren Kopf zurückzog, sodass er ihr ins Gesicht sehen konnte.

Ysmaine näherte sich leise, nutzte seine Ablenkung zu ihrem Vorteil.

»*Ihr!*«, flüsterte Everard. »Ihr sei Juliana, die Frau von Gunther, der in Venedig zurückblieb …«

»Und wegen der sieben Pfennige in seiner Börse umgebracht wurde.« Christinas Stimme zitterte. Ihre Umstände waren nicht so unterschiedlich, begriff Ysmaine. »Habt Ihr ihm das Leben genommen und nicht nur seinen Geldbeutel? Ich würde es einem Mann von Eurer Sorte zutrauen.«

»Ich bin kein Dieb.«

Christina lachte hart auf. Everard schlug sie, und sie ging zu Boden. Er hätte sich vielleicht auf sie gestützt, aber Ysmaine sprang vor und schlug ihm mit dem Stein so hart auf den Kopf, wie sie konnte. Es gab ein dumpfes Geräusch, aber er stolperte nicht. Stattdessen fuhr er herum wie ein wildes Tier.

»Lauft, Christina!«, rief Ysmaine, während Everard ihr mit dem Handrücken so heftig ins Gesicht schlug, dass sie stolperte. Er griff nach dem Bündel, das sie um den Leib geschnallt trug. Grob riss er es ab, dann schubste er sie zur Seite, sodass sie gegen die Mauer prallte.

Ysmaine versuchte, sich abzufangen, und hörte und spürte beim Aufprall ein Knacken. Schmerz durchschoss ihren Arm und sie wusste, sie hatte sich das Handgelenk gebrochen. Während sie versuchte, sich irgendwie zu fangen, lag Christina blutend am Boden, und Ysmaine fürchtete um ihr Leben. Doch dann flatterten ihre Lider, als kämpfte sie darum, wieder zu Bewusstsein zu kommen.

Everard hielt das Bündel an seine Brust gepresst. Noch wusste er nicht, dass er nur alte Kleider in Händen hielt. In Windeseile zog er trockenes Stroh aus dem Stall und warf es auf beide Frauen, zündete dann ein Strohbündel an, das er auf die anderen warf. Das Stroh entflammte sofort und füllte den Hof mit Feuer und Rauch, während er die Zügel seines Pferdes ergriff und zum Tor floh.

»Lebt wohl, meine Damen«, höhnte er, die Hand auf der Klinke. »Heißt es nicht, Hexen sollten bei lebendigem Leib verbrennen?« Er wartete nicht auf Antwort, sondern zog das Tor auf. Die Zugluft ließ die Flammen hoch lodern. Der Rauch stieg in dicken, dunklen Schwaden in die Luft.

Ysmaine hustete und arbeitete sich zu Christina vor. Wie konnte sie die Kurtisane mit nur einem Arm tragen? Sie war erleichtert, als sie einen Puls ertastete. In diesem Moment hörte sie das Pferd ungeduldig aufstampfen.

Everard war noch nicht fort.

Ysmaine schaute auf und sah, dass er zurück in den Hof wich, statt ihn zu verlassen, eine Schwertspitze an der Kehle. Gaston folgte ihm. Ihr Ehemann sah entschlossen und grimmig aus, ein so willkommener Anblick, dass Ysmaine weinen wollte.

»Ich glaube, wir haben noch eine Rechnung offen, Sir«, sagte Gaston, leise und bedrohlich, und Ysmaine war noch nie in ihrem Leben so froh gewesen, einen anderen Menschen zu sehen.

Ihr Ehemann war ihr nicht nur gefolgt, er hatte auch seine Mission um ihretwillen aufgegeben. Weil ihr Überleben eine Verpflichtung war, die er erfüllen würde?

Oder wagte sie es, auf mehr zu hoffen?

Nur Abschaum tat einer Frau Gewalt an.

Und nur ein Narr legte Hand an Gastons Gemahlin.

Ein Blick auf Ysmaine, blass und mit Blut an den Händen, reichte, um sein Blut zum Kochen zu bringen. Dass dieser Unmensch beabsichtigt hatte, sie lebendig zu verbrennen, sie in einer solchen Lage hilflos zurückließ, erweckte in Gaston den Wunsch, ihn langsam und qualvoll zu töten. Noch nie hatte ihn ein solches Verlangen nach Rache erfüllt.

Aber die Lady, die er liebte, hatte auch noch nie in solcher Gefahr geschwebt.

Er versuchte, einen Überblick zu gewinnen, und sah, dass Ysmaine sich über Christina beugte. Sie hätte fliehen und sich in Sicherheit bringen können, aber das lag nicht in ihrer Natur. Statt seine Frau in diesem Feuer umkommen zu sehen, würde er eher Everard den Flammen überlassen.

Gaston trat zurück und hob sein Schwert von Everards Brust. »*En garde*«, murmelte er, und die Worte waren ihm gerade über die Lippen gekommen, als der Schurke ihn angriff. Ihre Schwerter prallten hart aufeinander, und Gaston spürte einen Schnitt auf der Wange. Er parierte und trieb Everard mit einem Hagel an Hieben zurück, zwang ihn vom Tor zurück. Dabei bemerkte er, wie Ysmaine versuchte, Christina zu wecken. Er wünschte sich, die Frauen wären in Sicherheit, aber er kannte seine Lady gut genug, um zu wissen, dass sie ihre Gefährtin nicht im Stich lassen würde.

Mit einem harten Hieb zwang er Everard, die Zügel fallen zu lassen, dann versetzte er dem Pferd einen Schlag. Es floh vor dem Feuer, flüchtete durch das Tor auf die Straße.

Ein Leben gerettet. Drei weitere hingen noch in der Schwebe.

»Ihr habt den Falschen angegriffen!«, protestierte Everard. »Die Hure will Eurer Frau etwas antun!«

»Nur Ihr habt meine Gemahlin geschlagen«, knurrte Gaston. Sein nächster rascher Angriff verletzte Everard an der Schulter. »Wulf hatte recht, an Euch zu zweifeln. Welcher Mann von Ehre verlässt seine Ländereien, wenn eine Belagerung bevorsteht?«

»Ihr wisst nichts von mir ...«

Sie kämpften, trieben sich immer wieder gegenseitig in die Enge. Wenn Gaston ein Hieb gelang, dann deshalb, weil Everard sein Bündel nicht losließ.

»Recht habt Ihr«, antwortete er mit der Absicht, seinen Gegner zu provozieren. Wenn der Mann, der sich Everard nannte, in Wut geriet, beging er vielleicht einen Fehler. »All diese Jahre glaubte ich, Ihr wärt Everard de Montmorency, denn ich hatte keinen Grund, an der Geschichte, die Ihr mir erzählt hattet, zu zweifeln. Nun erfahre ich, dass es eine Lüge ist.«

»Die Hure lügt!«

»*Ihr* lügt«, widersprach Gaston und sah, wie die Augen seines Gegenübers blitzten. »Warum seid Ihr nicht früher nach Frankreich zurückgekehrt, um Euren kranken Vater zu besuchen?«

»Ich musste meinen Besitz verteidigen!«

»Und doch habt Ihr ihn schließlich ungeschützt zurückgelassen.«

»Ich sah, dass wir alle verdammt waren.«

Gaston schnaubte. »Eure Geschichte ergibt keinen Sinn, es sei denn, Ihr seid ein Feigling. Warum seid Ihr zunächst nach Jerusalem gekommen?«

»Ich bat die Templer um Hilfe! Es ist Eure Aufgabe, für das sichere Geleit von Pilgern zu sorgen ...«

»In Blanche Garde wart Ihr dicht am Hafen von Jaffa. Wäre es Euer Wunsch gewesen, Outremer so schnell wie möglich zu verlassen, hättet Ihr Segel setzen können, bevor wir Jerusalem auch nur verlassen hatten.« Gaston schüttelte den Kopf. »Nein, der Grund befindet sich in Euren Händen. Ihr kamt auf der Suche nach einem Schatz, den Ihr stehlen könntet.«

In diesem Moment stürzte das Dach auf der anderen Hofseite in sich zusammen und fiel in einem Funkenregen zu Boden. Die Flammen schlugen höher, als das Holz Feuer fing und der Rauch dichter wurde. Christina hustete und Gaston sah, wie es Ysmaine gelang, der anderen Frau auf die Füße zu helfen. Irgendetwas stimmte nicht mit Ysmaines Hand, aber darum würde er sich später kümmern. Er feuerte sie im Geist an, sich schneller zu bewegen.

»Ich stehe nicht vor Gericht!«, gab Everard zurück. »Ich muss mich niemandem gegenüber erklären ...«

»Nein, Ihr seid verdammt durch das Bündel in Euren Händen.«

»Aber ...«

»Alles, was Ihr tun müsst, ist, es mir auszuhändigen«, forderte Gaston ihn auf. Er senkte das Schwert und streckte die linke Hand aus. Dabei wusste er genau, was sein Gegenüber tun würde. Die Frauen schleppten sich durch das Tor, und das Feuer hatte den Hof nun in ein Inferno verwandelt.

Der Mann, der sich Everard nannte, griff an. »Ich schulde Euch nichts!«, brüllte er, als ihre Klingen erneut heftig aufeinandertrafen.

»Ich werde einem Mönch, der seine Schwüre bricht und heiratet, keine Rechenschaft ablegen!« Er griff Gaston an und machte einen plötzlichen Ausfall. Gaston wich zurück und bemerkte erst jetzt die Gefahr, die ihm verborgen geblieben war.

Ysmaine war an die Tür zurückgekehrt, auf der Suche nach ihm. Er konnte sie nicht auffordern, zurückzubleiben, nicht, ohne die Aufmerksamkeit seines Gegners auf sie zu lenken. Er spürte, wie sich seine Lippen zu einer schmalen Linie verzogen, als sie ihr Essmesser zog und sich an der Wand hinter dem Schurken entlangschlich.

Diese Frau besaß zu viel Feuer, so viel war sicher.

»Ihr werdet hier sterben – und Eure Geschichte mit Euch«, höhnte Everard. »Ich werde diese Beute verkaufen und damit meine Zukunft sichern.«

»Jemand anders wird Euch erkennen.«

»Schweigen kann man kaufen, und ich werde das Geld dafür haben.«

»Christina habt Ihr nicht zum Schweigen gebracht.«

»Noch nicht«, antwortete Everard grimmig. »Dafür werde ich noch sorgen.« Mit wilder Kraft stieß er ein Fass in Gastons Richtung. »Und Ihr werdet diesen Tag nicht überleben, um diese Kunde weiterzuverbreiten.« Ysmaine näherte sich dem Schurken, aber Gaston ließ sich nichts anmerken. Er sprang über das Fass und griff Everard an, hoffte, ihn damit abzulenken, sodass er die Gegenwart der Frau hinter ihm nicht bemerkte.

Aber Everard sprang beiseite und Gastons Hieb verfehlte ihn. Er griff nach Ysmaine, wirbelte sie herum und schleuderte sie direkt in Richtung der lodernden Flammen. Sie stolperte und schrie auf, aber Gaston wartete nicht, bis er sie ins Feuer stürzen sah. Er sprang ihr nach und zog sie in seine Arme. Den Sturz konnte er nicht verhindern, doch er schützte sie vor dem Aufprall, dann rollte er sie unter sich, um sie vor den Flammen zu schützen.

Als er wieder auf die Füße kam, war Everard durch das Tor gelangt. Gaston hörte, wie der andere Mann es schloss und von der anderen Seite verriegelte.

Gaston zog Ysmaine neben sich auf die Füße, und sie rannten gemeinsam zum Tor hinüber. Er versuchte, die Klinke zu drücken, ohne Erfolg. Nach einem Blick auf die Flammen umfasste er Ysmaines Taille und schwang sie auf die Mauer hinauf. »Spring, meine Schöne«, befahl er, als sie auf der Mauer zögerte.

»Aye, springt«, schnurrte Everard von der anderen Seite der Mauer aus. Seine Stimme sandte Gaston einen Schauder über den Rücken. »Schenkt mir ein weiteres hübsches Stück Beute.«

Ysmaine zögerte. Gaston hörte einen Schrei, von dem er dachte, er stamme von Christina. Ysmaine wich zurück, als der andere Mann anscheinend nach ihr greifen wollte. Gaston hörte den Verräter lachen, dann erklangen Hufschläge.

Ysmaine sprang von der Mauer hinab auf die andere Seite.

Gaston sah die Flammen näherkommen. Die Mauer war zu hoch, als dass er sich mit all seinem zusätzlichen Gewicht daran hätte hochziehen können. Er erreichte die Mauerkrone noch nicht einmal mit den Fingerspitzen. Im Hof gab es nichts, auf das er steigen konnte; alles stand in Flammen. Auf seine Rufe schien niemand zu hören. Der Rauch war dicht, und er begann zu husten, fürchtend, Everard habe sein Schicksal besiegelt.

Zumindest war Ysmaine in Sicherheit.

Gaston hörte sie fluchen, dann zog sie an der Klinke. »Sie ist so heiß!«, beschwerte sie sich, und er hörte, wie sie gegen das Tor trat. Zu seiner Erleichterung gelang es ihr, die Tür zu entriegeln, und frische Luft strömte in den Hof.

»Er hat sich Christina geschnappt und ist in diese Richtung geritten!«, rief Ysmaine, als Gaston hinaus aus dem Hof in die Gasse stolperte. Er griff nach ihrer Hand zog sie weiter fort von dem Feuer und hustete, um seine Lungen vom Rauch zu befreien. Als sie die Gasse hinter sich gelassen hatten, sah er zu seiner Erleichterung sahen sie Wulf auf dem Rücken seines schwarzen Pferds am Platz vor der Kathedrale warten.

Sie hasteten zu dem anderen Ritter hinüber und berichteten ihm, was geschehen war. »Christina hat mit diesen Steinen eine Spur gelegt«, sagte er zu dem Templer, der sehr ernst wirkte. Wulf nahm ihm einen der Steine ab und betrachtete ihn, dann steckte er ihn in seine Börse. »Ysmaine sagte, der Verräter sei dort entlanggeritten, und ich möchte wetten, Ihr findet erneut eine Spur.«

Wulf nickte knapp und griff die Zügel. »Ich danke Euch, Gaston, im Namen des Ordens. Wisst, dass der Schatz sicher übergeben wurde.« Gaston schloss erleichtert die Augen. »Möge Euch Euer neues Leben wohl gefallen.« Wulf reichte ihm die Hand, und die beiden schüttelten Hände. Dann ritt der Templer davon, beugte sich vor, um nach dem funkelnden orangefarbenen Glas zu suchen. Seine Knappen folgten ihm auf ihren Zeltern.

Ysmaine schaute zwischen Wulf und Gaston hin und her. Ihre Verblüffung war offensichtlich. »Willst du nicht mit ihm gehen?«

Gaston schüttelte den Kopf. »Meine Aufgabe ist erfüllt.«

»Aber die Angelegenheit ist noch nicht abgeschlossen …«

»Für mich schon. Der Schatz ist überbracht, und den Brief werde ich ebenfalls in Kürze abliefern. Meine Pflicht ist beinahe erfüllt, meine Schöne.«

Ysmaine starrte ihn noch immer an.

Gaston begriff zu seinem Entsetzen, dass seine Frau ihre Furcht, er könnte in den Orden zurückkehren und sie im Stich lassen, nicht nur vorgetäuscht hatte. Er umfasste sie eng, zwang sie, seinem Blick zu begegnen, und versuchte, sie mit Willenskraft dazu zu bringen, seine tiefempfundene Überzeugung zu teilen. »Ich bin ein weltlicher Lord, meine Schöne, mit einer loyalen Frau«, murmelte er ihr zu. »Es ist nicht meine Aufgabe, dem Gebot des Templerordens zu folgen, denn ich habe mich um weltliche Angelegenheiten zu kümmern.«

Er wartete, bis Freude ihr Gesicht erhellte, dann neigte er den Kopf und küsste sie so gründlich, dass nur eine Schwachsinnige an seinem Wort hätte zweifeln können.

Und seine geliebte Ehefrau, das wusste Gaston sehr gut, hatte Verstand genug für drei.

ALLES WAR auf einmal so perfekt und richtig, dass Ysmaine fürchtete, etwas missverstanden zu haben.

Vielleicht war das Pech so lange ihr Begleiter gewesen, dass sie den glücklichen Umständen nicht trauen konnte.

Gaston trug sie mit entschlossener Miene die Straße entlang.

»Du musst mich nicht tragen«, protestierte sie, und er warf ihr einen amüsierten Blick zu. »Nur mein Handgelenk ist verletzt. Ich kann laufen.«

»Ich wage nicht darauf zu vertrauen, dass du mich begleiten wirst, wenn ich dich nicht trage«, murmelte er und stahl einen Kuss, bevor er erneut lächelte. »Denn ich schulde dir eine lange Erklärung. Und wirklich, es gefällt mir.«

»Wieso das?«

»Es gibt uns Zeit, uns zu unterhalten, so wie du vorgeschlagen hast.« Er drängte sich durch die Menge vor Notre Dame. »Und so ehrlich zueinander zu sein, wie ich es gern hätte.«

»Ich wollte dich nicht täuschen …« begann Ysmaine zu protestieren, aber Gaston blieb stehen und brachte sie mit einem langen Kuss zum Schweigen, dort auf offener Straße. Passanten johlten und riefen Ermutigungen, sodass Ysmaine tief errötet war, als er den Kopf hob. Er betrachtete sie aus funkelnden Augen. »Ich möchte es erklären«, begann sie wieder, nur um erneut gründlich geküsst zu werden.

»Es ist keine Erklärung notwendig«, murmelte Gaston, als er den Kuss unterbrach. »Alles ist gut gegangen, dank deiner Klugheit, und ich stehe in deiner Schuld. Ich bedaure nur, dass du geglaubt hast – und sei es nur für eine kurze Zeit –, ich wollte unsere Ehe annullieren lassen.«

»Das tust du also nicht?«

»Ein Mann, der unerwartet einen Schatz findet, wirft ihn nicht einfach beiseite.« Er sagte es so verächtlich, dass Ysmaine lächelte. Gaston ging weiter über den Platz, und Ysmaine schmiegte sich zufrieden an ihn. »Ich schlage vor, wir besuchen den Tempel, denn dort sind Bartholomew und die Pferde, und wir vergewissern uns besser, dass der Schatz in Sicherheit ist. Ich muss dem Großmeister auch den Brief überbringen, und zweifellos wird er Fragen an mich haben, was die Geschehnisse in Jerusalem angeht.« Er warf ihr einen Blick zu, und Ysmaine nickte.

»Das ergibt Sinn. Und dann?«

»Und dann.« Gaston nickte. »Und dann muss ich meine Gemahlin um einen Gefallen bitten. Ich möchte sie bitten, sich gemeinsam mit mir einer bestimmten Nacht in Venedig zu entsinnen, in der wir beide mit Leidenschaft gesprochen und geliebt haben, als Ehrlichkeit zwischen uns bestanden hat – und so viel mehr.«

»Bevor du angegriffen wurdest.«

»In eben jener Nacht.« Gaston lächelte sie an. »Ich würde gern das Versprechen dieser Nacht einlösen, den letzten Monat der Täuschung hinter uns lassen, auch wenn es einen guten Grund dafür gab.«

»Diesen Gefallen erfülle ich dir nur zu gern.«

Sein Lächeln blitzte auf. »Exzellent. Sodann werden wir ein Bad, einen Stall für die Pferde und einen guten Gasthof benötigen. Wir alle werden eine heiße Mahlzeit und ein Glas Wein zu uns nehmen, und dann werde ich, sofern das erlaubt ist, die Nacht im Bett mit meiner Gemahlin verbringen.«

»Sicher meinst du den kurzen Zeitraum, bevor du dich in den Stall zurückziehst«, sagte Ysmaine, doch zu ihrer Freude schüttelte ihr Ehemann den Kopf.

»Ein kurzer Zeitraum genügt nicht länger. Von dieser Nacht an werde ich die ganze Nacht im Bett meiner Lady verbringen.«

»Was ist mit den Ställen? Mit deinem Ross?«

»Natürlich ist Fantôme mir wichtig, aber er ist nicht der kostbarste Schatz in meinem Leben. Und tatsächlich gibt es von diesem Moment an lediglich eine Kostbarkeit zu verteidigen.« In seinen Augen leuchtete die Liebe, als er sie ansah und seine Stimme zu einem Murmeln senkte. »Meine Prioritäten haben sich geändert, meine schöne Lady.«

»Gaston!« Ysmaine zog seinen Kopf herab, um ihn mit einem Enthusiasmus zu küssen, der unter Beweis stellte, dass sie diesen Gedanken guthieß. Er zog sie an sich, und Ysmaine war schwindelig, als er den Kopf hob.

»Verfluchte Verantwortung«, murmelte er. »Ich möchte *sofort* einen Gasthof finden.«

Ysmaine lachte, glücklicher, als sie je geglaubt hatte zu sein. Sie strampelte mit den Füßen, während er die Brücke zum Nordufer überquerte, und konnte nicht aufhören zu lächeln.

»Und nun zu einem Thema, das einer Diskussion wert ist«, sagte Gaston. »Ich habe oft darüber nachgedacht, wie du beharrtest, deine Eltern berieten sich gemeinsam über die Verwaltung der Ländereien.«

»Unter anderem.«

»Darum möchte ich um deinen Rat bitten.« Gaston verlagerte Ysmaines Gewicht ein wenig, griff in seine Gürteltasche und holte einen Brief hervor. »Von der Witwe meines Bruders«, sagte er. »Ich hatte wenig über meine Rückkehr nachgedacht, aber nun frage ich mich, ob ich etwas Wichtiges in ihren Worten übersehen habe. Vielleicht sehe ich Schatten, wo keine sind, aber ich hätte gern deinen Rat.«

»Ich soll ihren Brief lesen?«

Gaston nickte, und Ysmaine entrollte freudig das Pergament. »Ich weiß, was darinsteht, aber möglicherweise siehst du mehr als ich.«

»Sie ist sparsam«, sagte Ysmaine sofort. Die Handschrift war eng, sodass mehr Wörter in die Nachricht passten. Das Vellum war mindestens schon zweimal beschrieben worden.

»Aye, ihre Familie betrachtete die Ehe als einen ausgesprochenen Glücksfall, wie ich mich entsinne.«

Ysmaine nickte und begann zu lesen. Ihr Blick verweilte auf den letzten Absätzen. »Wie seltsam, dass ihre ältere Tochter so kurz vor dem Tod ihres Mannes geheiratet hat.«

Gaston warf ihr einen Blick zu. »Ein Zufall? Oder eine wichtige Einzelheit?« Er seufzte. »Werde ich nach Hause zurückkehren, nur um festzustellen, dass jemand anders meinen Besitz für sich beansprucht?«

»Kennst du diesen Millard?«

Er schürzte die Lippen. »Es ist lange her, seit ich Frankreich verlassen habe, wie du weißt.« Ysmaine nickte zustimmend. »Aber er ist in meinem Alter. Wir haben uns etwa zur gleichen Zeit unsere Sporen verdient und sind uns damals begegnet.«

»Dann weißt du etwas über ihn.« Sie sah, dass Gaston seine Worte genau bedachte, und versuchte, ihm zu helfen, sein übliches Taktgefühl zu überwinden. »Ist er auf den Kreuzzug gegangen?«

Gaston lachte laut. »Er? Nein. Im Krieg hätte er sich vielleicht den Wappenrock beschmutzt.«

Ysmaine war außerordentlich erleichtert. »Dann ist er nicht die Sorte Ritter, die von ihrem Leben gezeichnet ist?«

»Sofern er sich nicht sehr verändert hat, schätze ich, nicht.«

»Aber es ist Monate her, seit dein Bruder gestorben ist. Er mag im Haushalt bereits Verbündete gefunden haben.« Ysmaine knabberte an ihrer Lippe. »Was, wenn wir auf dem Weg zu deinem Heim bei meinem

Vater anhalten? Er weiß vielleicht mehr über die Ereignisse in Châmont-sur-Maine.«

»Werden deine Eltern sich freuen, dass du einen Kämpfer wie mich geheiratet hast?«

Ysmaine lächelte. »Der Vater meines Vaters hat mich gelehrt, welchen Wert die Narben eines Kämpfers haben. Mein Vater trägt seine eigenen voller Stolz.« Sie sah die Mauern des Tempels vor ihnen auftauchen und hatte eine Idee. »Wenn du eine Gruppe befreundeter Ritter einladen würdest, dich zu deinem neuen Heim zu begleiten, um dort ein wenig zu verweilen und dein Glück zu feiern, stünde meine Mutter vielleicht für immer in deiner Schuld.«

»Wieso denn das?«

»Ich habe fünf jüngere Schwestern, Gaston. Meine Mutter hatte stets gehofft, meine Heirat würde für einige von ihnen neue Möglich-keiten eröffnen.« Sie lächelte zu ihm auf. »Und wenn du mit einer Gruppe Kämpfer in Châmont-sur-Maine ankämst, vielleicht mit Fergus und Duncan und Bartholomew, zweifle ich, dass ein Mann, der sich den Wappenrock lieber nicht schmutzig machen würde, sich dir entgegenstellen würde, wenn du dein Erbe beanspruchtest.«

Gaston grinste. »Meine Schöne, du bist wirklich ein Schatz«, murmelte er und küsste sie dann mit solcher Entschiedenheit, dass es ihr den Atem raubte.

Ysmaine schlang die Arme um seinen Hals und erwiderte den Kuss. Ihr Herz schlug so heftig, dass sie glaubte, es würde bersten. »Ich liebe dich, Gaston«, gestand sie, als sie in der Lage war zu sprechen.

»Dann ist alles gut, denn ich liebe dich auch, meine schöne Lady«, sagte Gaston. Ein weiterer Kuss begleitete sein Geständnis, und er wirkte einigermaßen zerzaust, als sie sich den Toren des Tempels näherten.

Bei seiner offenkundigen Freude auf ihre gemeinsame Zukunft kam ihr eine Idee. »Wir sollten uns nicht zu lange bei meinen Eltern aufhal-ten, denn ich würde dich gern schon vor dem sechzehnten September zu Hause ankommen sehen.«

Gaston runzelte leicht die Stirn. »Dagegen habe ich nichts, aber warum dieses besondere Datum, meine Schöne?« Er nickte dem Pförtner an den Toren des Tempels zu, der sie hereinwinkte.

»Es ist der Festtag der Sankt Euphemia, von der ich glaube, dass sie dieser Reise und unserer Ehe ihren Segen geschenkt hat.«

Gaston blieb im Hof stehen, um voller Staunen auf sie herabzublicken. »Die Reliquie von Sankt Euphemia?«, fragte er, dann schüttelte er den Kopf. »War das der Schatz?« Als Ysmaine nickte, schaute er verblüfft. »Wir haben eine kostbare Fracht mit uns geführt, so viel ist sicher.«

»Du wusstest es nicht?«

»Es ist nicht ungewöhnlich, nur einen Teil der Geschichte zu kennen, meine schöne Lady.«

»Wolltest du sie nicht sehen?«

»Ich hatte gelobt, meine Neugier zu beherrschen.«

»Aber deine Aufgabe ist erfüllt, und sie ist wirklich wunderschön. Ich denke, du solltest die Gelegenheit haben, dir ein solches Wunderwerk anzusehen, nachdem du es so lange beschützt hast.«

Gastons Blick suchte ihren. »Wir sollten den Großmeister bitten, die Reliquie sehen zu dürfen, sodass wir um Sankt Euphemias Segen bitten können.«

Obwohl Ysmaine dachte, dieser sei ihnen bereits gewährt worden, konnte sie diesem perfekten Einfall nicht widersprechen. Sie bezweifelte, dass der Großmeister ihm dieses Privileg verwehren würde, und sie hatte recht.

Ihr Herz sang, als sie die Kapelle des Tempels betraten, um zu beten, ihre Hand fest in der Gastons. Alles hatte sich zum Guten gewendet, und es gab vieles, für das sie dankbar sein musste. Als sie mit den Fingerspitzen den wunderschönen Reliquienbehälter von Sankt Euphemia berührte, hatte sie nur noch einen einzigen Wunsch, und das war die rasche Empfängnis eines Sohns.

Freilich wusste sie nicht, dass sie Gaston eine Tochter schenken würde, bevor sie den ersten ihrer drei Söhne gebar.

DIENSTAG, 1. SEPTEMBER 1187

FESTTAG DES SANKT DRITHELM UND DES SANKT GILES DE PROVENCE

Zu dem Zeitpunkt, als Gastons Reisegruppe die Grenzen nach Valerory überquerte, hatte er eine lange Liste von Sorgen, was sein neues Leben anging. Ysmaine erneut zu enttäuschen, war das Letzte, was er wollte, aber er fürchtete, sein Mangel an Erfahrung würde zwangsläufig dazu führen, dass er Irrtümer beging.

Auf Ysmaines Vorschlag hin waren sie zu mehreren unterwegs. Fergus hatte sich ihrer Gruppe mit Duncan und den beiden Knappen angeschlossen. Der Ritter hatte in Paris eine lange Unterhaltung mit dem Großmeister geführt, und Gaston zweifelte nicht daran, dass der Schotte einen Brief nach London bei sich trug. Der Junge Laurent war genötigt worden, ein Bad zu nehmen, was ihn deutlich jünger und zierlicher wirken ließ. Gaston hoffte, er würde die Winter in Schottland überstehen.

Auch Bartholomew ritt mit ihnen, genau wie vier Ritter des Ordens, die mit Fergus auf dem Weg nach London waren. Diese brachten weitere sechs Knappen mit. Zusammen mit den Zeltern, die Fergus Verlobungsgeschenke trugen, ergab es einen Tross von beachtlicher Größe.

Es galt, das Gleichgewicht zu finden, um entschlossen, aber nicht aggressiv zu wirken, und Gaston glaubte, das war ihm gelungen. Der Großmeister hatte so viele Männer angeboten, wie Gaston wünschte, aber er hatte nur diese vier ausgewählt. Er hätte nichts dagegen gehabt, wenn Wulf ein Teil der Gruppe gewesen wäre, aber seit der Ritter sich auf die Suche nach Christina gemacht hatte, hatten sie keine Kunde von ihm erhalten. Gaston fragte sich, ob sie sich je wiedersehen würden.

Er hatte versucht, in Paris so viel wie möglich über seine künftigen Ländereien und die lokale Politik in Erfahrung zu bringen, aber dennoch fühlte er sich schlecht auf die vor ihm liegende Verantwortung vorbereitet. Es war ein Segen, dass er Ysmaine an seiner Seite hatte, denn sie wusste mehr über weltliche Dinge als er.

Als die Festung von Valeroy am Horizont auftauchte, dachte Gaston an die Eltern seiner Lady und ihre Reaktion auf ihre Ehe. Sie hatten ihn nicht ausgewählt und würden die Verbindung vielleicht nicht gutheißen.

Er warf einen Blick auf die Truppe und traf eine Entscheidung. »Reitet in Paaren«, wies er die anderen an. »Wir kommen als Besucher, nicht als Angreifer.«

»Das ist ein kluger Gedanke«, sagte Ysmaine leise. Ihre Augen leuchteten. Er konnte nicht übersehen, wie sehr sie sich freute, ihre Heimat wiederzusehen. »Ist es nicht schön?«

Valeroy war wirklich sehr schön, wohlhabend und so offensichtlich gut in Schuss, dass Gaston seinen Mangel an Erfahrung umso deutlicher spürte. Er versuchte, seine Beklommenheit zu verbergen, aber seine aufmerksame Frau berührte seinen Handrücken, der im Reithandschuh steckte.

»Keine Angst, Gaston. Sie werden dich mögen.« Sie hatte seinen Wunsch berücksichtigt, sie reich gekleidet auf seinem Land ankommen zu sehen. In Paris hatte sie aus der grünen Seide mit Radegundes Hilfe ein wunderschönes Kleid genäht. Beide hatten viel Stunden an der Stickerei gesessen, und obwohl sie gelobt hatten, es würde noch mehr werden, sah Ysmaine jetzt bereits aus wie eine Königin. Gaston war mehr als froh, dass sie heute dieses Kleid gewählt hatte, fragte sich aber dennoch, wie ihre Ankunft aufgenommen werden würde.

»Sie haben mich nicht gewählt.«

»Sie hatten keine Gelegenheit dazu.«

»Ich habe bei deinem Vater nicht um deine Hand angehalten.«

»Dazu hattest du wohl kaum eine Chance.«

»Du hast ein gebrochenes Handgelenk«, erinnerte er sie und vermutete, ein fürsorglicher Vater könnte dies als Zeichen der Gleichgültigkeit oder wenigstens der Unvorsicht deuten.

Sie lächelte. »Wärst du nicht gewesen, hätte ich diesen Ort nie wiedergesehen, und das werden sie dir nicht vergessen.«

Gaston schluckte, als sie sich den Toren näherten.

»Gaston, ich bin gesund, ich trage reiche Kleider, ich reite in Begleitung und habe einen Ring an meinem Finger«, sagte Ysmaine, ihre Stimme leise, aber ein wenig mahnend. Gaston schaute sie an, und sie lächelte. »Es ist sehr wahrscheinlich, dass mein Vater sich an dich erinnert.«

Das war keineswegs beruhigend, nicht, wenn die Rückkehr nach Frankreich Gaston in Erinnerung rief, wie sein Onkel versucht hatte, ihn loszuwerden. Er wusste nicht, welche Allianzen oder Freundschaften Amaury geschlossen hatte. Er hatte das Gefühl, auf unbekanntem Terrain unterwegs zu sein. Wie konnte er verhandeln, wenn er nicht wusste, welche versteckten oder offenen Bündnisse jemand eingegangen war?

Er hoffte, er beging in Valeroy nicht aus Unwissenheit einen Fehltritt. Es gab nur diese eine Möglichkeit, einen ersten Eindruck zu hinterlassen, und er wollte gern, dass Ysmaines Eltern von Anfang an gut über ihn dachten.

Der Pförtner grüßte sie, und Gaston traf eine Entscheidung. »Sprich du zunächst für uns«, sagte er zu Ysmaine. »Dies ist dein Heim.«

Sie lächelte, offensichtlich froh, dass er ihr diese Verantwortung übertrug. »Guten Tag!«, rief sie mit erhobener Stimme heiter zum Torwächter hinüber. »Tut Ihr noch immer an den Toren Valeroys Dienst, Odo aus der Bretagne? Wenn dem so ist, hat mein Vater großes Glück, dass Ihr ihm so treu dient.«

Ein älterer Mann trat mit offensichtlichem Erstaunen aus dem Torhaus. »Lady Ysmaine? Ihr seid zurückgekehrt! Gepriesen sei der Herr!«

»Gepriesen sei die Jungfrau Maria«, korrigierte ihn Ysmaine lächelnd. »Denn ich kehre mit einem Ehemann und Streiter zurück, der für meine sichere Heimkehr aus Jerusalem gesorgt hat.«

Odo schaute staunend von Ysmaine zu Gaston. »Viele befürchteten Euren Tod, Mylady.«

»Und es wäre beinahe dazu gekommen.« Sie sprach mit einer ruhigen Autorität, die Gaston gefiel. »Bitte, lass meine Eltern wissen, dass ich angekommen bin, Odo.«

Der Torwächter verbeugte sich und rief nach einem Jungen, den er zur großen Halle schickte. Er öffnete die Tore, gab dem Stallburschen Bescheid und ging neben Ysmaine her. Gaston gefiel diese Mischung zwischen Ehrfurcht und Herzlichkeit, und er nahm sich vor, von seiner Frau zu lernen, wie man sie erzeugte. »Allen geht es gut, Mylady, aber Eure Schwester, Lady Jehanne, hat im April geheiratet.«

»Wirklich?« Ysmaines Freude war klar ersichtlich. »Und es ist eine gute Ehe?«

»Euer Vater war sehr zufrieden, und der Bräutigam scheint ein sehr freundlicher Mann zu sein. Er hat einen exzellenten Ruf.«

»Das ist wunderbar zu wissen. Ich danke dir für diese Nachricht, Odo.« Ysmaine zügelte ihr Pferd. »Ich fürchte, du willst mich nach Thibaud fragen, möchtest dir aber nicht zu viel herausnehmen, also werde ich dir gleich das Schlimmste gestehen. Ich weiß, ihr wart gute Freunde und Kameraden.«

Odo senkte den Blick. Anscheinend erriet er, was sie sagen würde. »Dann wird er nicht zurückkehren.«

Ysmaines Stimme war sanft. »Nein, ich fürchte, das wird er nicht. Er starb bei meiner Verteidigung und wurde in Ornans, außerhalb von Besançon, zur Ruhe gebettet.«

Odo bekreuzigte sich. Seine Trauer war offenkundig. Dann schaute er wieder zu Ysmaine auf. »Thibaud sagte mir, bevor Ihr abreistet, er würde bereitwillig sterben, um Euer Leben zu retten, Mylady. Er würde sich freuen zu sehen, dass Ihr nach Valeroy zurückgekehrt seid.«

»Er hat es möglich gemacht, und ich stehe für immer in seiner Schuld«, sagte Ysmaine. »Ich werde meinen Vater bitten, für Thibaud hier eine Messe lesen zu lassen, und werde in meinem neuen Heim wöchentlich für ihn beten.«

»Ihr seid sehr gütig, Mylady«, sagte Odo und küsste den Saum ihres Kleides.

Gaston merkte sich gut, welche Treue die Männer ihres Vaters bewiesen. Es wäre ein großes Glück, Männer in seinen Diensten zu haben, die ihr Leben für seine Kinder hingeben würden.

»Du musst mich lehren, wie man diese Balance hält«, sagte er zu seiner Frau, als sie weiterritten. »Sein Respekt ist so deutlich ausgeprägt wie seine Zuneigung.«

Erneut berührte Ysmaine Gastons Hand. »Mein Vater ist gerecht, aber entschlossen, ein Mann, der sein Wort hält und die Seinen beschützt. Er spricht zügig und angemessen Recht und ist großzügig zu denen, die auf seinem Land leben.« Sie begegnete seinem Blick. »Du wirst diese Balance leicht finden, Gaston, denn du hast viel mit ihm gemeinsam.«

Gaston konnte nicht antworten, denn sie hatten die Tür zur Halle erreicht. Ein älterer Mann und eine Frau standen zusammen im Hof, einander an den Händen haltend. Er erinnerte sich an seines Vaters Worte, dass ein Mann die Mutter seiner Braut ansehen sollte, um die Zukunft zu lesen, und so betrachtete er Richildis genauer. Sie war schlank und elegant, ihr Blick unverwandt. Eine attraktive Frau von königlicher Haltung.

»Ysmaine!«, rief sie aus, und seine Frau glitt aus dem Sattel und lief zu ihrer Mutter hinüber. Sie umarmten sich fest, während ihr Vater zusah, und alle drei vergossen Tränen.

»Du bist daheim«, flüsterte Amaury, die Hand auf der Schulter seiner ältesten Tochter.

»Du bist zu dünn«, tadelte Richildis, doch Ysmaine lachte nur.

Gaston musste ein Lächeln unterdrücken, als er begriff, dass Ysmaine ihm bereits etwas über Frauen beigebracht hatte, denn er konnte die Gedanken ihrer Mutter mühelos lesen. Sie betrachtete ihre Tochter, schnalzte mit der Zunge, weil sie so mager war, dann nahm sie ihn in Augenschein. Gaston zweifelte nicht, dass sie versuchte, seinen Wohlstand abzuschätzen und sein Wesen zu ergründen. Ihr Blick fiel auf das Seidenkleid, und er hätte wetten mögen, dass sie seinen Wert bis auf den Pfennig genau erriet. Dann schaute Richildis auf die linke Hand ihrer Tochter, und Gaston war froh, dass er es für richtig erachtet hatte, Ysmaine in Paris einen goldenen Ehering zu kaufen.

Erwartungsvoll drehten sich beide Eltern zu ihm um, aber er war bereits vom Pferd gestiegen.

»Mein Ehemann«, sagte Ysmaine, und Gaston war sich bewusst, dass ihre Eltern ihn genau musterten.

Er verbeugte sich tief. »Ich bin Gaston de Châmont-sur-Maine«, sagte er, dann reichte er ihnen die Hand.

Richildis konnte ihre Freude nicht verbergen. »So nahe?«, flüsterte sie, dann umarmte sie ihre Tochter erneut. Die Liebe, die diese Familie füreinander fühlte, ließ sich nicht verbergen.

Amaurys Händedruck war fest, sein Blick stet. »Ich sehe Fulk in Euren Augen und in Eurer Statur«, sagte er zufrieden, und Gaston verspürte Erleichterung. »Zweifellos würde ich ihn auch in Eurer Klinge schmecken, wenn wir einander im Kampf gegenüberstünden. Niemand kann Euch ansehen und zweifeln, wer Euer Vater ist.«

»Ich bin froh, das zu wissen, Sir. Immerhin bin ich viele Jahre fort gewesen.«

»Und in Eurer Abwesenheit hat sich viel verändert«, stimmte Amaury ihm zu.

Gaston begriff, dass er die Informationen, die er brauchte, vielleicht von der Familie seiner Gemahlin erlangen konnte. »Ich fürchte, ich habe aus den Augen verloren, wer meine Nachbarn sind, und hoffe, ich beleidige niemanden unbeabsichtigt.«

Amaury betrachtete ihn, sagte aber nichts.

»Wisst Ihr, ob meine Mutter noch am gleichen Ort ist?«, fragte Gaston. »Weder ihr noch mir war private Korrespondenz erlaubt, aber Ysmaine würde sie gern kennenlernen. Und auch ich würde sie gern wiedersehen.«

»Ich bin mir nicht sicher«, sagte Amaury. »Richildis weiß vielleicht mehr, oder zumindest, wen man am besten fragen könnte.«

Dankend neigte Gaston den Kopf.

Amaury, anscheinend auf eine Konversation bedacht, fuhr fort: »Manche sagten, Ihr würdet die Templer nicht verlassen, nicht einmal für Landbesitz.«

Gaston war sich sicher, dass Amaury ihn davor warnen wollte, wie seine Ankunft aufgenommen werden würde. »Wie ich hörte, hat meine Nichte vor einiger Zeit Millard de St. Roux geheiratet«, sagte er in mildem Tonfall.

Amaurys Blick wanderte über Gastons Gruppe. »Das ist wahr. Ihr wusstet davon?«

»Marie schrieb mir, um mich von Bayards Tod in Kenntnis zu setzen, und erwähnte die Ehe. Es war mir ausnahmsweise erlaubt, einen Brief von solcher Wichtigkeit zu empfangen.«

Amaury nickte. Sein Blick schweifte erneut über Gastons Weggefährten. »Ihr müsst in die Halle kommen und Euch erfrischen.«

Gaston entschied, seinen Blick bewusst misszuverstehen. »Ich bitte um Verzeihung, dass unsere Gruppe so groß ist, Sir, und erwarte nicht, dass Ihr Eure Gastfreundschaft auch auf die Ritter ausweitet, die uns begleiten. Meine Kameraden reisen nach London und noch weiter und würden jederzeit auch in einem Gasthof übernachten.« Er wusste, wie er den Vater seiner Ehefrau beschwichtigen konnte. »Wir reisen auf Ysmaines Rat hin zusammen. Ich fand ihren Vorschlag sehr klug, denn die Straßen können gefährlich sein.«

Amaurys Blick hellte sich auf. »Ihr beratet Euch also mit meiner Tochter?«

»Natürlich, Sir. Es ist lange her, seit ich dieses Land verlassen habe, und ihr Wissen ist von höchstem Wert.«

Amaury lächelte und winkte den Rest der Gruppe herbei. »Ich heiße Euch und all Eure Begleiter in Valeroy willkommen. Es gibt Hirschbraten zu Mittag, und mehr als genug für alle.« Er senkte seine Stimme. »Die Jagdbeute ist dieses Jahr sehr gut. Ich frage mich, ob Ihr einen Tag oder zwei hierbleiben wollt, sodass wir zusammen auf die Jagd gehen können.«

Gaston begriff, dass Ysmaines Vater ihm im Wald, wo man sie nicht belauschen würde, Ratschläge und Neuigkeiten über seine Nachbarn verraten konnte. Diese Methode war ihm vertraut, und es würde ihm die Informationen verschaffen, die er brauchte. »Eure Einladung ehrt mich, Sir, und ich nehme sie gern an.«

»Und ich freue mich auf die Gelegenheit, Zeit mit dem neuen Ehemann meiner Tochter zu verbringen«, gestand Amaury Gaston mit einem Seitenblick, den er sehr gut verstand.

»Ich mag vielleicht sogar den Drang verspüren, Euch in Euer Heim zu begleiten, um mir einen Eindruck davon zu verschaffen, wo meine

Tochter zu Hause sein wird.« Er lächelte. »Das werdet Ihr einem Vater sicher zugestehen, hoffe ich.«

»Natürlich.«

»Ach, ich erinnere mich gut an Fulk und wie stolz er auf seinen Besitz war. Es wird schön sein, den Ort wiederzusehen.«

»Ich hoffe, Ihr gebt mir die Gelegenheit, Eure Gastfreundschaft zu erwidern«, sagte Gaston. »Bringt so viele Begleiter mit, wie Ihr wollt.«

Amaury lachte und schlug Gaston auf die Schulter. Seine Augen glitzerten, und Gaston wusste, sie verstanden einander. »Nichts anderes könnte ich tun, denn ich sehe, meine Tochter hat eine kluge Wahl getroffen.« Dann wurde er nüchterner und begegnete Gastons Blick. »Fulk wäre stolz auf Euch, täuscht Euch nicht. Und ich bin froh über die Wahl meiner Tochter.«

»Das ehrt mich«, sagte Gaston.

Sie schüttelten erneut die Hände, dann führte Gaston Ysmaine an die Tafel in der Halle ihres Vaters. Ihre Schwestern begrüßten sie voller Freude, genau wie viele der Bediensteten, und er war froh zu sehen, wie glücklich sie war. Sie brachte ihm jetzt schon immens viele Vorteile ein. Er wusste, sie würden sich den Herausforderungen der Zukunft zusammen stellen – und deren Freuden zusammen auskosten. Ysmaine strahlte so brillant wie ein geschliffener Edelstein, und Gaston war entschlossen, sein Heim zu der Fassung zu machen, in der sie am besten zur Geltung kam.

Dafür würde er sorgen.

Die Lady, der sein gut gehütetes Herz gehörte, verdiente nicht weniger.

~

ANMERKUNG DER AUTORIN

*B*ei zwei Einzelheiten in dieser Serie habe ich mir eine künstlerische Freiheit herausgenommen. Sankt Euphemia war eine Jungfrau und Märtyrerin, die im Jahr 303 n. Chr. in Chalcedon starb. Ihre Reliquien wurden in alle Winde verstreut. Gerüchteweise besaßen die Tempelritter ihren kostbaren Schädel, und es gibt Berichte aus den Templerprozessen (aus späteren Jahrhunderten), nach denen die Templer einen Schädel verehrt haben sollen. Obwohl es keinerlei Beweise gibt, dass dieser Kopf der von Euphemia war – man hat diese spezielle Reliquie niemals ausfindig gemacht – entschied ich mich, es in der Serie so sein zu lassen. Darüber hinaus: Während der Tunnel in Akkon existiert und kürzlich erst entdeckt wurde, glaubt man, die Templer hätten ihn gebaut, nachdem Akkon von den Sarazenen zurückerobert wurde. Um Gastons und Ysmaines willen habe ich mich entschieden, dass er sich bereits im Bau befand, bevor die Stadt eingenommen wurde. Wir konnten Gaston doch nicht einfach zurücklassen, oder?

DES KREUZFAHRERS HERZ

DIE RITTER VON SANKT EUPHEMIA #2

Wulf kannte seinen Platz – bis Christina ihn lehrte, auf mehr zu hoffen ...

Als Tempelritter hat Wulf, ein Mann, der als Waise aufgewachsen ist und um sein Überleben kämpfen musste, dem Orden sein Leben gewidmet. Sowohl den Orden als auch seine Brüder wird er bis zum Letzten verteidigen. Doch als er trotz eines bevorstehenden Angriffs auf Jerusalem dazu abgeordnet wird, eine wertvolle Fracht nach Paris zu bringen, wehrt er sich dagegen. Die Aufgabe setzt ihm so sehr zu, dass er in einem venezianischen Bordell nach Ablenkung sucht. Wulf rechnet nicht damit, dort einer überaus schönen und scharfsinnigen Kurtisane zu begegnen, die ihn um Hilfe bittet – und schon gar nicht damit, ein unerwartetes Verlangen zu verspüren, ihre Bitte zu erfüllen ...

Christina begreift sofort, dass der grimmige Ritter ihre Chance darstellt, einem verhassten Leben zu entkommen und ihr Vermächtnis wiederzuerlangen. Sie muss Wulf nur davon überzeugen, ihr beim Verlassen der Stat zu helfen, eine Herausforderung, die mehr verlangt als bloße Veführungskünste. Als Wulf angegriffen wird, nutzt sie die Gelegenheit, ihm ihren Wert zu beweisen, ohne zu wissen, ob sie der Situation gewachsen ist.

Als sich während der Reise die Zwischenfälle häufen und die kleine Gruppe in Gefahr gerät, ist es Christina, die errät, worum es sich bei der geheimen Fracht der Tempelritter handelt – und die den Schlüssel zu ihrer erfolgreichen Überbringung in Händen hält. Unterdessen entdeckt Wulf verblüfft, dass sie das Herz zum Leben erweckt, dessen Existenz er fast vergessen hatte – und als sie ihr eigenes Leben riskiert, um den Erfolg der Mission zu gewährleisten, muss er sich zwischen seiner Pflicht und seiner neu entdeckten Liebe entscheiden …

Des Kreuzfahrers Herz
Erscheint im Herbst 2021!

Die mit Preisen ausgezeichnete Bestsellerautorin Claire Delacroix hat über siebzig Romane und Erzählungen veröffentlicht. Ihr erstes Buch, „Romance of the Rose", erschien 1993. Ihre Werke sind USA-Today-Bestseller und gehören auch landesweit zu den bestverkauften Büchern. Ihr mittelalterlicher Liebesroman „The Beauty" war ihr erstes Werk, das es auf die Bestsellerliste der New York Times schaffte.

Claire Delacroix ist das Pseudonym, das Deborah Cooke für ihre historischen und fantastischen Liebesromane benutzt. Sie schreibt auch moderne und paranormale Liebesgeschichten unter ihrem eigenen Namen und veröffentlichte außerdem Bücher als Claire Cross. 2009 wurde sie Writer in Residence der Toronto Public Library. Es war das erste Mal, dass die Stadtbibliothek von Toronto dieses Residenzstipendium im Genre „Liebesroman" vergab. 2012 wurde Deborah Cooke die Ehre zuteil, vom Verband amerikanischer Liebesromanautoren und -autorinnen (Romance Writers of America, RWA) zur Mentorin des Jahres ernannt zu werden. Sie steht ebenfalls auf der Ehrenliste dieses Verbandes.

Claire lebt mit ihrer Familie in Kanada und strickt leidenschaftlich gern.

http://Delacroix.net

∼